Die QUAL
Des LORDS

Leidvolle Lords
Buch Zwei

SYDNEY JANE BAILY

cat whisker press
Boston

Imprint

Cat Whisker Press, Boston, MA
Erste deutsche Ausgabe © 2022 Sydney Jane Baily
Sydney@SydneyJaneBaily.com
Übersetzt von Dana Comstock
Korrektorin: Sophie Ruhnke

Dieses Buch ist ein Werk der Fiktion. Namen, Personen, Orte und Begebenheiten sind entweder Produkte der Fantasie der Autorin oder werden fiktiv verwendet. Jede Ähnlichkeit mit tatsächlichen Ereignissen, Orten oder Personen, ob lebend oder tot, ist rein zufällig.

Kein Teil dieses Buches darf ohne schriftliche Genehmigung des Herausgebers in jeglicher Form oder mit jeglichen Mitteln, elektronisch oder mechanisch, einschließlich Fotokopien, Aufzeichnungen oder Informationsspeicher- und -abrufsystemen, vervielfältigt oder übermittelt werden, es sei denn, es handelt sich um kurze Zitate in einer Rezension oder einem Artikel.

ISBN 9783754695456
Alle Rechte gemäß den internationalen und panamerikanischen Urheberrechtskonventionen vorbehalten.

Cover & Buchgestaltung: Cat Whisker Studio
In Zusammenarbeit mit Philip Ré, REX Video Productions

Originaltitel: Lord Anguish © 2019 Sydney Jane Baily

Herstellung und Druck über tolino media GmbH & Co. KG, München.
Printed in Germany

WIDMUNG

Für Victoria „Vickie" Piercey

Eine echte Freundin, eine starke Frau und eine gute Seele

DANKSAGUNG

Wie immer möchte ich mich für die Liebe und Unterstützung meiner geliebten Mutter, Beryl Baily, bedanken. Wenn sie nicht immer an mich geglaubt und dafür gesorgt hätte, dass ich an mich glaube, wäre ich nicht die Schriftstellerin, die ich heute bin. Danke, Mom. Ich liebe dich!

PROLOG

1848, Turvey House, Bedfordshire, England

Nichts in seinem recht verwöhnten Leben hatte ihn auf dieses Ereignis vorbereitet. John Angsley, der Graf von Cambrey, lag auf dem Rücken, während sein schwer gebrochenes Bein in einem Gipsverband lag und an einer Schlinge hochgezogen war. Es war ihm schier unmöglich, sich umzudrehen oder gar die Position zu wechseln, und er fluchte laut. Es war nur ein paar Tage her, seit er den letzten Schluck der Opiumtinktur getrunken hatte, und er hätte sich nie träumen lassen, wie schnell ihn der Schmerz überkommen würde.

Nicht nur der Schmerz. Jedes verdammte Leiden, das der Menschheit bekannt war, schien ihn heimzusuchen. Auch Übelkeit.

Er setzte sich auf, so gut er konnte, nahm die Schüssel, die neben ihm stand, und würgte seinen Mageninhalt hinein. Glücklicherweise hatte er kaum etwas gegessen, da sein Bauch immerzu schmerzte, sowohl während er die Opiumtinktur zu sich genommen hatte, als auch jetzt. Wie sich herausstellte, war es nicht angenehmer, nur zu würgen, als sich mit vollem Magen zu übergeben.

Es war eine Stunde nach Mitternacht oder sogar noch später. Wahrscheinlich schliefen selbst die Bediensteten bereits fest. Mit dieser irritierenden Vorstellung schrie er so laut er konnte und zog dann an der Glocke, was effektiver bei der Beschaffung von Hilfe war, jedoch nicht annähernd so befriedigend wie aus vollem Halse zu schreien.

Gleichzeitig zitternd und schwitzend, mit Schmerzen von seinem Hals bis zu seinem Gesäß und sowohl sein gutes als auch sein verletztes Bein hinunter, wartete er auf seinen Kammerdiener.

Nach ein paar Minuten klopfte es an der Tür und Peter trat ein.

Wie viel Glück er hat, dachte Cam. *Er läuft auf zwei Beinen und sieht bis auf sein zerzaustes Haar völlig gesund aus.* Tatsächlich war sein Kammerdiener empörend normal, bis auf die Tatsache, dass er kein Jackett trug und dass seine Weste falschherum war.

Dieses letzte Detail war das Einzige, wodurch Cam sich besser fühlte. Er hatte seinen normalerweise so perfekten Kammerdiener aus dem Bett und so schnell in seine Kleider gescheucht, dass der Mann sich kaum selbst hatte ankleiden können.

Vielleicht sollte er es ansprechen und einen Teil seines Lohns dafür einbehalten. Diese Strafe hatte der gesunde Bastard verdient!

Seufzend fragte sich Cam, zu was zum Teufel er sich entwickelte.

„Nimm die Schüssel und hol mir etwas."

DIE QUAL DES LORDS

Peter verneigte sich und nahm die Porzellanschüssel, in der sich wenig mehr als Galle befand.

„Was soll ich Euch holen, Mylord?"

Cam wollte sagen: „Das verdammte Opium natürlich", doch er tat es nicht. Dieser Weg führte zu nicht mehr als Bauchschmerzen, vernebeltem Denken und seltsamen Träumen, auch wenn die Seligkeit der schmerzfreien Tage und Nächte es wert war. Beinahe zumindest.

Außerdem hatte er Peter aufgetragen, ihm die verdammte Flasche Laudanum nicht zu bringen, egal, wie sehr er bettelte. *Wie erniedrigend!*

„Bring mir Brandy. Erwärmt, würde ich meinen." Würde ihm das dabei helfen, bei den schmerzhaften, abscheulichen Symptomen einzuschlafen, die aufgetreten waren, seit er das Opium abgesetzt hatte? Er bezweifelte es. Es war wahrscheinlicher, dass der Brandy entweder wieder hochkommen oder durch ihn hindurchlaufen und ein anderes ekelerregendes Ergebnis hervorrufen würde.

„Geh!", schrie er Peter an, der zögerte und wahrscheinlich auf weitere Befehle wartete.

Wie sehr Cam wünschte, er könnte seiner sterblichen Gestalt entkommen, wenn auch nur für eine Weile. Er wollte diese Hölle überleben. Er wollte wieder gehen können. Und mehr als alles andere wollte er Margaret Blackwood noch einmal begegnen.

KAPITEL EINS

Sechs Monate zuvor

Der Graf von Cambrey hatte die Wahl – ein weiterer Abend in seinem Club, umgeben von guten Freunden und gutem Brandy oder ein langer, wahrscheinlich langweiliger Abend bei Lord und Lady Marechal. Er entschied sich für Letzteres. Denn neben der Musik und den faden jungen Fräuleins, dem Champagner und den Süßspeisen und den aufgeblasenen Herren bot sich auch die Gelegenheit, Miss Margaret Blackwood zu sehen.

Gott, wenn seine Freunde wüssten, wie mondsüchtig er wegen dieses Blackwood-Mädchens geworden war … verdammt, sie würden ihn aus dem Club werfen. Aber sie hatte etwas an sich.

Sicher, dieses *Etwas* war nicht gerade subtil. Jeder verdammte Jungbulle bei jeder Veranstaltung jeder Saison sah, was Cam sah – ihre attraktive Figur, ihr glänzendes Haar in der Farbe von Karamell, goldgesprenkelte Augen, die funkelten, wenn sie lachte, und ein Lächeln, das ihm den Atem raubte. Und all dies nutzte sie mit verheerender Wirkung.

Leider nutzte sie es bei jedem Buben, der ihr über den Weg lief. Es hätte ihm gefallen, ein gewisses Maß an Bevorzugung bei ihr zu genießen, da sie sich bereits getroffen hatten, bevor die Saison überhaupt begonnen hatte, da Margarets ältere Schwester seinen besten Freund, Simon Devere, geheiratet hatte – und er war der verdammte Graf von Cambrey!

Ja, es wäre schön gewesen, ein wenig bevorzugt zu werden.

Vielleicht hatte sie wirklich ein besonderes Interesse an ihm. Sie hatten beachtlich viel Zeit miteinander verbracht, seit ihre Mutter und ihre beiden Schwestern verfrüht nach London gekommen waren. Er hatte nicht nur im Stadthaus der Deveres zu Abend gegessen, Cam und Margaret hatten bei einem Cricketspiel am neu eröffneten Fenner's Ground nebeneinander gesessen und die Spieler gemeinsam angefeuert. Ein anderes Mal hatten sie gemeinsam gelacht – so diskret wie möglich, natürlich –, als eine besonders untalentierte Sopranistin auf der Bühne von Sadler's Wells ihre Töne nicht getroffen hatte.

Dennoch standen unter und über seinem Namen immer viele andere Herren auf Margarets Tanzkarte, darunter Westing, ein Mann, der mindestens sieben Jahre jünger war als Cam, was schmerzte.

Cam war nicht uralt, aber mit achtundzwanzig war er beinahe ein Jahrzehnt älter als Miss Blackwood.

Vielleicht war sie schier zu jung.

Zu wankelmütig.

Er stöhnte auf, als sie mit ihrer Mutter und älteren Schwester den Ballsaal betrat.

Sie war zu verdammt schön!

MAGGIE LIEBTE DIE SAISON und alles daran. So sehr ihre ältere Schwester, Jenny, sie für frivol, unpraktisch, sogar lästig hielt, fand sie Maggie aufregend, anregend, und natürlich absolut notwendig. Ihr Debüt im Vorjahr war vom Tod ihres Vaters verkürzt worden. In kürzester Zeit war der Rest ihrer Familie, bestehend aus ihrer Mutter, ihren beiden Schwestern und einigen Bediensteten, gezwungen gewesen, London zu verlassen. Maggie hatte ihre Hoffnungen auf eine Zukunft mit einer geeigneten Partie hinter sich gelassen.

Ihr geliebtes Stadthaus zu verkaufen war ihr nicht leichtgefallen. In ihr kleines Häuschen in Sheffield zu ziehen und sich gezwungen zu sehen, Französischlehrerin zu werden, war niederschmetternd gewesen. Sie war von all ihren Freundinnen getrennt worden, darunter ihre engste Vertraute, Ada, eine weitere Baronstochter mit Hoffnung auf eine gute Heirat.

Zu ihrem Glück hatte ihre ältere Schwester dann die Aufmerksamkeit des Grafen von Lindsey erregt, und bevor sie dreimal um den Maibaum hatten tanzen können, waren sie schon verheiratet gewesen.

Dank dieser Wendungen fand sich Maggie hier wieder – mit einer ganzen Ballsaison vor sich und nagelneuen Kleidern. Das Leben war wunderbar!

Außerdem hatte sie die Aufmerksamkeit des weltgewandten Grafen von Cambrey auf sich gezogen, der eine recht schneidige Figur machte. Etwas an ihm brachte ihr Inneres dazu, auf unbekannte und gefährliche Weise zu kribbeln. Allerdings fürchtete sie, in seinen Augen zu interessiert zu wirken – oder in den Augen von irgendjemandem sonst. Außerdem wollte sie sich nicht mit dem ersten Mann zufriedengeben, der ihr Aufmerksamkeit schenkte.

John, wie sie ihn in privaten Gedanken nannte, war so alt wie der neue Ehemann ihrer Schwester. Nicht, dass er zu alt für sie war, doch sie fürchtete, dass er nicht ihren Sinn für Spaß teilte. Vielleicht würde er bei jedem Tanz lieber sitzen bleiben oder verlangen, dass sie ihm sofort Kinder schenkte, so wie Jenny es tat, die bereits Monate nach ihrer Hochzeit guter Hoffnung war.

Nein, Maggie wollte eine Weile leben, bevor sie sich auf so ein furchteinflößendes Abenteuer einließ. Sie war sich nur allzu bewusst, dass es ihr Leben vorzeitig beenden könnte. Sie kannte zwei Damen in ihrem Bekanntenkreis, die im letzten Jahr bei der Geburt verblichen waren.

Sie erschauderte und zwang sich, positive Gedanken an Jenny zu schicken, die in diesem Herbst gebären würde. *Bitte, Gott, lass sie eine einfache und sichere Geburt haben.*

„Warum schaust du so?", fragte ihre Mutter. „Mit einem solchen Ausdruck der Sorge entstehen Falten auf deiner Stirn und niemand wird dich ansprechen."

Ihre Mutter hatte selbstverständlich unrecht. Sobald Maggie einen Fuß auf das Tanzparkett setzte, wetteiferten ein halbes Dutzend Herren darum, sich auf ihrer Tanzkarte einzutragen.

„Einen Moment bitte, *Jungs*", neckte sie sie, wohl wissend, dass sie frech war. Natürlich sollte man die Lords Fowler und Welkes nicht so ansprechen. Doch Maggie tat es. Mehr noch, sie wusste, dass sie damit durchkommen würde. Trotz ihrer Schönheit hätte sie sich nicht dazu herabgelassen, sich so zu verhalten, als sie noch die *arme Maggie Blackwood aus Sheffield* gewesen war, deren Vater, der Baron, mittellos verstorben war.

Als Miss Margaret Blackwood, die Schwiegertochter des Grafen von Lindsey, die im Devere Stadthaus am

Portman Square wohnte, war sie eine begehrte Kandidatin. Sie konnte mit necken und noch viel mehr durchkommen.

Als sich das Gedränge der Herren auflöste, erblickte sie Lord Cambrey, der lässig und doch selbstsicher dastand, mit einem Getränk in der Hand und einem Ausdruck von leichter Belustigung auf seinem schönen Gesicht. Nein, *ihn* konnte sie nicht als Jungen betrachten, oder ihn je so nennen, ohne sich zu blamieren. Er war der Einzige, der ihr ein wenig die Sprache verschlug und das Kribbeln der Nervosität in ihrem Magen spürte; der Einzige, bei dem sie sich ein wenig unsicher fühlte.

Das mochte sie an ihm. Sie mochte es sogar sehr.

Außerdem hatte sich ihre Sorge, er könnte spießig sein, als völlig unbegründet erwiesen. Sie hatten bereits eine Menge Spaß zusammen gehabt, teilten einen ähnlichen Sinn für Humor und eine Leidenschaft für Cricket. Noch dazu bewegte sich Maggie auf dem Tanzparkett in seinen starken Armen leicht und mühelos, wenn sie der Graf so wunderbar selbstbewusst führte.

Ja, John befand sich weit oben auf ihrer Liste von heiratsfähigen Männern, und scheinbar wartete er auf seine Gelegenheit, sich auf ihrer Tanzkarte einzutragen.

Er stellte sein Glas ab und begrüßte sie alle drei.

„Lady Blackwood", sagte er an ihre Mutter gerichtet, nahm ihre Hand und verbeugte sich darüber.

„Lady Lindsey", grüßte er danach Maggies Schwester. Leider sah Jenny wie üblich so aus, als wäre sie lieber an einem beliebigen anderen Ort, als bei diesem gesellschaftlichen Anlass. Ihr Zustand zeigte sich noch nicht, jedenfalls keinem ungeübten Auge, doch während ihr Ehemann auf geschäftlichen Reisen war, schien sich ihre Schwester schier nicht amüsieren zu können.

Maggie rollte mit den Augen. Jenny war eine Gräfin und ihr Leben war festgeschrieben, verdammt noch mal!

Als Nächstes wandte sich John ihr zu. Als sich ihre Blicke kurz trafen, spürte sie einen Schauer köstlicher Vorfreude auf den bevorstehenden Abend. Dann verneigte er sich tief über ihrer Hand und hob sie an seine Lippen.

„Miss Blackwood."

„Lord Cambrey", murmelte sie.

Als er seinen Kopf hob, hielten sie den Blick des anderen für einen weiteren Moment – einen köstlich langen Moment –, bis sie spürte, dass ich ihre Lippen zu einem unwillkürlichen Lächeln verzogen.

Was war es, das sie an diesem Mann so reizte?

War es sein Aussehen? Natürlich empfand sie ihn als äußerst attraktiven Mann. Sein Haar in der satten Farbe von Kaffee und seine haselnussbraunen Augen waren anziehend, ebenso wie sein ansteckendes Grinsen. Sie mochte auch seinen großen, breiten Körperbau. Darüber hinaus waren seine Wortwahl, seine oft eigenwilligen Ansichten und sein herrlich verruchtes Lachen äußerst charmant.

Oh je, war sie diesem Mann bereits verfallen?

Maggie errötete leicht und erkannte, dass sie sich als Vierergruppe bewegten und einen mit einer Tischdecke dekorierten Tisch am Rande der Tanzfläche einnahmen. Wie Soldaten, die ihr Lager errichteten, drapierten sie ihre Umhängetücher über den Stühlen und legten ihre Pompadours auf den Tisch, wohl wissend, dass sie in diesem privaten Ballsaal keine Diebe zu fürchten hatten.

Die Musiker wärmten sich noch immer für den langen Abend auf, den sie vor sich hatten. Aufregung knisterte im Raum, oder vielleicht stellte sich Maggie einfach nur vor, dass sich jeder so fühlte wie sie – bis auf Jenny.

Bald wurde Maggie von dem ersten Mann auf ihrer Karte auf das Parkett geführt: Lord Whitely, der Sohn eines Vicomtes, der eine spitze Nase und lange Wimpern besaß, die über intelligente Augen ragten. Und dann begann der Walzer.

Cam fiel es leicht, sich mit der Ehefrau seines besten Freundes zu unterhalten, besonders, wenn sie über Simon sprachen, ihren Mann, der irgendwo auf dem Kontinent unterwegs war und Gott weiß was tat, oder über ihre reizende Schwester.

Während er sich angeregt mit Jenny unterhielt, behielt er Margaret im Auge, die über geradezu grenzenlose Energie verfügte. Sie begann an der Spitze des Grand March und setzte keinen einzigen Quadrille aus. Solange sie ihre lebhaften Bewegungen weiterführte, machte er sich keine allzu großen Sorgen über sie oder ihre Tanzpartner. Immerhin war es nicht einfach, ein Gespräch zu führen, ohne einen Tanzschritt zu versäumen. Daher bewegte sich das Tanzpaar die meiste Zeit mit wenig mehr als einem Lächeln oder einer Grimasse, wenn sie einander auf die Füße traten.

Hör auf, befahl er sich selbst. Es stand ihm nicht zu, darüber nachzudenken, ob sie einen ihrer entzückenden Dialoge mit einem Tanzpartner führte. Er hatte keinen Anspruch auf sie. *Noch nicht.*

Irgendwann, nach etwa vierzig Minuten, brauchten die Musiker eine Pause und die Gesellschaft strömte aus, um sich eine Erfrischung zu holen.

Cam hatte Jenny und ihrer Mutter bereits Getränke geholt, daher konnte er sich nun durch die Menge bewegen und nachsehen, ob er Margaret behilflich sein konnte.

Er fand sie mit Leichtigkeit, da er seine Aufmerksamkeit nie wirklich von ihr abwenden konnte. In dem blassen Blauton, der sie wie ein Engel erstrahlen ließ, sah sie einfach atemberaubend aus. Statt einem Wichtigtuer, der ihn ein unsinniges Gespräch verwickelt hätte, stand sie glücklicherweise bei einer anderen jungen Dame, die ebenso erfreut zu sein schien, an der Veranstaltung teilzunehmen.

Er seufzte bei der Erkenntnis, wie alt er sich in ihrer Gegenwart fühlte, und nickte beiden zu.

„Dürfte ich den Damen zu etwas Limonade verhelfen?"

„Wie liebenswürdig von Euch", antwortete Margaret sofort. „Tanzen macht gewiss durstig. Lord Cambrey, kennt Ihr Miss Ada Ellis?"

Er verneigte sich vor dem flachsblonden Fräulein, die neben Margarets honigbraunem Haar und ihren warmen Augen verblasste.

„Ich glaube, wir hatten noch nicht das Vergnügen. Wenn Sie beide in der Nähe bleiben, bringe ich Ihnen ein Glas erfrischend herben Nektar."

Ada kicherte hinter ihrem Fächer und Margaret rollte ihre Augen bei dieser übertriebenen Darstellung von Ritterlichkeit.

Mit einer leichten Verbeugung verließ er sie und bahnte sich einen Weg durch die Menge, bevor er von einer Wand aus schwarzen und grauen Jacketts vor den Tischen mit den Erfrischungen aufgehalten wurde. Die Bediensteten füllten die Gläser so schnell sie konnten, und doch musste man warten.

Minuten später kehrte er zu der Stelle zurück, an der er die Damen verlassen hatte. Er fluchte ein einziges Mal leise, als ihn jemand anrempelte und ihm dabei die Limonade über den Ärmel schwappte.

Als er jedoch den Ort erreichte, an dem die Fräuleins gestanden hatten, fand er dort keine bezaubernde Margaret. Mit gerunzelter Stirn sah er sich im Raum um. Zu seiner Verwunderung sah er sie ein paar Meter entfernt. Sie war noch immer mit ihrer Freundin zusammen, allerdings unterhielten sie sich nun mit zwei Männern. Wahrscheinlich poussierten sie sie. Und alle vier hielten ein Glas dieser verdammten Limonade in den Händen.

„Zum Teufel noch mal!", sagte Cam laut genug, dass es ein Paar hörte, das an ihm vorbeiging. Als die beiden mit gehobenen Augenbrauen stehen blieben, verneigte er sich bloß höflich.

„Darf ich Ihnen eine Erfrischung anbieten?", fragte er.

Erleichterung breitete sich auf ihren Gesichtern aus und sie nahmen ihm dankbar die Gläser ab.

Zweifellos hatte er Freunde fürs Leben gewonnen, denn er ersparte ihnen das Warten in der verdammten Schlange.

Er schlich zurück zum Tisch und setzte sich schwerfällig auf den Stuhl neben Jenny, mit dem Rücken zur Wand, sodass er einen guten Blick auf das Geschehen hatte.

„Haben Sie keine Verpflichtung, Mylord?", fragte Simons Ehefrau.

Er riss seinen Blick von der Menge und lächelte sie an. „Wie?"

„Zum Tanz. Kommt ein alleinstehender Mann nicht deshalb während einer Saison zu einem Ball?"

Cam nahm an, dass sie recht hatte. Mehr noch, er war mehr als unhöflich zu ihr.

„Möchten *Sie* tanzen, Lady Lindsey? Es wäre mir eine Ehre."

„Auf keinen Fall", verkündete Jenny. „Sie sollten Ihre Zeit als Junggeselle jedenfalls nicht damit verschwenden, mit einer verheirateten Frau zu tanzen. Das verstößt praktisch gegen die Regeln. Ich bin hier völlig überflüssig. Sie hingegen nicht."

Er beobachtete, wie sie sich im Raum umsah, dann tat er es ihr gleich. Bis auf Margarets Karte hatte er sich nicht die Mühe gemacht, seinen Namen zu notieren, da er nicht erwartete, sich plötzlich zu verlieben und eine Frau bei einer überschwänglichen Mazurka zu finden.

„Ich sehe mehr als nur eine Dame mit herabhängenden Mundwinkeln, die sicher überaus dankbar wären, würden Sie sie zum Tanz auffordern. Diese dort drüben, zum Beispiel." Jenny nickte zu einer Position hinter ihm.

Cam drehte sich um und sah Lady Adelia Smythe, die mit ihrem Fuß auf den Boden tappte und die Tänzer von ihrem Platz neben einem großen Farn aus beobachtete. Er hatte tatsächlich bereits bei einem anderen Ball mit ihr getanzt und fand sie recht sympathisch, obwohl sie ein Lachen wie ein störrisches Maultier in der heißen Sonne hatte, bei dem ihm die Ohren brummten.

Er seufzte laut über seine eigenen grausigen Gedanken und stand auf. Er beschloss, die Dame zu fragen und hoffte inständig, dass jemand dasselbe für seine Cousine Beryl tun würde, wenn sie sich in der Gesellschaft zeigen würde.

„Bravo, Mylord", sagte Jenny und entlockte Cam damit ein verlegenes Lächeln. Er war kein Kriegsheld wie ihr Ehemann. Er schenkte lediglich einem Mauerblümchen einen Tanz. Außerdem tat er es nicht gerade graziös. Tief in seinem Inneren hatte er erkannt, dass er lieber mit Margaret tanzen würde und zählte die Tänze, bis er an der Reihe war.

Wenn er sich nicht verrechnet hatte, dann würde er sie nach drei weiteren Tänzen für eine Polka auf das Parkett führen.

Wenn Lady Smythe keine anderen Pläne hatte, würde ihn ein einfacher Galopp in der Zwischenzeit zumindest auf die Tanzfläche und in Reichweite für ein Lächeln von Margaret bringen.

MAGGIE WURDE LANGSAM MÜDE. Die Musiker waren jedoch äußerst versiert, die Klänge, die sie produzierten, waren hell und klar, und die Tänze mit den vielen wechselnden Formationen und Paaren machten so viel Spaß, dass sie nicht aufhören wollte. Einen Tanz später verdrehte sich ihr Partner allerdings das Knie bei einer improvisierten Bewegung und sie mussten die Tanzfläche verlassen.

Als sie auf den Tisch ihrer Familie zuging, schimpfte ihre Mutter über ihre ältere Schwester, die die Stirn runzelte. Arme Jenny, das war jetzt ihr gewohnter Gesichtsausdruck, und Maggie wünschte sich von ganzem Herzen, dass ihr Schwager bald von seiner Geschäftsreise zurückkehren würde, um seine melancholische Frau in die Arme zu schließen.

„Ich wünschte, du würdest tanzen", sagte sie ihr. Beim Tanzen war es sicherlich unmöglich, so finster dreinzuschauen.

Statt zuzustimmen, fragte ihre Schwester sie: „Wo ist Lord Cambrey?"

Wahrscheinlich war nichts Seltsames an Jennys Frage. Tatsächlich hatte der Graf bei jeder Veranstaltung einige Zeit in ihrer Nähe verbracht. Manchmal fragte sie sich, ob er es nur aus Pflichtgefühl tat, um auf die Angetraute seines besten Freundes aufzupassen oder ob es vielleicht einen weiteren, persönlicheren Grund dafür gab. Maggie hoffte, dass sie seine Blicke und sein Lächeln nicht falsch verstand.

Jedenfalls sollte es nicht so aussehen, als hätten sie bereits eine Bindung aufgebaut, was nicht der Fall war. Obgleich sie sich dem Mann bereits in gewisser Weise verbunden fühlte.

„Wir können nicht mehr als zwei Tänze pro Abend zusammen tanzen, ohne dass jemand das Aufgebot bestellt", verkündete Maggie. „Es steht allerdings bald ein Tanz an."

Beinahe errötete sie bei diesen Worten. In Wahrheit war ihr die Vorstellung, dass sie und John Angsley zusammengehörten und ihre Heiratspläne öffentlich verkündet wurden, nicht unangenehm. Es war vielmehr aufregend.

„Wer ist der Nächste auf deiner Karte?", fragte ihre Mutter.

Maggie drehte das rechteckige Papier um, das an einem Seidenband um ihr Handgelenk hing.

„Oh!" Sie sah wieder Jenny an. „Das hätte ich beinahe vergessen. Dein ehemaliger Verlobter hat seinen Namen eingetragen, bevor ich begriff, wer er war, aber ich verspreche dir, dass ich ihm nicht die Ehre erweisen werde."

„Warum sollte Lord Alder mit dir tanzen wollen?" Lady Blackwood klang nicht begeistert. „Er kann sicher sein, dass ich nie eine Verbindung zwischen ihm und dir zulassen würde, nicht, nachdem er Jenny so taktlos behandelt hat. Ich bin sicher, dass andere Eltern der gleichen Meinung sind. Warum um alles in der Welt ist er überhaupt hier?", endete sie erregt und sah sich im Raum um, als könnte sie ihn allein mit der Schärfe ihres Blicks aufhalten.

Maggie war froh, dass die Empörung ihrer Mutter nicht an sie gerichtet war. Darüber hinaus hoffte sie, dass sich der wankelmütige Vicomte von ihrem Tisch fernhalten würde, wenn er wusste, was gut für ihn war und keine Szene wollte. Er mochte Jenny nach dem finanziellen Ruin ihrer Familie schlecht behandelt haben, doch viele andere Junggesellen der feinen Gesellschaft hatten schlimmeres getan.

Jedenfalls glaubte Maggie, dass Lord Alder gar nicht beabsichtigt hatte, seinen Namen auf ihre Karte zu schreiben. Sie waren bei den Erfrischungen fast zusammengestoßen, und wahrscheinlich hatte er es für seine Pflicht gehalten, ihr einen Tanz anzubieten. Seine Augen hatten sich geweitet, als er ihr ins Gesicht gesehen und erkannt hatte, dass sie Jennys Schwester war – genau in dem Moment, als auch Maggie erkannte, wer er war.

„Mummy, ich verzichte gern auf den nächsten Quadrille", sagte Maggie. „Wahrscheinlich wollte Lord Alder bloß höflich sein." Sie bereute es, ihn erwähnt zu haben. „Ich bezweifle, dass er überhaupt kommen und seinen Tanz einfordern wird."

Erleichterung überkam sie, als statt Lord Alder Lord Westing auftauchte. Er hatte bei Lady Atwoods Feier vor Weihnachten sanft ihre Hand geküsst. Als der Sohn des Herzogs von Westing und seinem obendrein schneidigen Aussehen, galt der Marquis als *der* Fang der Saison.

Nachdem er sich vor den Damen verneigt hatte, allen voran vor Lady Blackwood, richtete Lord Westing seine Aufmerksamkeit auf Maggie.

„Sie tanzen nicht, Miss Blackwood, was dem gesamten Raum enorme Freude raubt. Es ist zu spät für diesen Tanz, doch vielleicht schenken Sie mir den nächsten?"

Maggie konnte nicht anders, sie musste ihn mit ihren Augen verschlingen. Er war wahrlich schön anzusehen.

Mit seinem kräftigen Kiefer, den kornblumenblauen Augen und dem lockigen, nussbraunen Haar machte er eine ebenso gute Figur wie Lord Cambrey.

Wieso musste sie jeden Mann mit John Angsley vergleichen?, schimpfte sie über sich selbst. John war ein sehr netter Mann, doch es gab keine Übereinkunft zwischen ihnen. Tatsächlich hatte er noch vor einigen Minuten mit Adelia Smythe getanzt und selbst jetzt begann er den Quadrille mit Jane Chatley, der Tochter eines Grafen.

Das sollte sie nicht stören, doch Lady Janes Gesicht, Figur und Vermögen grenzten an Perfektion. Noch dazu schien John völlig von ihr hingerissen zu sein.

Maggie schenkte Lord Westing das Lächeln, das sie vor ihrem Spiegel geübt hatte und von dem sie wusste, dass es weder zu breit, noch zu schwach war. Es zeigte nicht zu viele Zähne und vor allem nicht ihr Zahnfleisch. Zudem verzog es ihren Mund nicht zu sehr. Es sah aufrichtig und sympathisch aus, doch es ließ sie nicht wie eine grinsende Idiotin aussehen. Kurzum, es war sehr ansehnlich, ohne auch nur einen Hauch von Schüchternheit.

Dann fügte sie einen Augenaufschlag hinzu, wie die kleinste Prise scharfen Pfeffer auf einem bereits perfekt geschnittenen Stück Fleisch. Sie sah zu, wie sich die Pupillen des Mannes weiteten.

„Nun, ich glaube, dass mein nächster Tanz frei ist", sagte sie ihm, ohne sich die Mühe zu machen, auf ihre Karte zu sehen.

Sie hörte ihre Schwester seufzen und wusste, was sie dachte – es schickte sich nicht, jemanden stehenzulassen, der auf ihrer Karte stand. Allerdings hatte Alder es bei ihr getan und Maggie konnte es ebenso.

Lord Westing sah zu der überfüllten Tanzfläche hinüber.

„Wir könnten zusammen zu den Erfrischungen gehen, bevor unser Tanz beginnt. Dort ist es gerade weniger überlaufen."

„Eine wunderbare Idee." Damit erlaubte Maggie ihrem Bewunderer, ihren Arm zu nehmen.

Nachdem er sich noch einmal vor ihrer Mutter und ihrer älteren Schwester verbeugt hatte, führte Lord Westing sie davon. Sie konnte einem Seitenblick nicht widerstehen, um zu ermitteln, wo sich John aufhielt.

Zu ihrer Verblüffung sah er genau zu ihr herüber, obgleich er sich mitten in einem Tanz mit Jane befand, und seine Augen flackerten auf, als sich ihre Blicke trafen. Und dann geschah es: Das seltsame, aufregende Kribbeln durchfuhr sie.

Wie würde es sich anfühlen, von dem Grafen von Cambrey geküsst zu werden? Sie hatte die fantastische Vorstellung, dass sie bei der Berührung seiner Lippen in Flammen aufgehen würde.

Maggie war der festen Überzeugung, dass es sich lohnen würde und beschloss, ihre Theorie bei nächster Gelegenheit zu testen.

KAPITEL ZWEI

Cam brachte seine Tanzpartnerin dorthin zurück, woher sie gekommen war, und mit unverkennbarem Eifer ging er auf die Blackwood-Damen zu. Als er an ihrem Tisch ankam, stand dort nur Jenny. Er versuchte, nicht die Stirn zu runzeln, als er die Umgebung nach Margaret absuchte, doch er wusste, dass sie nicht mittanzen konnten, wenn sie nicht auf der Tanzfläche waren, sobald die Musik begann.

„Ihre Mutter und Schwester sind verschwunden." In der Hoffnung, dass er nicht so verärgert klang, wie er sich fühlte, weil Margaret ihre Tanzverpflichtungen nicht einhielt, schenkte er ihr ein kleines Lächeln. In diesem Moment begann die lebhafte Polka und seine Chance, sie in seinen Armen zu halten, verstrich. *Verdammt noch mal!*

Jenny nickte ihm zu und sah aus, als hätte sie etwas auf dem Herzen.

„Mylord, wären Sie geneigt, einen Spaziergang durch die Galerie zu machen?"

Er unterdrückte seine Überraschung über ihre Einladung und spürte, wie sich Neugier mit Zögern mischte. Immerhin handelte es sich um die Ehefrau seines besten Freundes und die feine Gesellschaft konnte brutal mit ihren Gerüchten und Anspielungen sein. Allerdings hatte er Simon versprochen, er würde sie beschützen. Wenn Lady Lindsey einen Spaziergang machen wollte, dann besser mit ihm als mit irgendeinem Schurken.

„Gewiss, Mylady." Er hielt ihr seinen Arm hin und sie gingen durch die Doppeltür im vorderen Bereich des Raumes.

Sobald sie am Ende eines langen Gangs allein waren, der mit Gemälden und Statuen gesäumt war, blieb sie stehen.

„Ich werde es kurz machen. Ich möchte nur wissen, ob Sie von Simon gehört haben."

Er hasste es, sie enttäuschen zu müssen. „Ich bin untröstlich. Ich habe nichts von ihm gehört. Es scheint, als wäre Simon im Herzen der wilden Nationen von Europa verschwunden."

Als er ihren schweren Seufzer hörte, wünschte er sich, er könnte sie mit einem Versprechen über die baldige Rückkehr seines Freundes trösten. Alles, was er anzubieten hatte, waren leere Worte.

„Ich möchte Sie bitten, ihm zu vertrauen und sich nicht zu sorgen. Als er mir das erste Mal von Ihnen erzählte, hat er Ihnen zu Ehren praktisch wie ein Vöglein geträllert."

Dann dachte er an Simons Pflichten außerhalb seiner Ehe.

„Wie auch immer, er muss bald zurückkehren."

„Warum sagen Sie das, Mylord?"

„Das Parlament wird in ein paar Wochen offiziell eröffnet, und dem sollte er besser beiwohnen."

Sie wussten beide, dass die Folgen für einen abwesenden Vertreter im House of Lords nicht erfreulich waren, insbesondere ein möglicher Verlust von Simons Privilegien.

Allerdings bezweifelte Cam, dass Jenny ihren Ehemann noch vor Weihnachten zu Gesicht bekommen würde. Das Beste, was er stellvertretend für seinen Freund tun konnte, war, sie und ihre Familie zu den Feierlichkeiten mit seiner eigenen Familie in deren Londoner Haus einzuladen.

Das wäre keine Schwierigkeit, da seine verwitwete Mutter eine großzügige Gastgeberin war. Er war zuversichtlich, dass sie die Gesellschaft von Jenny und ihrer Mutter genießen würde. Zudem war seine Cousine Beryl gerade im Cambrey Stadthaus zu Besuch, die Eleanor, die jüngste der Blackwood-Schwestern, unterhalten konnte. Und dann war da natürlich Margaret. Sie zu Gast zu haben wäre überhaupt keine Mühe.

Nur, dass sie nicht einmal mit ihm hatte tanzen wollen.

Als sie wieder in den Ballsaal traten, erspähte er Margaret schnell mit Westing auf dem Tanzparkett. Der grünste der grünen Teufel tanzte in Cams Kopf herum. *Wie konnte sie es wagen!* Sicher, sie hatten keinerlei Übereinkunft, doch es schickte sich nicht, öffentlich einen Partner einem anderen vorzuziehen, wenn dieser nicht bereits erklärt hatte, ihr den Hof zu machen. Könnte so etwas in der kurzen Zeitspanne zwischen der letzten Veranstaltung und dieser geschehen sein?

„Ihre Schwester tanzt mit Lord Westing", kommentierte Cam die Situation Jenny gegenüber und wünschte sich sofort, er hätte seinen Mund gehalten. Es sprach wahrscheinlich Bände über sein Interesse, dass er es bemerkt und angesprochen hatte. Doch solange niemand sonst Margarets Tanzkarte gelesen hatte, bestand für Cam kein wirkliches Risiko, öffentlich gedemütigt zu werden.

Jennys nächste Worte ließen ihn leider das Gegenteil befürchten.

„Oh, ich bin untröstlich, Mylord. Ich fürchtete, dass Sie es sind, den sie so schrecklich behandelt."

Schrecklich behandeln! Was für eine Art, es auszudrücken.

„Was meinen Sie nur?"

„Sie hätte nicht mit Lord Westing davonstürmen sollen, wenn sie wusste, dass ihr ein Tanz mit Ihnen bevorstand. Es war falsch von ihr und ich werde sie strengstens zurechtweisen—"

„Nein." Sein Tonfall war zu scharf, doch er hatte seinen Stolz. „Sehr verehrte Lady Lindsey, Ihre Schwester genießt ihre Saison. Ich trug mich lediglich auf ihrer Karte ein, weil ich eine Lücke darauf sah. Nur aus diesem Grund. Solange Miss Margaret tanzt, ist alles andere unwichtig."

Wenn Westing jedoch stolpern und auf sein hübsches Gesicht fallen sollte, würde das Cam nicht im Geringsten stören.

„Wenn es jeder so halten würde wie meine Schwester, würden solche Veranstaltungen im Chaos enden. Aus praktischer Sicht sollte sie ihr Versprechen einhalten."

Cam bewunderte Jenny Blackwood Devere, die Gräfin von Lindsey, und wusste von Simon, dass sie eine höchst praktisch veranlagte Frau war. Allerdings schien sie in diesem Moment wie ein Hund mit einem Knochen, den sie nicht ablegen wollte, während er seinen verpassten Tanz mit Margaret nur vergessen wollte. Er wollte nichts davon hören, wie sich das gesamte Gefüge der Gesellschaft und im speziellen Bälle in ein absolutes Durcheinander verwandeln würden, weil ihre Schwester nicht mit ihm getanzt hatte.

„Bitte, Mylady, lassen Sie es gut sein. Es ist nichts geschehen."

Sie hielt mit ihren Ausführungen inne und warf ihm einen Seitenblick zu. „Natürlich, Mylord. Ich werde nichts weiter zu dieser Angelegenheit sagen."

Wieso bekam er das Gefühl, dass sie später ein langes Gespräch mit Margaret darüber führen würde? Er wünschte, er wäre nie auf diesem verdammten Ball erschienen.

„ICH BIN SO FROH, dass Sie uns in unserem Zuhause besuchen", verkündete Lord Cambreys Mutter, als sie Lady Blackwood und ihre Töchter in der Eingangshalle des Angsley Stadthauses am Cavendish Square begrüßte.

Cambreys Blick richtete sich sofort auf Margaret, die in einem grünen Seidenkleid mit Goldbesatz hervorragend aussah und die Weihnachtszeit zum Leben zu erwecken schien. Er trat vor, um jede von ihnen zu begrüßen, angefangen bei der Mutter bis hin zu Eleanor. Dann bot seine Cousine Beryl eine Führung durch das Stadthaus an, der nur Eleanor zustimmte. Die Mädchen rannten davon, wie junge Fohlen, während die anderen in den Salon gingen.

„Wo sind Lady Beryls Eltern?", fragte Lady Blackwood, als sie alle Platz genommen hatten.

„Der jüngste Bruder meines Ehemannes und seine Frau bleiben in ihrem Haus in Bedfordshire. Sie haben fünf weitere Kinder, Beryl ist die Älteste."

„Was für ein Segen", sagte Jenny.

Das fand Cam auch. Seine eigenen Eltern hatten nur ihn, auf den sie all ihre Hoffnungen und Träume sowie die

Fortführung der Erbfolge stützten. Er wusste, dass seine Mutter zwei weitere Kinder verloren hatte, obgleich sie nie von ihnen sprachen.

„Es ist eine Freude, Beryl bei mir zu haben", fügte Lady Cambrey hinzu, „doch ich glaube, sie ist noch nicht bereit für die kommende Saison, oder sogar für die nächste."

Sie alle nickten zustimmend, da sie gerade entweder Eleanor oder Beryl vor kindlichem Lachen quietschen und dann laut durch die Eingangshalle rennen hörten.

„Da bin ich ganz Ihrer Meinung", sagte Lady Blackwood. „Unsere Eleanor ist ebenfalls noch nicht bereit für ihr Debüt."

Genau in diesem Moment warf Margaret Cam einen Blick zu. Als sich ihre Blicke trafen, spürte er die Anziehung zu ihr durch seinen gesamten Körper strömen. Erkannte man so, dass man endlich die richtige Person getroffen hatte? Ganz sicher hatte er noch nie eine solche Zuneigung zu einer Frau gespürt.

Lust? Gott, ja! Doch Verlangen mit jeder Faser seines Seins? Nie.

Cam verbrachte den Rest des Abends damit, sich zu fragen, wie er es schaffen könnte, Zeit allein mit ihr zu verbringen. Sie hatten seit vielen Wochen keinen privaten Moment gehabt; nicht, seit sie bei Sadler's Wells nebeneinander gesessen und einen untalentierten Sänger beobachtet hatten. Das wollte er unbedingt ändern.

Nach einer deftigen Mahlzeit aus Hammelkoteletts, dem Lieblingsfleisch ihrer Mutter, zogen sie sich wieder in das Gesellschaftszimmer zurück. Jenny wollte nicht für Unterhaltung sorgen, doch Margaret ließ sich dazu bewegen, Klavier zu spielen. Tatsächlich schien sie nur noch mehr zu strahlen, als sie sich auf der Bank niederließ und alle Augen auf sie gerichtet waren.

Seine Mutter besaß eine große Sammlung von Notenblättern für Beryl und Cam sah Margaret dabei zu, wie sie durch den Stapel blätterte. Kurz bevor sie zu spielen begann, bemerkte er, wie sie Eleanor einen vernichtenden Blick zuwarf, um ihr Kichern zu beenden.

Als alles still war, stimmte sie ein fröhlich klingendes Lied an. „A Life on the Ocean Wave", riet er, obwohl es ohne Gesangsbegleitung vielen anderen ähnelte.

Er war erfreut, dass sie so gut spielte. Es gab nichts Beschämenderes als eine gut betuchte junge Dame, die sich mit großer Geste an den Flügel setzte, um dann eine Melodie zu spielen, bei denen den Anwesenden die Ohren bluteten.

„Singen Sie nicht, Miss Blackwood?", fragte seine Mutter zwischen zwei Liedern.

Margaret legte charmant den Kopf schief. „Ich fürchte, meine Stimme kann nicht mit jenen mithalten, die in den Salons von London auftreten, Lady Cambrey. Ich für meinen Teil ziehe es vor, nichts in der Öffentlichkeit zu tun, das ich nicht beherrsche. Das zeugt von Verzweiflung und dem Wunsch nach Aufmerksamkeit. Wenn es jedoch jemanden hier gibt, der mich begleiten möchte, wäre ich mehr als dankbar dafür."

Cam starrte mit geweiteten Augen, als sich niemand bewegte. Wer würde es nach einer solchen Herausforderung schon wagen zu singen? Keine der Damen meldete sich freiwillig, obgleich Beryl tatsächlich eine beschwingte Stimme besaß, mit der sie zumindest die Hälfte der Zeit die Töne traf.

Margaret wartete, dann wandte sie sich wieder den Tasten zu, um ihre Solodarbietung fortzuführen.

„Ich kann es probieren", bot Cam an, dem die Worte aus dem Mund sprudelten, bevor er darüber nachdenken konnte.

Er vernahm einen hörbaren Atemzug von Margaret. Scheinbar hatte er sie damit überrascht, das Zepter in die Hand zu nehmen. Da er in der Schule im Chor gewesen war, beschloss er, dass er sich hindurchkämpfen könnte, solange er den Text vor sich hatte und es ein Lied war, das er schon einmal gehört hatte.

Er stand von seiner entspannten Position auf dem gepolsterten Diwan und ging auf das Piano zu.

Margaret starrte ihn an.

„Sie haben die Wahl, Lord Cambrey." Dann nickte sie zu dem Stapel Musiknoten.

Er blätterte durch sie hindurch und platzierte dann einige Seiten vor ihr. Zu seiner Entzückung färbten sich ihre Wangen rosa, als sie sah, dass er ein sanftes Liebeslied gewählt hatte, das am besten von einem Mann für die Frau gesungen wurde, die er bewunderte.

Als sich Margarets Augen auf ihn richteten, hob er eine Augenbraue. Als Antwort schenkte sie ihm ein bezauberndes Lächeln, das so strahlend war, dass er einen Schritt zurücktrat. Entweder, seine Wahl gefiel ihr, oder sie wollte ihm eine Abfuhr erteilen.

Hielt sie es für eine Herausforderung, eine Einladung, eine Bekanntmachung? Er wusste es nicht. Nachdem er seine Bereitschaft mit einem Nicken bekundet hatte, begann sie zu spielen; klare Klänge, wenn auch ein wenig zu schnell für seinen Geschmack, was ihn vielleicht aus dem Konzept bringen könnte.

In der Hoffnung, genau die richtige Stelle abzupassen, begann er „Annabelle Lee" zu singen, für das man kein allzu begabter Sänger sein musste.

Er lehnte sich über sie, um den Text zu lesen und blätterte um, wenn es nötig war, wobei er versuchte, sich nicht von ihrer Nähe oder dem himmlischen Blumenduft ihres Haares ablenken zu lassen. Wenn er nicht vorsichtig war, würde er sich vor den anwesenden Damen blamieren, und er war sehr froh, dass er keine der engen Röhrenhosen trug, die einige Herren wählten, was nichts der Fantasie überlassen hätte.

Als er eine weitere Seite umschlug, streifte er ihre Schulter und sie kam ins Stocken. *Gut!* Er hatte gehofft, dass sie ihn so wahrnahm wie er sie.

Bei den letzten Noten sah sie auf die Tasten hinunter, dann stand sie von ihm abgewandt auf, sodass er unmöglich ihren Gesichtsausdruck sehen konnte. Während ihre und seine Familie applaudierten, nahm Cam ihre Hand, sodass sie zusammen eine kleine Verbeugung machen konnten.

Als sich seine Finger über ihren schlossen, spürte er, wie sie zusammenzuckte und sich dann entspannte. Sie machte einen Knicks vor dem kleinen Publikum, während er sich verneigte und dann konnte er sich nicht zurückhalten und drückte leicht ihre Hand.

Sofort sah sie zu ihm hinauf. Er hoffte, dass es Glück war, das er in ihren Augen sah, denn das war es, was er fühlte. Er war glücklich, in ihrer Nähe zu sein und sie zu berühren, wenn auch nur kurz. Anhand der sanften Wölbung ihrer Lippen konnte er erkennen, dass sie tatsächlich angetan war, zumindest von ihrem Duett.

Seine Mutter erklärte, dass als nächstes Kartenspielen auf dem Programm stand. Da die Teilnehmerzahl ungerade war, beschlossen sie, Hearts zu spielen, was für viel Gelächter und gute Laune sorgte, bis die beiden jüngeren Mädchen gelangweilt waren. Als sie in Beryls Zimmer flüchteten, um sich dort privat zu unterhalten, bevor der Abend zu Ende ging, beneidete Cam sie um ihre Freiheit.

Ehrlich gesagt wünschte er, dass er Margaret für etwas Zweisamkeit in *sein* Schlafzimmer entführen könnte, auch wenn er nicht unbedingt ein Gespräch im Sinn hatte.

Dennoch ergab sich die Gelegenheit, allein mit ihr zu sprechen, als sie an der Wand des Salons entlangwanderte und die Schmuckstücke und Kuriositäten seiner Mutter auf den Schränken begutachtete, bevor sie sich vor die Bücherregale stellte.

„Sie sind eine gute Musikerin", sagte er, als sie gerade ein Buch aus dem Bücherregal zog.

Ohne ihn anzusehen, bemerkte sie: „Mir fällt auf, dass Ihr nicht ‚hervorragend' gesagt habt."

„Ich habe Sie noch nie angelogen", sagte er und sie lachte.

Gott sei Dank war sie nicht leicht beleidigt.

„Nun gut. Ich mag ohnehin keine leeren Schmeicheleien. Ich bin eine *gute* Musikerin, aber ich könnte mich verbessern, wenn ich mehr üben würde."

„Daran habe ich keinen Zweifel", stimmte Cam zu. „Ich schätze, Sie hören nicht viele leere Schmeicheleien. Nicht, wenn Sie so viele Qualitäten haben, so viele Eigenschaften, die wahre Bewunderung wecken."

Ihre Wangen färbten sich wieder entzückend rosa.

„Und Ihr habt eine gute Stimme", merkte sie an, stellte das Buch wieder an seinen Platz und nahm sich ein anderes.

„Mir fällt auf, dass Sie nicht ‚hervorragend' gesagt haben", neckte er sie.

„Ich habe Euch noch nie angelogen", wiederholte sie.

„Nein, aber Sie haben mich ganz großartig versetzt."

Stirnrunzelnd sah sie zu ihm auf. „Ich …? Oh, unser Tanz."

War das Bedauern in ihrem Gesicht? Machte es ihn zu einem unhöflichen Gastgeber, dass er ihr Unbehagen bereitete?

„Sorgen Sie sich nicht darum", fügte er hinzu. „Ich bin sicher, Sie haben nur die Namen auf Ihrer Karte vertauscht, so voll war sie. Geradezu überfüllt."

„Ich vertausche nichts", erklärte Margaret schlicht.

Ihr Blick richtete sich an ihm vorbei auf ihre Schwester und ihm wurde übel, als er erkannte, dass Jenny definitiv mit ihr darüber gesprochen hatte. Und nun sprach er es auch noch an und verlieh dem Thema damit noch mehr Bedeutung.

Wie dumm! Hätte Margaret gesagt, dass die Verwechslung ihr leidtäte, wären sie damit fertig. Stattdessen gab sie sich uneinsichtig, indem sie ihren Fehler nicht eingestand und ließ ihn wieder hängen.

„John, komm und erzähl den Damen, was Palmerston und Russell über die Franzosen sagten. Ihre Regierung bricht zusammen, nicht wahr?"

Und damit fand sein *Tête-à-Tête* mit Margaret ein unangenehmes Ende.

Er musste mit der Obsession für diese eine junge Frau aufhören, denn sie war zu fehlerbehaftet, um seine Frau zu werden. Sie würde ihn in den Wahnsinn treiben, mit ihrer Wankelmütigkeit und ihrer Unfähigkeit, selbst für die kleinste Kränkung einzustehen.

Allerdings war es Weihnachten und sein bester Freund war für eine unbestimmte Zeit abwesend, daher würde er die Blackwoods weiter in sein Haus einladen, zumindest, bis die Saison am Anfang des Jahres wirklich begann. Es würde ein paar große Veranstaltungen geben, die seine Mutter gewöhnlich ausrichtete, und zweifellos würden Jenny und ihre Familie gerne daran teilnehmen.

Als Cam Margaret eine Woche später beim Reiten mit Westing im Hyde Park erspähte, mit ihrem Dienstmädchen als Anstandsdame, schluckte er seine Verärgerung herunter und ritt mit einem Kopfnicken an ihnen vorbei. Westing erwiderte den Gruß kühl, doch Margarets Augen weiteten sich und ihr Ausdruck war unergründlich.

Er kam nicht weiter als ein paar Meter, bevor sie seinen Namen rief.

„Lord Cambrey, bitte wartet."

Überrascht von ihrer Forschheit hielt er an und als er sich in seinem Sattel umdrehte, sah er sie auf sich zu reiten. Hinter ihr warteten Westing und die Anstandsdame.

„Miss Blackwood, stimmt etwas nicht?"

Sie wirkte aufgewühlt, was gar nicht zu ihr passte.

„Ich wollte Euch etwas sagen. Es beschäftigt mich seit dem schönen Abend in Eurem Haus."

„So?" Plötzlich dachte er, er wüsste, was kommen würde, und er wollte es ihr nicht einfach machen. Allerdings konnte er die Gelegenheit dazu nutzen, ihre glänzenden Augen und rosa Wangen zu betrachten und ihrem schönen Mund dabei zuzusehen, wie er sich entschuldigte. Er war überzeugt, dass ihm eine Entschuldigung dafür bevorstand, dass sie ihn ohne Partnerin gelassen hatte.

„Es tut mir leid, falls Eleanor zu ungestüm war. Ich hoffe, es hat Eure Mutter nicht verärgert. Meine Schwester kann übermütig sein und braucht nur wenig Anlass dazu, albern und laut zu werden."

Er blieb einen Moment still, während er ihre Worte verarbeitete. Es war eine Art Entschuldigung, doch für die falsche Blackwood-Tochter. *Wie eigenartig!* Vielleicht waren Margaret die gesellschaftlichen Regeln auf einem Ball völlig fremd.

„Ich erinnere mich nicht daran, meine Mutter etwas über Miss Eleanor sagen zu hören."

„Gut", sagte Margaret. „Dann werde ich meiner Mutter ausrichten, dass alles in Ordnung ist."

„Natürlich. Lassen Sie nicht zu, dass sich Ihre Mutter auch nur für einen Moment sorgt. Tatsächlich glaube ich, dass *meine* Mutter Einladungen für die große Feier in unserem Haus in der nächsten Woche verschickt. Auch wenn niemand sonst dort so jung sein wird, ich bin sicher, dass Eleanor eingeladen wird, um Beryl Gesellschaft zu leisten."

„Gut", sagte Margaret wieder.

Es schien, als hätten sie dieses Thema erschöpft und könnten sich nicht länger über ihre Schwester oder Cams Mutter unterhalten, doch Margaret ließ ihr Pferd weiter neben seinem stehen.

„Ihre Begleiter warten", erinnerte er sie und sah an ihr vorbei, wo Westings Pferd tänzelte, das wahrscheinlich die Verärgerung seines Reiters spürte. Ein verärgerter Marquis. *Wie wunderbar!*

„Nun, dann sollte ich gehen", sagte Margaret und begann, das Pferd von ihm wegzulenken. Als sie sich in die andere Richtung gedreht hatte, fügte sie hinzu: „Ich wusste nicht, dass es *Euer* Name war, der beim Ball der Marechals für den nächsten Tanz auf meiner Karte stand. Einen schönen Tag, Lord Cambrey."

Mit einer schnellen Bewegung ihrer Fersen in die Seiten ihres Pferdes trabte sie davon, bevor er antworten konnte. Er beobachtete sie, bis die drei␣wegritten.

So entschuldigte sich Miss Margaret also für ihre Fehler. Ein wenig unangebracht, aber sie hinterließ bei ihm den Eindruck, dass sie den nächsten Tanz nicht verpasst hätte, wenn sie auf ihre Karte geschaut und erkannt hätte, dass es seiner gewesen war.

Ihre Worte hatten seine Laune verbessert und als er davonritt, fühlte er sich so gut wie seit Tagen nicht mehr.

„Du armer, besessener Trottel", murmelte er zu sich selbst.

KAPITEL DREI

Atemlos glücklich über den Zufall an diesem Morgen betrat Maggie mit ihrem Dienstmädchen ihr Stadthaus und war froh, Lord Westing los zu sein. Es gab überhaupt nichts an ihm auszusetzen. Nicht das Geringste. Der einzige Lichtblick während des Rittes war das Zusammentreffen mit John gewesen, und die Tatsache, dass sie sich ihm gegenüber endlich entlasten konnte.

Tatsächlich war ihr Eleanors Betragen im Haus der Cambreys herzlich egal gewesen, und allen anderen auch. Es erschien ihr bloß ein guter Weg zu sein, eine Entschuldigung zu beginnen, besonders, weil ihr Handeln scheinbar seine Gefühle verletzt hatte, obgleich es gänzlich unbeabsichtigt gewesen war.

Ja, sie war recht zufrieden mit sich, weil sie diesen Fehler endlich korrigiert und den Mann darüber informiert hatte, dass sie nicht beabsichtigt hatte, ihn zu versetzen. Sie war einfach nur unachtsam gewesen.

Und für ihr tugendhaftes Verhalten heute Morgen hatte sie von einer weiteren Party erfahren, die seine Mutter ausrichtete und an der sie teilnehmen würden. *Wie wunderbar!* Sie mochte die kleineren Zusammenkünfte Zuhause noch lieber als die überfüllten, gebuchten Bälle. Sicher, es herrschte weniger Trubel, man hatte weniger Auswahl an Tanzpartnern und es war weniger aufregend. Allerdings gäbe es mehr Gelegenheit für Gespräche und das Essen war zweifellos besser.

Außerdem mochte sie Lady Cambrey sehr, deren Ehemann bedauerlicherweise vier Jahre zuvor verstorben war, so erinnerte sich Margarets Mutter. Nichts Tragisches, er war einfach ein alter Mann gewesen, der an Influenza erkrankt war. Sie hatten keine der Demütigungen erlitten, die der Familie Blackwood widerfahren waren.

„Bist du zu Hause, Liebes?"

„Ja, ich bin es, Mummy. Bin ich zu spät für Eier und Toast?"

„ICH FREUE MICH, IHRE reizende Familie wiederzusehen", empfing sie Lady Cambrey herzlich.

Das Empfangskomitee der Cambreys, einschließlich Beryl, das in der Eingangshalle ihres Stadthauses stand, war dem förmlichen Anlass der Veranstaltung entsprechend gekleidet. Auch alle Blackwood-Damen zeigten sich eleganter als bei dem vergangenen Abendessen im kleinen Kreis, an dem sie hier teilgenommen hatten.

Maggie klatschte beinahe vor Freude in die Hände und ballte sie zu Fäusten, um sich daran zu hindern, als sie sah, dass die Möbel aus dem geräumigen vorderen Salon geräumt worden waren, dessen Doppeltüren weit offen standen. Das Tanzen würde hier intim sein. Und es waren keine Tanzkarten verteilt worden, was mehr Gelegenheit dazu bot, öfter mit derselben Person zu tanzen, als es je bei den großen Bällen mit hunderten Kandidaten möglich wäre, die um jeden Tanz warben.

Sie konnte nicht abstreiten, dass sie darauf wartete, so oft wie möglich mit John Angsley zu tanzen.

Als er sich über ihre behandschuhte Hand beugte und sie an seine Lippen führte, hoffte sie, ihr Gesichtsausdruck würde ihm sagen, dass sie ihren Tanz nicht absichtlich verpasst hatte. Das Lächeln in seinen Augen sagten ihr, dass sie wieder auf gutem Fuß standen.

Sie bewegte sich weiter, um die drängenden Menschen hinter ihr hineinzulassen. Als sie in den Salon trat, fand Maggie eine kleine Gruppe von Musikern, die sich bereits in einer Ecke aufwärmten. Wie auf den meisten solcher Feierlichkeiten würde zuerst getanzt werden, dann würden sie sich alle im Speisezimmer einfinden, wo sie Speisen zu sich nehmen würden, die man im Stehen essen konnte, da es zu viele Gäste gab, um sie an einem Tisch unterzubringen. Und dann würden sie noch viele Stunden bis in die Nacht hinein weitertanzen.

In Erwartung eines schönen Abends nahm Maggie ihren Platz bei ihrer Familie ein und beobachtete, wie die anderen Gäste eintrafen.

CAM BESCHLOSS, AUF NONCHALANTE Unnahbarkeit zu verzichten. Tatsächlich dachte er, sobald er Margaret hereinkommen sah, *Zum Teufel mit dem Schein des*

Desinteresses. Dies war sein Zuhause, seine Feier und sein verdammter Salon. Zumindest gehörte das alles zum Teil ihm und zum Teil seiner Mutter. Und Lady Cambrey hätte nichts dagegen, wenn er Margaret um den ersten und sogar um den zweiten Tanz bat. Sie würden den Grand March anführen, auch wenn es wahrscheinlich eher ein Miniatur-March sein würde.

Als Margaret auf ihn zugekommen war, spürte er, wie er sie anstrahlte, wie ein Schuljunge, der Süßigkeiten ansah. War es möglich, dass ihre Augen die funkelndsten, ihre Haut, besonders am Dekolleté, die zarteste und sogar ihre Locken die schönsten waren, die er je gesehen hatte? Sie schien einen Glanz zu haben, der jede andere Frau blass und langweilig erscheinen ließ.

Er wünschte, seine Lippen könnten mehr berühren, als nur ihre behandschuhte Hand. Und dann verschwand sie inmitten der Feiernden.

Nachdem die letzten Gäste eingetroffen waren, konnte Cam endlich in den Salon einkehren. Scheinbar waren alle Eingeladenen gekommen, denn es herrschte reges Gedränge am Rande des großen Saals. Da Cam einen Abend wie beim vorherigen intimen Treffen mit den Blackwoods vorzog, war das Einzige, was es hätte besser machen können, dass sein Freund Simon aus Europa zurückkehrte, um seine Frau in die Arme zu schließen. Das, und wenn Cam in der Lage gewesen wäre, Margaret mit mehr zu berühren als nur ihre Schulter zu streifen, als er ihre Notenblätter umblätterte.

Zumindest heute Abend würde er sie in seinen Armen halten.

Wie er es sich erhofft hatte, stimmte sie zu, seine Partnerin für den Grand March zu sein, und sie führten die Paare in einem komplizierten Tanz aus Kreisen und

Drehungen und sogar durch einen Bogen aus den Armen der anderen an.

Schrecklich frustrierend, dachte Cam. Was er wollte, war ein Walzer, damit er sie festhalten konnte. Zu seiner Freude war der nächste Tanz tatsächlich ein Walzer und da sie noch an seiner Seite war, schien es das Natürlichste der Welt zu sein, auch diesen Tanz zu teilen.

Innerhalb weniger Wochen, seit dem letzten Mal, als er mit ihr getanzt hatte, hatte sich etwas verändert. Nicht an *ihr*, denn sie war noch genauso bezaubernd, genauso temperamentvoll und leichtfüßig wie zuvor. Vielleicht lag es einfach daran, dass er bei den verschiedenen gesellschaftlichen Veranstaltungen mehr mit ihr sprechen konnte. Vielleicht war es sogar das Duett, das sie dargeboten hatten.

Was hatte sich verändert?, fragte er sich, als er zu ihr heruntersah. *Was fühlte er?*

Zugehörigkeit. Es fühlte sich an, als gehörte Margaret Blackwood zu ihm. Sie passten so gut zusammen. Als sie mit ihren goldgesprenkelten braunen Augen zu ihm aufsah und ihm den Atem raubte, konnte sich Cam nicht vorstellen, je die gleichen Gefühle für jemand anderen zu empfinden. Tatsächlich hatte er das noch nie. Er war einst mit einer wunderschöne Kurtisane im Bett gewesen, von der ein Freund behauptet hatte, sie würde ihn völlig aus dem Konzept bringen. In der Tat war sie in vielerlei Hinsicht großartig gewesen, vor allem mit ihren Lippen und ihrer Zunge, aber sie hatte ihn nicht atemlos gemacht. Und sie hatte ihn definitiv nicht dazu gebracht, sie nur für sich selbst zu wollen.

Mehr noch, diese ungewohnte Besessenheit für Margaret löste ein unerwünschtes Gefühl aus: Eifersucht! Er wollte nicht, dass sie mit Westing ausritt oder mit ihm tanzte, oder mit irgendjemand anderem.

Was für ein verdammtes Ärgernis! Er festigte seinen Griff um ihre Taille und ihre Hand und sah zu, wie sich ihre Augen weiteten, während sie über das Parkett wirbelten. Er würde gerne ihre Augen sehen, wenn er sie verwöhnte, er würde gerne hören, wie sie lustvolle Laute von sich gab, wenn er …

Beinahe stolperte er über seine eigensinnigen Gedanken – und über seine eigenen Füße – und er schluckte und konzentrierte sich auf die Gegenwart. Vielleicht war es doch nur Lust. Er sollte Margaret zu einer abgelegenen Stelle im Garten führen und sie bis zur Besinnungslosigkeit küssen.

Einer von ihnen würde in jedem Fall besinnungslos sein!

Und dann endete der Walzer und Cam führte sie zurück zu ihrer Familie. Eleanor und Beryl waren verschwunden. Da sie nicht tanzen sollten, probierten sie wahrscheinlich die Süßigkeiten, die auf Tabletts im Speisezimmer aufgetürmt waren.

Er hatte nicht den Wunsch, sich Margarets Gesellschaft zu entziehen oder mit einer anderen Dame zu tanzen, also erwog Cam seine Optionen. Zum dritten Mal mit ihr zu tanzen wäre äußerst unhöflich gegenüber den anderen Gästen der Party.

„Sollen wir meine Cousine und Ihre jüngere Schwester suchen gehen? Wie ich sie kenne, könnten sie Unfug im Sinn haben."

Er beobachtete, wie Margarets Gesichtsausdruck von Überraschung zu Zustimmung wechselte.

„Ich schätze, ich sollte dabei helfen, meine Schwester zur Vernunft zu bringen. Mummy, ich war nie wie Eleanor, nicht wahr?"

Lady Blackwood hob ihre Augenbrauen. „Nein, meine Liebe." Sie drehte sich zu ihm um und fügte hinzu: „Keine meiner Töchter waren sich je ähnlich. In Eleanors Alter war Jenny statt auf einer Feier lieber zu Hause und löste ein Puzzle, und Maggie widmete sich wahrscheinlich jeder einzelnen Seite von *Le Follet*, während sie neue Frisuren vor ihrem Spiegel ausprobierte."

„Mummy", rief Margaret aus. „Sicherlich gibt das Lord Cambrey den Eindruck, dass ich nur Mode und mein Aussehen im Kopf habe."

„Nicht im Geringsten", hörte Cam sich zu ihrer Verteidigung sagen. „Offenbar haben Sie die Lektionen in dem Magazin gut genutzt und sollten dafür gelobt werden, dass Sie sie studiert haben. Sie sind mit Abstand die modischste Dame hier."

Was für einen Unsinn sprach er da? Außerdem hatte er gerade die anderen Blackwood-Frauen beleidigt. „Mit Ausnahme der Anwesenden natürlich", fügte er eilig hinzu.

Hör auf zu reden. Hör einfach auf. Die drei Damen sahen ihn an und dachten zweifellos dasselbe. Jenny versuchte offensichtlich, ihn nicht auszulachen und Margaret errötete stark. Es blieb ihm nur, ihr seinen Arm anzubieten, den sie nahm.

Nach einer weiteren Verbeugung vor den anderen Damen, führte er Margaret davon, angeblich, um nach den verschwundenen Mädchen zu *suchen*.

„Das war sehr galant", raunte sie ihm leise zu.

Er wertete das als gutes Zeichen. Sie waren sich vertraut genug, dass sie ihn wegen dieses *Fauxpas* necken konnte. Hervorragend.

„Ich bemühe mich darum", gab er zurück. „Immerhin bin ich diese Saison ein geeigneter Junggeselle."

Es klang, als würde sie schnauben. „Ihr wart schon bei mehr als *einer* Saison ein geeigneter Junggeselle. Ich bin sicher, dass bestimmte Damen glaubten, Ihr suchet eine Ehefrau. Ist Euch das nicht aufgefallen?"

Nannte sie ihn alt? Vielleicht, aber sie hatte auch zugestimmt, dass er geeignet war.

„Tatsächlich habe ich mir bis zu diesem Jahr nicht viel daraus gemacht."

Sie standen im breiten Flur. Allein. Zur Sicherheit sah er sich um und beschloss, einen Plan voranzutreiben.

„Ich möchte morgen früh mit ihnen ausreiten."

In Wahrheit wollte er die wochenlangen Ausritte und Ausflüge mit der Kutsche überspringen, die sie in Begleitung ihres Dienstmädchens verbringen würden, und die Stippvisiten in ihrem Salon, wo sie über Belangloses sprechen und vorsichtig kokettierten, während eine Anstandsdame anwesend war. Das alles schien für jüngere Paare gedacht zu sein.

Ja, er wollte mit ihr ausreiten. Und dann, wenn sie allein waren, wollte er sie küssen, darüber reden, ob sie in der Stadt oder auf dem Land leben wollte, sie noch mehr küssen und dann sofort entscheiden, ob sie zueinander passten.

Er konnte romantisch sein und das Vergnügen hinauszögern, *nachdem* sie eine Entscheidung getroffen hatten, aber Zeit zu verschwenden, *bevor* sie wussten, ob sie gut zusammenpassen würden, erschien ihm albern. Vielleicht war er zu alt für dieses Spiel.

„Liebend gern", sagte Margaret. Er bildete sich nicht nur ein, dass sie sichtlich strahlte und kam ein Stück näher. Ihre Augen glänzten und sie leckte sich die Lippen, um sie zu befeuchten, und er konnte nichts anderes ansehen als ihre pralle Perfektion.

Plötzlich fühlte er sich ermutigt. *Verdammt noch mal*, er war John Angsley, fast dreißig und kein junger Mann, der grün hinter den Ohren war. Mit einer schnellen Bewegung stieß er sie rückwärts in den Schatten unter der Treppe, zog ihren Körper an sich, beugte sich herunter und eroberte ihren Mund.

Weiche Lippen schmiegten sich an seine festen. Erfreut darüber, dass sie nicht scheu war, legte Cam seine Hände auf ihre Taille, die, soweit er sie durch die Schichten hindurch fühlen konnte, schmal und kurvig war. Im Gegenzug legte sie ihre behandschuhten Hände auf seine Brust.

Ohne Protest küssten sie sich weiter und er neigte seinen Kopf, um den Mund der Frau besser zu erreichen. Cam wollte an ihrer vollen Unterlippe knabbern, aber das erschien ihm unüberlegt. Trotzdem konnte er nicht umhin, sie mit seiner Zunge zu berühren, über ihre pralle Form zu lecken und sie zu schmecken.

Beinahe sofort öffnete sie ihre Lippen und seine Zunge glitt hinein.

Während er ihren süßen Mund erforschte, verlor er die Zeit aus den Augen, bis er Schritte auf der Treppe über ihnen hörte. Schnell brach er die Berührung ab und sprang zurück, ehe er ihre Hand ergriff und sie aus dem abgelegenen Bereich in das Licht der Halle zog.

Margaret sah herrlich benommen aus, und ihr Mund war leicht geschwollen, das Zeugnis einer frisch geküssten Frau. Eine Woge des Stolzes stieg in ihm auf.

Vor allem musste er sichergehen, dass es nicht so aussah, als hätten sie herumgelungert oder genau das getan, wonach es aussah.

„Ja", sagte er laut, „ich stimme zu, dass es eine Schande ist, dass so viele Häuser für die Waterloo Bridge Station abgerissen werden mussten, doch am Ende werden die Londoner sicher enorm davon profitieren."

Margaret sah ihn an, als sei er verrückt geworden. Dann lächelte sie und begann zu kichern.

„Natürlich, Mylord", sagte sie und versuchte, zu Atem zu kommen. „Waterloo Bridge Station!"

Mittlerweile waren die Schritte, die tatsächlich von zwei Personen stammten, am Fuß der Treppe angekommen, und gingen hinter ihnen zum Speisezimmer. Die verschwundenen Mädchen waren zurückgekehrt.

„Ist es Zeit zum Essen?", fragte Beryl und bewegte sich an ihnen vorbei, um zu sehen, was bereits aufgetischt worden war. Kleine mit Fleisch gefüllte Teigtaschen, die man mit den Fingern aufheben konnte, ebenso kleine Quadrate von Hackfleischpastete und mehr wurden auf Tabletts aus der Küche gebracht. Die Nachtischauslage war noch nicht einmal aufgestellt.

„Nein, es ist noch nicht so weit", sagte Cam, dankbar für die alltägliche Aufgabe, seine Cousine zurechtzuweisen. „Die Tänze haben gerade erst begonnen. Es ist ein warmer Abend. Warum machen du und Eleanor nicht einen Spaziergang im Garten? Ich glaube, ich habe Glühwürmchen bei den Rosen gesehen."

Die Mädchen lachten und Beryl rollte mit den Augen. „Wir interessieren uns nicht für Glühwürmchen, Cousin. Aber wir werden trotzdem hinausgehen. Vielleicht entdecken wir Paare, die sich dort draußen küssen."

Sie spazierten durch die Tür, doch dann hielt Beryl inne. „Genauso, wie wir hier drin ein paar Küssende entdeckt haben."

Die Mädchen verschwanden unter noch lauterem Gelächter und ließen sie in Stille zurück.

Cam sah Margaret an, die ihn anstarrte.

„Oh je", sagte sie schließlich, sah jedoch nicht besonders besorgt aus. „Eleanor wird nichts verraten, Mylord. Sorgt Euch nicht zu sehr ihretwegen. Was ist mit Beryl?"

„Beryl sollte eingesperrt werden, bis sie Manieren lernt. Ich fürchte, dass sie hier, ohne die Aufsicht ihrer Mutter, etwas ungezügelt ist."

„Ich glaube, sie würde sagen, dass wir beide es waren, die ungezügelt sind."

Er grinste sie an. „*Touché*."

Sollte er noch weiter über den Kuss sprechen? Eine Entschuldigung wäre eine Lüge, und er hatte das Gefühl, dass sie es nicht mögen würde, wenn er Reue vortäuschte, genauso wie ihm vorgetäuschte Empörung nicht gefallen würde.

Cam beschloss, es als besonders gute Erinnerung an diese Feier zu belassen und zeigte auf das Festmahl, das von den Dienern aufgebaut wurde, die immer wieder mit noch mehr Tabletts voller Essen in den Raum hinein und wieder hinauseilten.

„Hätten sie gern etwas, bevor die Horde von hungrigen Tänzern herbeistürmt?"

„Vielen Dank, aber nein." Sie warf ihm einen langen Blick zu, der ihn stutzig machte, aber alles, was sie sagte, war: „Ich sollte besser zu meiner Familie zurückkehren."

Cam nahm ihren Arm und führte sie zurück in den Salon, wobei er ein seltsames Gefühl von Erfolg verspürte. Er hatte die schönste Frau auf der Feier geküsst.

Himmelherrgott! Er hatte die schönste Frau in ganz London geküsst.

Unglücklicherweise waren ihre Schwester und ihre Mutter von den Lords Fowler und Burnley, beides Vicomtes, umzingelt. Cam fand an beiden nichts auszusetzen, außer dass sie existierten und sich nun in der Nähe von Margaret aufhielten.

In diesem Moment konnte er nicht viel tun, außer mit anderen Damen zu tanzen und sie im Auge zu behalten. Glücklicherweise hatte Lady Chatley, die angenehm, wenn auch ein wenig fade für jemanden in ihrem Alter war, ihren letzten Tanz beendet und würde hoffentlich den nächsten mit ihm gutheißen.

Nie hätte er sich träumen lassen, dass er Margaret in dreißig Minuten nach seiner Taschenuhr dabei erwischen würde, wie sie einen anderen Mann küsste.

KAPITEL VIER

„Ihr saht wie das ideale Paar aus", sagte Lady Blackwood, nachdem Lord Cambrey außer Hörweite war.

Maggie lächelte. *Das ideale Paar.* Das hatte sie gehofft. Doch was konnte sie sagen, ohne sich wie eine Idiotin aufzuführen?

„Der Graf ist ein hervorragender Tänzer."

„Aber *magst* du ihn?", fragte Jenny.

„Natürlich mag ich ihn", antwortete Margaret. Was für eine dumme Frage ihre Schwester da gestellt hatte. So untypisch für sie. „Was kann man an ihm nicht mögen?"

Seufzend tippte Jenny mit dem Fuß auf den Boden, als der nächste Tanz begann.

In der Abwesenheit von Lord Westing, mit dem sie eine Vielzahl von Gesprächen und Tänzen genossen hatte, der scheinbar jedoch nicht eingeladen war, nahm Maggie die Hand von Lord Burnley, der ein wunderbarer Polka-Tänzer war. Als die Musiker zwei Polkas nacheinander spielten, schien es nur natürlich, einen zweiten mit ihm zu tanzen und sich dann gemeinsam auf die Suche nach Erfrischungen zu machen.

Der Abend war ein großer Erfolg, besonders wegen John Angsleys unglaublichem Kuss. Wer hätte gedacht, dass ein Kuss so sein konnte, voller Versprechen auf noch mehr Vergnügen?

Der Gedanke daran, die Erinnerung an seine Lippen – und seine Zunge! – und wie ihr Körper mit Hitze und Kribbeln und sogar Nässe reagiert hatte, all diese Gedanken beschäftigten sie während sie die beiden Tänze, wobei sie lächelte und ihre Schritte fortsetzte.

Bei einem Glas Ingwerlimonade, als der blonde Vicomte vorschlug, im Garten von Lord Cambrey spazieren zu gehen, stimmte sie zu. Was könnte dort schon passieren, wenn Beryl und Eleanor wahrscheinlich wie kleine Äffchen an den Bäumen baumelten und jeden mit Argusaugen beobachteten?

Seltsamerweise war der Garten allerdings verlassen. Maggie spürte ein seltsames Gefühl in ihrem Magen, als sie erkannte, dass sie zum zweiten Mal an diesem Abend mit einem Mann allein war. Was sagte das über sie aus? Sie hatte keinen Schimmer. Sie fühlte sich nicht unsittlich oder unmoralisch. Sie wollte bloß das Leben kosten. In ihrem Alter war eine solche Sehnsucht sicherlich akzeptabel.

Sie ließen ihre Gläser auf der Brüstung stehen und traten von der Terrasse in die gepflegten Gärten.

„Es ist recht dunkel", sagte Maggie. Es überraschte sie, denn im Stadthaus der Deveres, in dem sie nun wohnte, brannten im Garten beinahe jeden Abend Lichter. Dennoch erkannte sie die Torheit ihrer Aussage. Natürlich war es dunkel! Es war Nacht und der Außenbereich des Hauses war nicht für Gäste vorbereitet worden. Sie sollten sofort wieder hineingehen.

Stattdessen hatte Lord Burnley ihren Arm unter seinen geklemmt und sie gingen einen schmalen Weg entlang, vorbei an einer Vogeltränke und noch weiter, bis sie den relativ kleinen Garten durchquert hatten und an der Mauer ankamen.

„Ich weiß, dass wir uns nur ein paar Mal begegnet sind und bei noch weniger Gelegenheiten getanzt haben, doch ich habe Sie beobachtet und mich nach Ihnen erkundigt, Miss Blackwood."

„Wirklich?" Maggie ließ zu, dass er einen Schritt näher kam. Da Lord Burnley keinen Hinweis darauf gab, gefährlich zu sein, ließ sie ihn gewähren.

„Ja, wirklich. Ich würde Sie sehr gern näher kennenlernen. Nach dem, was ich bereits weiß, haben Sie ein entzückendes Gemüt."

Sie lachte fast.

„Wie reizend von Euch, Mylord. Vielleicht ist es angebracht, einen Buchstaben auszutauschen, denn man könnte mich eher entrückend als entzückend nennen, und das auch nicht immer auf eine schmeichelhafte Art."

Er lächelte sie an.

„Das ist schwer zu glauben. Ich habe nur von Ihren Verehrern gehört."

Ihre Verehrer? So wie John Angsley, wie sie hoffte.

Plötzlich wünschte sie sich, ein wenig näher am Haus und am Licht zu sein, das sie aus den vielen Fenstern strömen sah.

„Gehen wir?" Maggie deutete auf den Weg, den sie gekommen waren.

„Natürlich", stimmte der Vicomte zu und sie wandten sich dem Haus zu. „Darf ich Sie im Haus Ihres Schwagers besuchen?"

Nach kurzem Überlegen hatte sie nicht das Gefühl, ja sagen zu müssen, wie sie es getan hatte, als John sie zum

Reiten einlud. Aber sie wollte auch nicht endgültig nein sagen. Im Hinterkopf hatte sie immer den Gedanken daran, was ihrer älteren Schwester passiert war. Jenny hatte im Vertrauen auf das mündliche Versprechen, das Lord Michael Alder für sie gegeben hatte, zugestimmt, und dann hatte er dieses Vertrauen mit einem Schlag gebrochen.

Keine Übereinkunft war gewiss, das wusste Maggie, nicht bevor ein Vertrag unterschrieben und ein Ring an den Finger gesteckt worden war, und selbst dann …

„Ja, Ihr dürft." Sie sah ihn an, um ihre eher kühle Antwort mit ihrem geübten Lächeln zu unterstreichen.

Bald waren sie wieder auf den Stufen der Veranda angekommen und Lord Burnleys Hand streichelte ihren Arm an ihrem Ellbogen über dem Handschuh.

„Miss Blackwood." Er hielt sie fest.

„Ja?" Als sie sich zu ihm umdrehte, verspürte sie einen kleinen Anflug von Aufregung.

Seine blauen Augen sahen im schwachen Licht sehr dunkel aus und sein intensiver Blick lag auf ihr. Sein hübsches Gesicht wurde durch das Spiel der Schatten noch interessanter, und sein helles Haar fing das Licht ein und glänzte wie ein Heiligenschein.

„Ich weiß, dass es furchtbar forsch ist", sagte Lord Burnley leise, „aber ich würde Sie sehr gern küssen. Darf ich?"

Ihr Herz schlug schneller. *Oh je.* Sie wusste, dass es falsch war, im einen Moment John zu küssen und im nächsten Lord Burnley, an dessen Vornamen sie sich nicht erinnern konnte. Doch sie wollte ihn küssen. Wenn auch nur zum Vergleich. Wenn auch nur, um alle Zweifel daran auszuräumen, wie besonders der Kuss mit John gewesen war. Wie sonst sollte sie herausfinden, ob das Empfinden, das durch ihren Körper gerauscht war, als John sie geküsst hatte, etwas Einmaliges oder dasselbe war, das sie bei jedem Kuss spüren würde?

Es gab nur einen Weg, es herauszufinden.

„Ja."

Er zögerte nicht, und das gefiel ihr an ihm. Er senkte seinen Kopf, drückte seine Lippen auf ihre und neigte sogar den Kopf, wie John es getan hatte.

Seine Lippen fühlten sich nicht schlecht an. Sie waren fest und trocken. Sein Atem war frisch und roch ein wenig nach Ingwer. Sein glatt rasiertes Gesicht war nicht unangenehm. Er knabberte nicht an ihr oder leckte an ihrer Unterlippe. Und sie verspürte keine Lust, ihre Lippen zu öffnen und seine Zunge zu berühren.

Der Kuss fühlte sich … nicht so an wie Johns Kuss. Angenehm, aber nicht aufregend. Ihr Herz hämmerte nicht, und sie spürte weder Wärme noch Nässe. Es machte ihr nicht einmal etwas aus, als er endete. Der Kuss war genau so, wie ein Kuss sein sollte, aber es war der falsche Mann.

Maggie hatte ihre Antwort.

Und dann hörte sie ein Husten, oder vielleicht ein Brummen.

Eilig lösten sie sich voneinander und als sie sich umdrehte, sah sie John auf der Terrasse stehen. Mit dem Licht seines eigenen Hauses hinter sich lag Lord Cambreys Gesicht in Dunkelheit, doch Maggie konnte trotzdem seine wütende Miene ausmachen. Angesichts der Situation, in der sie sich törichterweise hatte erwischen lassen, schnürte sich ihr Magen zusammen. Nicht, weil sie um ihren Ruf fürchtete, da John niemandem etwas verraten würde, und auch nicht, weil sie wünschte, dass der Kuss länger angedauert hätte.

Nein, sie bereute nur, dass sie sich zusätzlich zu ihrem Betragen auf dem Ball der Marechals nun auch noch als so flatterhaft und oberflächlich erwies, wie sie es von einigen gehört hatte. Normalerweise wurden diese Anschuldigungen von anderen Frauen geflüstert, die unverhohlen eifersüchtig auf ihr Aussehen waren und nach jedem Fehler suchten, den sie finden konnten.

Maggie wusste zwar, dass sie nicht die Lorbeeren für ihr Aussehen einheimsen sollte, doch wenn sie John verletzt hatte, musste sie die Schuld für ihr unbedachtes Handeln auf sich nehmen.

„Miss Blackwood, sind Sie das in der Dunkelheit?"

Wie nett von ihm, so zu tun, als könne er sie kaum sehen.

„Ja, Lord Cambrey, ich bin es. Sucht Ihr nach mir?" Sie entfernte sich von Lord Burnley und begann, die Stufen hinaufzugehen.

„Ich sagte Ihrer Mutter, ich würde Sie suchen. Ihre Schwester fühlt sich nicht wohl und möchte gehen. Da Eleanor bereits wieder aufgetaucht ist, warten sie nur noch auf Sie."

Seine Stimme war ruhig, doch sie konnte eine Härte darin vernehmen, die sie noch nie gehört hatte. Kritisch, enttäuscht, vielleicht sogar niedergeschlagen.

Ein ungewohntes Gefühl, Scham, durchströmte sie und schnürte ihr die Kehle zu. Als John sie nicht berührte, nicht einmal ihren Arm nahm, als sie sein Haus wieder betraten, spürte sie ein starkes Gefühl von Verlust. Hinter ihr hörte sie Lord Burnleys Schritte auf der Treppe, drehte sich aber nicht um, um ihn zu würdigen.

John sagte kein weiteres Wort, und sie gingen schweigend den Flur entlang zur Gesellschaft. Reue verzehrte sie und sie wünschte sich sehnlichst, sie könnte das, was sie getan hatte, rückgängig machen oder es zumindest diskreter tun. Wenn sie doch nur die Möglichkeit gehabt hätte, die Besonderheit ihrer Gefühle für den Grafen zu entdecken, ohne dabei von ihm entdeckt zu werden.

Verdammt!

Zudem war ihr Verlust von Johns Gunst umsonst gewesen, denn Jenny hatte sich mit einem Glas gekühltem Mineralwasser mit Minzblättern wieder erholt. Sie wollten auf der Feier bleiben. Alle setzten sich nun in Richtung Speisezimmer in Bewegung, genau als Maggie ihre Familie erreichte.

Mit einem stillen Nicken verschwand John in der Menge. Als sie ihn das nächste Mal sah, hielt er einen Teller für Jane Chatley, während sich die Lady entschied, was sie in ihren großen, lächelnden Schlund stopfen sollte.

„Maggie, hörst du zu?" Die Stimme ihrer Mutter durchbrach ihre unschönen Gedanken.

„Ja, Mummy. Was sagtest du?"

„Wenn du fragen musst, hast du nicht zugehört."

Als sie Eleanor lachen hörte, drehte sich Maggie zu ihr um und ein Anfall von Verärgerung brachte sie fast dazu, ihrer Schwester zu befehlen, sich zu benehmen. Doch als sie die großen Augen und das unschuldige Gesicht ihrer Schwester sah, hielt sie inne. Sie hatte niemandem außer sich selbst die Schuld zu geben. Sie war diejenige, die sich besser benehmen musste.

Statt der Gemeinheit, die sie beinahe von sich gegeben hatte, fragte Maggie Eleanor: „Was möchtest du essen? Ich bin dafür, dass wir alles probieren. Es ist wichtig, Neues auszuprobieren", fügte sie hinzu. „Wie soll man sonst wissen, was man wirklich mag?"

Jennys fragende Augenbrauen brachten Maggie dazu, zu verstummen und sich einen Teller zu nehmen. Dann sagte sie: „Ich für meinen Teil esse Austern auf Toast."

ALS ER AM NÄCHSTEN Morgen ächzend erwachte, wäre Cam beinahe nicht zu seiner gewohnt frühen Stunde aufgestanden, um im Park auszureiten. Er war lange wach gewesen, da die letzten Gäste bis in die frühen Morgenstunden geblieben waren, lange, nachdem die Blackwoods gegangen waren, also lange, nachdem er noch Interesse an der Feier gehabt hatte. Er wollte sie alle loswerden, sobald er sah, wie Margaret sich von Burnley küssen ließ.

Oder hatte Margaret Burnley geküsst?

Wie auch immer, es verärgerte ihn und machte ihn eifersüchtig, zwei Empfindungen, die er normalerweise nicht mit Frauen assoziierte.

Trotz Margarets enttäuschendem Auftritt hatte er ein unterhaltsames Gespräch mit Lady Chatley geführt, die eindeutig mehr als nur den Modeteil der Tageszeitungen gelesen hatte. Außerdem hatte sie ihn mit ihrem Wissen über das Zeitgeschehen überrascht. Sie hatten zusammen in einer Ecke stehend gegessen und dann noch ein paar Tänze getanzt.

Leider hatte er zu viel Zeit damit verbracht, sich danach umzusehen, wer Margarets Tanzpartner war, was sein eigenes Tanzvergnügen geschmälert hatte.

Tatsächlich war die ganze Freude an diesem Abend verflogen, als er sah, dass Burnleys Mund an der Stelle war, an der wenige Minuten zuvor noch seiner gewesen war. Es ergab keinen Sinn, wie er die Dame in zweierlei Hinsicht so falsch einschätzen konnte. Erstens schien sie nicht wie ihre treue Schwester zu sein, die Simon Devere unerschütterlich ergeben war, egal, wie lange seine Abwesenheit dauerte.

Und zweitens hatte sich Cam vorgestellt, dass Margaret ihren Kuss als ebenso besonders empfunden hatte wie er. Er nahm an, dass er mehr Erfahrung hatte – *verdammt*, er hoffte, dass dies der Fall war, oder er hatte sie gleich in dreierlei Hinsicht falsch eingeschätzt. Selbst für ihn, der schon viele des schöneren Geschlechts geküsst hatte, hatte der Kuss ein berauschendes Gefühl hinterlassen.

Und er wollte mehr.

Er konnte sich beim besten Willen nicht vorstellen, eine halbe Stunde später die Lippen einer anderen Dame zu berühren, so sehr waren seine Gedanken bei Margaret *Der-Teufel-soll-sie-holen* Blackwood!

Cam hatte sich in sein Privatzimmer zurückgezogen, als der Diener die Türen hinter den letzten Gästen schloss und dann hatte er mehr getrunken, als er sollte, in dem Wissen, dass sein Kopf am nächsten Morgen schmerzen würde. Besser sein Kopf, nahm er an, als sein Herz.

Dieses Organ konnte nun nicht mehr von der wankelmütigen Hexe mit den funkelnden Augen beeinflusst werden.

Cam hievte sich aus dem Bett, ließ sein Pferd satteln und machte sich auf den Weg zum Hyde Park. Dort gab er dem temperamentvollen Wallach das Kommando zum Galopp. Während er ein paar Minuten lang über die meist leeren Reitwege peitschte, begann er sich besser zu fühlen.

Immerhin war er noch ein potenter Mann im Besitz seiner Gesundheit und lebte in London, der wohlhabendsten und schönsten Stadt der Welt. Außerdem war er ein Graf, obgleich er es vorgezogen hätte, wenn sein Vater noch lebte und er noch ein paar Jahre länger Vicomte geblieben wäre.

Wie das Schicksal es wollte, standen ihm nun allerdings viele Türen offen. Er hatte weise investiert und hatte gute Freunde. Er wollte nichts außer einer Ehefrau und er sollte sich glücklich schätzen, dass es so viele reizende Damen in der Stadt gab. Außerdem hatte er, solange er noch unverheiratet war, viele Gelegenheiten, die Demimonde zu besuchen und sich mit der einen oder anderen hübschen und geschickten Zypriotin zu vergnügen.

Ja, das Leben war gut.

Und dann traf er Margaret Blackwood, die mit Burnley ausritt. Und, oh Freude, auch Westing saß auf einem schönen Pferd, mit einer weiteren Debütantin und einem Dienstmädchen als Anstandsdame.

Als könne das Dienstmädchen etwas ausrichten, wenn die jungen Bullen beschlossen, sich an den Damen zu vergehen!

Als er an ihnen vorbeikam, nickte er zum Gruß und sah Margarets blasses Gesicht, die wohl bemerkte, wie unglaublich wankelmütig sie wirkte. Für einen Moment fragte sich Cam, welche Dame von welchem Herrn eingeladen worden war. War Margaret auf Geheiß ihres liebsten Tanzpartners dort, Westing, oder wurde sie von dem Mann begleitet, der sie in Cams eigenem Garten geküsst hatte, von Burnley?

Dann galoppierte er an ihnen vorbei, denn es ging ihn nichts an. Immerhin tat Miss Blackwood dasselbe, das alle Damen in der Saison taten. Wieso war es für ihn also beinahe schockierend?

Statt nach Hause zu reiten, wollte er sich mit einem Mann treffen, der Madeira importierte. Sie hatten eine produktive Unterredung über Vielfalt und Investitionen und darüber, wie Cam viel Geld verdienen könnte, wenn er etwas von seinem eigenen Geld in das aufstrebende Unternehmen dieses Mannes stecken würde.

Als er zu Hause ankam, sah er zwei Dinge auf dem Tisch in seinem Flur: einen Brief von Simon Devere, der

aus dem Deutschen Kaiserreich verschickt worden war, und eine Karte von Miss Margaret Blackwood.
Wie unerwartet. Was könnte sie nur wollen?

KAPITEL FÜNF

„Lord Cambrey ist hier, um Sie zu sehen, Mylady."
Cam wartete höflich, bis er Jennys Stimme hörte, die dem Diener auftrug, ihn hereinzuführen.

Als er einen Moment später in den Raum trat, konnte er nicht verhindern, dass ein Lächeln auf sein Gesicht trat, weil er wusste, dass er der lieben Dame zu Abwechslung eine gute Nachricht überbringen konnte. Seine Zuneigung zu ihr war im Laufe der Wochen und Monate gewachsen. Er hatte sich schlecht gefühlt, weil er derjenige war, der ihr vom Verschwinden ihres Mannes auf dem Kontinent erzählte, der sich wegen eines persönlichen Leidens behandeln ließ.

Er hatte jedoch versucht, dies auszugleichen, indem er bei verschiedenen gesellschaftlichen Veranstaltungen auf sie achtete, wenn er seinen Blick von Margaret losreißen konnte. Er hatte Jenny sogar vor einer Begegnung mit Vicomte Alder gerettet, dem Schuft, der ihren mündlichen

Hochzeitsbeschluss gebrochen hatte. Jetzt betrachtete er diese Frau als seine Freundin.

Trotzdem musste Cam zugeben, dass er ihrer Schwester nicht begegnen wollte. Es wäre ihm unangenehm, und aus irgendeinem Grund dachte er, dass er das ihm völlig fremde Gefühl der Demütigung verspüren könnte. Dass sein Kuss so schnell durch den eines anderen überboten wurde, schien eine Beleidigung zu sein.

Als er eintrat, kam Jenny auf die Füße und er konnte bereits Tränen in ihren intelligenten Augen schimmern sehen.

„Sie haben von Simon gehört!"

„Ja, das habe ich." Er zog das Schreiben seines besten Freundes aus seiner Tasche und reichte es ihr ohne Umschweife. Tatsächlich war er ein wenig beschämt, dass Simon ihm und nicht ihr geschrieben hatte. Was dachte sich sein Freund nur dabei?

„Darf ich?", fragte sie, obgleich er bereits seine Hand ausgestreckt hatte, und er konnte sehen, dass sie zitterte. „Ist es nicht zu persönlich?"

Verdammt, Simon, was für ein Chaos du in deiner soeben geschlossenen Ehe anrichtest!

„Er ist *Ihr* Ehemann, und da das Schreiben nur von Ihnen handelt – nein, es ist nicht zu persönlich. Allerdings würde er mich wohl schelten, wenn er wüsste, dass ich es Ihnen zeige, statt es zusammenzufassen."

Nachdem sie ihm ein süßes Lächeln geschenkt hatte, las sie den Brief. Die gesamte Zeit stand er schweigend da und hoffte, dass Margaret nicht jeden Moment in den Raum platzen würde.

Als Jenny keuchte, wusste er, dass die das Ende gelesen hatte.

„Er kommt zurück!"

Sie sahen einander glücklich an.

„Und es geht ihm viel besser." Zumindest las Cam das aus dem Brief heraus.

Sie wedelte mit dem Stück Papier herum, als wollte sie seine Worte vertreiben.

„Er war perfekt, so wie er war." Als ihre Tränen zu fließen begannen, zog er ein Taschentuch heraus und bot es ihr an. Dann gab er ihr einen Moment, um sich zu sammeln.

Nachdem sie ihre Augen abgetupft hatte, sagte sie ihm: „Ich brauche keinen verbesserten Simon. Wenn er allerdings glücklicher ist, dann hat sich alles, was wir durchgemacht haben, gelohnt."

„Sie sind wirklich ein seltenes Juwel, Lady Lindsey."

Eine schöne Röte erschien auf ihren Wangen. Dann überraschte sie ihn mit ihren nächsten Worten. „Genau wie meine Schwester."

Er spürte, wie der freundliche Ausdruck in seinem Gesicht erstarrte. Er weigerte sich, über Margaret zu sprechen und konzentrierte sich stattdessen auf die Rückkehr seines Freundes.

„Es scheint, als können wir den verschollenen Simon in einigen Wochen erwarten. Und die feine Gesellschaft, die ihn für verschwunden, wahnsinnig oder sogar für einen Flüchtling vor der Realität der Gegenwart erklärt hat, wird sich an ihren Worten verschlucken."

Ihre Miene durchlief ein Wechselbad der Gefühle.

„Wieso rollen Sie mit den Augen und sehen plötzlich so verärgert aus?", fragte er.

„Ich kann es einfach nicht erwarten, ihn zu sehen. Und ich möchte ihn schütteln, weil er mich verlassen hat, ohne mir etwas zu sagen."

„Verständlich."

„Wo sind meine Manieren? Ich hätte Ihnen etwas anbieten sollen, als Sie eintrafen. Bleiben Sie noch? Maggie sollte jeden Moment nach Hause kommen. Sie war mit Eleanor ausreiten."

Perfekt. Wenn er sich beeilte, könnte er ein Zusammentreffen mit der launischen Margaret umgehen.

„Es tut mir leid, aber ich muss gehen. Danke für das Angebot. Richten Sie Ihrer Mutter meine Grüße aus."

Cam verließ das Stadthaus am Portman Square so rasch wie seit seinem Studium in Eton nicht mehr, als er bei einem unerlaubten Aufenthalt in einem Obstgarten vor einem bösartigen Hund davonlief.

Nein, er war kein Feigling, versicherte er sich selbst. Doch Miss Blackwood hatte die Macht, ihm den Kopf zu verdrehen, wenn er es zuließ, und das wollte er nicht tun.

MAGGIE VERSUCHTE, DIE NERVOSITÄT herunterzuschlucken, die sich als großer, unangenehmer Kloß in ihrem Hals bemerkbar machte, und lenkte sich ab, indem sie aus dem Kutschenfenster starrte.

Sie musste nicht nervös sein, versicherte sie sich selbst. Eigentlich hatte sie nichts falsch gemacht. Tatsächlich hatte sie durch den Kuss mit Lord Burnley die schöne Entdeckung gemacht, wie besonders Johns Kuss gewesen war, und eigentlich sollte er dankbar dafür sein, was sie getan hatte.

Auf ihrem Weg zu Johns Haus, mit einer der Dienstmädchen der Deveres als ihre Begleiterin, war Maggie entschlossen, ihm ihr Handeln zufriedenstellend zu erklären, sodass sie zu dem vertrauten Umgang zurückkehren konnten, den sie genossen hatten, *bevor* er sie in seinem Garten erwischt hatte.

Und dann könnten sie ihre Beziehung vertiefen, worüber sie jeden einzelnen Tag nachdachte. *Eine Verbindung mit John Angsley. Vielleicht ein Antrag von ihm bis zum Ende der Saison. Mit John verlobt sein. Mrs. John Angsley werden. Lady Cambrey. Gräfin von Cambrey.* Das klang alles großartig!

Was hatte sie erwartet, als sie ihm eine Karte hinterlassen hatte? Sie hatte gehofft, ihn zu Hause zu treffen, nachdem er sie beim Reiten mit Westing und Burnley im Hyde Park gesehen hatte. *Gute Güte, was muss er gedacht haben?* Sie hatte das Bedürfnis zu erklären, dass sie ihre Verpflichtungen einhalten musste, damit ihre Freundin Ada den Ritt nicht absagen musste. Gewiss hätte Ada nicht ohne sie gehen können, nicht mit zwei Herren! Außerdem war Ada bei diesem Ausflug Burnleys Partnerin gewesen.

Allerdings war John am Morgen nicht zu Hause gewesen, und er hatte auch nicht mit einer Notiz geantwortet. Noch dazu hatte Jenny ihr gesagt, dass er am nächsten Tag mit Neuigkeiten über den Ehemann ihrer Schwester in ihr Stadthaus gekommen war. Margaret hatte ihn nur um einige Minuten verpasst und das enttäuschte sie sehr.

Da er nicht reagierte, musste sie leider wieder einmal uneingeladen zu ihm nach Hause pilgern. Auch das war ein wenig demütigend. Zum Glück waren seine Mutter und Beryl beim letzten Mal ebenfalls nicht zu Hause gewesen, sodass niemand ihr Kommen und Gehen am Cavendish Square mitbekommen hatte.

Maggie hob den großen Messing-Türklopfer und ließ ihn fallen. Das wiederholte sie noch einmal, dann wartete sie und sah das Dienstmädchen an, das pflichtbewusst neben ihr stand.

Innerhalb von Sekunden öffnete der Diener der Cambreys die Tür und als er sah, wer davor stand, zog er sie weiter auf, trat zurück und ließ sie eintreten.

„Miss Blackwood", sagte er mit leiser Stimme und verneigte sich.

„Ist Lord Cambrey zu Hause?"

Sie hatte die gleiche Szene nur Tage zuvor wiederholt. Dieses Mal war die Antwort jedoch viel zufriedenstellender.

„Ja, Miss. Erwartet Euch seine Lordschaft?"

Maggie verzog die Lippen. Der Diener würde wissen, dass er es nicht tat, denn es war unter anderem seine Aufgabe, die Pläne und Verpflichtungen seines Herrn zu kennen. Sie konnte nicht lügen.

„Nein. Ich war in der Nähe und hoffte, mit ihm sprechen zu können."

„Ja, Miss. Wenn Ihr im Salon warten würdet." Er deutete auf die erste offene Tür; ein Raum, der Maggie nur allzu bekannt war. „Ich werde seine Lordschaft davon in Kenntnis setzen, dass Ihr hier seid."

Damit ging der grauhaarige Mann gemächlich den Flur entlang und an der Treppe vorbei, unter der sie einen so wunderbaren Kuss mit seinem Herrn verlebt hatte.

Und genau das war er gewesen – einfach wunderbar.

Als sie in den Salon trat, der jetzt sehr anders aussah als in der Nacht der Feier, war Maggie zu nervös, um sich zu setzen. Ihr Dienstmädchen stellte sich diskret ein paar Meter entfernt von ihr hin und sie beschloss, die Zeit zu nutzen, um ihre Gedanken zu ordnen. Außerdem musste sie sich von ihrer besten Seite zeigen, wenn er hereinkam. Mit einem Blick auf die großen Erkerfenster, deren Vorhänge geöffnet waren, beschloss sie, sich vor den unbefeuerten Kamin zu stellen, der seitlich zum Sonnenlicht lag und somit weder ganz im Gegenlicht noch ganz im Schatten war.

Dann wartete sie. Es schien, als vergingen viele Minuten, mehr als man erwarten würde, bis der Butler John sagte, dass sie da war und er unterbrach, was er gerade tat, und zu ihr kam.

Es vergingen noch mehr Minuten und Maggie trat von einem Fuß auf den anderen. Vielleicht sollte sie sich doch hinsetzen. War es zu spät, um ihre Position zu verändern, den besten Platz im richtigen Licht zu finden und ihre Röcke kunstvoll so zu drapieren, dass sie ansprechend aussahen? Sie wollte nicht zu bequem wirken, als ob sie es für selbstverständlich hielte, dass dies eines Tages ihr Zuhause sein könnte. Doch je länger sie stand, desto weniger wollte sie wie eine Bettlerin wirken, die mit dem Hut in der Hand auf seine Aufmerksamkeit hoffte.

Noch eine Minute und sie wurde ruhiger. Stattdessen brodelte Ärger in ihr.

Der Graf von Cambrey war absichtlich unhöflich. Es konnte keine andere Erklärung geben.

Als Maggie Schritte hörte, war sie bereits in Rage. Sie wartete, bis John den Raum betreten hatte, bevor sie sich langsam erhob, um so entspannt wie möglich zu wirken, obgleich sie am liebsten geohrfeigt hätte. Außerdem erkannte sie an seiner Haltung sofort, dass er sie absichtlich hatte warten lassen.

Sollte sie ihn auf seine Unhöflichkeit ansprechen? Zweifellos musste sie das.

Er hob eine Augenbraue. „Miss Blackwood, ich hörte, dass Sie mich sehen wollen." Und dann verschränkte er seine Arme.

Sie machte den kleinsten Knicks vor ihm, dann ging sie auf ihn zu und blieb erst stehen, als sie in den Bereich eingedrungen war, den die Gesellschaft als nicht mehr höflich ansah.

„Ich *wollte* Euch sehen, aber seitdem sind viele Minuten vergangen. Jetzt bin ich nicht mehr so sicher."

Seine Augen wurden groß und sein Mund öffnete sich leicht, der Mund, der solch wunderbares Vergnügen bereiten konnte und den sie nun schlagen wollte.

„Sagt, Lord Cambrey, was hat Euch so lange davon abgehalten, Euch um Euren Besuch zu kümmern, dass ich fast gegangen wäre?"

An seinem Gesichtsausdruck erkannte sie, dass er nicht erwartet hatte, dass sie ihn so vorführen würde. Es schickte sich schlichtweg nicht und wurde als schreckliche Manieren angesehen, dem Gastgeber Unbehagen zu bereiten. Doch das war Maggie egal.

Bevor er etwas sagen konnte, fügte sie hinzu: „Ich bin hier, weil ich Euch etwas mitteilen wollte, was Euch vielleicht interessiert hätte, doch jetzt bin ich unsicher, ob Ihr es hören möchtet."

Er nahm seine Arme herunter. „Ich entschuldige mich dafür, Sie warten zu lassen. Es war unhöflich von mir. Akzeptieren Sie meine Entschuldigung?"

Sie zögerte gerade lange genug, damit er bezweifelte, ob sie akzeptieren würde.

„Das tue ich." Trotz allem wusste sie, dass er immer noch verärgert über sie war, weil er sie erwischt hatte, wie sie Lord Burnley küsste und dann am nächsten Tag mit zwei Herren beim Ausritt. Sie würde ihm ein wenig Verärgerung erlauben, aber mehr nicht.

„Setzen Sie sich?", fragte er und klang wieder mehr wie er selbst. Er bedeutete ihr, noch einmal auf dem blassblauen Sofa Platz zu nehmen.

Ohne zu antworten, tat sie es.

„Ist Eure Mutter oder Eure Cousine zu Hause?", fragte sie, als ihr plötzlich klar wurde, dass alle drei Angsleys sie gemieden haben könnten.

„Nein. Ich versichere Ihnen, wenn eines der schöneren Mitglieder der Familie in der Nähe gewesen wäre, wären Sie nicht so lange allein geblieben. Möchten Sie Tee?"

„Nein, danke. Ich hörte, dass Ihr einen Brief von meinem Schwager erhalten habt. Es war nett, dass sie ihn sofort übermittelt haben."

„Ja. Ich—"

„Allerdings habt Ihr keine Karte oder eine Nachricht für mich hinterlassen. Habt Ihr meine Karte nicht erhalten?"

Wieder sah er überrascht von ihrer Forschheit aus. Es war ihr egal, ob sie ihn mit ihrer Missachtung der üblichen höflichen Heuchelei, man sei nicht beleidigt, schockierte. Denn sie war definitiv beleidigt.

„Miss Blackwood, ich glaube, die eigenen Handlungen ziehen oft eine entsprechende Reaktion nach sich."

Maggie runzelte beinahe die Stirn, doch sie erinnerte sich daran, dass es Falten auf ihrer Stirn zur Folge haben könnte, also hinderte sie sich daran.

„Ich verstehe nicht, was Ihr meint, Mylord."

John zögerte, und währenddessen erkannte sie, dass er ihr etwas Unerfreuliches sagen würde. Sie versteifte sich und blinzelte ihn an.

„Tatsächlich", sagte er, „bin ich dabei, meine Meinung über Sie zu ändern, und ich fürchte, dass ich mich dabei schlecht benehme."

Nun war sie an der Reihe, die Augen aufzureißen.

„Sehen Sie", fuhr er fort. „Ich glaubte, wir hätten eine Verständigung, auch wenn es zugegeben nur eine sehr flüchtige Verständigung war. Und ich hatte eine falsche Vorstellung von Ihnen, die ich nun korrigiere. Keiner dieser Punkte ist jedoch Ihre Schuld, und daher muss ich zugeben, dass meine Behandlung Ihnen gegenüber unfreundlich war. Sie haben die Ausrede Ihrer Jugend und Ihres frivolen Wesens, aber ich bin älter und hätte nicht so handeln dürfen."

Dann schwieg er. Maggie war verblüfft. Sie wusste nicht, was sie sagen sollte, obgleich sie sich sicher war, dass sie beleidigt worden war und als unreif und oberflächlich bezeichnet wurde.

„Ich verstehe." Sie kam auf die Füße.

John tat es ihr gleich.

Als sie bemerkte, dass sie nicht gesagt hatte, wofür sie hergekommen war, setzte sich Maggie wieder.

Stirnrunzelnd setzte auch er sich.

Allerdings hatte er sie beleidigt. Als sie wieder aufstand, war sie entschlossen, hinauszustürmen.

Lord Cambrey stand ebenfalls wieder auf.

Doch sie zögerte noch immer.

„Miss Blackwood, würden Sie mir sagen, warum Sie mit mir sprechen wollten?"

Mit zusammengeschnürtem Magen starrte sie in seine sanften haselnussbraunen Augen. Ihr Magen tat das nie, wenn sie mit den anderen Männern zusammen war, die sie kannte. Seufzend nahm sie wieder Platz.

Sobald auch er wieder saß, begann sie. „Ich habe mich schlecht gefühlt, weil Ihr mich, oder besser gesagt uns, in Ihrem Garten antraft, und das wollte ich Euch sagen."

John hielt eine Hand hoch. „Bitte, Miss Blackwood, Sie sollten nicht über eine solche Missetat sprechen, selbst mit jemandem, der sie miterlebt hat."

Maggie lachte beinahe. Schürzte er tatsächlich die Lippen, dieser Mann, der sie nur Meter von einem Raum voller feiernder Gäste liebkost hatte?

„Ihr klingt wie ein Prüdling, Lord Cambrey, doch ich weiß aus erster Hand, dass Ihr keiner seid."

„Ein Prüdling?" Seine Miene zeigte, dass er davon nicht begeistert war.

„In der Tat", sagte sie. „Außerdem weiß ich von Eurem Ruf. Ihr verbringt gern Zeit bei White's, doch in den schrecklichen Spielhöllen scheint Ihr nicht zu verkehren, und es besteht keine Gefahr, das Vermögen Eurer Familie zu verlieren. Ich habe Euch noch nie betrunken gesehen, und auch keine meiner Bekannten, daher gehe ich davon aus, dass Ihr kein Trunkenbold seid."

Er sah aus, als wüsste er nicht, wie er antworten sollte.

Zu dem Thema ihrer persönlichen Expertise über seinen Charakter fügte Maggie hinzu: „Ihr habt mehr als eine Zyprerin in die Oper oder in das Ballett mitgenommen, doch es scheint, als hättet Ihr nicht mit mehr als einer zur gleichen Zeit Umgang gepflegt. Da Ihr nicht verheiratet seid, werfe ich Euch ein solches Verhalten nicht vor, zumal Ihr meines Wissens nach keine dieser Damen in Eurem Hause hattet. Außerdem habt Ihr mich unter der Treppe geküsst, daher nehme ich an, dass Ihr nicht prüde seid. Warum also können wir nicht offen sprechen?"

Wieder stand sein Mund offen. Eine Sekunde später klappte er ihn zu. Dann fuhr er mit einer Hand über sein Gesicht. Als er sie wieder ansah, schien er fast überrascht zu sein, dass sie noch dort saß. Oder vielleicht wünschte er sich, sie würde verschwinden.

„Zunächst einmal, Miss Blackwood, sind wir nicht allein." Er hielt seinen Blick fest auf ihren gerichtet, doch sie wusste, dass er ihr Dienstmädchen meinte, das sie praktisch vergessen hatte und das in der hinteren Ecke neben einer hohen Topfpalme stand.

Vielleicht war Maggie zu vertrauensvoll, doch keine ihrer Mitarbeiter hatten je das Vertrauen der Familie gebrochen, zumindest wusste sie nichts davon.

„Bess", rief sie ihrem Dienstmädchen zu. Stille.

Sie drehte sich um und sah über die Rückenlehne des Sofas, dann versuchte sie es noch einmal. „Bess."

Die Frau regte sich, gähnte, streckte sich und drehte sich dann endlich zu ihrer Herrin um. Ihre Wangen wurden knallrot, denn sie war wirklich schockiert, als sie sah, wie zwei Menschen sie von der anderen Seite des Raumes anstarrten.

„Bess, würdest du in die Küche gehen und Lord Cambreys Koch sagen, dass du eine Tasse Tee brauchst? Oh, und wenn es dort Kuchen gibt, musst du ein Stück davon essen. Ich rufe dich, wenn ich bereit bin, zu gehen. Es wird nicht lange dauern."

Sie stand langsam auf und sah von ihrer Herrin zum Grafen, offensichtlich unsicher, ob sie Maggie allein lassen sollte.

„Geh schon, Tee und Kuchen oder einen Keks", befahl Maggie. „Was auch immer Lord Cambreys Koch an Süßigkeiten hat. Das wird dich wach machen."

„Ja, Miss." Rückwärts ging sie zur Tür, ohne ihre Augen von Maggie und Lord Cambrey abzuwenden, dann drehte sie sich schließlich um und flüchtete.

„Ich glaube nicht, dass sie etwas davon gehört hat, was wir besprochen haben. Glaubt Ihr nicht, dass es höchst langweilig wäre, seine Tage mit dem Belauschen von Gesprächen zu verbringen? Ich bin sicher, dass Bess ihre eigenen Gedanken hat, die sie beschäftigen."

„Ehrlich gesagt, halte ich Sie für äußerst naiv. Sie hatten großes Glück, dass Ihr Dienstmädchen eingeschlafen ist. Falls das Ihre Methode ist, Geheimnisse zu wahren, dann erinnern Sie mich daran, Ihnen nie eines zu verraten."

Maggie lachte. Sie wurden wieder zu Freunden. Da war sie sich sicher.

„Wo waren wir? Oh ja, ich erzählte Euch, wie schlecht ich mich fühlte, als Ihr mich und Lord—"

„Ja, ich weiß, mit wem Sie zusammen waren." Er lehnte sich zurück und verschränkte wieder die Arme.

„Und ich glaube, Ihr habt den falschen Eindruck von mir, was mich schmerzt."

„Wirklich? Ich nehme an, Sie werden mich mit einer herzlichen Entschuldigung beglücken, wie Sie es getan haben, nachdem Sie mich auf dem Ball vergessen haben. Aber wenn ich mich recht erinnere, haben Sie sich auch dafür nicht wirklich entschuldigt."

Sie spürte, wie ihr Zorn wuchs.

„Ich glaube, ich habe mich bei Ihnen für das Vergehen entschuldigt, das ich Ihrer Meinung nach begangen habe, nämlich dass ich es versäumt habe, auf meine Tanzkarte zu schauen."

„Oh, ich verstehe." Das letzte Wort zog er lang. „Eine maßvolle Entschuldigung, gemäßigt und verwässert, bis es nur noch so viel ist, wie Sie meinen, dass ich für diese kleine Beleidigung mir gegenüber verdient habe."

Maggie seufzte. Das war schwerer als sie erwartet hatte.

„Ich dachte, diese vermeintliche, aber *unbeabsichtigte* Beleidigung läge hinter uns. Jedenfalls werde ich mich nicht für den Kuss mit Lord Burnley entschuldigen. Tatsächlich wollte ich Euch mitteilen, dass ich es gern getan habe. Ehrlicherweise habe ich ihn aber gar nicht geküsst. Na ja, nicht mehr, als ich Euch geküsst habe. Er hat mich geküsst."

John sah gequält aus. Nur dieses Wort konnte seinen Gesichtsausdruck beschreiben.

„Sie sind glücklich, dass er es getan hat?", fragte er und seine Stimme klang eigenartig.

„Außerordentlich." *Endlich machten sie Fortschritte*, dachte sie. Jetzt konnte sie ihm von ihrer großen Entdeckung berichten, dass Lord Burnley im Vergleich zu seinem nichts war.

„Und das wollten Sie mir sagen."

„Ja, natürlich, denn—"

Ein leises Klopfen ertönte an der Tür und John sah froh über die Unterbrechung aus. „Herein", sagte er schnell.

Sein Diener, derselbe, der sie hereingelassen hatte, betrat den Raum.

„Lady Emily Chatley und Lady Jane Chatley sind hier, um Euch zu sehen, Mylord."

Die Verärgerung, die Maggie empfand, kam einem Bienenstich gleich, wie er ihr als Kind in ihrem Landhaus in Sheffield zweimal widerfahren war. Sie war oft den schönen Blumen im Garten ihrer Mutter zu nahe gekommen und hatte mit den Bienen um die schönsten Blüten gewetteifert, bis sie ihre Lektion gelernt hatte. Jane Chatley hielt John Angsley scheinbar für eine sehr geeignete Blüte.

Was für ein Ärgernis, wo sie doch gerade dabei waren, sich zu versöhnen. Außerdem schien John mit ihrem Gespräch fertig zu sein. Er stand schnell auf und warf einen Blick auf seine Taschenuhr.

„Ich habe die Zeit aus den Augen verloren. Sag ihnen, sie sollen im Gesellschaftszimmer warten, Henry."

„Ja, Mylord." Dann verließ der Diener den Raum und schloss die Tür hinter sich.

„Unser Gespräch war zwar überaus erhellend, doch ich habe eine Verabredung und ich möchte die Chatley-Damen nicht warten lassen."

Nein, natürlich nicht, nicht so, wie er sie hatte warten lassen! Maggie wurde praktisch hinausgeworfen.

„Wenn Sie einen Moment hierbleiben möchten, Miss Blackwood, ich werde Ihnen die wachsame Bess zurückschicken, bevor Sie abreisen. Bitte richten Sie Ihrer Mutter, Lady Lindsey und Miss Eleanor meine besten Grüße aus."

Mit einem knappen Nicken ging er aus dem Zimmer und ließ die Tür offen stehen. Wenn sie sich einen weiteren Kuss erhofft hatte, wurde sie schwer enttäuscht, und so war es auch. Nicht einmal ihre Hand hatten seine Lippen gestreift.

Sie schnaubte. *Verlor sie ihren Charme?* Sie hatte es versäumt, ihm ihr umwerfendes Lächeln zu schenken. Das war eindeutig ein fataler Fehler gewesen. Außerdem fragte sie sich, ob sie jemals wieder die Gelegenheit dazu bekommen würde.

Der einzige Lichtblick – Jane Chatley traf sich nicht allein mit ihm, sondern hatte ihre liebe Mutter als Anstandsdame bei sich. Aber was, wenn es ein wichtiges Gespräch war? Was, wenn es um eine sehr ernste Angelegenheit ging?

Oh je!

KAPITEL SECHS

Cam versuchte sich auf die Chatleys zu konzentrieren, er versuchte es wirklich. Aber nach einer solch bizarren Begegnung mit Margaret konnte er nur darüber nachdenken, was sie gesagt hatte.

Wie überaus seltsam, dass sie in sein Haus gekommen war, um ihm direkt und persönlich zu sagen, dass ihr der Kuss mit Burnley gefallen hatte.

Wieso um alles in der Welt hatte sie das für eine gute Idee gehalten?

Für die bevorstehende Partie würde die Cambrey-Familie zusammen mit den Chatleys am Lord's Cricket Ground in St. John's Wood Gastgeber sein. Jane und ihre Mutter hatten hunderte Ideen für das Bankett im Freien vor dem Spiel, bei dem Geld für Waisenkinder gesammelt werden sollte. Er sollte sich komplett auf diesen wichtigen Anlass konzentrieren. Allerdings konnte Cam nur darauf hoffen, dass er die richtigen Antworten gab und in den richtigen Momenten nickte, und er war erleichtert, als sich die Damen erhoben, um zu gehen.

Wenn Simon doch nur schon zurück wäre, damit sie sich ernsthaft von Mann zu Mann unterhalten konnten. Cam stand niemandem sonst in London so nahe, um die teuflische Frau zu besprechen, die seinen Kopf noch immer mit ihren eigenartigen Worten füllte. Überdies kannte Simon Margaret durch seine Heirat. Wenn jemand ihm sagen konnte, ob die Frau verrückt oder bloß unreif war, dann war er es.

Tief im Inneren wusste er, dass er aufhören musste, überhaupt an sie zu denken. Wenn er wirklich eine Ehefrau wollte, würde er keine bessere finden als Jane Chatley, mit ihrer ausgeglichenen Art, ihren sanften Worten und ihrem schönen Gesicht. Sie war auf klassische Weise wohlgeformt, und sie hat ihn nie verwirrt oder ihn zu dem Wunsch verleitet, sie zu erdrosseln. In einem Wort war sie perfekt für ihn. Er konnte sich bereits die Weihnachtsfeiern im Haus seiner Familie vorstellen, im Turvey House in Bedford, wo sie dafür sorgen würde, dass sich ihre Gäste willkommen und nie unwohl fühlten.

Cam wusste, dass er sich in einer Ehe mit Jane nie fragen müsste, ob sie einen anderen Mann küsste. Außerdem würden sie unglaublich wohlerzogene Kinder haben.

Er würde nie wieder diese verrucht funkelnden, goldfarbenen Augen oder ihr atemberaubend strahlendes Lächeln sehen müssen. Nie wieder.

Es wäre der Himmel auf Erden.

Wieso erschien es ihm dann wie ein Leben voller tödlichem Stumpfsinn?

DIE QUAL DES LORDS

WUNDERBAR! PERFEKT! HERVORRAGEND! LORD Westing hatte seine Karte hinterlassen, während Maggie unterwegs gewesen war und eine schreckliche Zeit in John Angsleys Stadthaus verbracht hatte.

Gut! Sie würde Lord Westing, den sie fortan unter seinem Vornamen Christopher führen würde, ein Antwortschreiben schicken. Sie würde ihm erlauben, sie zu besuchen. Sie würde ihn zu einer Kutschfahrt einladen. Vielleicht würde sie ihn sogar bitten, sie verdammt noch mal zu küssen, um ihr Experiment fortzuführen. In diesem Fall würde sie auf bessere Ergebnisse als bei Lord Burnley hoffen, denn sie wollte das gleiche aufregende Gefühl haben, das sie bei John gehabt hatte.

Bei einem Mann, der ihr nicht abgeneigt zu sein schien, und schon gar nicht mit einem, der sich in die unvergleichliche Jane Chatley verliebt hatte.

Während der nächsten paar Wochen der Saison beschäftigte Christopher sie, allerdings gingen sie keine exklusive Bindung ein. Tatsächlich konnte sie ihn sich immer weniger als Ehemann vorstellen, je näher sie sich als Freunde kamen. Lord Burnley schrieb noch immer seinen Namen auf ihre Tanzkarte, genau wie Lord Fowler und andere Herren. Seltsamerweise kam das Thema Küssen bei keinem von ihnen zur Sprache, und es kam auch zu keiner Gelegenheit. Maggie musste sich damit abfinden, dass ihr nicht danach zumute war, jemanden zu küssen.

Ein weiterer Wermutstropfen war, dass sie John bei mehr als einem Anlass mit Lady Chatley sehen musste. Wenn Maggie ihm allein begegnete, tat er nichts weiter als höflich zu nicken, als wären sie die entferntesten Bekannten. Meist streckte sie ihm die Zunge heraus, wenn er sich abwandte und sie sich unbeobachtet fühlte.

Es war äußerst ermüdend, denn er füllte ihre Gedanken in ruhigen Momenten und lenkte sie ab, wenn sie anderweitig beschäftigt war. Sie schien John Angsley bei jeder Gelegenheit zu sehen, fast immer in Begleitung von Jane, bis Maggie annahm, dass er eine formelle Übereinkunft mit ihr haben musste – oder kurz davor stand.

Eines Nachmittags brachte Christopher sie nach Hause und lud sie zu einer etwas anderen Veranstaltung ein, als es sonst bei ihnen üblich war.

„Begleiten Sie mich zu einer Sportveranstaltung? Es ist ein Kricketspiel mit einem Bankett, das davor stattfindet. Es werden noch andere Personen dort sein, die Sie kennen könnten, einschließlich der Tochter von Baron Ellis. Es wird eine vergnügsame Gesellschaft sein."

„Kricket?", wiederholte Maggie. Sofort erinnerte sie sich an ein Spiel, bei dem sie neben John Angsley gesessen hatte, bevor die Saison begonnen hatte. „Ja, ich mag Kricket."

UND DANN WURDE IHRE Saison wieder einmal unterbrochen, wie im Jahr zuvor. Dieses Mal jedoch aus einem freudigen Grund, da der Ehemann ihrer Schwester, der „Lord der Verzweiflung", wie Maggie ihn zusammen mit den meisten Mitgliedern der grausamen feinen Gesellschaft genannt hatte.

Doch Simon Devere, Lord Lindsey, schien nicht mehr verzweifelt zu sein. Mehr noch, ihre Schwester strahlte wieder vor Glück und das Baby blühte in ihr auf. Jetzt könnte die Kunde über ihren Erben öffentlich bekannt gemacht werden.

Maggie wusste, dass John mehr als einmal zu Besuch gewesen war, um im Salon mit seinem besten Freund zu reden. Sie hatte sich von ihnen ferngehalten, weil sie nicht den Wunsch hatte, das Gesprächsthema der Herren zu werden, wenn John an ihre Existenz erinnert wurde.

Und dann lief sie eines Morgens versehentlich gegen ihn, als sie das Speisezimmer betrat.

„Oh." Maggie blieb stehen, als sie den Grafen vor sich stehen sah. Es war das erste Mal seit Wochen, dass sie so nahe beieinander gewesen waren. Allein der Blick, mit dem er sie ansah, wobei seine Augen durch sein farbenfrohes Halstuch eher grün als braun wirkten, ließ ihre Wangen warm werden.

Hinter ihm standen ihre ältere Schwester und ihr Mann.

„Miss Margaret", sagte John und verbeugte sich leicht vor ihr.

„Lord Cambrey", antwortete sie mit einem tieferen Knicks. „Seid Ihr soeben angekommen? Bleibt Ihr zum Frühstück?"

Sie biss sich fast die Zunge an. Offensichtlich war er auf dem Weg zur Tür, um zu gehen. Warum hatte sie ihn eingeladen? Sie klang dabei viel zu begierig auf seine Gesellschaft.

Es spielte keine Rolle, denn seine Antwort war wie erwartet.

„Nein, Mylady, ich habe mich gerade verabschiedet."

Mylady! War er es so gewohnt, Lady Jane Chatley so zu nennen, dass er vergessen hatte, dass Maggie keinen solchen Titel trug?

„Nun gut", brachte sie heraus, wobei sie ihren Rücken gerade hielt und an ihm vorbei auf die Anrichte zuging, um sich zu ihrem Frühstück zu verhelfen. Wenn John nicht einmal mit ihr am Tisch sitzen wollte, konnte sie ihn ebenso gut gehen lassen.

„Ich bringe dich zur Tür", hörte sie ihren Schwager anbieten.

Mit dem Rücken zum Geschehen nahm sie einen warmen Teller in die Hand und wählte in aller Ruhe ein Stück Gebäck und ein paar Eier aus.

„Guten Tag, Lady Lindsey", sagte John zu Jenny.

Maggie legte ein Würstchen auf die Eier.

„Und auch Ihnen, Miss Margaret."

Beim Klang seiner Stimme drehte sie sich nicht um. Seine guten Wünsche waren ihr egal. Doch sie musste höflich sein, sonst würde ihre Schwester merken, dass sie etwas bedrückte. Dann würde Jenny sie nicht in Ruhe lassen, bis sie es aus ihr herausgekitzelt hätte.

„Auch Euch einen schönen Tag, Lord Cambrey." Maggie spießte ein Stück Schinken auf und legte es ebenfalls auf ihren Teller.

Und dann war er weg, genau wie ihr Appetit.

Sie wollte vergessen, wie *er* aussah, so ausgesprochen attraktiv, selbst wenn er sie nicht anlächelte, und mit Augen, die ihr den Atem raubten.

Jenny starrte sie einen Moment lang an.

„Ich hätte erwartet, dass du Lord Cambrey zum Frühstück einlädst und kein Nein akzeptierst."

Maggie setzte sich gegenüber ihrer Schwester an den Tisch und war überrascht, wie viel Essen sie auf ihren Teller gehäuft hatte. *Zum Teufel mit John Angsley!* Ihr Herz schlug wieder in einem normalen Tempo, und jetzt, wo er weg war, konnte sie sich entspannen, denn sie wurde weder beobachtet noch verurteilt. Sie wollte auf keinen Fall mit der unvergleichlichen Jane verglichen werden, die sicher nie vor dem Mittag aß, und dann höchstwahrscheinlich nur klare Brühe.

„Was ist passiert?", fragte Jenny und goss sich eine Tasse Tee aus der Kanne in der Mitte des Tisches ein.

„Bezüglich was?", fragte Maggie und versuchte dabei ahnungslos zu klingen.

„Mit dir und Lord Cambrey, natürlich."

Maggie hielt inne, bevor sie antwortete, und schnitt die dicke Wurst durch, spießte sie mit der Gabel auf und hob sie an ihren Mund.

„Ich habe keine Ahnung, worauf du dich beziehst. Was ist mit *mir* und Lord Cambrey?"

Dann schob sie sich das Essen in den Mund und sah ihre Schwester an, während sie kaute.

Jenny runzelte die Stirn. „Ich dachte … das heißt, genießt du seine Gesellschaft nicht?"

Maggie zuckte die Schultern und nahm sich ein Stück Toast von der silbernen Halterung auf dem Tisch, klopfte die Krümel ab und butterte es. Dann überlegte sie, ob sie Stachelbeermarmelade oder Erdbeermarmelade wählen sollte. Sie entschied sich für Stachelbeere, hob den silbernen Deckel von dem Glas und steckte ihr Messer hinein, dann verteilte sie eine großzügige Schicht der Marmelade auf ihrem Toast.

„Er ist durchaus nett, nehme ich an. Aber er ist sicher kein Lord Westing."

Da, das sollte der Neugier ihrer großen Schwester ein Ende setzen.

„Ich verstehe."

Jetzt musste sie es nur noch mit einer Prise Vernunft durchsetzen, gegen die ihre pragmatische Schwester unmöglich argumentieren konnte.

„Es gibt wirklich nichts zu verstehen, Jenny. Ich treffe diese Saison viele Männer, die ich mag. Es gibt keinen Grund, mich jetzt auf einen einzigen von ihnen festzulegen."

Jenny lachte.

„Was denn nun?", fragte Maggie.

„Ich habe gerade gemerkt, dass ich mich darüber aufgeregt habe, dass du so praktisch klingst, während du genau das sagst, was ich mir wünsche."

Gut gemacht, dachte Maggie. Wenn sie nur wirklich so denken würde. Sie würde es vorziehen, die ganze Angelegenheit hinter sich zu bringen und ihr Herz von einem Mann erobern zu lassen, der dasselbe fühlte und bereit war, um ihre Hand anzuhalten.

Wenn es doch nur so wäre. Stattdessen fürchtete sie, dass die Saison andauern würde, ohne dass sie für einen der Männer, die ihr derzeit den Hof machten, eine besondere Neigung verspürte. Und plötzlich schienen die langen Wochen, die vor ihr lagen, überhaupt nicht mehr unterhaltsam zu sein.

Dieses Gefühl verstärkte sich, als Maggie ein paar Wochen später in den Gesellschaftsraum trat, wo Eleanor eine temperamentvolle Diskussion mit Jenny über deren bevorstehende Reise nach Sheffield führte. Ja, ihre Schwester erwartete Nachwuchs, doch sie schienen sie viel früher als erwartet an ein Leben auf dem Land zu verlieren.

„Ich kann nicht glauben, dass du vor Ende der Saison abreist." Maggie versuchte, ihre Bestürzung nicht zu zeigen, doch Jenny war ihr Ruder. Die Vorstellung, sowohl für ihre Mutter als auch für Eleanor die Verantwortung tragen zu müssen, war etwas beängstigend.

Sicher, es waren zwei Monate seit Simons Rückkehr vergangen und er hatte sie alle pflichtbewusst zu vielen Veranstaltungen begleitet, und ja, ihre Schwester verdiente den Rest ihrer Umstände genau wie und wo sie wollte zu verbringen. Tatsächlich hatte Jenny gar nicht nach London kommen wollen, selbst bevor sie erfahren hatte, dass sie guter Hoffnung war.

„Ich möchte lange Spaziergänge machen und das kann ich hier nicht", erklärte Jenny und klang dabei geduldig und doch entschlossen. Offensichtlich ließ sie sich nicht beirren.

„Die meisten Frauen möchten nur im Bett liegen", beschwerte sich Eleanor. „Das kannst du auch hier in London tun."

Woher um alles in der Welt wusste Eleanor, was Frauen wollen, wenn sie schwanger waren?, fragte sich Maggie.

„Vielleicht haben sie aber auch keine andere Wahl." Jenny verschränkte ihre Arme. „Außerdem, was macht es für einen Unterschied, ob ich hier oder in Belton Manor eingesperrt bin?"

Maggie war überzeugt, dass ihre Miene so niedergeschlagen war wie Eleanors. Tatsächlich war Jenny immer öfter mit Eleanor zu Hause geblieben und manchmal war sie sogar nicht lange genug aufgeblieben, um die aufgeregten Berichte ihrer Mutter und Schwester von einem Ball oder einem Abendessen zu hören.

Sie streckte die Hand aus und berührte Jennys Arm.

„Es macht einen Unterschied. Wir lieben dich, und deine Anwesenheit ist immer willkommen, auch wenn du hier zu Hause darauf wartest, zu erfahren, was bei Lady Pomley oder Lord Twiggins vor sich geht."

Maggie spürte, wie Tränen in ihre Augen stiegen, aber jetzt war es an der Zeit, das Wohl ihrer Schwester über alles zu stellen.

„Aber ich verstehe vollkommen, dass es egoistisch von mir ist. Du solltest tun, was das Beste für dich ist. Wenn du das Bedürfnis nach Landluft und Spaziergängen in der Natur hast, dann sollst du das bekommen."

„Danke." Jenny klang so erleichtert darüber, Maggies Unterstützung zu haben, und sie fühlte sich wie eine Heilige.

Eleanor seufzte. „Wir müssen uns wohl ohnehin daran gewöhnen, ohne dich zu sein. Wenn wir wieder in

Sheffield sind, werden wir in unserem Haus sein und du weit weg in deinem Anwesen."

Sie lachten alle über Eleanors Neigung zur Dramatik und Jenny legte ihren Arm um sie beide.

„Ihr wisst, dass ihr uns jederzeit besuchen könnt. Außerdem ist es nur eine Meile von Tür zu Tür."

Maggie war froh, dass ihnen noch eine gemeinsame Veranstaltung bevorstand, und sie hakte sich bei Jenny ein, als sie das Anwesen der Fortners betraten. Diese Veranstaltung zum Abendessen und Tanzen war intimer als ein Debütantinnenball, da nur ungefähr sechzig Personen erscheinen würden, die alle Freunde der Gastgeber waren. Es waren viele verheiratete Paare dort, angeblich um ein gutes Beispiel dafür zu geben, was die Junggesellen und alleinstehenden Damen erwartete, wenn sie sich die Fesseln der Ehe anlegen ließen.

In ihrer Rolle als Ehestifterin hatte die Gastgeberin die Kandidaten zusammengestellt, sodass jeder jemanden hatte, mit dem er beim Abendessen zusammensaß und mit dem er tanzen konnte.

Maggie spürte ein paar Schmetterlinge in ihrer Magengrube, als sie sich fragte, wer ihr Partner sein würde, und hoffte unsinnigerweise, dass es John Angsley war, was bedeuten würde, dass er gezwungen wäre, den Abend mit ihr zu verbringen. Sie hatte noch nicht entschieden, ob sie ihren Charme spielen lassen oder eiskalt zu ihm sein würde, falls das passierte.

Da Lord und Lady Fortner gute Freunde von Simons verstorbenem Vater waren, wurden ihm und Jenny Ehrenplätze am Kopfende des Tisches angeboten. Als sie

sie verließen, um ihre Plätze einzunehmen, erschien Maggies Begleiter für den Abend, Lord Christopher Westing.

Sie musste sich einen kleinen Anflug von Enttäuschung eingestehen, der schnell von Erleichterung abgelöst wurde. Mit Christopher konnte sie sich entspannen. Es würde ein viel leichterer Abend werden, ohne Auseinandersetzungen, Kränkungen oder Schuldgefühle.

Als sie alle am Tisch saßen, bat Lord Fortner um Ruhe und stellte sich und seine Frau am anderen Ende des Tisches vor. Maggies Herz schwoll vor Stolz, als er Lord und Lady Lindsey vorstellte und dabei besonders auf die Ehrengäste einging. Dann wurden sämtliche Gäste aufgefordert, sich zu amüsieren und „die anderen nicht zu langweilen".

Alle lachten. Nach einem kurzen Wortwechsel mit Christopher zu ihrer Linken, drehte sich Maggie zur anderen Seite, um einen Herren zu grüßen, den sie noch nie gesehen hatte. Dabei wanderte ihr Blick zum Ende des Tisches und dort sah sie ihn. *John!* Er war bereits tief in ein Gespräch mit der Enkelin ihrer Gastgeber versunken, Lady Isabella Fortner.

Hm, zumindest war es nicht die allgegenwärtige Lady Chatley.

Dann lehnte sich John zurück und sie sah Jane auf der anderen Seite sitzen.

Welche von ihnen war heute Abend seine Partnerin? Maggie nahm an, sie würde es herausfinden, wenn das Tanzen begann. Sie richtete ihre Aufmerksamkeit wieder auf Christopher, denn sie wusste, dass sie besser vergessen sollte, dass Lord Cambrey sie je geküsst hatte.

CAM KONNTE NICHT VERGESSEN, dass Margaret am anderen Ende des Tisches saß, zwischen dem teuflischen Lord Westing und dem Neuen, wie war noch gleich sein Name? Irgendein Vogel. Egal!

Er seinerseits hatte Jane an seiner Seite, die ihm immer mehr ans Herz wuchs. Sie war zuverlässig. Dennoch konnte er gelegentlich Margarets schallendes Lachen hören, das durch die verworrenen Stimmen der anderen Gäste brach. Wie ein besonders klangvolles Instrument an seinen Ohren oder wie feiner Wein, der seine Kehle hinunterrann, während alle anderen wie Brunnenwasser waren.

Hör auf, Cam. Was sagte Jane da über die Hors d'oeuvres, die sie vor dem Bankett beim Kricketspiel servieren würden?

Er spürte, wie er seine reizende Begleiterin mit einem Stirnrunzeln betrachtete. Es schien, dass gutes Bier und Brot, vielleicht mit ein paar dicken Schreiben Bacon dazwischen, eine gute Wahl für das Essen seien. Oder in Wachspapier eingewickelte Schweinefleischpasteten, die man während des Spiels leicht halten konnte. Allerdings bezweifelte er, dass die feine Gesellschaft Londons ein teures Ticket für solches Essen bezahlen würden, selbst wenn es den Waisen zugutekam.

Seine Gedanken wanderten wieder zu der Treppe in seinem Haus und zu dem Genuss, Maggies Lippen an seinen zu spüren. Er konnte sich immer noch an den Impuls erinnern, der durch seinen Körper fuhr, als sich sein Hof aufrichtete, und wie leicht er sich das Vergnügen vorstellen konnte, das sie sich gegenseitig im Ehebett bereiten würden. Oder in irgendeinem Bett.

Cam wollte Maggies Brustwarzen mit Feigenmarmelade bestreichen und sie von ihr ablecken, während sie sich unter ihm wand.

Guter Gott!

Er sah wieder zum Ende des Tisches hinüber und sein Blick traf den seines besten Freundes. Simon, ohne in seinem eigenen Eheglück die Qualen zu bemerken, denen sein Freund ausgesetzt war. Simon verdiente diese neu gefundene Freude und Cam hoffte nur, dass der erwartete Erbe Jenny eine einfache Geburt bereiten würde. Die beiden hatten schon genug durchgemacht.

Apropos Qualen, er konnte seine Augen nicht einen weiteren Moment von Margaret lassen, auch wenn es nur ihr schöner Hinterkopf war, denn sie war von ihm abgewandt und unterhielt sich angeregt mit Westing.

Westing! Pah! Wenn es nur etwas an diesem Mann auszusetzen gäbe. Dass er keine Fehler hatte, war das einzige Merkmal, das man ihm vorwerfen konnte. Was für ein Ärgernis, dieser Musterknabe. Dieser—

„Meint Ihr nicht auch?", fragte Jane.

„Ja, mit Fondant überzogener Kuchen nach dem Spiel", wiederholte Cam die letzten Worte, die er gehört hatte.

Wie würde Westing reagieren, wenn Maggie ihn zu einem fröhlichen Tanz aufforderte und begann, Burnley oder sogar den namenlosen Mann neben ihr zu küssen? Würde er aufgeben, wie Cam es getan hatte, oder würde er um ihre Zuneigung kämpfen?

Zweifellos lohnte es sich, um sie zu kämpfen. Wie um Helena von Troja. Als sich Maggie umdrehte, zeigte sie ihr bezauberndes Lächeln, das ihm den Atem raubte. Da war es, und es wurde an alle und jeden verschwendet. Vielleicht war er zu schnell mit seiner Entscheidung gewesen, dass sie nicht dazu geeignet war, jemandes Ehefrau zu sein, bis sie erwachsener war. Möglicherweise wäre es besser, sie in ihrer Entwicklung zu der großartigen Frau, die sie einmal werden würde, zu fördern.

Cam griff nach seinem Kelch und trank den spanischen Rotwein aus, in der Hoffnung, dass er von dem Unternehmen stammte, in das er investiert hatte. Dann gab er ein Zeichen für mehr.

MAGGIE BEGANN, UNRUHIG ZU werden. Diese endlose Mahlzeit hatte viel zu viele Gänge. Sie war bereit, zu tanzen. Westing konnte Polka nicht so gut wie Burnley, aber sie gaben ein gutes Paar auf dem Parkett ab. Sie hoffte auf einen Quadrille und einige andere der *Anglaise*-Tänze, als sich die Partner wechselten und mit anderen getanzt wurde.

Warum?, fragte sie sich. Sie wusste warum. So konnte sie, wenn auch nur indirekt, mit John tanzen.

Es gab keinen Grand March, doch der erste Tanz war tatsächlich ein Quadrille, gefolgt von einem weiteren und noch einem weiteren, bis alle Paare, die tanzen wollten, an der Reihe waren. Dann kam ein Walzer. Dann ein umfangreicher Anglais, bei dem fast alle auf die Tanzfläche im großen Saal der Fortners passten, der als Ballsaal diente.

Sie spürte ein Schaudern der Vorfreude, als sie sich durch die Reihe arbeitete und von jedem der Herren herumgewirbelt wurde, und plötzlich war sie wieder in Johns Armen.

Sie würde es genießen. Sie sah ihn direkt an, statt zur Seite zu sehen, wie die anderen Tänzerinnen, und musterte sein schönes Gesicht, das in jeder Hinsicht attraktiv war. Und dann, als sich ihre Blicke trafen, durchfuhr sie eine köstliche Hitze.

Sie sah in seinen Augen, dass auch er etwas spürte, dieser Funke zwischen ihnen, wie eine Flamme an einem Docht. Einige Sekunden lang starrten sie einander an. Die

Musik verklang, und dann auch die Geräusche der anderen Paare, die sich auf dem Parkett vergnügt hatten. Sie konnte kaum glauben, dass sie noch tanzte.

Himmel!

Und dann wirbelte er sie in die Arme des nächsten Tänzers.

ZUM TEUFEL MIT DEM Anstand und den Launen ihrer Gastgeber – Cam war fest entschlossen, Margaret wieder in seinen Armen zu halten. Dieser kurze Moment während des Anglaise-Tanzes war eine Qual gewesen, denn er musste sie loslassen. Es war, als würde er das köstlichste Stück Biskuitkuchen an den nächsten unwürdigen Gast weitergeben, während Cam mit einem Festmahl aus trockenen, geschmacklosen Holzklötzen vorliebnehmen musste.

Es sollte keine Beleidigung für die anderen Damen sein, besonders nicht für Jane, die viele Männer umwerfend fanden, da war er sich sicher, aber sie war keine Margaret. Das war keine. Das war das Problem.

Als die ersten Klänge des Walzers begannen und Jane sich gerade frisch machte, sah sich Cam nach Margaret um. Westing stand neben ihr, doch der Dummkopf führte seine Partnerin nicht auf die Tanzfläche. Stattdessen hatte sich der Marquis abgewandt, um sich mit einem anderen Paar zu unterhalten.

Flink bewegte sich Cam mit drei großen Schritten über das Parkett, packte Margaret an der Taille und zog sie mitten in den bereits begonnenen Tanz, wobei er Platz für sie zwischen den bereits wirbelnden Paaren schuf.

Natürlich war sie so überrascht, dass sie schwieg, doch so konnte sie nicht protestieren. Mit seiner Hand an ihrem Rücken führte sie Cam über die Tanzfläche. Endlich hatte er einen Moment Zeit, um einfach ihren Körper an seinen zu drücken und in ihr schönes, nach oben gewandtes Gesicht zu blicken.

Beinahe erwartete er eine Maske des Zorns. Eine andere Dame hätte sich vielleicht gewehrt, wäre zurückgewichen und hätte ihn bloßgestellt, weil er die Partnerin eines anderen gestohlen und die Tanzetikette missachtet hatte, nachdem der Walzer bereits begonnen hatte.

Stattdessen funkelten Margarets goldbraune Augen vor Aufregung. Ihre wunderschönen Lippen waren zu einer erfreuten Kurve gebogen. Offenbar hatte er endlich etwas richtig gemacht.

„Das war sehr ungezogen von Euch, Lord Cambrey", sagte sie ohne jede Zurückhaltung. „Lord Westing könnte Euch zu einem Duell herausfordern."

„Ich würde gewinnen", sagte er überschwänglich selbstbewusst. „Allerdings wissen wir beide, dass es kein Vergehen ist, das ein Duell erfordert. Immerhin hat er Ihnen noch keinen Antrag gemacht. Ist es nicht so?"

Ihr Lächeln wurde breiter. „Selbst wenn er das getan hätte, könnte ich gewiss an einem öffentlichen Ort mit Euch tanzen, ohne einen Aufruhr zu verursachen."

Cam spürte, wie sein Herz einen Schlag aussetzte. „Hat er?"

„Hat er was?"

Es gefiel ihr, ihn zu necken. Es könnte im Schlafzimmer unglaublich Spaß machen, aber nicht im Ballsaal und nicht bei diesem Thema.

„Sie *wissen*, was ich meine. Hat Westing um Ihre Hand angehalten?"

Ihr Zögern brachte ihn fast um den Verstand. Dann schüttelte Margaret langsam den Kopf.

„Noch nicht."

Noch! Er wirbelte sie am Rand der Tanzfläche entlang und wieder in die Menge der Tänzer.

„Erwarten Sie es?"

Ihr katzenhafter Ausdruck gab ihm das Gefühl, eine Maus zu sein, die in die Ecke gedrängt wurde.

„Alles ist möglich, Mylord. Meint Ihr nicht? Noch heute Abend könnte mir Christopher von seinen Plänen erzählen, mit meiner Mutter zu sprechen. Genauso wie Ihr um die Hand von Lady Chatley anhalten könntet."

„Christopher?"

Sie zuckte nur leicht mit den Schultern, als sie Westings Vornamen hörte. Dieses Luder!

Da die Musik das Ende des Tanzes ankündigte, manövrierte Cam sie noch einmal an das andere Ende der Tanzfläche. Dann führte er sie vom Parkett weg. Eine gut platzierte Tür bot ihm den Ausweg, den er suchte, und bald waren sie auf der anderen Seite in einem langen Flur. *Allein.*

Er verschwendete keine Zeit. Ein Blick zu beiden Seiten des Flurs bestätigte, dass sie niemand sah und er drückte Margaret Blackwood und ihre gesamte Üppigkeit gegen die hellblaue Wand, zwischen den Porträts eines hässlichen Mannes auf der linken und einer noch hässlicheren Frau auf der rechten Seite.

Merkwürdig, dachte er, *die heutigen Fortners schienen eine attraktive Familie zu sein.*

Dann dachte Cam an nichts mehr, während er seinen Vorteil ausspielte und sich an das Objekt seiner Begierde presste.

Margaret machte begierig bei allem mit. Selbst als er einen seiner Schenkel zwischen ihre Beine schob, wobei er nur von den Röcken aufgehalten wurde, die um sie beide herumwirbelten, sagte sie nichts und hielt sich nur an seinen Oberarmen fest.

Dann stöhnte sie sanft und es war um ihn geschehen. Der Klang zerrte an seinem Schritt und er senkte seinen Kopf und eroberte ihre Lippen. Endlich.

Seufzend öffnete sie beinahe sofort ihren Mund und er nahm, was sie so eifrig anbot. Als er spürte, wie sich ihre Hände in seinem Nacken verschränkten und ihn näher zu sich zogen, stellte er sich vor, wie sie für jemanden aussehen würden, der jetzt hereinstolperte. Ihr Ruf wäre sofort ruiniert und er wäre gezwungen, sie zu heiraten.

Seltsamerweise störte ihn das überhaupt nicht. Doch sie empfand vielleicht anders.

Jedenfalls blieb Cam nichts anderes übrig, als ihren Kuss zu vertiefen und ihren Mund mit seiner Zunge zu erforschen, bevor er daran saugte. Als er sich zurückzog, um an ihrer vollen Unterlippe zu knabbern und sanft mit den Zähnen daran zu ziehen, stöhnte Margaret erneut auf.

Als er sich an ihrem Unterleib drückte, spürte er, wie sie ihre Hüften als Antwort darauf auf ihn zubewegte. Er hatte so etwas noch mit keiner Frau erlebt, die er nicht für dieses Vergnügen bezahlt hatte, was es zu einer wahrlich berauschenden Erfahrung machte.

Er wusste, dass er sein Glück herausforderte und trat schließlich zurück. Irgendjemand, wahrscheinlich Westing, würde nach ihr suchen. Oder vielleicht Simon. Er würde seinem besten Freund nur ungern erklären müssen, warum er seine Schwägerin praktisch im Flur des Londoner Hauses der Fortners verschlang. Nein, dazu würde es nicht kommen.

KAPITEL SIEBEN

„Wir sollten zur Feier zurückgehen." Cam sah nicht nach unten, denn er wollte Margarets Aufmerksamkeit nicht auf die Beule in seiner Hose richten. Stattdessen hielt er ihr seinen Arm hin.

Margaret zögerte, ihn zu nehmen und starrte mit funkelnden Augen zu ihm hinauf. Ihre Brust hob und senkte sich entzückend schnell und sie hatte helle rote Flecken auf ihren zarten Wangen. Ihr Mund war perfekt gerötet und jeder, der sie sah, würde leider wissen, dass sie geküsst worden war.

Vielleicht sollten sie nicht sofort in den Ballsaal zurückkehren. Er nahm ihre Hand, die sie an ihr Dekolleté gedrückt hatte – genau die Stelle, an der Cam sie mit seinen Lippen berühren und sie schmecken wollte – und klemmte sie in seine Armbeuge.

„Wieso spazieren wir nicht ein paar Minuten durch die Galerie, bis wir zu einem ruhigeren Gemüt zurückkehren?"

Schließlich sprach sie. „Das ist eine gute Idee."

Als sich wenig später die Türen des Ballsaals öffneten, entdeckte man sie dabei, wie sie lediglich über die Vorzüge eines holländischen Gemäldes mit seinen komplizierten Spitzendetails diskutierten.

„Da seid Ihr ja."

Überraschenderweise war es Lady Chatley und nicht Westing, der nach ihnen suchte. Sie schenkte ihnen beiden ein aufrichtiges Lächeln, doch er spürte, wie sich Margarets Arm versteifte. Dann wich sie zurück und bewegte sich außerhalb seiner Reichweite.

„*John*, ich habe aufregende Neuigkeiten", begann Jane und Margaret trat noch weiter zurück. „Prinz Albert kommt zu *unserem* Kricketspiel! Er gedenkt natürlich ein privates Zelt aufzustellen, doch er wird recht viel für das Waisenhaus spenden. Und seine Anwesenheit wird uns eine große Teilnehmerzahl sichern. Bisher ist noch nicht bekannt, ob die Königin ihn begleiten wird. Möglicherweise wird sie es aber tun." Jane klatschte in die Hände. „Denkt nur an die Spenden."

Sie sprühte förmlich vor Begeisterung über dieses Glück für die Waisenkinder von St. Giles.

„Das sind wunderbare Neuigkeiten", sagte Cam, obgleich er wünschte, er hätte sie später gehört, denn in diesem Moment war nicht einmal die Queen selbst so wichtig für ihn wie Margaret. „Kennen Sie Miss Blackwood?"

Jane hörte auf, herumzuzappeln und blickte Margaret an. „Natürlich, ja! Wir sind uns schon einmal begegnet, nicht wahr? Entschuldigen Sie meine Unhöflichkeit. Es ist nur so aufregend. Hat John Ihnen von der Veranstaltung erzählt?"

Cam zuckte zusammen, als sie zum zweiten Mal seinen Vornamen benutzte. Zu vertraut, und das vor der Frau, die er gerade geküsst hatte.

Mit neutraler Miene schüttelte Margaret den Kopf. „Nein, ich habe noch nicht davon gehört."

Bevor sie noch mehr sagen konnte, erschien Westing auf dem Flur, gefolgt von ein paar weiteren Damen, die sich zweifellos zurückziehen wollten, um ihre Schleifen neu zu binden.

„Da ist meine Begleitung am heutigen Abend", sagte der Marquis und musterte Cam von oben bis unten. Doch da Jane Chatley ebenfalls anwesend war, klang er nicht missbilligend.

„Ich habe mir den Vermeer angesehen", sagte Margaret und deutete beiläufig auf das Gemälde.

„Und ich hatte auf einen weiteren Tanz gehofft", sagte Westing. „Und Ihre Schwester sucht Sie. Darf ich Sie wieder in den Saal führen?" Er hielt ihr den Arm hin.

Als Margaret ihn nahm, biss Cam unwillkürlich die Zähne zusammen. Sie gingen davon und die Frau seiner Träume würdigte ihn keines weiteren Blickes.

Schließlich konzentrierte er sich auf Jane.

„Woher haben Sie diese Information?"

„Vom Interesse des Prinzen? Ich habe es von Sir Clark gehört, als wir vor ein paar Minuten Champagner miteinander tranken."

Gut, dann konnte er in den Ballsaal zurückkehren und Margaret im Auge behalten.

„Dann kommen Sie, Jane. Stellen Sie mich Sir Clark vor und wir sorgen dafür, dass der Prinz mindestens zwei Dutzend Tickets kauft."

Damit nahm Cam Janes Arm und eilte mit ihr zurück zum Ball.

Maggie schwebte praktisch durch den Rest des Abends. Sie konnte kaum etwas hören, das Westing oder gar ihre Schwester Jenny zu ihr sagte. Ihr Verstand war vernebelt und mit einem albernen, glücklichen Grinsen im Gesicht machte es ihr nichts aus, als der Abend zu Ende ging und sie wieder in die Kutsche ihres Schwagers stiegen.

„Geht es dir gut?", fragte Jenny.

Ob es ihr gut ging? Maggie berührte ihre eigenen Lippen und war sich sicher, noch immer Johns Lippen dort zu spüren und zu schmecken. Es war, als hätte er sie als sein Eigentum gebrandmarkt. Und das Gefühl seines Schenkels an ihrer intimsten, fraulichsten Stelle hatte ein Verlangen nach mehr in ihr ausgelöst.

Sie hatte sich noch nie so sehr danach gesehnt, von einem Mann entkleidet zu werden. Ganz im Gegenteil. Normalerweise wollte sie ihre Figur in einem wunderschönen Kleid zur Schau stellen. Doch nach Johns Kuss wollte sie sich ihm hingeben, ganz ohne Pracht zwischen ihnen. Völlig nackt. Sie wollte ihn so sehr berühren, wie sie berührt werden wollte.

„Mags?"

„Es geht mir gut. Es war ein schöner Abend, nicht wahr?"

Ihre Schwester seufzte. „Wahrlich bin ich froh, dass er vorbei ist. Ich bin reif für Sheffield."

Ihre Worte katapultierten Maggie in die Gegenwart zurück. Jenny würde bald abreisen. Sie nahm ihre Hand, drückte sie und sah dann ihren Schwager an.

„Du musst dich um sie kümmern", sagte sie zu Simon.

Er lächelte. „Das ist genau das, was ich vorhabe, jeden Moment bevor, während und nachdem unser Kind geboren wird." Er schenkte Jenny ein liebevolles Lächeln.

Maggie seufzte. „Ich freue mich so sehr für euch beide."

Und nun freute sie sich auch für sich selbst.

GANZ LONDON SPRACH VON dem Chatley-Cambrey Bankett vor dem Kricketspiel. Maggie hatte nicht erkannt, dass es die Veranstaltung war, zu der Westing sie eingeladen hatte, also würde Maggie mit dem Marquis und seinem jüngeren Bruder, sowie ihrer Freundin Ada und zwei ihrer Bekannten an einem Tisch sitzen. Ihre Schwester Eleanor nahm ebenfalls teil und würde wahrscheinlich Beryl Angsley dort vorfinden.

Wahrscheinlich würden sie bei John sitzen. Was für ein Glück die Mädchen hatten!

Als Maggie eintraf, erwartete die Menge der Teilnehmenden Prinz Albert und stand in der Nähe seines Zeltes, in der Hoffnung, einen Blick auf ihn zu erhaschen. Soweit alle wussten, waren die Spendenbemühungen, angetrieben durch das Versprechen von königlicher Gegenwart, unglaublich erfolgreich gewesen. Es würde genug zusammenkommen, um zwei Waisenhäuser zu bauen und sie für mindestens zwei Jahre zu unterhalten, um einige der Tausenden von „Gossenjungen" oder „Dreckspatzen", wie die bedauernswerten Kinder genannt wurden, von der Straße zu holen. Sogar Simon und Jenny hatten eine große Summe für diesen Zweck gespendet, bevor sie London verlassen hatten.

Maggie ihrerseits mied die Menschenmenge, denn sie wollte lieber John als den Prinzen sehen, da sie seit dem Ball der Fortners nicht mehr seine Gesellschaft genossen hatte. Sie hatte die Geschehnisse von allen Seiten betrachtet und jedes Wort überdacht, das sie gesprochen hatten, das er gesagt hatte, und es waren nur wenige gewesen. Die meiste Zeit ihrer Begegnung hatten sie mit Küssen verbracht. Was bedeutete das, wenn es überhaupt eine Bedeutung hatte? Es war das zweite Mal, dass er sich enorme Freiheiten mit ihr genommen hatte, und das zweite Mal, dass sie es ihm bereitwillig erlaubt hatte.

Was dachte er von ihr, nachdem sie es erlaubt hatte?

Tat er dasselbe mit anderen Debütantinnen?, hatte sie sich eines Nachts gefragt, als sie in ihrem Zimmer am Portman Square saß. Wie könnte sie es je herausfinden? Er schien erpicht darauf, einen Moment allein mit ihr zu verbringen. Vielleicht hatte er ein besonderes Talent dafür und nutzte es oft und mit anderen Frauen. Es gab schlicht keinen Weg, das herauszufinden, ohne jede einzelne Dame in ihrem Bekanntenkreis zu fragen, ob sie vom Grafen von Cambrey geküsst worden war.

Ein niederschmetternder Gedanke. Und was war mit Lady Jane Chatley? Es war schwer zu glauben, dass ein Mann, der so gut küssen konnte und so begierig darauf war wie John Angsley, so viel Zeit mit der wohlhabenden und attraktiven Jane verbracht und sie nicht geküsst hatte.

Westing führte sie zu ihrem Tisch und Maggie sah zum ersten Mal Janes Fähigkeiten als Gastgeberin. Überall waren frische Blumen, die im ganzen Zelt ein süßes Aroma verbreiteten. An den Gestängen des Zeltes hingen Banner mit Willkommensgrüßen und Dankesbekundungen für die Großzügigkeit der Gäste.

Maggie konnte sich ein Schmunzeln nicht verkneifen. Sie kannte wenige Mitglieder der feinen Gesellschaft, die sich um die vielen Waisenkinder scherten, die jeden Tag versuchten, von den Straßen wegzukommen. Die meisten hielten sich ein parfümiertes Taschentuch an die Nase, um die üblen Gerüche der Kinder fernzuhalten, wenn sie ihnen begegneten. Außerdem könnte die Londoner Elite, wenn sie wollte, für Waisenhäuser spenden, ohne an einem hochkarätigen Bankett und einem Kricketspiel teilnehmen zu müssen, aber dann würden sie Prinz Albert nicht bewundern können.

Jane hatte ihre Sache gut gemacht, gemeinsam mit John, erinnerte sich Maggie. Und an der Benefizveranstaltung selbst fand Maggie nichts auszusetzen. Sie lief rund, Bedienstete huschten durch die Menge und boten Tabletts mit Hors d'oeuvres und Gläser mit Champagner oder Wein an. In der Ecke spielte eine Gruppe von Musikern, als befänden sie sich in einem Ballsaal.

Eleanor saß bereits am Ehrentisch, zusammen mit Johns Mutter, Lady Cambrey, sowie Lady Beryl Angsley und Lady Chatley, Janes Mutter. Zwei weitere Personen saßen am Tisch und es gab zwei leere Plätze, wahrscheinlich für den Gastgeber und die Gastgeberin.

Wo waren sie? Und warum war es so unangenehm, immer wieder an die beiden zu denken, an die Häuser von Cambrey und Chatley, die miteinander verbunden waren?

Maggie wusste warum. Weil Johns Lippen ein Kribbeln in ihrem ganzen Körper ausgelöst hatten und sie wollte definitiv, dass er sie wieder küsste.

Dann verstummte plötzlich die Musik und alle Blicke richteten sich in Richtung der Musiker, einschließlich dem von Maggie, und da war er. Der Graf von Cambrey, in einem perfekten Anzug in Taubengrau mit einer auffälligen preiselbeerfarbenen Weste.

Mit Jane, die in rosafarbener Seide wunderschön neben ihm aussah. *Zum Teufel mit ihr!*

„Ich danke Ihnen allen für Ihr Kommen", sagte John und seine dröhnende Stimme schallte durch das Zelt und brachte auch die letzten Stimmen am Rand zum Schweigen. „Für diejenigen von Ihnen, die mich nicht kennen: Ich bin Lord Angsley, der Graf von Cambrey. Für diejenigen von Ihnen, die es wissen: Ich bin froh, dass Sie trotzdem erschienen sind."

Einige Männer jubelten. „Weiter, Cam!"

„Wir erfreuen uns heute des schönsten Wetters für das Spiel, aber Sie kennen unser Land. Es kann jeden Moment regnen. Und selbst dann wird die Sonne nach wenigen Minuten wieder scheinen. Das ist der Charme von England, nicht wahr? Das unberechenbare Wetter!"

Einige Leute kicherten.

„Und ein weiterer Vorzug sind unsere wunderschönen englischen Damen. Sie bedarf keiner Vorstellung, doch ich werde sie trotzdem vorstellen. Unsere entzückende und liebenswerte Gastgeberin, Lady Jane Chatley. Sie wird Ihnen mehr über die Wohltätigkeitsorganisation erzählen, die wir heute unterstützen."

Er drehte sich zu Jane um, nahm ihre Hand und zog sie vorwärts, dann verneigte er sich, als er sie losließ, dann trat er zurück. Nun stand Jane im Mittelpunkt der Aufmerksamkeit und ihre Wangen erröteten, bis sie zu ihrem Kleid passten. Dann sprach sie über die Notlage der Londoner Waisenkinder und das Gute, das jeder der Anwesenden tun könnte.

Maggies Aufmerksamkeit richtete sich auf John, der sich von den Musikern wegbewegt hatte und nun am Rand des Zeltes entlanglief. Er nahm sich ein Glas Champagner von einem Tablett, das an ihm vorbeigetragen wurde, dann sah er sich im Raum um, bis sein Blick zu ihrer Überraschung an ihr hängenblieb.

Er lächelte ein langsames, anziehendes Grinsen, bei dem ihre Knie weich wurden und das ein seltsames Kribbeln in ihrem Magen auslöste.

Guter Gott! All das tat er mit nur einem Blick und einem Lächeln.

Dann nickte er, hob sein Glas in ihre Richtung, als würde er ihr zuprosten und nahm einen großen Schluck.

Völlig aufgewühlt griff Maggie nach ihrem eigenen Glas und nahm einen kräftigen Schluck, der ihr sofort zu Kopf stieg. Sie schenkte John ein Lächeln, von dem sie hoffte, dass es ihr Bestes war und kein schiefes, dummes Grinsen, und versuchte, ihre Aufmerksamkeit wieder auf Jane zu richten, die länger zu plappern schien, als sie sollte.

Schließlich, zu Maggies Erleichterung, hörte Jane auf zu reden, die Menge klatschte und jubelte und dann rief Cam von seinem Platz aus, sie sollen sich am Festmahl laben und dann ein verdammt gutes Kricketspiel bestaunen.

Zu ihrer Entzückung schien er sich einen Weg durch die Anwesenden zu bahnen, zwischen den Tischen hindurch, auf sie zu. Unwillkürlich leckte Maggie sich über die Lippen, um sie zu befeuchten, auch wenn sie sich natürlich nicht sofort küssen würden. Bei dem Gedanken an das Chaos, das entstehen würde, wenn sie sich mitten in einer zivilisierten Gesellschaft küssen würden, musste sie fast kichern. Zweifellos würde der Raum in Flammen aufgehen, gefolgt von einem großen Loch unter ihren Füßen und sie würden alle in die Hölle stürzen, weil es so absolut unmoralisch war.

Das wäre es wert, entschied sie.

Er hatte fast ihren Tisch erreicht, als er von einem ernst aussehenden Mann in der königlichen Livree abgelenkt wurde, und Maggie wusste, dass der Prinz eingetroffen war. Dieser Mann mit seinem glänzenden Säbel, der an seiner Hüfte befestigt war, war wahrscheinlich eine Art Wache für Prinz Albert.

Als er sich umdrehte, sah sie, dass er auch eine Pistole in einem Holster an seiner anderen Seite bei sich hatte, was ihren Verdacht bestätigte. Seit dem versuchten Attentat auf die Queen vor acht Jahren reiste die königliche Familie unter erhöhten Sicherheitsvorkehrungen.

Maggie erschauderte und sprach ein stilles Stoßgebet, dass die einzigen Kämpfe an diesem Tag zwischen den Kricketteams auf dem Feld stattfinden würden. Trotzdem war es bedauernswert, John von seinem Weg abkommen und den königlichen Diener aus dem Zelt und auf den Privatbereich des Prinzen zugehen zu sehen.

Im letzten Moment blieb er stehen, und sie hielt den Atem an. Allerdings sah er hinüber zu den Musikern, statt in ihre Richtung, bis er Jane sah, und gestikulierte zu ihr.

Obgleich Maggie nicht hören konnte, was er sagte, eilte Jane an seine Seite und die beiden verließen gemeinsam das Zelt. Dann wurde ihre Sicht von einer wahren Truppe von Bediensteten, die Tabletts mit Speisen an die Tische trugen.

Mit einem lauten Seufzer setzte sie sich und machte sich über das köstliche Essen her. Während sie dem lebhaften Gespräch zwischen den Gästen am Tisch zuhörte, einschließlich einer besonders hitzigen Diskussion über die Leistungen der beiden Teams, behielt Maggie den Eingang des Zeltes im Auge, doch John kehrte nicht zurück, und Jane ebenso wenig. Es schien, als seien sie zum Essen mit dem Prinzen eingeladen worden.

„Finden Sie nicht, Miss Blackwood?"

Die Worte kamen verspätet in ihrem Verstand an und Maggie drehte sich um und sah, dass der gesamte Tisch die

Blicke auf sie gerichtet hatte. Sie glaubte, dass es einer der Herren auf der anderen Seite gewesen war, der sie angesprochen hatte. Vielleicht Lord Stanley.

Verdammt!

Ada, die neben ihr saß, berührte ihre Hand. „Bitte sag uns, dass du Sussex nicht Nottinghamshire vorziehst."

Gott segne ihre Freundin, dachte Maggie. „Natürlich bin ich für Mr. Parr und Nottinghamshire. Er ist nicht nur ein begnadeter Schlagmann, er verfügt über ein Schlagfeuer, das selten zu übertreffen ist."

Der halbe Tisch jubelte, und die anderen, die für Sussex waren, buhten.

Auf ihrer anderen Seite schenkte ihr Christopher ein anerkennendes Lächeln. Es machte ihre Knie nicht weich oder löste Schmetterlinge in ihr aus, aber es war trotzdem angenehm.

„Haben sie schon unsere Plätze ausgewählt, Lord Westing? Ich hoffe, wir haben eine gute Sicht für den Sieg."

Die Gäste am Tisch buhten und jubelten wieder und dann standen sie alle auf und verließen das Zelt, um zu sehen, welche Plätze Westing ihnen gesichert hatte, indem er Bedienstete hingeschickt hatte, die genügend für sie alle reservierten. Im Gegensatz zu den meisten Spielen würde es Stühle um das gesamte Feld herum geben und niemand müsste stehen, dem nicht der Sinn danach stand. Prinz Albert hatte natürlich den gesamten Balkon des kleinen Pavillons im zweiten Stock für sich selbst.

Die ganze Menge schaute zum Lord's Pavilion hinauf, als ein Schlagjunge die Stufen hinauflief, um dem Prinzgemahl einen neuen Ball zu überreichen. Maggie fand, dass Prinz Albert ein wenig skeptisch auf das Geschenk reagierte. Sie hatte noch nie davon gehört, dass er Kricket spielte, und so war es nicht verwunderlich, dass er den Ball einfach unter seinem Stuhl verstaute. Die Menge jubelte trotzdem.

Überraschend war allerdings, dass der Graf von Cambrey und Lady Chatley scheinbar nicht beim Prinzen erwünscht waren, denn sie saßen nicht oben bei ihm. Stattdessen hatten sie Plätze am Rand, wie alle anderen, etwa ein Viertel des Weges um das Feld von ihrer eigenen kleinen Gruppe aus. Zu Maggies Entsetzen saßen sie außerdem nebeneinander, was sie daran erinnerte, wie sie und John viele Monate zuvor Seite an Seite gesessen und ein Spiel genossen hatten. Es gab zahlreiche Gelegenheiten, bei denen sich Schultern und Beine berührten, aber auch für intime Gespräche mit gesenktem Kopf.

Eifersucht setzte sich auf ihren Schoß und weigerte sich, zu verschwinden. *Verdammt noch mal!*

ALS CAM SICH IN SEINEM Sessel niedergelassen hatte, um das Spiel mit seiner und Janes Familie um sich herum zu verfolgen, konnte er sich nach Herzenslust in der Menge umsehen. Und das, obwohl Jane neben ihm saß, die von ihrer Freundin Isabella Fortner auf der anderen Seite beschäftigt wurde.

Wenn Prinz Albert nur nicht gewünscht hätte, die Gastgeber des Banketts zu treffen, hätte sich Cam einen Weg an einen Platz an Margarets Tisch gebahnt, selbst wenn es bedeutet hätte, einen Stuhl zwischen die und Westing zu stellen.

Stattdessen musste er beinahe still dasitzen, während der Prinzgemahl und Jane soziale Themen diskutierten, speziell die Bildung der Jugend ihres Landes. Cam hatte die Zeit damit verbracht, sein Gähnen zurückzuhalten und zu versuchen, seine Augen offenzuhalten. Nicht, dass er nicht daran interessiert war, den Menschen zu Bildung zu verhelfen. Eigentlich, wenn er ehrlich sein sollte, war er das nicht. Er hatte eine gute Bildung in Eton genossen, und da er selbst noch keine eigenen Kinder hatte, warum sollte es ihn kümmern, was für eine Bildung andere erhielten?

Erleichterung ergoss sich über ihn wie Sommerregen, als die Hörner ertönten und den Beginn des Spiels ankündigten. Sie verbeugten sich und knicksten vor Albert und überließen ihn seinen eigenen Begleitern.

Margaret war recht leicht auszumachen, oder vielleicht hatte er es sich mittlerweile antrainiert. Ihr wunderschönes, karamellbraunes Haar fiel ihm auf, wie Gold in der graubraunen Masse, obgleich sie heute einen ausgefallenen saphirblauen Hut auf ihrem Kopf trug, mit Federn, die im Wind wogten.

Da war sie, zwischen Miss Ellis und dem allgegenwärtigen Lord Westing. Und dann fiel ihr Blick wie zufällig auf ihn. Ungeachtet des Geredes, das es auslösen würde, hob er seine Hand und winkte ihr. Margaret antwortete nicht, doch sie lächelte breit genug, dass er es selbst aus dieser Entfernung sehen konnte.

Irgendwie würde er heute einen Weg finden, allein mit ihr zu sprechen. Glücklicherweise würde er jetzt, wo das Bankett vorbei war, viel mehr Zeit haben, um sich seinen eigenen egoistischen Interessen zu widmen. Die ganze Planung war erfolgreich gewesen, und er konnte sich wieder seinem Leben widmen und Miss Blackwood den Hof machen. Er hatte sich um die Waisenkinder verdient gemacht und gleichzeitig die große Tradition der Cambreys als Wohltäter der Gemeinde und Englands als Ganzes fortgesetzt.

Ja, es war ein vollkommener Triumph und seine Mutter war mehr als zufrieden.

Zudem hatte er entgegen seinen eigenen Zweifeln an Margarets Reife, die noch immer seine Bewunderung überschatteten, nach ihrem letzten berauschenden Kuss beschlossen, all die Makel, die sie haben mochte, zu vergessen. Er wollte sie ganz einfach für sich.

Das Spiel war spannend, obgleich quälend lang, denn Cam wollte nichts anderes, als mit ihr zu sprechen – eine Übereinkunft zwischen ihnen zu schaffen, sodass sie nicht mehr mit anderen Männern verkehren würde. Er wollte, dass sie auf die restlichen Veranstaltungen der Saison verzichtete, es sei denn, er würde sie begleiten, was er mit Freuden tun würde.

Er hoffte, ihren Blick wieder auf sich zu ziehen, und verbrachte ebenso viel Zeit damit, zu ihr hinüberzusehen, wie er dem Kricketspieler George Barr dabei zusah, wie er das gegnerische Team zu Hackfleisch verarbeitete.

Schließlich schien es, dass Margaret sah und verstand, was er mit seinen heftigen Kopfbewegungen meinte, die ihn aussehen ließen, als hätte er eine Art Schlaganfall. Er beteuerte gegenüber Jane immer wieder, dass es bloß an einer Mücke lag, die ihm in den Hals gestochen hatte. Sobald er Margaret von ihrem Platz aufstehen sah, entschuldigte auch er sich und ging zurück zum Zelt.

Er war froh zu sehen, dass es noch Champagner gab, nahm zwei Gläser und wartete am Eingang. Sollte er sich eine Rede zurechtlegen oder ihr einfach das Glas in die Hand drücken und ihr gestehen, was sein Herz ihm sagte?

„Miss Margaret Blackwood, Sie sind atemberaubend und ich verehre Sie mehr als jede andere Dame, die ich je getroffen oder deren Gesellschaft ich genossen habe."

Nein, er sollte niemand anderen erwähnen. Das brachte sie vielleicht dazu, an andere Frauen zu denken, mit denen er in Verbindung gestanden hatte. *Überleg dir etwas anderes*, sagte er sich.

Das Zelt öffnete sich hinter ihm und er wirbelte herum, wobei der das Glas ausstreckte, für ... *Jane*.

„Da seid Ihr ja", sagte sie, nahm ihm das Glas ab und trank. „Ist alles in Ordnung mit Eurem Hals?"

„Mein Hals? Oh, ja. Alles in Ordnung." Was sollte er sagen?

Sie seufzte. „Ich sehe, dass wir beide die Idee hatten, ein wenig privat zu feiern."

Du liebe Güte! Machte sie sich Hoffnungen bei ihm? Er hatte nie auch nur die leiseste Vermutung gehabt, dass sie sich auch nur einen Deut um ihn scherte.

„Das war alles recht aufregend, nicht wahr?" Sie trank den Champagner schnell, gab einen wenig damenhaften Rülpser von sich und lehnte sich dann an ihn. Er musste sein eigenes Glas auf den grasigen Boden fallen lassen, und sie packen, bevor sie stürzte.

Als er nach unten sah, bemerkte er einen Ausdruck in ihren Augen, der zuvor noch nicht dagewesen war – kein Verlangen, eher Verzweiflung. Außerdem vermutete er, dass sie viel mehr Champagner getrunken hatte als er. Aber wann?

„Meine Mutter war sehr angetan", murmelte sie. „Wir haben viel Zeit zusammen verbracht, Ihr und ich, doch von nun an haben wir keinen Grund mehr dazu. Außer ..."

Sie verstummte.

Außer, er hielt um ihre Hand an. War es das, was sie meinte? Er musste ihr gestehen, dass er absolut keine Absicht hatte, sie zu bitten, seine Ehefrau zu werden. In diesem Moment fühlte er sich ihr eher brüderlich verbunden als alles andere.

„Meine Mutter wollte, dass ich Euch sage, wie angetan *wir* von Euch sind", fuhr sie fort.

Sie drückte ihr Gesicht an seine Brust und er hörte, wie sie zu schluchzen begann. *Guter Gott!* Was stimmte mit dieser Frau nicht, die bis zu diesem Moment das Bild der ruhigen, unerschütterlichen Vernunft gewesen war?

Verdammt!

„Liebste Jane", begann er. Ja, *liebste!* Denn sie weinte immerhin und er musste sanft zu ihr sein. „Was kann ich tun, um Ihnen zu helfen?"

Er tätschelte ihren Rücken und fühlte sich ein wenig unbehaglich, denn er hatte noch keine Frau so berührt. Wenn seine Hände um eine Dame lagen, war es immer die Vorbereitung auf einen Kuss oder sogar, um sie zu streicheln. Eine Frau zu trösten, die nicht einmal zu seiner Familie gehörte, fühlte sich viel zu intim an.

„*Sie* meint, ich sei unnahbar und abweisend gewesen und andere schreckliche Worte wie diese."

„Wer?"

„Meine Mutter."

Ah. Er begann, zu verstehen.

„Das waren Sie nicht", versicherte er ihr. „Wir haben gut zusammengearbeitet und ich habe mich dabei wunderbar amüsiert. Sie haben ein großes Talent für Organisation und Planung."

Sie wich zurück, um in sein Gesicht zu schauen.

„Es tut mir leid, John. Ich weiß nicht, was in mich gefahren ist. Ich schätze wahrlich unsere Freundschaft. Ich möchte sie nicht zerstören."

Er hörte auf, ihren Rücken zu reiben und umfasste ihr Gesicht mit seinen Händen. „Wie viel Champagner haben Sie getrunken?"

Plötzlich grinste sie ihn breit an. „Ich habe zwei Gläser auf meinem Weg hierher gefunden. Ich wollte bloß einen

Moment mit Euch allein sein, denn ich fürchtete, dass Ihr oder meine Mutter heute versuchen würdet, eine schwerwiegende Entscheidung zu treffen, die ich im Moment nicht annehmen kann."

„Ich verstehe das vollkommen. Keine Sorge. Ich beabsichtige absolut nicht, heute schwerwiegende Entscheidungen zu treffen und mit Ihrer Mutter kann ich umgehen. Um die Wahrheit zu sagen, habe ich Erfahrung mit den Müttern von heiratsfähigen jungen Damen. Sie werden zu nichts gezwungen."

Damit platzierte er einen Kuss auf ihre Stirn, wie er es bei Beryl machen würde, und ließ sie los.

Unsicher stolperte sie und er griff wieder nach ihr, wobei beide lachten.

„Einer von uns sollte lieber aus diesem Zelt verschwinden, bevor wir allein entdeckt werden, denn dann liegt es nicht mehr in unseren Händen. Und in Ihrem Zustand sollten wohl Sie diejenige sein, die hierbleibt. Bitte setzen Sie sich. Ich werde eine Ihrer Freundinnen herschicken."

Er drückte sie auf den nächstgelegenen Stuhl.

„Nicht meine Mutter!"

„Nein, nicht Ihre Mutter."

Er tätschelte ihre Schulter, dann verließ er das Zelt, um eine Person zu suchen, der Jane vertrauen konnte. *Lady Isabella Fortner*, entschied er. Sie und Jane hatten sich an einem vergangenen Abend blendend verstanden, so gut, dass Jane sie eingeladen hatte, während des Spiels neben ihnen zu sitzen.

Während er hinter den Stühlen entlang auf den Bereich zuging, wo seine kleine Gruppe saß, sah er zu Margarets Begleitern hinüber. Einige waren noch dort, doch Margaret war verschwunden. Westing ebenso.

Ein unangenehmer Knoten schnürte sein Inneres zusammen. Trotzdem musste er Lady Fortner zuerst aufsuchen. Glücklicherweise fand er Beryl, die wusste, dass Isabella in den Pavillon gegangen war, wo ein Rückzugsbereich für die Damen eingerichtet worden war.

Cam drehte sich um und ging direkt unter dem Balkon des Prinzen hindurch ins Innere des kühlen Holzbaus. Für ihn sah es aus, als könnte es eine kleinere Renovierung vertragen, zumindest, um es auf dem neuesten Stand zu halten.

Er konnte Lady Fortner natürlich nicht in den Raum folgen. *Verdammt!* Er hätte Beryl mitnehmen sollen. Er würde draußen darauf warten müssen, dass die junge Frau herauskam.

Während er ungeduldig durch den Pavillon lief, blickte er hinter sich in den hintersten Winkel, wo an einem normalen Spieltag die Erfrischungen aufgebaut wären. Was er dort sah, konnte er kaum glauben.

Margaret, *seine* Margaret, war allein mit Lord Westing, dessen Hände auf ihren Oberarmen ruhte. Ihre dagegen schienen auf seiner Brust zu liegen. Sie sah emotional aus, wenn Cam ihren Gesichtsausdruck richtig deutete, während sie zu dem Marquis aufsah. Im nächsten Moment beugte sich Westing näher an sie heran und drehte sich leicht um, womit er sie vor Cams Blicken verbarg.

Zum Teufel noch mal!

Jetzt wusste er, was es bedeutete, wenn jemand sagte, dass er vor Wut kochte, denn er hatte das Gefühl, einen roten Schleier vor seinen Augen zu sehen. Als Cam einen Schritt in ihre Richtung machte, war er sich nicht sicher, was er tun oder sagen würde, doch er konnte nicht einfach tatenlos zusehen, wie die Frau, die er … wie Margaret ihn zum Narren hielt.

KAPITEL ACHT

„Lord Cambrey, sie haben eine großartige Veranstaltung auf die Beine gestellt."

Als er sich umdrehte, stand er vor Isabella Fortner, und plötzlich erinnerte er sich an Jane. Die arme Jane, die allein im Zelt am Schauplatz ihres großen Triumphs saß und sich wegen ihrer ungehobelten Mutter betrank. Lady Emily Chatley wünschte sich offensichtlich, dass sich ihre Tochter in ihn verlieben würde und umgekehrt ebenso.

Nun, Träume sind Schäume, sagte man.

„Lady Fortner, eigentlich war ich auf der Suche nach Ihnen. Lady Chatley braucht Ihre Hilfe. Sie ist im großen Bankettzelt. Darf ich Sie zu ihr führen?"

„Natürlich, Mylord."

Und damit erlaubte ihm die empfindsame Dame, sie an die Seite ihrer Freundin zu führen – ihre reife, zuverlässige, liebe, schlaue, organisierte und loyale Freundin Jane, und weg von der wankelmütigen, flatterhaften, koketten Margaret Blackwood.

„BITTE, CHRISTOPHER, BRINGEN SIE mich nach Hause!" Maggie wusste, dass sie jeden Moment in Tränen ausbrechen würde. Was sie gesehen hatte, als sie am Bankettzelt angekommen war, war wie ein Schlag ins Gesicht gewesen und hatte gleichzeitig ihr Herz zusammengeschnürt, bis es schmerzte.

„Eleanor wird sicher später von … den Cambreys zurückgebracht." Sie konnte den Namen kaum aussprechen, ohne zu weinen. Was für eine Närrin sie gewesen war! Eine absolute Idiotin!

Sie hatte genug gesehen und gehört, um voll und ganz zu verstehen, dass Lord Cambrey und Lady Chatley kurz vor einer Verlobung standen. So wie sie sich berührt und sanft miteinander gesprochen und dann gelacht hatten. Maggies Bauch schmerzte bei der bloßen Erinnerung an die Szene, die sie durch den Eingang des Zeltes miterlebt hatte.

„Es tut mir sehr leid, dass Sie so schrecklich benutzt wurden", sagte Lord Westing. „Ich kann nicht glauben, was für ein Schuft der Graf ist. Wenn Ihr Vater noch leben würde, müssten wir sofort zu ihm gehen und ihn dazu bringen, Cambrey herauszufordern. Wenn Sie und ich verlobt wären, Margaret, würde ich es an seiner Stelle tun. Ich werde es auch jetzt tun, wenn Sie wollen."

Sie hatte zu viel ausgeplaudert und nun bereute sie es. Was sie nicht gesagt hatte, hatte Christopher erraten. Dass John auf irgendeine Weise mit ihren Gefühlen spielte, obgleich er bereits eine Verbindung zu einer anderen Dame hatte.

„Ich war töricht", murmelte sie, als sie darüber nachdachte, wie sie mit der wohlhabenden, eleganten und betitelten Lady Chatley wettgeeifert hatte.

„Nein, es ist nicht Ihre Schuld." Christopher nahm ihre Hand in seine und führte sie von dem kühlen, schattigen Innenraum des Pavillons hinaus und auf die wartenden Kutschen zu.

„Glauben Sie mir, Sie sind nicht die erste Dame, der der Kopf von einem Mann verdreht wurde, der unlautere Absichten hatte. Und Sie werden auch nicht die letzte sein."

Er half ihr in seine Kutsche und klopfte auf das Dach.

„Leider sind Sie mit mir allein in dieser Kutsche und Ihr Ruf steht zum wiederholten Male auf dem Spiel. Wir leben in einer Welt voller komplizierter Regeln, obgleich alles nur Schall und Rauch ist, als wären wir alle in einer Phantasmagorie-Vorstellung."

Im ersten Moment konnte Maggie nicht sprechen, da sie fürchtete, weinen zu müssen. Sie schätzte Christophers Güte und würde ihm beim besten Willen keine Schwierigkeiten bereiten.

„Ich werde allein aussteigen und Sie bleiben im Inneren. Man wird denken, dass die Kutsche voll von unseren Freunden ist und nicht annehmen, dass wir allein darin waren."

Er nickte und starrte sie mit seinen kristallklaren blauen Augen an.

„Geht es Ihnen gut? Ich habe kein Recht, zu fragen, doch wir haben die Gesellschaft des anderen lange genug genossen, um Freunde zu sein, nicht wahr?"

Sie nickte.

„Sind Sie in Schwierigkeiten, das heißt, hat er ...? Großer Gott! Ich weiß nicht einmal, wie ich höflich fragen soll, ob er Sie ruiniert hat."

Seine unverblümten Worte rissen Maggie aus ihrem Elend. Plötzlich war sie dankbar, dass sie mit einem klaren Nein antworten konnte.

„Nein, ganz und gar nicht. Der Fehler war allein in meinem Kopf, nehme ich an, und ist wahrscheinlich auf meine mangelnde Weltgewandtheit zurückzuführen. Ich gebe zu", fügte sie mit einem selbstironischen Kopfschütteln hinzu, „dass ich nicht erfahren genug bin, um die Feinheiten in diesen Angelegenheiten zwischen Männern und Frauen zu kennen."

Da, sie hatte es gesagt; sie hatte zugegeben, dass sie eine unerfahrene Unschuldige war. Sie würde sich schämen, wenn sie nicht bereits so angewidert von sich selbst wäre.

Christopher Westing starrte sie einen Moment lang an. Dann lächelte er.

„Ich glaube, Sie sind zu liebenswürdig. Wenn Sie das Gefühl hatten, dass dieser Herr Ihnen Anzeichen von Interesse vermittelte, dann erhielten Sie diese auch. Er hat Schuld daran, Sie getäuscht zu haben, und auch an allem anderen, was geschehen ist."

Die Kutsche kam unsanft zum Stehen. Sie hatten nur Sekunden, bis der Kutscher die Tür öffnen würde.

„Ich weiß nicht, wie ich Ihnen danken soll", sagte Maggie. „Das weiß ich wahrlich nicht. Dafür, dass Sie mich aus der Öffentlichkeit in den Pavillon gezogen haben, als ich in einem Zustand war, in dem ich gefesselt werden sollte, und dass Sie mich in Ihrer Kutsche weggebracht haben. Sie haben sich als treuer Freund erwiesen."

Die Tür öffnete sich und der Kutscher streckte seine Hand in den Innenraum.

„Lassen Sie mich wissen, wenn ich noch mehr tun kann, einschließlich, mit dem Schuft selbst zu sprechen."

„Danke." Sie ließ die beruhigende Gegenwart von Christopher Westing hinter sich und betrat das leere Stadthaus ihres Schwagers, dankbar, dass ihre Schwester noch bei St. John's Wood war und ihre Mutter Tee mit ihren Freundinnen trank.

Maggie lief sofort in ihr Zimmer und bat darum, dass man ihr ein sehr heißes Bad einließ. Sie würde sich im duftenden Wasser beruhigen und als brandneue Frau herauskommen, die sich keinen Deut um John Angsley scherte.

Zwei Stunden später, als ihre Familie zurückkehrte, kam eine Notiz von Simon mit ihnen an. Das Kind schien auf dem Weg zu sein und wenn sie zur Geburt dort sein wollten, mussten sie sofort nach Norden aufbrechen.

Niemand würde glauben, wie schnell ein Haushalt von Frauen ihre Zelte abbrechen konnte, doch eine Stunde nachdem sie die Nachricht von Simon gelesen hatten, waren Eleanor, Maggie und ihre Mutter auf dem Weg nach Sheffield und Belton Manor.

CAM FÜHLTE SICH MISERABEL. Das war die einzige Bezeichnung für das Gefühl in seinem Magen und in seinem Herzen. Als er erfuhr, dass Margaret Blackwood London verlassen hatte und er am nächsten Morgen nur wenige Stunden zu spät vor ihrer Tür auftauchte, war die Enttäuschung groß. Ja, er war untröstlich.

Entschlossen, sie zu fragen, ob sie trotz ihrer atemberaubenden Küsse wirklich nichts für ihn empfand, hatte er am helllichten Tag an ihre Tür geklopft und war für alle sichtbar von einer Dienerin abgewiesen worden.

Er stieg auf den Sitz seiner leichten Tilbury und dachte, er könnte wenigstens dankbar dafür sein, dass ihm eine vielleicht verheerende Diskussion erspart geblieben war. Cam wollte ihr zugestehen, dass sie einfach nicht wusste, wie bemerkenswert die Verbindung zwischen ihnen war, und hatte vor, sie zu fragen, was sie fühlte, wenn sie

Burnley oder Westing küsste, in der Annahme, dass sie auch ihn geküsst hatte.

Zweifellos wäre es ein schmerzhaftes Gespräch gewesen, und er sollte dankbar sein, dass er es nicht führen musste.

Er schlug die Zügel und lenkte die Kutsche die Orchard Street hinunter, weg vom Portman Square, da dort niemand mehr von Interesse anzutreffen war. Das Dienstmädchen hatte den Anstand gehabt, ihn zu informieren, dass Lord und Lady Lindsey gewünscht hatten, die Familie der Gräfin würde nach Sheffield zurückkehren, und Cam vermutete, dass es mit der bevorstehenden Ankunft des Erben der Lindseys zu tun haben musste.

Er dachte darüber nach, wie weit Margaret wohl in nur ein paar Stunden gekommen sein musste und erwog, seine Koffer zu packen und ihr nach Norden zu folgen. Immerhin konnte er in Sheffield ebenso gut mit ihr sprechen, wo Simon an seiner Seite war, als Gott weiß wie lange die Rückkehr der Blackwoods nach London zu warten.

Würde sie ihn jedoch willkommen heißen oder ihn als störenden Eindringling ansehen? Möglicherweise war Westing bereits nach Sheffield eingeladen worden.

Cam bog nach rechts in Richtung seines Hauses in die geschäftige Oxford Street ab und hörte die Kutsche bereits, bevor er sie sah. Oder eher hörte er Rufe, um genau zu sein Menschen, die ihm zuriefen, er solle „aufpassen" und „Acht geben".

Ruckartig drehte er seinen Kopf um und sah eine High-Flyer Phaeton, eine gefährliche, schwere, antike Kutsche, die direkt auf ihn zukam. Sofort wusste er, was passiert war. Irgendein Narr hatte sich an diesem Morgen im Hyde

Park ein Rennen geliefert und war immer noch zu schnell auf die Hauptstraße eingebogen.

Der Fahrer, dessen Kutsche bereits auf zwei Reifen schlingerte, riss an den Zügeln und versuchte, Cam auszuweichen.

„Nein", brüllte er, wohlwissend, dass die unberechenbaren Bewegungen der Pferde die Kutsche zum Umkippen bringen würden. Und tatsächlich kippte die Phaeton um, kurz bevor sie ihn erreichte, obgleich er noch versuchte, sein Pferd anzutreiben und dem Zusammenstoß zu entgehen.

Seine bodennahe, sportliche Tilbury hatte keine Chance. Den beiden Pferden des anderen Fahrers gelang es zwar, ihm auszuweichen, aber sie zerrten die rutschende Kutsche, die nun führerlos war, direkt in sein Gespann.

In Sekundenschnelle war er in der Luft und flog kopfüber über sein Pferd. Cam hielt die Augen offen, als die kopfsteingepflasterte Straße unter dem Geschrei der Schaulustigen auf ihn zuraste. Er streckte seine Arme aus, um seinen Sturz abzufangen, und dann wurde alles still und dunkel.

MAGGIE WAR ERLEICHTERT, DIE Ereignisse der Geburt und Nachgeburt miterlebt zu haben. Irgendwie erschien ihr die ganze Angelegenheit nun weniger angsteinflößend, da ihre ältere Schwester die Tortur überstanden hatte – unter Schmerzen, aber ohne Probleme. Sie war erleichtert, dass sie nicht zu denen gehörte, die eine Tragödie in ihrer Familie miterleben mussten. Stattdessen war Maggie nun Tante eines kleinen Jungen mit extrem kräftigen Lungen.

Während der vielen Stunden der Geburt war sie bei ihrer Schwester geblieben, zusammen mit der Hebamme, Emily, die praktischerweise auch die Frau des Bäckers war. In ihrem Hause war nicht nur ein entzückender Wonneproppen angekommen, sondern auch ein Korb voller Nelkenbrötchen.

Sie und Eleanor und ihre Mutter hatten es gerade nach Sheffield geschafft, als die Wehen ihrer Schwester ernst wurden. Und nun war es zum Glück vorbei und Maggie hatte Emily gerade vom Diener der Deveres nach Hause fahren lassen.

Die Tür zu Simon und Jennys Schlafzimmer stand weit offen, daher trat Maggie nach einem kurzen Klopfen ein und hörte ihre Schwester sagen: „Ich bezweifle, dass einem halbwegs kompetenten Mann in den Sinn gekommen wäre, die besten Waren des Bäckers mitzubringen."

Simon saß in einem Stuhl, den er an das Bett herangezogen hatte, nahe genug, um den flaumigen Kopf seines Sohnes zu streicheln.

Maggie lächelte die erschöpfte, aber glückliche Mutter an, bevor sie sich eins der Brötchen nahm, bevor sie alle weg waren.

„Es ist ohnehin unwahrscheinlich, dass eine Hebamme einen Bäcker heiraten würde", sagte sie und führte ihre Hand etwas zu spät an ihre Lippen, nachdem sie ein paar Krümel auf der Tagesdecke verteilt hatte. „Übrigens, der Admiral hat Emily nach Hause gebracht. Sie hat gesagt, dass sie morgen wieder vorbeikommt, um dir zu helfen, mit ... *ähm* ..."

Oh je! Unmöglich konnte sie das Stillen ansprechen, während ihr Schwager im Raum war. Mit geweiteten Augen sah sie zuerst ihre Schwester und dann Simon an.

„Womit?", fragte er.

So ein ahnungsloser Mann!

Sie sah Jenny noch einmal in die Augen, dann nickte sie mit dem Kopf von dem Neugeborenen zu dem üppigen Busen ihrer Schwester. „Mit dem Füttern des Kleinen dort. Emily sagte, du scheinst keine Amme haben zu wollen."

„Natürlich nicht! Warum sollte ich meine eigene Milch vergeuden?"

„So praktisch eingestellt", bemerkte Simon, und dann grinsten sich die frisch gebackenen Eltern an, als würden sie ein freudiges Geheimnis teilen. Niemand erwähnte die Tatsache, dass der kleine, neue Lord Devere wie die Sagengestalt der Todesfee schrie.

Maggie aß ihr Brötchen und wartete darauf, wieder bemerkt zu werden.

„Bitte setz dich, Mags. Wo ist Mummy?"

„Sie wird bald zurück sein." Sie setzte sich vorsichtig auf Simons und Jennys Bett, da sie sich etwas unbehaglich fühlte, und fügte hinzu: „Sie und Eleanor müssen sich noch einfinden."

„Ich bin froh, dass ihr es rechtzeitig geschafft habt, aber es tut mir leid, dass ihr eure Saison noch einmal verkürzen musstet."

Maggie konnte Jenny nicht erzählen, wie unglaublich froh sie gewesen war, weggerufen worden zu sein, doch das war sie. Sie war überglücklich, den Ort dieser verheerenden Enttäuschung hinter sich zu lassen. Die Geburt des Kindes bedeutete, dass sie keine weitere Veranstaltung besuchen und John nicht noch mal in Begleitung von Jane sehen musste. Daher zuckte sie mit den Schultern.

„Kein Ball ist so wichtig wie du."

„Ihr könnt jederzeit zurückkehren", bot Simon an. „Das Stadthaus wartet auf euch."

„Ich weiß es zu schätzen. Aber ich glaube, ich bin für dieses Jahr fertig."

Maggie bemerkte, wie ihre Schwester ihren Ehemann ansah. Jenny würde sich fragen, ob etwas nicht in Ordnung war, und dann würde sie beginnen, Fragen zu stellen, wenn Maggie ihr nicht sofort den Wind aus den Segeln nahm.

„Die Saison ist in ein oder zwei Wochen zu Ende. Ich sehe keinen Grund, die Qualen hinauszuzögern. Vielleicht wäre ein Angebot gekommen, aber keines, das ich angenommen hätte."

Wie erwartet befreite Jenny eine ihrer Hände, indem sie den Säugling auf ihren Schoß legte, dann streckte sie sie aus und berührte Maggies Hand.

„Nein", sagte Maggie und rollte mit den Augen. „Du musst kein Mitleid mit mir haben. Mir geht es gut." Sie musste die Aufmerksamkeit ihrer Schwester nur auf etwas anderes lenken. „Was für ein lieber kleiner Junge. Wenn er nur nicht so laut schreien würde. Es ist schwer, sich selbst denken zu hören."

Jenny lachte. „Vielleicht sollten wir ihn Lionel nennen, denn er brüllt wie ein Löwe." Sie sah Simon an, und wartete auf seine Zustimmung.

„Das gefällt mir", antwortete Simon.

„Lass mich ihn mal halten." Maggie streckte die Hände nach dem weinenden Säugling aus und kam dann auf die Füße. Sie schlenderte durch das riesige Schlafzimmer und wiegte ihn in ihren Armen.

Das Kind schrie weiter.

„*Hmm.*" Maggie sah den kleinen Jungen an, Lionel Devere. Sie erinnerte sich daran, was ihre Mutter getan hatte, als Eleanor ein schreiendes Kleinkind war, dann schob sie ihren kleinsten Finger in den offenen Mund des jungen Erben. Er schloss ihn fest. Herrliche Stille breitete sich im Raum aus.

„Lieber Gott im Himmel", sagte Simon verblüfft.

„Woher wusstest du, was zu tun war?", fragte Jenny.

„Ich sah, wie Mummy es mit Eleanor tat. Damals warst du sicher damit beschäftigt, etwas Nützliches zu tun. Meine Güte, er hat einen ganz schönen Griff."

„Lass es mich versuchen", sagte Jenny, stopfte sich das letzte Stück des klebrigen Brötchens in den Mund und wischte sich die Finger an der Bettdecke ab.

Maggie gab das Kind an seine eifrige Mutter zurück.

„Wenn das mit dem Finger so gut funktioniert", überlegte Jenny, „dann wird die Brust wohl noch besser funktionieren."

„Gute Güte." Maggie konnte Simon nicht einmal ansehen, nicht, wenn Jenny das Thema Brüste in seiner Gegenwart ansprach. Sie musste sich schnell von dieser eng verbundenen Familie lösen und sie sich selbst überlassen. Als ihre Schwester ihr Unterhemd über eine Schulter gleiten ließ und ihre linke Brust entblößte, ging Maggie zur Tür.

„Autsch", rief Jenny aus und Maggie zuckte zusammen, während Simon von seinem Stuhl aufsprang. Emily würde wahrscheinlich nicht mehr gebraucht werden, denn dieses Kind schien genau zu wissen, was zu tun war.

„Nun", sagte Maggie. „Ich werde sehen, ob ich dir einen Tee besorgen kann." Dann trat sie aus dem Raum.

Was nun?

Was blieb ihr hier in den kommenden Tagen und Wochen und Monaten zu tun? Durch die Gänge des Belton-Anwesens zu streifen, fühlte sich so ziellos an wie ihr Leben. Außerdem machte sie der beginnende Herbst zum ersten Mal traurig. Letztes Jahr hatte Maggie angenommen, dass sie zu dieser Zeit verlobt sein würde. Oder zumindest hatte sie sich vorgestellt, einen Herrn gefunden zu haben, mit dem sie eine Übereinkunft hätte. Vielleicht würden sie über den Winter in Kontakt bleiben und sich an den Feiertagen treffen, um dann zu Weihnachten die Verlobung zu verkünden.

Die Vorstellung einer dritten Saison ließ sie laut seufzen, denn sie würde nicht nur dieselben Personen, sondern auch all die neuen Debütantinnen treffen. Gute Güte!

Sie blieb abrupt stehen. War es möglich, dass sie, Margaret Blackwood, als vertrocknete Jungfer enden würde? Dass sie nie die Freuden erfahren würde, die sie im Schlafzimmer ihrer Schwester gesehen hatte?

Es war Damen passiert, die sie kannte. Als ihre Schwester vor drei Jahren debütiert hatte, beschloss eine Dame in ihrer fünften Saison, einfach aufzugeben und watete in die Themse. Jemand hatte sie tatsächlich dabei beobachtet. Das Gewicht ihrer Kleider hatte sie beinahe sofort in die Tiefe gerissen, bevor der Fluss sie wieder ausspuckte – tot am Flussufer.

Ironischerweise war dies in der Regel das Schicksal der unverheirateten Frauen, die sich in anderen Umständen befanden. Die Zeitungen waren voll von Berichten über Leichen, die an das Ufer gespült wurden. Normalerweise waren diese Frauen bescheiden gekleidet, als Verkäuferinnen oder sie trugen Lumpen. Hoffnungslose Kreaturen, die keine Möglichkeit hatten, sich um einen Säugling zu kümmern.

Was die feine Gesellschaft schockierte, war das absichtliche Ertrinken der Tochter eines Vicomtes.

„Sie hatte alles, wofür es sich zu leben lohnt", murmelte Maggie laut. Außer scheinbar den Ehemann, den sie so verzweifelt gesucht hatte.

Was war Maggies Lebenssinn ohne die Aussicht auf eine Heirat? Sie hatte sicher nicht vor, ein letztes Mal in der Themse oder dem Fluss Don in der Nähe zu schwimmen. Genauso wenig wollte sie wieder als Französischlehrerin arbeiten, so wie sie es getan hatte, um ihrer Familie zu helfen, bevor Jenny einen Grafen geheiratet und sie finanziell gerettet hatte.

Nein, sie hatte nicht die Geduld oder die Bescheidenheit, um einen solchen Beruf wieder auszuüben. Es war eine selbstlose Aufgabe, die eher für die makellose Lady Jane Chatley geeignet zu sein schien, die wahrscheinlich die Weisen in Coddingtown unterrichten würde.

Als Maggie an einem großen, vergoldeten Spiegel vorbeikam, erkannte sie, dass sie beim Gedanken an Jane spöttisch grinste, was nicht besonders ansehnlich aussah. Sie entspannte ihre Züge und verbannte bewusst alle Gedanken an John aus ihrem Kopf. Als sie das jedoch versuchte, kamen die Gedanken und Erinnerungen sofort zurück.

„Verdammt!"

Maggie betrat die Küche, als gehöre ihr das Haus, ignorierte den überraschten Blick des Küchenmädchens und wandte sich an die Köchin der Deveres.

„Würden Sie eine Kanne Tee nach oben zu den frisch gebackenen Eltern schicken? Ich glaube nicht, dass sie Kekse brauchen, denn sie haben Brötchen, aber sie würden wohl ein paar Äpfel begrüßen, oder falls Sie kein frisches Obst haben, vielleicht etwas Eingelegtes."

„Ja, Miss", kam sofort die Antwort.

Diese Frau hatte einen Sinn im Leben. Natürlich war es unerträglich heiß in der Küche und der Beruf des Kochs wurde von nahezu jedem als Schinderei angesehen. Trotzdem konnte Maggie sicher etwas finden, was sie tun konnte, wo sie sich nicht mehr auf London freuen konnte.

Sie könnte beschließen, die beste Tante der Welt zu werden.

„Braucht Ihr noch etwas, Miss?"

Natürlich stand sie im Weg und machte das Küchenpersonal unruhig.

„Nein, danke. Ich werde wahrscheinlich jetzt wieder nach Hause zurückspazieren, während das Wetter noch schön ist."

Damit verließ sie die Küche und erkannte, dass die Köchin und das Spülmädchen und das andere Mädchen, das Gemüse geschnitten hatte, bis Maggie auftauchte und ihre Arbeit unterbrach, nichts von ihren Plänen für einen Spaziergang im Sonnenschein wissen wollten.

Wie rücksichtslos von ihr!

Als sie zurück zu ihrer Steinhütte ging, die einen kurzen Spaziergang entfernt in Norman's Corner lag, versuchte sie, die Trostlosigkeit aus ihrem Kopf zu vertreiben. Was taten Frauen eines bestimmten Standes, wenn sie nicht heirateten?

Während sie darüber nachdachte, galoppierte ein Reiter an ihr vorbei, als seien Höllenhunde hinter ihm her. Er verschwand durch die Tore von Belton direkt hinter ihr.

Ihr Verstand spielte ihr einen Streich, aber Maggie hätte schwören können, dass er die Livree des Grafen von Cambrey trug.

Unsinn! Trotz allem, das er unternommen hatte, um mit ihren Gefühlen zu spielen, war sie noch immer besessen von John und sah Zeichen von ihm überall, auch wenn es überaus unwahrscheinlich war. Sie schlenderte weiter den Weg entlang.

KAPITEL NEUN

Eine Stunde, nachdem sie zu Hause angekommen war, öffnete Maggie die Tür und fand einen Stalljungen des Belton-Anwesens davor. Er war mit einem Brief in der Hand zum Cottage geeilt. Sofort sah sie *seinen* Namen, als würde sie ihre Besessenheit verfolgen:

Liebste Mags,
John Angsley, Simons bester Freund, wurde bei einem Kutschenunglück schwer verletzt. Wir haben gerade eine Nachricht von Lady Cambrey erhalten, die schrieb, dass es ein Wunder sei, dass er überhaupt noch am Leben ist. Doch du weißt, dass Mütter zu Übertreibungen neigen, also versuchen wir alle, positiv zu denken. Cam ist noch immer am Cavendish Square und wird von einem Arzt des King's College behandelt, doch er wird nach Bedfordshire verlegt, sobald sie es für ratsam halten. Ich dachte, du würdest es wissen wollen.
In Liebe
Jenny

Maggie legte den Brief auf dem Esstisch ab, dann nahm sie ihn mit zitternden Händen wieder auf und las ihn noch einmal. Sie fühlte sich benommen und setzte sich. Es war schwer, sich John verletzt vorzustellen, so stramm wie er war, kraftvoll und voller Elan.

Ein Wunder, dass er überhaupt noch am Leben ist.

Wie verletzt war er? Hatte er wohl immer noch Schmerzen? Ihr Herz schnürte sich fest zusammen und einen Moment lang fiel es ihr schwer zu atmen.

Doch die Stadt Bedford und Turvey House, sein Familiensitz, waren näher als London. Vielleicht könnte sie ihn besuchen.

Im nächsten Moment fragte sie sich, welche Ausrede sie wohl nennen könnte, um zu seinem Haus zu gehen. Sie war nichts für ihn.

Warum war er dann noch immer alles für sie? Maggie legte ihren Kopf auf ihren Armen ab und begann zu weinen.

CAM SPRACH DEN SCHWUR nicht aus, der ihm jedes Mal über die Lippen kommen wollte, wenn die Kutsche schwankte und rüttelte. Wenn er das täte, wären die vielen Stunden, die noch kamen, von einer langen Reihe von Flüchen erfüllt. Er war in der größten Kutsche ausgestreckt, die er besaß, und es war beinahe so bequem, wie man es sich mit gebrochenen Knochen und einem schmerzenden, verbundenen Kopf vorstellen würde.

Cam war die konstanten Träume durch das Laudanum leid und hatte an diesem Morgen keine Dosis genommen bevor sie sich auf den Weg gemacht hatten, wobei seine

Mutter und seine Cousine Beryl in einer anderen Kutsche fuhren. In diesem Moment überdachte er seine voreilige Entscheidung und sah zu der Flasche mit bitterer, rötlichbrauner Flüssigkeit hinüber, die griffbereit stand.

Statt die Demütigung zu ertragen, für die Nacht in ein Gasthaus getragen zu werden, hatte Cam beschlossen, es ihnen allen schwer zu machen und die ganze Reise in einem Stück zurückzulegen, wofür bei Bedarf die Pferde gewechselt wurden. Zur Hölle mit den Kosten! Der Kutscher konnte ihm während der nächsten zwei Tage Essen bringen, wenn er es wollte und auch seine Bettpfanne ausleeren. Oder sein Diener könnte es tun, oder wer auch immer noch auf der höllisch schwerfälligen Kutsche saß, die seinen verletzten Körper nach Bedfordshire beförderte.

Zumindest war er am Leben.

Das waren die Worte seiner Mutter und Cam versuchte jeden verdammten Tag, dasselbe zu fühlen. Doch das tat er nicht. Drei Wochen nach diesem schicksalhaften Morgen hatte er immer noch Schmerzen. Jede Bewegung seiner Glieder schmerzte und seine Rippen waren so fest verbunden, dass er schwierig war zu atmen, geschweige denn sich zu rühren. Auf seinem rechten Auge kam ihm seine Sehkraft noch immer seltsam vor und er hoffte inständig, dass sein Augapfel nicht in einem eigenartigen Winkel schielte.

Niemand erlaubte ihm in einen Spiegel zu sehen, zu zerkratzt und vernarbt war er, sowohl auf seiner rechten Wange als auch auf der Stirn. Höchstwahrscheinlich glich er jetzt Mrs. Shelleys schrecklicher Kreatur, der Verkörperung von Victor Frankensteins Experimenten.

Da sein rechter Arm in einem schweren Gipsverband steckte und sein rechtes Bein ebenfalls eingegipst war, nahm Cam eine Zeitung von dem Stapel, den er mitgebracht hatte. Er plante, sich darüber zu informieren, was passiert war, während er stark betäubt gewesen war und sich in der Obhut des Arztes erholt hatte.

Er zuckte vor Schmerz, verengte sein gesundes Auge und versuchte sich auf die Nachrichten der Regierung zu konzentrieren, deren geschätztes Mitglied er im House of Lords war.

Seine Gedanken wanderten allerdings zu der einen Person, die seine vielen unruhigen Träume beschäftigte. Margaret. Er bezweifelte, dass sie von seiner Misere wusste. Außerdem graute es ihn bei der Vorstellung, dass sie ihn je in einem solchen Zustand sehen sollte. Es war schlimm genug, dass sie Westing ihm vorzog, bei all der Attraktivität und der Lebendigkeit des jüngeren Mannes. Nun war Cam nicht nur älter, er war zudem entstellt und würde wahrscheinlich für den Rest seines Lebens humpeln.

Er las denselben Satz in der *Times* noch einmal und ihm wurde klar, dass er sich keinen Deut um die ungarischen oder italienischen Revolutionäre scherte, genauso wenig wie der scheinbar egoistische Umgang von Premierminister Palmerston mit den aktuellen Aufständen. In diesem Moment konnten sie alle zur Hölle fahren.

Er schlug die Seite um, sah den Namen seines Freundes und seine Laune hob sich schlagartig. Es war eine Bekanntgabe der Geburt des neuen Erben der Grafschaft von Lindsey. Simon und Jenny hatten einen kleinen Jungen, der, so Gott wollte, zum achten Grafen in der Devere Familie heranwachsen würde. Margaret war nun Tante und würde wahrscheinlich bei ihrer Familie in Sheffield verweilen.

Zumindest reiste er nach Norden und somit in die richtige Richtung.

"Narr", murmelte er über sich selbst. Denn was spielte es für eine Rolle, wie nahe er Miss Blackwood war? Es wäre eine schreckliche Qual, sie je wiederzusehen, da er wusste, dass er ihre Küsse weit mehr genossen hatte als sie. Und er könnte denn Ausdruck des Mitleids auf ihren schönen Zügen nicht ertragen. *Nein*, das würde ihn völlig zerstören.

Er griff nach der Flasche und beschloss, dass es an der Zeit für ein kleines Schläfchen war. Vielleicht für die nächsten Tage.

"VORSICHTIG", RIEF CAM, ALS der Kutscher und ein Diener ihn aus der Kutsche und auf eine lange Trage hoben, wie sie sein Doktor genannt hatte. Dieses Ding war aus London herbeigekarrt und irgendwo auf dem Dach der Kutsche verstaut worden.

"Ihr dürft jetzt nicht ungeschickt sein, gute Männer. Ich habe noch keinen Nachfahren gezeugt."

Beide Männer lachten leise, was Cam freute, denn er wusste, dass er sie die ganze Fahrt über in den Wahnsinn getrieben hatte. Irgendwann, als er die unendlichen Stunden in der Kutsche nicht mehr ertragen konnte, hatte seine Mutter beschlossen, an einem Gasthaus Halt zu machen. Sie würde am nächsten Tag in Bedford ankommen und nur einen Zwischenstopp einlegen, um Beryl am nahe gelegenen Haus ihrer Eltern abzusetzen.

Cam beneidete sie kein bisschen. Erleichterung ergoss sich über ihn wie ein willkommener Regenschauer an einem heißen Tag, als sie endlich am Turvey-Anwesen ankamen. Er konnte es nicht erwarten, auf seiner eigenen Daunenmatratze zu liegen. Tatsächlich konnte er sich nicht an das letzte Mal erinnern, dass er sich auf ein Bett gefreut hatte, wenn ihm nicht das Vergnügen einer fähigen und üppigen Frau bevorstand.

Plötzlich kümmerte ihn sein letzter demütigender und schmerzhafter Weg über einige Meter nicht mehr. Kaum siegreich kam er zu Hause an und wurde von starken Männern aus der Kutsche durch seine eigene Haustür in sein Schlafzimmer getragen, das bis vor vier Jahren noch seinem Vater gehört hatte.

Der Transport auf der Trage aus Leinen und Holz war jedenfalls angenehmer als die gesamte Fahrt von London aus. Als er den Kopf hob, sah er den vertrauten schwarzen Haarschopf seines Gutsverwalters Grayson O'Connor, der selbst die beiden vorderen Stangen festhielt, um ihn ruhig und gerade zu halten.

„Gray, hast du mich?" Cam war mit einem Mal fast übermütig, weil er endlich zu Hause war. Deshalb und dank der großzügigen Dosis Laudanum, die scheinbar zu seinem besten Freund geworden war.

„Ich habe Euch, Mylord."

Cam lachte. „Diese ‚Mylord'-Floskel gibt es zwischen uns nicht. Denk daran, oder ich boxe dir gegen die Ohren, wie damals, als wir jung waren."

„Du meinst, wie damals, als du es *versucht* hast."

Gray gehörte beinahe so lange zum Anwesen, wie Cam denken konnte, da er der Sohn eines Dieners aus dem Haus von Cams Onkel war, das einige Meilen entfernt lag. Cam konnte sich nicht daran erinnern, warum sein Onkel den jungen Gray zum Turvey House geschickt hatte, als sie beide noch Jungen gewesen waren, die gerade laufen gelernt hatten, doch er war immer froh gewesen, einen Gefährten zu haben. Und obgleich ihre Erziehung und ihre Zukunft sehr unterschiedlich waren, hatten sie miteinander gespielt und sogar gekämpft wie Brüder.

Gray würde ihn sicher nach oben bringen. Daran hatte Cam keinen Zweifel, und so schloss er seine Augen wieder.

Als er das nächste Mal erwachte, lag er in seinem eigenen Bett. Er sah sich um und stellte sicher, dass das Laudanum direkt neben ihm stand, denn als der Schmerz zurückkehrte, raubte er ihm den Atem.

Genau wie es Margarets Lächeln einst getan hatte. Ja, genau so.

Er hatte gelernt, sich nicht zu viel zu bewegen, wenn er erwachte. Sein rechtes Bein war wie in der Kutsche in einer Schlinge hochgelagert. Dr. Adams hielt dies für den besten Winkel, aber es machte es Cam unmöglich, sich auf die Seite zu drehen. Je mehr ihm klar wurde, dass er es nicht konnte, desto mehr wollte er es.

Nach seinem Verständnis wäre die nächste Unannehmlichkeit das Jucken. Der Arzt hatte ihn davor gewarnt, dass seine Haut in den Verbänden unter dem Gips beginnen würde zu kribbeln, bis es ihn fast in den Wahnsinn trieb.

Er warf einen weiteren Blick auf das Laudanum und hoffte, dass er genug hatte, um seine Genesung zu überstehen. Da er wusste, dass noch mehr Flaschen in seinem Koffer waren, konzentrierte er sich auf seine Umgebung. Sein Zimmer sah aus wie immer: taubengraue Wände und weiße Vertäfelung. Sehr ansprechend.

Er verlagerte sein Gewicht und versuchte, sich aufzusetzen, indem er sich mit seinem guten Arm auf die Kissen drückte, und stöhnte vor Unbehagen. Cam erinnerte sich daran, wie Jenny Devere in dem Moment, als sie erfuhr, dass sie wochenlang eingesperrt sein würde, gesagt hatte, sie wolle an der frischen Luft spazieren gehen, und konnte das jetzt voll und ganz nachvollziehen.

Er schätzte, dass er wohl froh sein sollte, dass kein Schmied oder Barbier hinzugerufen worden war, um seine gebrochenen Knochen zu richten. Glücklicherweise hatte er Dr. Philip Adams gehabt, den besten Chirurg, den seine Familie kannte, der genügend fähige Assistenten mitgebracht hatten, die ihm halfen, die Knochen im Oberschenkel, Knöchel und Arm des Grafen zu richten, ebenso wie beim Verbinden einer kaputten Rippe.

Zwei Männer waren nötig gewesen, die den Anweisungen des Arztes folgten und gegen die Verkrampfung von Cams starker Oberschenkelmuskulatur ankämpften, um den großen Knochen in Position zu bringen und dort zu halten, während Adams dünne Holzschienen und Gips über die gewebten Bandagen verteilte.

Glücklicherweise hatte Cam den Großteil dieser Unternehmungen dank Laudanum und Alkohol verpasst, von denen er sich seine eigene Dosis verschrieb.

Außerdem war es ein Glück für ihn, dass die beiden Brüche in seinem Bein und in seinem Arm „einfach und sauber" waren, wie der Chirurg erklärte, als Cam unter Schmerzen aufwachte und am liebsten sterben wollte.

„Einfach und sauber?", hatte Cam gefragt, auch wenn er die Worte kaum murmeln konnte.

„Ja, es scheint nichts gesplittert zu sein. Ich erwarte keinen Wundbrand oder die Notwendigkeit einer Amputation, doch wir werden Eure Zehen ein paar Tage im Auge behalten."

Amputation! „Meine Zehen?"

„Ja, wir prüfen auf typische Anzeichen einer Infektion."

Guter Gott! Er hatte sofort eine weitere Dosis Laudanum zu sich genommen.

DIE QUAL DES LORDS

MAGGIE GING LANGSAM DEN Weg zum Anwesen entlang, an Jonling Hall mit seinem mysteriösen neuen Besitzer vorbei, den Jenny und Simon zwar getroffen hatten, der Maggie jedoch noch nicht vorgestellt worden war. Er war ein Mann. Ein alleinstehender Mann. Ein attraktiver Mann in heiratsfähigem Alter, wenn man ihrer Schwester Glauben schenkte, und er war indirekt mit Simon verwandt. Ein Bastard, hatte Maggie festgestellt, und ein reicher noch dazu.

Normalerweise hätten all diese Aspekte ausgereicht, um ihre Aufregung zu schüren und das Verlangen zu wecken, so schnell wie möglich vorgestellt zu werden. Doch sie konnte nicht einmal einen Hauch von Interesse aufbringen.

John lag irgendwo verletzt im Bett und sie hatte keine Möglichkeit, zu ihm zu gelangen, und sie hatte auch keinen Grund, der plausibel für jemanden erscheinen würde, der darüber nachdachte.

Seit sie von seinem Unfall erfahren hatte war eine Woche vergangen. Jeden darauffolgenden Tag, an dem sie zum Anwesen gelaufen war, um Jenny Gesellschaft zu leisten und ihr mit ihrem kleinen Neffen zu helfen, hoffte Maggie, dass es Neuigkeiten gab. Jeden Tag wurde sie enttäuscht.

„Da bist du ja, Mags." Jenny sah gut ausgeruht aus und saß gemütlich in ihrem Bett, wie die Prinzessin auf der Erbse, wie Eleanor sie am Tag zuvor genannt hatte.

„Ich darf so lange die Prinzessin auf der Erbse sein, wie es mir beliebt. Lasst euch gesagt sein, genügend Milch zu produzieren, um den kleinen Lionel zu ernähren, ist kräftezehrend. Ich bin immer müde, durstig oder hungrig."

„Genau wie er", hatte Eleanor gesagt, als der Junge wieder angefangen hatte zu weinen. Jenny sagte ihren

Schwestern, dass das Geräusch des schreienden Babys ihre Brüste zum Kribbeln brachte, sobald es begann.

„Ist das nicht faszinierend?" Eleanor hatte geäußert, wie viel interessanter die menschliche Fortpflanzung sei, als das, was sie von Tieren kannte, die sich paarten, fortpflanzten und säugten. Bei dieser Aussage hatten Maggie und Jenny einen Blick ausgetauscht und beschlossen, das Thema zu wechseln.

Heute war Eleanor nicht dort.

„Wo ist Simon?", fragte Maggie, da seine Lordschaft meist in der Nähe war, bis eine der Blackwood-Frauen eintraf, um der Mutter Gesellschaft zu leisten.

Jenny winkte ab. „Ich weiß es nicht. Ich schätze, er arbeitet irgendwo. Er versucht, vor seiner Reise nach Bedford so viel wie möglich zu erledigen."

Maggie spitzte die Ohren.

„Bedford? Du hast gestern nicht erwähnt, dass er dort hinfährt."

Jenny war seit der Geburt von Lionel nicht mehr so konzentriert wie üblich. Allerdings schien dies eine große Sache zu sein, zumal ihre Schwester von ihrem Interesse an Johns Gesundheit wusste.

„Das stimmt", sagte Jenny. „Weil ich es gestern noch nicht wusste. Simon wollte nicht von meiner oder Lionels Seite weichen, aber er ist ziemlich unruhig vor Sorge um Cam. Ich habe ihm gesagt, er solle nach ihm sehen. Gestern Abend, als wir zu Bett gingen und Lionel friedlich schlief, sagte Simon, dass er in ein paar Wochen eine Reise erwägt."

„Wochen?", wiederholte Maggie geistesabwesend. Sie wollte sofort aufbrechen. Andererseits hasste sie es, Jenny und Lionel allein zu lassen.

„Ja. Er hat beschlossen zu warten, bis das Baby mindestens einen Monat alt ist, als wäre das eine Art magische Zahl."

Sie wechselten einen wissenden Blick. Im Säuglingsalter oder sogar in der Kindheit war nichts sicher, doch man konnte nicht ewig in Angst leben. Maggie wusste von vielen Familien, die Kinder verloren hatten. Selbst John hatte ihr erzählt, dass seine Eltern zwei Babys verloren hatten, was ihn zum einzigen Erben machte.

John, der alleinige Erbe, der beinahe in einem lächerlichen Kutschenunglück ums Leben gekommen war.

„Die arme Lady Cambrey", murmelte Maggie.

„Ja, in der Tat. Sie muss außer sich sein vor Sorge."

„Ich frage mich, wie es ihm jetzt geht", überlegte Maggie, falls Jenny noch mehr wusste.

Ihre Schwester zuckte die Achseln. „Wenn wir einen weiteren Brief erhalten, werde ich es dich sicher wissen lassen. Ich habe schon früh geglaubt, dass du ihm zugeneigt bist." Jenny beobachtete sie aufmerksam. „Als ich London verließ, dachte ich allerdings, ich hätte mich geirrt."

Maggie wusste nicht, was sie sagen sollte. Wenn sie anfing, die Details darüber zu erzählen, was vorgefallen war, würden sie Stunden damit verbringen, es aus jedem Blickwinkel zu analysieren, um herauszufinden, was Maggie missverstanden hatte. Doch was, wenn Jenny auch aufgefallen war, was Maggie angenommen hatte – dass John Interesse an ihr hatte?

Maggie beschloss, einen Teil ihrer Geschichte preiszugeben und setzte sich auf das Bett.

„Du hast recht. Eine kurze Zeit lang nahm ich an, dass er und ich zusammenpassen könnten. Ich hatte einfach noch nicht genug Erfahrung mit Männern, um meine

Gefühle zu kennen. Oder seine. Und dann ging er eine Verbindung mit Lady Chatley ein."

Jenny hob ihre Augenbrauen. „Jane Chatley scheint eine reizende Person zu sein, doch sie ähnelt dir überhaupt nicht."

„Na, vielen Dank!"

„Nein, nein, Mags." Jenny nahm ihre Hand. „Ich meinte, wenn Cam dich mag, scheint es seltsam, dass er sich so leicht in Jane verlieben könnte. Außerdem ist sie …"

Als Jenny zögerte, nannte Maggie einige vorsichtige Adjektive. „Sie ist intelligent, ruhig, sprachgewandt. Wahrscheinlich ist sie organisiert, fähig, pflichtbewusst und auch loyal. Und öde wie Spülwasser."

„Mags!", protestierte Jenny. Dann fügte sie nach einer Pause hinzu: „Wir wissen nicht sicher, ob sie ruhig ist."

Sie brachen beide in Lachen aus.

„Na schön", stimmte Maggie zu, „doch sie scheint der Inbegriff von Weiblichkeit zu sein; ein jeder Mann würde sich wünschen, dass sie seinen Haushalt führt und seine Kinder bekommt."

„Nicht mehr, als sich ein jeder Mann wünschen würde, dass du es tust. Und du hast ein Funkeln, diese Augen, dieser Mund. Komm schon, liebe Schwester, du hast das gewisse Etwas. Du hast schon immer die Blicke auf dich gezogen."

„Mühelos", stimmte Maggie ohne zu Überheblichkeit zu. „Tatsächlich ist es so leicht, dass ich glaube, ich könnte jemanden für mich gewinnen, ohne es zu versuchen. Offen mit ihm zu sprechen war sicher nicht die Antwort, und mich von einem Mann küssen zu lassen auch nicht."

„Warte", sagte Jenny, bevor sie praktisch zu quietschen begann. „Du hast nichts von einem Kuss erwähnt. Mit Cam?"

Maggie spürte, wie Hitze in ihre Wangen stieg, doch sie sagte nichts.

„Das ändert alles, meinst du nicht?"

„Warum?", fragte Maggie. „Was ändert es?"

„Cam ist Simons bester Freund. Er würde nicht mit dir spielen, nicht mit der Schwägerin seines besten Freundes. Er muss dich wirklich schätzen."

„Nein, ich bin überzeugt davon, dass er Lady Chatley wirklich schätzt. Ich habe sie zusammen gesehen und das gehört, was sie sagten."

Jenny verzog das Gesicht. „Oh."

„Doch ich gebe zu, dass ich ihn immer noch mag, obgleich ich die Gesellschaft anderer Herren genossen habe."

„Und haben dich die anderen ebenfalls geküsst?", fragte Jenny scherzhaft, doch als Maggie schwieg, erstarb ihr Lächeln.

„Oh."

„Hör auf, das zu sagen."

„Jedenfalls denke ich, dass du Cam besuchen solltest", beschloss Jenny. „Wir alle waren Freunde, bevor die Saison begann, bevor Simon überhaupt aus dem Ausland zurückkehrte. Zudem kannst du ihn als Freundin in Turvey House besuchen, um ihm deine Grüße zu überbringen."

Maggie war nicht überzeugt, dass es eine gute Idee war, doch ihre Schwester erwärmte sich ihrem eigenen Plan offensichtlich.

„Nein, du verstehst nicht. Es ist perfekt. Du kannst an meiner Stelle hinfahren. Wenn Simon in ein paar Wochen dorthin aufbricht, solltest du ihn begleiten, da ich es nicht kann."

„Erstens hat niemand eine Vertretung für seine Ehefrau. Das ist lachhaft. Ich kann unmöglich als der Ersatz von Gräfin Lindsey fungieren."

„Wahrlich, doch du kannst anführen, dass ich besorgt genug war, um dich an meiner Stelle zu schicken."

Bei der Vorstellung, ihn wiederzusehen, begann Maggies Herz zu rasen, wenn auch ihre Zweifel bestehen blieben.

„Was, wenn John nicht erfreut ist, mich zu sehen, besonders, da er so schwer verletzt ist?"

Jenny grunzte auf wenig damenhafte Weise. „Welcher Mann wünscht sich nicht die Aufmerksamkeit einer schönen Frau?"

„Einer, der lieber Jane Chatley an seinem Krankenbett hätte."

Lionel, der in seinem Bettchen am Fußende des Bettes lag, begann zu weinen.

„Gib ihn mir, ja?"

Als Maggie den Säugling in die Arme ihrer Schwester legte, bemerkte Jenny: „Er hat dich mehr als einmal geküsst. Du weißt nicht, ob er sie überhaupt geküsst hat."

Maggie schüttelte den Kopf. „Ich kann dich und Lionel nicht verlassen."

„Würdest du mir ein Glas Wasser einschenken?", fragte Jenny, während sie ihr Unterhemd herunterzog und ihr Kind an ihren Busen führte. Sofort begann er geräuschvoll zu saugen.

Sobald Lionel sich seiner Aufgabe widmete, richtete Jenny ihre Aufmerksamkeit wieder auf Maggie.

„Unsinn. *Ich* bin hier, um mich um Lionel zu kümmern. Lass ihn meine Sorge sein."

„Und wer wird sich um dich kümmern?", fragte Maggie und reichte Jenny das Glas mit Wasser. „Du würdest vor

Durst sterben, wenn ich nicht hier wäre, wenn dein kleiner Mann anfängt zu trinken."

„Mutter wird hier sein. Du weißt, dass sie jeden Tag nach dem Mittagessen kommt. Sie möchte viel Zeit mit ihrem ersten Enkel verbringen."

Und so machte sich Maggie zwei Wochen später, in Begleitung eines Dienstmädchens der Deveres als Anstandsdame, mit ihrem Schwager auf den Weg zum Turvey House. Falls Simon es eigentümlich empfand, dass ihm seine Frau ihre Schwester aufgezwungen hatte, so äußerte er es nicht. Nachdem sie das Dienstmädchen mit Simons Kammerdiener in die Begleitkutsche geschickt hatten, entspannten sie sich und unterhielten sich wie alte Freunde.

Während der Reise leistete er ihr gute Gesellschaft und Maggie erkannte immer mehr, was ihre Schwester in dem ehemaligen Lord der Verzweiflung sah. Zudem vermochte er es, sie mit seinen Geschichten von Birma und Europa sowie das Dorf Sheffield zu der Zeit, als er ein Junge gewesen war, von den Schmetterlingen, die beim Gedanken an ein Wiedersehen mit John in ihrem Bauch aufkamen, abzulenken.

Schließlich fasste sie den Mut, ihn nach seiner Zeit in Eton zu fragen, weil sie wusste, dass Simon John dort als dreizehnjähriger Junge kennengelernt hatte. Glücklicherweise drehten sich fast alle seine Erinnerungen um den frechen Vicomte von Cambrey, der eines Tages der Graf von Eton werden sollte. Sie gerieten im Innenhof in Raufereien, schmuggelten Whisky in die Schlafsäle und versteckten heiße Pasteten in ihren Taschen, um sie während der Vorlesungen zu essen. Kurz gesagt, sie hatten Spaß, wie alle Jungs.

„Wir haben immer aufeinander aufgepasst. Und auf Toby auch", lenkte Simon das Gespräch auf seinen nun verblichenen Cousin, der im birmanischen Krieg umgekommen war; ein schreckliches Erlebnis, von dem der Graf nur knapp lebend zurückkam.

„Cam wäre wahrscheinlich auch in den Krieg gezogen, wäre sein Vater nicht kurz zuvor verstorben."

Maggie nickte. „Ich nehme an, wenn man schon in jungen Jahren in die Grafschaft aufsteigt und der einzige Erbe ist, muss die Pflicht gegenüber der Familie an erster Stelle stehen."

Simon lächelte schief. „Ich glaube, die Reihenfolge lautet zuerst Gott, dann die Queen und das Land, dann die Familie, doch ich glaube, Cam tat das Richtige. Seine Mutter brauchte ihn und er ist nicht die Art Mann, der eine Dame im Stich lässt."

Maggie warf ihm einen Blick zu, um festzustellen, ob ihr Schwager mit seinen Worten etwas anderes meinte, etwas, das sich auf John und seinen Umgang mit ihr oder Jane bezog. Aber nein. Seinem Gesichtsausdruck nach zu urteilen, gab es keine versteckte Bedeutung.

„Auch auf Sie wurde die Bürde einer Grafschaft gelegt. Wie kommen Sie damit zurecht?"

„Danke der Nachfrage. Es lief nicht gut, bis ich deine Schwester traf, wie du weißt. Jetzt habe ich euch Blackwoods als meine Familie, an die ich mich gewöhnt habe, und ich gestehe, dass es mir gefällt." Er schenkte ihr ein weiteres Grinsen. „Eure Mutter hat sich etwas erwärmt, genügend, um mich wie einen Sohn statt wie einen Grafen zu behandeln. Auch das gefällt mir. Wenn Cam sich eine Frau nimmt, schätze ich, dass er eine fertige Familie bekommt, wie ich sie habe. Ich hoffe, dass er so viel Glück hat."

An seinen Worten erkannte Maggie, dass Jenny ihr volles Vertrauen bewahrt haben musste und Simon nichts von ihren Gefühlen für seinen Freund wusste.

"Eleanor wurde recht missmutig, als sie herausfand, dass sie nicht mitkommen würde."

"Warum?" Simon sah verwirrt aus.

"*Ah*, Sie wussten nicht, dass sie sich mit Lord Cambreys Cousine Beryl angefreundet hat, die meines Wissens nach in der Nähe wohnt."

"Ich verstehe. Ja, ihr Vater ist der jüngere Bruder von Cams Vater. Sie wohnen höchstens einige Meilen entfernt. Ich verstehe, warum Eleanor schlechter Laune ist. Und ihr Naturell erlaubt es ihr sicher nicht, es jemandem im Haus zu verheimlichen. Richtig?"

"Gewiss."

Simon sah einen Moment lang ernst aus.

"Es war allerdings richtig, es ihr nicht zu erlauben. Ich mache mir keine Vorstellung davon, wie schwer verletzt er ist und es ist vielleicht nicht gut für ein Mädchen in ihrem Alter, das zu sehen."

"Dieser Meinung war auch meine Mutter."

Er warf ihr einen Seitenblick zu.

"Du könntest es selbst erschütternd finden. Ich finde es sehr mutig, dass du gekommen bist, und ich schätze deine Gesellschaft."

Mutig? Was erwartete er vorzufinden?

Am frühen Abend des nächsten Tages, nach einer Nacht in einem Gasthaus, als die Kutsche auf dem großen Hof vor dem Turvey House zum Stehen kam, sollte Maggie es herausfinden.

KAPITEL ZEHN

Cam erwachte aus einem langen und tiefen Schlaf und hasste das neblige Gefühl, das ihn jedes Mal begrüßte, wenn er seine Augen öffnete. Er wusste, dass es von dem Laudanum kam, doch ihm war auch klar, wie stark seine Schmerzen sein würden, wenn er eine Dosis ausließ. Irgendwann würde er sich dem stellen müssen, dachte er. Doch nicht heute.

Er war bereits eine Woche lang wieder zu Hause, vielleicht auch schon zwei, und nichts hatte sich verändert und er sah auch keine Hoffnung auf eine Abwechslung von der Monotonie des Alltags. Dr. Adams hatte gesagt, dass er auf die volle Genesung seines Beins hoffen konnte, wenn er es aufrecht und unbeweglich hielt. Sein Diener badete ihn regelmäßig und seine Mahlzeiten wurden auf sein Zimmer gebracht.

Gewiss, seine Mutter war eingetroffen und ihre Gesellschaft war zwar willkommen, doch beizeiten auch anstrengend. Er musste nicht über jedes Mitglied der feinen Gesellschaft Bescheid wissen, egal ob es sich gut oder, was wahrscheinlicher war, schlecht benahm. Er wusste nun mehr über ihre ständig wechselnden Herzensangelegenheiten, als er je gedacht hätte.

Tatsächlich war die einzige Konstante in der Oberschicht während des Endes der Saison das verzweifelte Hin- und Herwechseln der Partner. Die Partner wurden neu geordnet, als ob das Leben dieser Menschen ein einziger komplexer Quadrille wäre.

Er interessierte sich auch nicht für die neueste französische Mode, die ihm seine Mutter gerne in allen Einzelheiten erklärte. Nach ein paar Tagen hatte er das Gefühl, dass er zu viel über Spitzenbesatz und den richtigen Ausschnitt wusste. Er musste sich jedoch eingestehen, dass dies sein Interesse weckte, als er sich vorstellte, wie viel Dekolleté er bei jeder Schnittvariante sehen könnte.

Jedes Detail über die Saison und sogar Mode führte zu Margaret. Er stellte sich vor, dass sie nach der Geburt des Kindes ihrer Schwester wieder in den Süden nach London geeilt war, um Aufregung aus den letzten Wochen der gesellschaftlichen Veranstaltungen zu ziehen.

„Du musst mir die Tagesnachrichten nicht vorlesen", sagte Cam seiner Mutter zum wiederholten Male, als sie nach ihrer spätmorgendlichen Mahlzeit mit einem Stapel Zeitungen hereinkam.

Sie liebte den Luxus, die Zeitungen zu erhalten, wenn sie nicht in der Stadt war, denn der Kurier brachte sie jeden Tag.

„Ich weiß, dass ich es nicht muss, mein lieber Junge, aber es macht mir mehr Freude, sie dir vorzulesen, als sie allein zu lesen. Und ich möchte nicht, dass du dich damit belastest, sie mir vorzulesen."

Sie war zweifellos noch immer besorgt um sein rechtes Auge. Er meinte zwar, seit seinem Unfall weniger seitliche Sehkraft zu haben, doch ansonsten schien es sich gut erholt zu haben.

„Du sorgst dich nur darum, dass ich die interessanten Details auslasse", neckte Cam sie und nahm einen Schluck von seinem Tee, was noch immer schwierig mit der linken Hand war. „Na schön, wenn du darauf bestehst, sie mir vorzulesen, als ginge ich noch am Gängelband, dann bitte lies die Nachrichten der Regierung."

Auf den niedergeschlagenen Gesichtsausdruck seiner Mutter hin fügte er hinzu: „Gleich *nachdem* du mir den neuen Umfang eines Damenbustiers für die Weihnachtszeit verraten hast."

Sie lachte, nahm am Ende seines Bettes Platz und breitete ihre Zeitungen aus.

Gut, dachte er. Er hatte sie kaum entspannt gesehen, seit er in ihrem Haus am Cavendish Square in einer Welt der Qualen und Verwirrung erwacht war. Was für ein unglücklicher Unfall, und so verflixt vermeidbar. Der andere Herr war gestorben, als seine Kutsche umkippte und sein Kopf auf dem Kopfsteinpflaster zerschmettert wurde.

Nicht zum ersten Mal dankte Cam Gott dafür, dass er sein Schicksal nicht geteilt hatte, zumindest seiner Mutter zuliebe. Er mochte nicht mehr so schneidig aussehen wie zuvor, doch er hatte überlebt, um den Namen Angsley und die Grafschaft Cambrey für seine Familie weiterzuführen.

Als seine Mutter zu lesen begann, ballte er seine rechte Hand zu einer Faust, was schmerzhaft, aber möglich war. Und dann wackelte er mit den Zehen, oder versuchte es zumindest. Es war kein Wundbrand entstanden – dafür war er immens dankbar, denn auf ein Holzbein verzichtete er lieber. Allerdings bewegten sie sich nicht so, wie sie sollten. Er starrte den Fuß an, der aus dem Gips herauslugte und versuchte erneut, mit den Zehen zu wackeln.

Da! Hatte sein großer Zeh nicht soeben gezuckt?

„Mutter", unterbrach er ihr Vorlesen. „Du bist näher. Sieh dir meinen Fuß an, und sage mir, ob sich meine Zehen bewegen."

„Der rechte Fuß, mein Junge?"

„Ja, der rechte Fuß, verdammt noch mal. Der am Ende meines schwer gebrochenen Beins!"

„Kein Grund, zu schreien, Liebling. Zumindest ist er nicht geschwollen."

„Wie könnte er geschwollen sein? Er ist völlig blutleer, wenn man mich fragt. Mein Fuß ist taub, weil er schon so verdammt lange in der Luft hängt."

„Auch für dein Fluchen gibt es keinen Grund", mahnte sie, stand auf und beugte sich über seinen Fuß, um ihn zu begutachten. „Wackelst du jetzt mit den Zehen?"

„Ja", brummte er und ärgerte sich grundlos über sie.

Hmm. Tu es noch einmal."

„Das tue ich, Mutter."

Sie kam mit ihrem Gesicht noch näher und er hoffte, dass sein Fuß frisch roch, nachdem er kürzlich gewaschen worden war.

Dann richtete sie sich auf und sah ihn an und ihr Gesicht sagte ihm alles, was er wissen musste.

„Gib dir mehr Zeit", sagte sie.

Das war alles, was er überhaupt jemandem geben konnte: seine Zeit. Er fühlte sich wie ein nutzloser Klotz, der nicht einmal seine eigenen Zehen richtig bewegen konnte.

„Lies weiter", sagte er und ihm war bewusst, dass er herrisch und aufbrausend klang.

Erst nach einigen Stunden hörte seine Mutter wieder auf.

Den Rest des Tages verbrachte er damit, zu schlafen, zu essen, seine guten Glieder zu strecken und seine Laudanumflasche zu beäugen, bis Gray kam. Wie ein Uhrwerk besuchte ihn seine Mutter jeden Morgen und Gray am späten Nachmittag.

Heute hatte Cam die Absicht, einen Brief an den Leiter seiner Geschäfte in London zu diktieren.

„Du solltest lernen, mit deiner linken Hand zu schreiben", sagte Gray, als er sich einen Stuhl an das Bett heranzog und sein Tablett mit Papier auf dem Bett ablegte. „Wahrscheinlich würde es ebenso gut aussehen wie meine Sauklaue."

Cam brachte kaum ein Lächeln zustande. „Ich hoffe, dass du mit beidem scherzt. Erstens gedenke ich es nicht zu lernen, denn es hieße, dass mein rechter Arm nicht richtig funktionieren wird, wenn der verdammte Gips in einem Monat abgenommen wird. Übrigens juckt mein Arm."

Er verzog das Gesicht und starrte den störenden Gips an.

„Zweitens solltest du so deutlich schreiben, wie du kannst. Das ist kein frivoler Liebesbrief oder eine Einkaufsliste. Hier geht es um das Geschäft, und wenn es richtig gemacht wird, zahlt es sich für uns alle aus."

„Menschen brechen sich jeden Tag die Knochen. Dein Arm kommt wieder in Ordnung. Hat das nicht auch der Herr Doktor gesagt?"

Hatte er das? Cam konnte sich nicht daran erinnern.

„Außerdem", fuhr Gray fort, „ich hatte noch nicht die Gelegenheit, es dir zu sagen, aber ich habe so investiert, wie du es mir geraten hast." Er wackelte mit den Augenbrauen und lächelte Cam selbstzufrieden an.

„Wahrlich? Wie ist es gelaufen?"

„Sehr gut. Wenn also deine Geschäfte nicht so laufen, wie du es dir erhoffst, könnte ich derjenige sein, der für uns alle bezahlt, wie du sagst."

Cam nickte. „Ich hoffe, du handelst mit einer gewissen Bedacht."

Gray grinste. „Das kommt von einem Mann, der bewegungsunfähig in einer Schlinge liegt."

Cam warf ihm einen bitterbösen Blick zu und hätte am liebsten geknurrt.

„Es war nicht meine Schuld. Ich bin ein guter Fahrer, das weißt du. Der andere war ein Narr." Er hielt inne, als ihm bewusst wurde, dass er nichts über den anderen Mann wusste, außer, dass er tot war.

„Ich hoffe, er hat nicht zu viel Familie hinterlassen."

„Ich kann mich danach erkundigen, wenn du es wünschst", bot Gray an.

Cam nickte.

Dann begann er ihm seine Wünsche zu seinen Investitionen zu diktieren. Jetzt, wo er die Vorzüge des Laudanums genoss, fragte er sich, ob sein Geld dazu genutzt wurde, indisches Opium nach China zu verkaufen, was den ostindischen Kollegen genügend Geld einbrächte, um chinesischen Tee zu kaufen, der nun in jedem Haushalt in England und Schottland vertreten zu sein schien.

Als die langen Schatten des frühen Abends Cams Zimmer in ein düsteres Blau tauchten, entzündete Gray die Lampen und ging los, um sich um das Abendessen zu kümmern, das sie in geselliger Runde gemeinsam zu sich nahmen. Cam erzählte Gray vom vergangenen Jahr in London und Gray berichtete ihm von den Geschehnissen in seinen Besitztümern und den Neuigkeiten vom Anwesen von Cams Onkel ganz in der Nähe.

„Geht es deiner Mutter gut?", fragte Cam und schämte sich ein wenig, dass er sich nicht vorher erkundigt hatte.

Grays Mutter war Haushälterin im Zuhause seiner Cousine Beryl, die für Cams Onkel und Tante arbeitete. Oder vielleicht hatte sie sich mittlerweile zur Ruhe gesetzt. Er wusste es nicht.

Gray nickte. „Besser als dir, würde ich meinen."

Cam versuchte, mit seiner linken Hand nach ihm zu schlagen und fühlte sich wie ein Mädchen, das nach einem Wildschwein hieb. Lachhaft!

Gray duckte sich, als wäre Cam eine echte Bedrohung, dann lachte er und warf dabei beinahe das Essenstablett auf seinem Schoß um.

„Sie ist noch nicht in der alten Kornkammer."

Cams Tante und Onkel ließen einige Bedienstete in einer umgebauten Kornkammer wohnen; die Alten, die keine Bleibe hatten und ihre Dienste nicht mehr anbieten konnten.

„Mum ist noch immer eine der beiden Näherinnen", fuhr Gray fort. „Es macht ihr nichts aus. Sie sagt: ‚Was habe ich denn sonst zu tun?'. Und dann redet sie davon, dass ich ihr noch keine Enkel geschenkt habe."

„Ich schätze, wir sollten beide beginnen, an Erben zu denken", sagte Cam.

„Du mehr als ich, das garantiere ich dir."

Ein Klopfen an der Tür unterbrach ihn.

„Herein", sagte Cam sofort, denn alles, was ungewöhnlich war, war willkommen.

Sein Diener, Cyril, trat ein und verneigte sich.

„Mylord, Ihr habt Besucher."

„Besucher?", fragte Cam, verblüfft von der Vorstellung, dass jemand unangekündigt gekommen war.

Normalerweise wäre Cam bereit gewesen, seinem Butler zu sagen, er solle sie sofort wegschicken, wenn er von der Eintönigkeit seiner Tage nicht so gelangweilt wäre.

Als er zögerte, fügte Cyril hinzu: „Ja, Mylord, der Graf von Lindsey ist eingetroffen, mit seiner—"

„Simon! Er ist hier?" Freudig sah Cam Gray an, der nur gutmütig mit den Schultern zuckte. Gray kannte Simon natürlich von den Besuchen, die sein Freund ihm über die Jahre abgestattet hatte, doch sie hatten nicht die enge Verbindung, die sie in Eton aufgebaut hatten.

„Schick ihn sofort nach oben." Cam fühlte sich, als würde er gleich vom Bett springen. „Wunderbar!" Dann ächzte er vor Schmerzen.

„Was ist los?"

„Zu viel Enthusiasmus", sagte Cam und griff nach seinem Laudanum. „Allmächtiger. Dieses Ausruhen wird mich noch umbringen. Meine Muskeln werden gänzlich vergessen, wie sie funktionieren, wenn ich nicht Acht gebe."

KAPITEL ELF

Maggie, mit dem auf- und ablaufenden Simon an ihrer Seite, wartete in dem geräumigen Salon auf Cyril, den Diener des Turvey House. Ihr Dienstmädchen und sein Kammerdiener saßen diskret am anderen Ende des Raumes. Von dem Moment an, als Maggie das Haus betreten hatte, hatte sich ein Schleier der Schüchternheit über sie gelegt, weil sie sich in Johns Haus befand, noch dazu uneingeladen.

Beim Geräusch von Schritten versteifte sie sich. Als Lady Cambrey eintrat, fühlte sich Maggie, als wäre die Grimasse eines Lächelns auf ihrem Gesicht erstarrt. Jedenfalls ging Johns Mutter direkt auf Simon zu, den sie schon seit vielen Jahren kannte.

„Es ist so nett von dir, dass du gekommen bist, lieber Junge", sagte Lady Cambrey und ging auf ihn zu, um ihm eine tröstliche Umarmung anzubieten und dieselbe zu erhalten. Dann sah sie Maggie an und runzelte die Stirn.

Nach einem tiefen Knicks stammelte Maggie: „Ich bin hier, um … um …" *Guter Gott! Warum war sie hier?*

„Oh, ich bin sehr erfreut, dass Sie gekommen sind", sagte Lady Cambrey. „Ich erwartete nur, dass Sie Lady Lindsey seien. Natürlich sind auch Sie willkommen." Sie gab Maggie einen flüchtigen Kuss auf beide Wangen.

„Meine Frau hat gerade erst unseren Sohn zur Welt gebracht", erklärte Simon, „sonst wäre sie selbst gekommen. Auch sie zählt John zu ihren Freunden."

„Aber natürlich, ja. Meine Glückwünsche. Es geht doch nichts über einen Sohn", murmelte sie, und Maggie sah, wie Tränen in die Augen der alten Dame stiegen. Mit sichtlicher Entschlossenheit stählte sich Lady Cambrey und holte tief Luft.

„Was darf ich euch anbieten? Ihr müsst hungrig und durstig sein."

Bevor sie noch etwas sagen konnte, kehrte der Diener zurück. Er verneigte sich vor Simon, dann sagte er: „Lord Cambrey wünscht, dass Ihr nach oben in sein Zimmer kommt. Darf ich Euch den Weg zeigen, Mylord?"

„Nein, ich weiß, wo es sich befindet." Er sah Maggie an. „Kommst du hier zurecht?"

„Natürlich wird sie das", antwortete Lady Cambrey für sie. „Ich werde sie mit Speis und Trank versorgen und das Essen für dich in Johns Zimmer bringen lassen. Es wird ohnehin oft hinaufgeschickt, da er noch nicht unten war, seit er nach Hause kam."

Maggies Herz wurde schwer, während gleichzeitig die Nervosität aus ihr wich. Einerseits hatte sie Mitleid mit John, der nun in seinem Schlafzimmer festsaß. Andererseits konnte sie es aufschieben, ihn zu sehen. Vielleicht läge kein erfreuter Ausdruck auf seinem schönen Gesicht, wenn er sie sah. Zumindest könnte Simon ihn vorwarnen, dass sie hier war, und John könnte in seinem

Zimmer bleiben und erst gar nicht mit ihr sprechen, wenn er es wünschte.

„Cyril", sprach Lady Cambrey den Diener an. „Schicke ein Mahl für Lord Lindsey nach oben, und das Gleiche für Miss Blackwood hier. Und dann richte zwei Zimmer für die beiden her."

„Ja, Mylady."

Mit diesen Worten gingen Simon und der Diener davon, genau wie die Diener, die sie aus Belton mitgebracht hatten, die ihr Gepäck auspacken würden.

„Es tut mir leid, dass ich mitgekommen bin", platzte Maggie heraus, als sie mit Lady Cambrey allein war. „Es schien mir eine gute Idee zu sein, meinem Schwager auf der Reise Gesellschaft zu leisten, als meine Schwester es vorschlug. Ich möchte Euch aber keine Mühe machen."

„Unsinn. Ich war entzückt, Ihre Familie in London zu treffen und bin ebenso erfreut, Sie hier bei mir in Bedford zu haben."

Sie gingen zu einem von zwei großen Sofas, die einander gegenüber vor dem Kamin standen. „Bitte setzen Sie sich, liebes Mädchen."

Maggie tat, wie ihr geheißen, und entspannte sich mehr. Denn selbst wenn diese Frau es sich in den Kopf gesetzt hatte, Lady Jane Chatley als Schwiegertochter zu haben, konnte sie Maggie kaum missgönnen, dass sie ohne jegliche Absichten mit ihrem Sohn im Salon saß.

„Wie geht es Lord Cambrey?"

Die ältere Dame lächelte leicht. „Ich denke immer noch an meinen Mann, wenn jemand diese Worte benutzt", gestand sie. „Es sind vier Jahre vergangen, seit er starb. Ich trage natürlich keine Trauerkleidung mehr, aber ich trauere noch immer, wenn Sie verstehen, was ich meine."

Maggie nickte. „Ich glaube, meiner Mutter geht es ähnlich."

Sie wartete und wollte unbedingt wissen, wie es John erging. Simon würde es ihr später sagen, aber nachdem sie so weit gekommen und jetzt nur einen Stock von ihm entfernt war, wollte Maggie unbedingt wissen, wie es um ihn stand.

„Der Zustand meines Sohnes hat sich seit dem Tag des Unfalls stark verbessert. Ich war noch nie so verängstigt, als in dem Moment, als er von zwei Konstablern auf einer Trage durch die Eingangshalle getragen wurde. Beryl sah ihn zuerst und fing an zu schreien. Sein ganzes Gesicht war mit Blut bedeckt", fügte Lady Cambrey hinzu und ihre Worte schweiften gemeinsam mit ihren Gedanken ab.

„Ich war so froh, dass wir unser Wappen selbst auf den kleinen Tilbury-Wagen gemalt hatten. Sonst wäre er vielleicht in einem dieser krankheitsverseuchten, dreckigen Krankenhäuser gelandet."

Maggie, die sich immer noch Johns blutiges Gesicht vorstellte, nickte, obwohl sie keine Meinung über den Zustand der Londoner Krankenhäuser hatte, sondern nur froh war, dass sie die Dienste eines solchen nie benötigt hatte.

Ein Dienstmädchen kam mit Speisen auf einem Tablett herein und stellte es auf einen raffinierten Klapptisch, den sie direkt vor Maggie stellte.

„Hätten Sie gern ein Getränk, Miss?"

Mit einem Blick auf ihre Gastgeberin, die nichts trank, zögerte Maggie.

„Ein Glas rheinischen Weins für jede von uns", sagte Lady Cambrey zu dem Mädchen, das einen Knicks machte und davoneilte.

„Jetzt essen Sie, und ich rede weiter. Ich kann Ihnen nicht sagen, wie froh ich bin, jemanden zu haben, dem ich von meinem Sohn erzählen kann."

Maggie nickte und begann ihre Mahlzeit.

„Ich bin es gewohnt, meine Nichte Beryl bei mir in London zu haben, und dann gab es die liebreizende Lady Chatley, die John bei dem Kricketbankett half. Waren Sie da? Ich fürchte, ich erinnere mich nicht."

Das Essen bildete einen harten Kloß in Maggies Hals, als sowohl Jane als auch das Bankett erwähnt wurde.

„Ja", krächzte sie und hustete dann. Wo war der Wein? „Ich habe teilgenommen. Es war ausgezeichnet organisiert. Meine jüngere Schwester, Eleanor, an die Sie sich vielleicht erinnern, war ebenfalls dort. Sie hat eine enge Freundschaft zu Beryl aufgebaut."

„Oh ja, Eleanor. Das nächste Mal, wenn Sie uns besuchen, dürfen Sie sie gern mitbringen. Sie könnte bei dem Bruder meines Ehemannes und seiner Frau wohnen, die nicht unweit von hier leben, und Beryl besuchen, während Sie hier sind."

Was für eine eigentümliche, aber willkommene Einladung. Dieser Besuch hatte kaum begonnen, da dachte Lady Cambrey schon an den nächsten.

„Wie geht es Ihrer Mutter?", fragte die ältere Frau, obgleich Maggie nur mehr über John wissen wollte.

„Es geht ihr gut, danke der Nachfrage. Zurzeit genießt sie es, zum ersten Mal Großmutter des kleinen Lionel zu sein."

„Lionel? So hat Simon seinen Sohn genannt? Meine Güte, was für ein schöner, starker Name."

Lady Cambrey seufzte und sagte nichts, als der Wein hereingebracht wurde. Sie hielten beide ihre Gläser für einen stillen Toast in die Höhe. Zweifellos wünschten sie sich beide John Angsleys baldige Genesung.

„Ich hätte gern Enkelkinder", fuhr Lady Cambrey fort. „Als ich meinen John verletzt sah, als ich seine gebrochenen Knochen sah, dachte ich, dass ich fortan keine Mutter mehr sein würde, geschweige denn eine Großmutter."

„Welche Verletzungen hat er?", fragte Maggie.

Vielleicht war sie zu direkt, möglicherweise sogar unhöflich, aber sie konnte einfach nicht länger warten.

CAM HATTE NICHTS DAGEGEN, als Gray nach einem kurzen, höflichen Gespräch mit Simon sein Essenstablett nahm und sich entschuldigte. Simon war Cams Gutsverwalter schon viele Male begegnet, noch bevor Gray zu einem solchen wurde, als er nur ein allgemeiner *Tausendsassa* war, wie der ehemalige Graf von Cambrey den jungen Grayson O'Connor bezeichnete. Er war nie ein Diener im Sinne eines Lakaien oder Kammerdieners gewesen, doch Gray hatte ihnen immer in irgendeiner Funktion gedient.

Simon, wie viele von Cams Freunden, wusste nicht genau, was er von Grays Position oder Status halten sollte, bis Cam ihn zu seinem Gutsverwalter machte und ihn damit in die höchste Position erhob, die er im Turvey House haben konnte. Dann kristallisierte sich die Unklarheit seiner Position heraus.

„Ich sehe nach Eurer Mahlzeit", sagte Gray zu Simon, als er die Tür erreichte. „*Ah*, nicht nötig. Hier ist sie, und sie wird von unserer lieben Tilda gebracht."

Er öffnete die Tür weiter und ließ ein Dienstmädchen herein, die ein Tablett trug. Nachdem sie es vor Simon abgestellt hatte, der sich einen Stuhl an Cams Bett herangezogen hatte, verneigte sie sich und verließ mit Gray das Zimmer.

Als sie allein waren, musterte Simon ihn lange. „Du siehst aus…", er verstummte mit düsterer Miene.

„Als hätte mich eine Kutsche überfahren?", sagte Cam. „Na ja, das wurde ich, oder zumindest beinahe. Mein Doktor erinnerte mich immer wieder daran, dass sie hätten amputieren müssen, wenn ein Knochen meines Arms oder Beins meine Haut durchbrochen hätte." Noch immer ungläubig erschauderte er.

„Wie auch immer, die vermaledeiten Pflastersteine haben tatsächlich den meisten Schaden angerichtet. Sag mir", fragte er und zeigte Simon sein Profil. „Ist mir mein gutes Aussehen vergönnt geblieben?"

„Ich wusste nicht, dass es dir je vergönnt war!" Simon grinste und begann zu essen.

Cam zuckte die Achseln. „Ganz ehrlich, ist es grauenvoll? Es ist schwer, in einer Messerklinge oder einem Suppenlöffel viel zu sehen."

Simon legte seine Gabel ab. „Du meinst, du hast dich nicht angesehen? Verzeih mir, ich dachte, du scherzt."

Als er sich umsah, erkannte er das Problem, denn alle Spiegel waren entfernt worden.

„Versucht deine Mutter, dich zu schützen?"

Cam nickte und hob seine Hände und befühlte die Stelle, an der die Stiche entfernt worden waren.

„Jucken sie?", fragte Simon. „Deine Haut sieht aus, als würde sie gut verheilen."

„Jetzt, wo du es erwähnst – ja, das tun sie." Er rieb sanft die Haut auf beiden Seiten der Wunden auf seinem Gesicht. „Ich habe scheinbar viel geblutet. Ich habe meiner Mutter und Cousine große Angst eingejagt. Glaube nicht, dass ich es nicht bemerke, dass du nicht antwortest. Komm schon. Wie schlimm sehe ich aus?"

Simon verzog sein Gesicht, während er überlegte. „Du siehst etwas *verlebter* aus als vorher."

Cam stöhnte auf. „Ich möchte nicht aussehen, als sei ich in einer Messerstecherei gelandet."

„Oder zwei oder drei." Simon schaufelte eine weitere Gabel voller Braten in seinen Mund. „Exzellentes Essen, wie immer, wenn ich hier in Turvey bin."

Cam warf ihm einen bösen Blick zu.

„Außerdem macht dich dein piratenhaftes Auftreten wahrscheinlich noch beliebter bei den Damen. Das verleiht deinem Ruf ein wenig Feuer."

„Ich möchte kein Pirat sein", protestierte Cam. „Ich hatte schon vorher ausreichend Feuer, vielen Dank. Keine Dame hat sich je beschwert."

„Wo wir gerade von Damen sprechen, soll ich meine liebreizende weibliche Begleitung heraufholen? Ich weiß, dass sie dich gern sehen möchte und dir mit Freuden stundenlang Gesellschaft leisten wird."

Cams Mund öffnete sich vor Überraschung. „Du hast Jenny mitgebracht? Warum hast du mir nichts davon gesagt? Ist das Baby auch da?"

Doch Simon schüttelte bereits den Kopf.

„Nein. Sie wollte noch nicht reisen, und Lionel, wie wir ihn genannt haben, hat eine Kolik. Im Grunde ist er ein weinender, schreiender Schrecken, das Gegenteil von erholsam, es sei denn, er bekommt eine Brust in den Mund gesteckt."

Cam lachte über die Ehrlichkeit seines Freundes. „Nun, wer kann ihm *diese* Vorliebe vorwerfen?" Dann musste er innehalten und legte eine Hand an seine heilenden Rippen. „Es tut weh, zu lachen."

Simon zuckte zusammen. „Das hätte ich nicht sagen sollen, da es meine Frau ist, die unseren Sohn nährt. Ich möchte keine unanständigen Gedanken in deinen Kopf pflanzen und du hättest nicht über meine unpassende Aussage lachen sollen. Wie auch immer, ich habe Maggie mitgebracht und ich muss gestehen, dass ich Jenny und das Baby schrecklich vermisse, also solltest du meine Gegenwart schätzen, solange sie anhält."

Cam hatte aufgehört, zuzuhören, als *ihr* Name fiel. Er wusste, dass auch sein Lächeln aus seinem Gesicht gewichen war. *Margaret war hier!* In seinem Haus? Und er steckte im Bett fest wie ein Invalide. *Verdammt noch mal!*

„Ich werde Maggie holen, in Ordnung?"

„Nein", rief Cam, dann sah er den überraschten Ausdruck auf seinem Gesicht. „Ich meine, es wird schon spät. Sie hat einige beschwerliche Tage des Reisens hinter sich. Vielleicht morgen", fügte er hinzu. Dann schüttelte er den Kopf. „Verdammt noch mal, Simon, sieh mich an. Nein, wenn ich es mir recht überlege, lass *mich* mich ansehen. Hol mir einen verdammten Spiegel."

Simon starrte ihn an. „Es ist nur Maggie."

„Es ist nur Maggie", imitierte ihn Cam mit einer Singsang-Stimme. „Ich habe meinen Stolz."

„Stolz und Eitelkeit, wie es scheint. Du musst wissen, dass Jenny in mein Zimmer kam, als ich ein rasender Verrückter in der Nacht war und Angst hatte, meine Augen zu schließen. Und es hat sie nicht abgeschreckt."

„Jenny ist ein seltenes Juwel, wenn du mich fragst. Außerdem hattest du immer noch dein gutes Aussehen und konntest deine Gliedmaßen benutzen. Niemand zuckt zusammen, wenn er dein Gesicht sieht. Außerdem könntest du ein Verrückter sein und trotzdem mit ihr tanzen, oder?"

„Ein tanzender Verrückter", überlegte Simon. „Das nehme ich an, doch wie du weißt, steckte etwas mehr hinter meinen Problemen. Doch jetzt ist nicht die Zeit, sie zu diskutieren. Ich werde dir einen Spiegel holen." Er schritt auf die Tür zu, hielt dort inne und sagte: „Warte hier."

„Sehr amüsant."

Mit einem solchen Freund brauchte Cam sicher keine Feinde. Würde er Margaret erlauben, ihn zu besuchen? In seinem Schlafzimmer? Er wusste es nicht. Warum war sie gekommen? Um ihn anzuglotzen und in den Salons und Ballsälen Londons zu berichten?

In diesem Moment beschloss er, dass er sich weigern würde, sie zu empfangen. Er schuldete ihr keine Audienz, nicht, nachdem sie ihn beim Kricketbankett so behandelt und die erste Gelegenheit ergriffen hatte, in Westings Arme zu fallen.

Eine Minute später trug Simon einen großen Spiegel in den Raum.

„Der ist aus den frühen 1700ern", sagte Cam und erkannte ihn als den, der schon lange Zeit auf dem oberen Treppenabsatz gehangen hatte. „Meine Mutter wird dich umbringen, wenn er beschädigt wird."

„Dieses verdammte Ding zu tragen wird mich umbringen", brummte Simon und schwankte leicht mit dem unhandlichen Objekt. „Aber ich konnte nicht in andere Räume spähen, um einen anderen zu finden."

Am Ende des Bettes stellte er ihn hin und hielt ihn gerade, wobei er ihn mit beiden Händen stützte.

Cam schluckte und hatte plötzlich Angst.

„Komm schon", spornte ihn Simon an. „Ich verspreche, so schlimm ist es nicht."

Er blies seine Wangen auf und ließ seinen Atem mit einem großen Seufzer entweichen, setzte sich mühsam etwas aufrechter hin und blickte dann auf sein Spiegelbild.

„Mein Gott!" Cams Augen weiteten sich und er erkannte das Gesicht, das er sah, kaum wieder. „Nicht so schlimm?", flüsterte er. "Wenigstens haben sie mich rasiert, sonst sähe ich aus wie ein Bettler aus Bedlam."

"Besser wie einer aussehen als einer sein."

"Keins von beidem wäre mir lieber." Cam legte seinen Kopf schief und betrachtete die heilende Wunde auf seiner Stirn und die ähnliche auf seiner Wange. Es überraschte ihn nicht, um sein rechtes Auge und auf seiner Wange Hämatome zu sehen, denn es hatte so lange geschmerzt, doch es war nicht mehr geschwollen. Der Schnitt, den er mit seiner Zunge an seiner Unterlippe ertastet hatte, war fast verheilt. Und dort, wo die Haut von seinem Kinn abgeschürft und verkrustet gewesen war, zeigte sich jetzt frische rosafarbene Haut. Möglicherweise war es etwas vernarbt, doch er konnte sich nicht sicher sein.

"Nicht so schlimm", wiederholte Simon. "Meinst du nicht?"

Ohne den Blick von sich abzuwenden, griff Cam nach oben und berührte jeden Makel, den er erstmals deutlich sehen konnte. Sogar ein Teil seiner rechten Augenbraue fehlte, um Himmels willen.

"Ich habe eine Salbe, die mein Diener zweimal am Tag aufträgt. Das Zeug ist fettig, aber es soll die Heilung der Narben fördern. Er schmiert mich damit ein, seit mir die Fäden gezogen wurden. Eine wunderbare Erfahrung, muss ich sagen."

Er starrte noch eine Weile. Wie durch ein Wunder war weder seine Nase gebrochen, noch hatte er seine Vorderzähne verloren. "Irgendwie bin ich immer noch ein verdammt attraktiver Kerl."

"Mit etwas mehr Charakter", versprach Simon. Er nickte zum Spiegel. "Kann ich ihn jetzt zurückbringen?"

Cam zögerte. War dies das Antlitz eines Mannes, der eine Schönheit wie Margaret Blackwood für sich gewinnen konnte? Schon vorher war er nicht gut genug gewesen.

Jetzt war sein Gesicht zerfetzt und genäht. Und das war noch nicht alles. Sein Körper tat immer noch weh. Und was war mit seinen Gliedern?

„Nimm ihn weg", sagte er seinem Freund schroff. „Ich bin erschöpft. Das bist du wahrscheinlich auch."

Simon nickte. „Ich schicke deinen Kammerdiener herein und sehe dich dann morgen."

Cam nickte, weil er wollte, dass sein Freund schnell ging; plötzlich wollte er um jeden Preis allein sein. Er wusste, dass er ihm für sein Kommen danken sollte, doch in diesem Moment fühlte er sich nicht besonders dankbar. Er schloss seine Augen, bis er Simon gehen hörte.

Dann griff er nach seiner Laudanumflasche. Alles tat weh, und soweit er es beurteilen konnte, würde nichts besser werden. Wenigstens entspannte ihn die Opiumtinktur und nahm ihm den größten Teil der Schmerzen. Diese kleine Gefälligkeit hatte er sich verdient.

Im nächsten Moment wurde er von einem Geräusch geweckt. Er öffnete seine Augen und sah Margaret vor sich stehen; eine Vision in weißer Seite, vorne tief ausgeschnitten und eng an der Taille, umspielte das Gewand ihre Hüften. Ihr Haar war hochgesteckt, bis auf lose Strähnen, die an ihren Schultern hafteten und über ihre kaum verborgenen Brüste fielen.

Es wirkte sehr erotisch und war ganz sicher nicht angemessen für eine Debütantin. Nur waren sie nicht mehr in einem Londoner Ballsaal vor den faszinierten Blicken der feinen Gesellschaft. Nein, sie waren in seinem Schlafzimmer. Simon muss sie gegen Cams Willen doch hochgeschickt haben. Er konnte sich nicht vorstellen, warum er nicht gewollt hatte, dass sie ihn besuchte.

„Du siehst bezaubernd aus." Bei diesen Worten wurde seine Rute hart wie ein Baumstamm.

Sie sagte nichts, sondern blieb einfach neben seinem Bett stehen und starrte ihn an. *Verdammt!* Er war kein Tier, das zur Schau gestellt wurde, wie in den Gärten der Zoological Society.

„Sag etwas", forderte Cam.

Maggies üppige, rosa geschminkte und glitzernde Lippen verzogen sich zu einem Lächeln. Anstatt zu sprechen, begann sie, sich auszuziehen.

Er beschloss, das zu genießen, was sie dazu veranlasste, ihn zu unterhalten, und verfiel in Schweigen.

Erstaunlicherweise musste sie sich nicht mit einer Million winziger Knöpfe am Rücken herumschlagen, sondern streifte mühelos ihr hauchdünnes Kleid ab, erst die eine, dann die andere Schulter. Darunter trug sie kein Korsett und keine Unterwäsche. Im Nu waren ihre Brüste entblößt, prall und hoch, mit rosafarbenen Brustwarzen, die wie ihre Lippen zu glänzen schienen.

Sein Atem stockte. Sie war noch schöner, als er es sich vorgestellt hatte, und er hatte sie sich schon viele Male auf viele Arten vorgestellt.

„Mach weiter", bat er.

Sie nickte und ließ das Kleid über ihre Hüften gleiten und auf den Teppich fallen. Sie trug nur ein Strumpfband und Strümpfe und ihr Hügel war zu sehen, mit nichts als weichen braunen Locken, die sie schützten.

Sein Mund wurde schrecklich trocken. Er sehnte sich danach, an ihren Brüsten zu saugen, und mehr noch, er wollte seine Lippen auf ihre Scham legen und sie dort schmecken. Sein Schaft pochte angenehm und er hoffte, dass sie bereit sein würde, etwas dagegen zu tun.

„Möchtest du mich berühren?"

KAPITEL ZWÖLF

Mit einem breiten Lächeln und funkelnden Augen nickte sie. Sie trat näher und griff nach dem Teil von ihm, der ihre Aufmerksamkeit am dringendsten erforderte. Als er ihrem Blick folgte, stellte er fest, dass seine Decken bereits beiseitegeschoben waren und sein Hof sich eindrucksvoll aufrichtete. *Zum Glück war er nicht dort verletzt worden!*

Er sah zu, wie sie ihre Finger um ihn schloss, und stöhnte vor Vorfreude. Er wollte die Augen schließen und es genießen, aber auch weiterhin ihre herrlichen, nackten Kurven betrachten. Schließlich schienen seine Augenlider zu schwer, um offenzubleiben, und er ließ sie schließen, als sie begann, ihn zu liebkosen.

Auf und ab vollführte sie ihren Zauber. Wo hatte sie so etwas nur gelernt? Während sie ihn drückte, dauerte es nicht lange, bis Cam den Punkt erreichte, an dem es kein Zurück mehr gab und sich in die Luft ergoss.

Als er seinen eigenen Lustschrei hörte und die klebrige Wärme an seinem Schenkel spürte, öffnete Cam wieder die Augen. Er war allein, seine linke Hand umklammerte seine nun schlaffe Rute. Noch immer voller törichter Hoffnung warf er einen Blick über die Bettkante, aber es lag kein prächtiges Kleid auf seinem Bettvorleger.

Das war der lebhafteste Traum, den er je gehabt hatte – und alles nur, weil er wusste, dass Margaret Blackwood unter demselben Dach war.

AM NÄCHSTEN MORGEN TRAF Maggie Simon in einem informellen sonnigen Speisezimmer, das mit frischen Blumen bestückt und mit den köstlichen Düften von heißen Frühstücksspeisen erfüllt war.

Ihr Schwager hatte ihr seine Meinung über den Zustand seines Freundes bereits am Vorabend gesagt, und dann hatten sie sich zurückgezogen und Maggie hatte allein in ihrem Bett gelegen und darüber nachgedacht, wie sie den möglichen Schock verstecken könnte, den sie empfand, wenn sie ihn zum ersten Mal sah. Sie durfte John nicht das Gefühl geben, dass sie Abscheu oder, schlimmer noch, Mitleid empfand.

Während sie ein herzhaftes Frühstück aus Eiern und Bacon verspeiste, war alles, was sie wollte, ihn zu sehen.

„Wann kann ich Lord Cambrey besuchen?"

Simon kaute nachdenklich. „Ich glaube, seine Mutter besucht ihn am Morgen. Wenn ich mittags zu ihm gehe, werde ich fragen, ob ich dich holen darf."

Wie frustrierend! Doch sie konnte nicht einfach in sein Zimmer platzen. Sie würde warten müssen, bis sie eingeladen wurde. In der Zwischenzeit würde sie sich das

Haus und das Grundstück des schönen Anwesens ansehen, wie Lady Cambrey es versprochen hatte.

Nachdem sie also abgewartet hatte, während Cams Mutter ihm die Zeitung vorlas, verbrachte Maggie den Tag in ihrer Gesellschaft, gemeinsam mit seinem Gutsverwalter, einem leutseligen Mann, der ihr als Mr. O'Connor vorgestellt wurde. Sie versuchte nicht zu neugierig zu erscheinen, während sie ihn mit Fragen über den Zustand seines Arbeitgebers löcherte, und er beantwortete sie freundlich, jedoch etwas vage, als wolle er Johns Privatsphäre schützen. *Und das sollte er auch*, dachte Maggie.

Doch als der nächste Tag anbrach und sie erneut vertröstet wurde, begann sie sich gekränkt und verärgert zu fühlen. Immerhin gehörte sie als Simons Schwägerin praktisch zur Familie.

Nein, rief sie sich in Erinnerung, *dadurch war sie ganz und gar nicht mit John Angsley verwandt.*

Doch wie konnte sie ertragen, all diesen Weg zurückgelegt und sich mental und emotional darauf vorbereitet zu haben, ihn zu besuchen, nur um abgewiesen zu werden?

Es ging dabei ganz sicher nicht um sie, erinnerte sie sich zum zehnten Mal. Es ging dabei um John, und nach dem, was sie gehört hatte, erfreute er sich an Simons Besuchen, wenn er wach und munter war. Für Johns schreckliche Schmerzen hatte sein Arzt ihm scheinbar eine tägliche Dosis Laudanum verschrieben, die ihn schläfrig oder benommen machte.

Der arme Mann.

Am dritten Tag traf sie Lady Cambrey am Fuß der großen Treppe unter der hell erleuchteten Kuppel. Sie wusste, dass Johns Mutter auf dem Weg zum Zimmer ihres Sohnes war und wollte sie abfangen.

„Mylady, darf ich Euch begleiten und Lord Cambrey meine Genesungswünsche überbringen?"

„Sie haben ihn noch nicht besucht und Hallo gesagt?" Seine Mutter schien überrascht. „Aber natürlich, das müssen Sie. Sie müssen sich nicht mit Förmlichkeiten aufhalten, liebes Mädchen. Wenn sie sich um ihren Ruf sorgen, ich glaube, die Tatsache, dass er mit einem Bein in einer Schlinge an das Bett gebunden ist, ist Schutz genug.

Maggie fühlte sich ein wenig wie eine Betrügerin. Sie wusste, dass Simon John ausdrücklich gefragt hatte, ob sie hinein dürfe, und der verletzte Graf hatte nein gesagt. Er sei *nicht bereit*. Was auch immer das bedeutete. Seine Mutter wusste allerdings nichts von den Wünschen ihres Sohnes.

„Margaret, warum bringen *Sie* ihm nicht diese Zeitungen? Die Köchin sagte, es stimme etwas mit der Ente nicht, und ich wollte mich nach meinem Besuch bei John mit ihr darüber beraten, doch ich werde es jetzt tun. Wir wollen doch kein verzögertes Abendessen, nicht wahr?"

Sie legte einen Stapel Zeitungen in Maggies Hände und ging die Treppe wieder hinunter. Als sie unten angekommen war, drehte sie sich um und schenkte ihr ein ermutigendes Lächeln.

„Nicht so schüchtern, liebes Mädchen. Er wird nicht beißen, das versichere ich Ihnen. Sie können zuerst anklopfen, doch manchmal schläft er tief. Gehen Sie daher ruhig hinein, falls er nicht antwortet. Und wecken Sie ihn in jedem Fall auf. Der Arzt sagte, er darf nicht Tag und Nacht schlafen, sonst wird er wie weicher Pudding enden."

Gute Güte! John Angsley wurde zu Pudding!

Maggie nickte Lady Cambrey zu und ging die Stufen weiter hinauf. Sofort waren die Schmetterlinge zurück und kitzelten ihr Innerstes.

„Dann wollen wir mal", murmelte sie und wünschte, sie hätte Johns Mutter als Puffer bei sich, falls er gegen ihre Gegenwart protestierte. Vor Lady Cambrey wäre er nicht unhöflich zu ihr. Oder doch?

Wie seine Mutter geraten hatte, klopfte sie an die Tür, und als sie keine Antwort vernahm, drückte sie sie mit rasendem Herzen auf. Obwohl es schon spät am Morgen war und die Sonne durch die offenen Vorhänge in den blassgrauen Raum fiel, lag die Gestalt im Bett regungslos da.

Hmm. Als sie auf Zehenspitzen auf das Bett zuschlich, erkannte Maggie, dass er schnarchte. Er lag auf dem Rücken und, wie seine Mutter erwähnt hatte, war sein Bein in einer Schlinge hochgezogen, die an einer hölzernen Vorrichtung am Bett hing. So war John beinahe bewegungsunfähig.

Sie ließ ihren Blick langsam an seinem Körper entlang nach oben zu dem Gipsverband an seinem rechten Arm gleiten und betrachtete ihn, bis sie an seinem Gesicht ankam.

Keuchend hob Maggie eine Hand an ihren Mund und war plötzlich froh, dass er schlief, während sie Zeit hatte, sich an seinen Anblick zu gewöhnen. *Guter Gott*, wie es geschmerzt haben musste, als sein Gesicht an zwei Stellen aufgeschlitzt wurde. Und noch dazu so nahe an seinem Auge!

Sein Mund – ebendieser, der so himmlisch küssen konnte – war beinahe unverletzt, bis auf die Unterkante seiner Unterlippe, die anscheinend aufgeplatzt war. Von dort bis hinunter zu seinem Kinn hatte er viele heilende Schürfwunden.

Nachdem sie ihn ein paar Sekunden lang studiert hatte, stellte sie fest, dass nichts von dem, was sie sah, seine angeborene Attraktivität schmälerte, nicht im Geringsten, nicht einmal die seltsame grünlich-gelbe Färbung der heilenden Blutergüsse.

Die Nähte mussten sehr ordentlich und ebenmäßig gewesen sein und waren eindeutig von einem fähigen Chirurgen ausgeführt worden. Als sie entfernt wurden, hatten sie rosafarbene, heilende Wunden hinterlassen, die wahrscheinlich als dünne weiße Linien enden würden, wo jede Wunde gewesen war. Mehr nicht. Und diese würden mit der Zeit verblassen.

Sie hoffte, er würde sich vollends von seinen beiden Verletzungen erholen. So wie sie John Angsley kannte, wäre ihm jede Unannehmlichkeit in seinem gewohnten Lebensstil zuwider.

Wenn er doch nur von selbst erwachen würde, dann würde sie sich nicht so sehr wie ein Eindringling vorkommen. Allerdings schien sie ihn irgendwie wecken zu müssen. Sie warf die Zeitungen auf das Bettende und achtete darauf, dass sie sich über sein gutes Bein ausbreiteten. Dennoch bewegte er sich nicht.

Mit den Händen auf den Hüften dachte sie daran, sich zu räuspern oder zu summen. Sie starrte seine Zehen an und plötzlich sah sie, wie sie wackelten.

„Oh", rief sie laut und mehr brauchte es nicht. Er erwachte.

Er drehte den Kopf, als er seine Augen öffnete und lächelte leicht. Er sah völlig unbekümmert darüber aus, sie zu sehen, fast so, als hätte er ihre Anwesenheit erwartet.

„Ich mochte das weiße Kleid an dir lieber", sagte er, legte seinen gesunden Arm hinter seinen Kopf und schenkte ihr ein träges Lächeln.

Selbst mit seinen Narben und Schrammen, lösten sein vertrautes Gesicht und das durchtriebene Funkeln in seinen Augen ein Kribbeln in ihrem Magen aus, dieses Mal auf unangenehme Weise.

Maggie sah auf ihr blassgrünes Kleid hinunter. Sie mochte es sehr. Und welches weiße Kleid konnte er nur meinen? Sie trug fast nie Weiß, da es ihr Haar nicht optimal zur Geltung brachte.

Sie zuckte die Achseln und öffnete ihren Mund, um ihn formeller zu begrüßen, als er seufzte.

„Heute lässt du dir Zeit, Margaret. Los, zieh es aus. Zeig mir deine üppigen Brüste und die feinen Locken über deiner Scham."

Sie spürte, wie ihr der Mund offen stand. *Ihre üppigen Brüste! Ihre Scham!* Sprachlos starrte sie ihn an.

Als er seinen gesunden Arm hob und ihn nach ihr ausstreckte, erreichten sie seine Finger nicht ganz und strichen bloß über ihren Handrücken. Sie trat zurück und schüttelte ihren Kopf. Vielleicht schlief er noch? Doch er schien völlig wach zu sein, als er die Stirn runzelte.

„Komm her. Mein Hof ist bereits vollkommen errichtet." Während er sprach, rieb John seine Hand über die steife Beule, die sich unter der Decke gebildet hatte und ihren Blick in fasziniert+er Ungläubigkeit auf sich zog.

Er streichelte sein Glied wie eine Katze und grinste sie dann wieder an. Er begann, die Decke zur Seite zu ziehen, möglicherweise für einen besseren Zugang.

„Nein", befahl sie ihm und sprang vorwärts, um die Decke herunterzuziehen.

Sobald sie nahe genug war, streckte John seine linke Hand aus und packte sie am Handgelenk.

„Du fühlst dich so real an", sagte er und zog sie noch näher an sich heran, bis sie fast auf seine Brust stürzte.

Angesichts seiner bandagierten Rippen, die nun sichtbar waren, hielt sich Maggie aufrecht, mit einer Hand auf beiden Seiten seines Körpers. Er ergriff die Gelegenheit, mit seinen Fingerknöcheln über ihre Brüste zu streichen.

„Und wenn du nur dieses verdammte Kleid ausziehen würdest, weiß ich bereits, wie echt du wirken wirst."

Maggie wusste, dass ihre Wangen in scharlachroten Flammen stehen mussten, besonders, als sich ihre Brustwarzen an der Vorderseite ihres Kleides zu erhärten begannen. Sie war sicher, dass er sie selbst durch die Lagen ihrer Kleider sehen konnte.

Mühevoll versuchte sie sich vom Bett zu drücken. Doch selbst auf dem Rücken und mit nur einem Arm schien er die volle Kontrolle zu haben.

Mit seiner Hand an ihrem Hinterkopf zog er ihr Gesicht nahe an seines.

„Da bist du ja", flüsterte er. „Mit diesen Augen, die einen Mann in ihre Tiefen ziehen können, wo er ertrinkt. Ich will nicht wissen, wie viele Männer dieses Schicksal hatten."

Was um alles in der Welt?

Bevor sie auch nur einen empörten Gedanken fassen konnte, zog er ihren Kopf herunter und brachte so ihren Mund an seinen. Sobald sich ihre Lippen berührten, entbrannte eine Flamme in ihr und raste durch ihren Körper.

John Angsley hatte eine solche Macht über sie, selbst wenn er praktisch bewegungsunfähig war. Maggie entspannte sich an seiner Brust und hörte auf, sich zu wehren. Sie hörte ihn leise keuchen, vielleicht wegen ihres Gewichtes auf seinem verletzten Brustkorb, und rührte sich nicht, um ihn nicht weiter zu verletzen.

Irgendwann war sein Kuss nicht mehr fordernd und kontrollierend. Stattdessen ließen sie sich auf eine gegenseitige Erkundung ein. Er neigte sich in die eine Richtung, sie in die andere, und viele Minuten lang waren sie eins.

„Oh! Oh, du meine Güte!" Die schockierten Laute erreichten Maggies Ohren etwa eine Sekunde, bevor John begann, sie von sich wegzustoßen.

Dann hörte sie das Husten eines Mannes.

Maggie bemühte sich, aufzustehen, während John noch immer gegen ihre Schulter drückte, und wünschte sich, ein bodenloses Loch würde sich unter ihr auftun und sie verschlucken.

Ihr Kleid und ihr Haar waren völlig durcheinander und ihr Gesicht fühlte sich beschämend heiß an, als sich Maggie umdrehte und Lady Cambrey und Mr O'Connor neben ihr ansah.

„John!", rief seine Mutter. „Was hat das zu bedeuten?"

Als Maggie zurück zu dem Mann im Bett sah, bemerkte sie, dass seine Wangen einen rötlichen Ton von Scham angenommen hatten, der ihrem eigenen entsprechen musste.

„Ihr könnt sie sehen?", fragte er und starrte von seiner Mutter zu Mr. O'Connor und wieder zurück zu Maggie. Seine Worte drangen an ihre Ohren, doch sie ergaben keinen Sinn. Vielleicht hatte er tatsächlich eine schlimme Kopfverletzung.

„Natürlich können wir sie *sehen*!", sagte Lady Cambrey und stampfte mit dem Fuß auf, als sei sie die kindischen Spielchen leid, die ihr Sohn mit ihr trieb.

„Sie sieht aus wie eine Frau, die ausgiebig geküsst wurde", fügte der Gutsverwalter unnötigerweise hinzu, als würde er jeden Moment der misslichen Lage seines Chefs genießen.

Lady Cambrey warf Mr. O'Connor einen verärgerten Blick zu. Dann holte sie tief Luft.

„Sie sieht aus wie eine Debütantin, die meinen Sohn heiraten wird."

„Was?", sagten Maggie und John gleichzeitig.

Der Gutsverwalter besaß tatsächlich die Frechheit zu kichern und Maggie entwickelte sofort eine Abneigung gegen ihn. Wie konnte er es wagen, sich über ihre Erniedrigung zu amüsieren.

„Es ist allein meine Schuld", platzte John heraus. „Ich ergriff sie, als sie sich dem Bett näherte."

„Warum?", fragte seine Mutter ihn. „Das tut nichts zur Sache. Miss Blackwood sah aus, als wäre sie durchaus in der Lage sich zu widersetzen, wenn sie gewollt hätte. Immerhin war sie oben."

Als hätte sie in diesem Moment erkannt, dass sie sich auf unangemessenes Terrain verirrt hatte, schloss die ältere Dame ihren Mund zu einer festen, missbilligenden Linie.

„Nein", erklärte John und setzte sich mühevoll auf, während sein Bein in der Luft hing.

Da es so aussah, als ob niemand sonst helfen würde, platzierte Maggie ihre Schulter an seinem Rücken, sodass er sich gegen sie drücken konnte. Gleichzeitig griff sie über das Bett und nahm ein weiteres Kissen, das sie hinter ihn legte.

Dankbar nickte er und fuhr fort: „Ich riss sie von den Füßen und sie versuchte gerade, ihr Gleichgewicht zu finden, als—"

„Als deine Lippen ihre fanden?"

John starrte Mr. O'Connor, der gerade gesprochen hatte, mit Todesblicken an.

Dann, als ob ihre Demütigung nicht noch schlimmer werden könnte, kam Simon hinzu.

„Ist dies ein Diebestreffen?", scherzte er und nickte allen nacheinander zur Begrüßung zu, bis sein Lächeln beim Anblick ihrer grimmigen Mienen erstarb. „Was ist denn nur passiert?"

Lady Cambrey war die Erste, die sprach. „Ich fürchte, mein Sohn hat deine Schwägerin in eine missliche Lage gebracht."

„So?" Simon sah eher amüsiert als bestürzt aus und hob fragend eine Augenbraue.

„Ich würde meinen, es seien Pistolen bei Sonnenaufgang angebracht", meinte Mr. O'Connor, „aber einen Mann in seinem Bett zu erschießen gilt als unsportlich."

„Das ist alles, Grayson", sagte Lady Cambrey zu ihm,

Maggie war überrascht von der ausgesprochen respektlosen Haltung des Mannes, als der Gutsverwalter, immer noch amüsiert über die ganze Angelegenheit, der Gräfin und Simon zunickte, frech vor John salutierte und ging.

„Sie müssen heiraten", verkündete Lady Cambrey in die Stille hinein.

„Nein." Maggie und John sprachen wieder im Chor. Sie drehte ihren Kopf, um ihn anzusehen. Er zuckte die Achseln.

„Wir wollen nichts überstürzen", sagte Simon zu der älteren Dame. „Ich bin sicher, dass es nur ein einfaches Missverständnis ist."

„Ihr alle sprecht, als sei ich nicht hier", sagte Maggie, die allmählich die Fassung verlor. Schließlich war sie an der ganzen Angelegenheit unschuldig.

„Papperlapapp", sagte Lady Cambrey und ignorierte ihre Worte. „Zu meiner Zeit küssten sich heiratsfähige, unverlobte Leute nicht unbeaufsichtigt in einem Schlafzimmer."

„Mutter", argumentierte John, „wir hätten uns wohl kaum küssen können, wenn wir beaufsichtigt gewesen wären."

Scheinbar hatte er seinen Humor wiedergefunden. Vielleicht lag es an ihrer Nervosität, doch Maggie kicherte über seine Bemerkung, bis sie sich kontrollieren konnte.

Simon räusperte sich und Maggie vermutete, dass er versuchte, nicht zu lachen.

„John", warnte Lady Cambrey ihren einzigen Sohn.

„Es tut mir leid, Mutter. Ich schätze, du kannst nicht einfach vergessen, was du gesehen hast."

„Nein." Sie verschränkte ihre Arme vor ihrem üppigen Busen.

„Was genau haben Sie gesehen?", fragte Simon.

„Miss Blackwood lag auf meinem Sohn und sie haben sich geküsst. Daran gibt es keinen Zweifel."

„*Ahh*, ja", sagte Simon. „Ich schätze, das ist schwer misszuverstehen."

Schließlich wandte sich Lady Cambrey an Margaret. „Meine Liebe, ich halte Sie aus vielen Gründen für unschuldig. Erstens ist mein Sohn eine gute Partie. Das sehe ich ein. Wer könnte Ihnen vorwerfen, die Frau meines Sohnes werden zu wollen, mit List oder Tücke?"

„Es ist so", begann Maggie. Ihr war noch nie vorgeworfen worden, einen Mann in die Falle locken zu wollen, und sie würde die Gräfin nicht damit davonkommen lassen, wie übergeordnet diese Frau war.

Simon hielt sie jedoch mit einer beschwichtigenden Geste zurück, wodurch sie mit offenem Mund dastand.

„Zweitens verstehe ich, dass Sie, als Sie John hilflos daliegen sahen, den Drang verspürten, sich um ihn zu kümmern."

„Den Drang, sich um mich zu kümmern?", wiederholte John und klang empört. „Was wir ein Humbug, Mutter?"

„Und zu guter Letzt", fuhr die Gräfin unbeirrt fort, „bin ich ehrlich gesagt gerührt, dass Sie meinen Sohn trotz seines derzeitigen Zustandes so anziehend finden, wie Sie es ganz offensichtlich tun. In Gesundheit und Krankheit, wie es so schön heißt", schloss sie.

Gesundheit und Krankheit, wie beim Eheversprechen? Maggie wollte sich setzen, doch das Bett war die einzige Sitzgelegenheit in der Nähe, und das hatte ihr diesen Ärger überhaupt erst eingehandelt.

Hinter ihr hörte sie John murmeln: „Mein derzeitiger Zustand, ja." Dann sagte er mit lauter Stimme: „Es war ein Fehler. Ich habe geglaubt, sie sei Teil eines Traums."

Maggie glaubte nicht, dass sie noch mehr erröten könnte, denn sie fühlte die Hitze bis in ihre Zehen.

„Nun", gab seine Mutter zu, „sie *ist* ein schönes Mädchen. Ich bin sicher, dass viele sie als traumhaft bezeichnen würden. In meiner Jugend sah ich ihr sehr ähnlich."

Simon räusperte sich wieder und Maggie wollte ihm eine Ohrfeige verpassen.

„Ihr müsst heiraten", verkündete Lady Cambrey wieder.

„Aber warum?", fragte John.

„Ich habe dich mit ihr im Bett vorgefunden. Auch Grayson hat es gesehen."

„Ich sage dir, Mutter, ich dachte, sie sei ein Phantom und dass ihre Gegenwart ein Traum sei. Deshalb habe ich nach Miss Blackwood gegriffen und sie ist auf mich gestürzt. Du wirst nichts sagen, was sie ruinieren könnte. Ich weiß, dass Gray das auch nicht tun wird. Niemand muss es je erfahren. Damit ist die Sache vergessen."

Maggie fand, dass er äußerst vernünftig klang. Allerdings wünschte sie, er würde stattdessen der Idee, sie zu heiraten, etwas offener gegenüberstehen. In seinem Zustand wäre es immerhin nicht das Schlimmste, was ihm passieren könnte.

Vielleicht wäre es das für ihn, wenn er sein Herz an Lady Jane Chatley verschenkt hatte. Sie war definitiv keine Lady Jane!

Seine Mutter glich einem Hund mit einem besonders saftigen Knochen, denn sie konnte es nicht davon ablassen.

„Aber warum wollt ihr nicht heiraten?" Als könnte Lady Cambrey nicht glauben, dass zwei Menschen eines bestimmen Alters und Status nicht den Wunsch hatten, den Bund der Ehe miteinander einzugehen.

„Er möchte es nicht."

„Sie möchte es nicht."

Maggie und John sprachen gleichzeitig; ein Duett der Besserwisserei.

„Dann ist es entschieden", mischte sich Simon in die Streitigkeiten ein. „Wir wollen doch niemanden zu etwas zwingen, das er nicht tun möchte. Außerdem würde meine Ehefrau mich umbringen."

Lady Cambrey schürzte die Lippen und schüttelte den Kopf über ihn.

„Ich kenne dich, seit du ein kleiner Junge warst!" Mit dieser rätselhaften Aussage, die Simon mit den Schultern zucken ließ, machte sie auf dem Absatz kehrt und ging hinaus.

Simon tauschte einen überraschten Blick mit John. Seufzend bewegte sich Maggie auf die Tür zu. Was für ein anstrengender Morgen. In diesem Moment wünschte sie, sie könnten sofort nach Belton Manor aufbrechen.

„Wo gehen Sie hin?" Es war John, der fragte.

Wo *ging* sie hin? Nach allem, was passiert war, konnte sie sich unmöglich zu ihm setzen und ihm die Zeitungen vorlesen.

„Ich bin gestern mit Mr. O'Connor auf einem besonders sanften Pferd namens Nell über das Gut geritten. Ich glaube, das würde ich gerne wiederholen. Es gibt noch viel mehr zu sehen, und ich kann es nicht ertragen, eingesperrt zu sein."

Sobald sie gesprochen hatte, wünschte sie, sie könnte ihre unbedachten Worte zurücknehmen. Bei dem Ausdruck der Trostlosigkeit, der auf seinem Gesicht erschien, wurde ihr Herz schwer.

„Es tut mir leid", murmelte sie und verließ schnell und ohne sich umzublicken den Raum. Es war besser, diesen ohnehin schon katastrophalen Besuch auf unerfreuliche Weise zu beenden, als ihn noch schlimmer zu machen.

KAPITEL DREIZEHN

„Du hattest also einen schönen Besuch von meiner Schwägerin?".

Bei Simons Worten konnte Cam sein Lachen nicht zurückhalten. Er ließ sich in die Kissen sinken und ächzte. Dann griff er nach dem Laudanum. Nachdem er einen Schluck genommen hatte, entspannte er sich sofort, sogar bevor die Medizin ihre Zauberkraft entfalten konnte.

„Warum hast du meine Schwägerin geküsst?"

Weil ich sie wahnsinnig liebe. Was würde Simon dazu sagen?

„Weil sie sehr verführerisch ist", sagte Cam und hoffte, er würde wie sein altes Ich klingen.

„Ist sie das?", überlegte Simon.

„Nun, nicht für dich", bemerkte Cam. „Zumindest sollte man das *hoffen.*"

Simon erstarrte. „Natürlich nicht für mich! Jenny ist alles für mich. Sobald ich an meine Frau denke, wird mir ganz warm."

„Warm oder heiß?", fragte Cam.

Simon grinste. „Warm in meinem Herzen, weil sie mir unglaublich wichtig ist. Heiß überall sonst." Er lachte. „Besonders, wenn ich ein paar Tage von ihr getrennt war."

„Bei Margaret wird mir ein wenig warm", gab Cam zu. „Wir haben während der Saison einige Zeit zusammen verbracht. Nun, mit mir und vielen anderen Männern."

Das leichte Lachen seines Freundes hob seine Stimmung nicht gerade.

„Was ist so lustig?"

„Ist das nicht der Sinn und das Ziel einer Saison für eine junge Dame?", fragte Simon. „Oder selbst für einen alten Junggesellen wie dich?"

„Alt", wiederholte Cam ein wenig mürrisch, „und nun ein Krüppel." In diesem Moment ritt Gray wahrscheinlich gerade mit Margaret aus und bewunderte das Sonnenlicht, das auf ihr herrliches Haar schien. Er krallte sich an den Laken fest.

„Unsinn", schimpfte Simon. „Verletzt zu sein ist nicht dasselbe. Ich hole deinen Diener und wir bringen dich im Handumdrehen auf die Veranda hinaus, wo du dein schönes Anwesen betrachten kannst. Das wird dir guttun."

Cam dachte darüber nach. „Solange ich mein Bein hochlegen kann, schätze ich, es kann nicht schaden."

„Kommen wir auf Maggie zurück", begann Simon.

„Müssen wir?"

„Hast du Gefühle für meine Schwägerin?"

Cam verzog das Gesicht. „Ich würde lieber über den besten Bierhersteller oder die besten Häuser schlechtem Rufs sprechen, in denen es am unwahrscheinlichsten ist, sich eine Krankheit einzufangen, als über meine *Gefühle*."

„Sie gehört für mich zur Familie."

„Ich habe keine brüderlichen Gefühle für sie. Reicht dir dieses Geständnis?"

„Bevorzugst du eine andere Dame? Erachtest du sie der Heirat unwürdig, weil sie keinen Titel trägt?"

Cam begann zu lachen. „Du weißt, dass mir der Titel einer Frau herzlich egal ist. Ich habe meinen eigenen und das genügt. Das gilt auch für Vermögen."

„Du hast meine erste Frage nicht beantwortet", bemerkte Simon.

Cam verschränkte seine Arme. „Das ist persönlich."

„Ich dachte, wir könnten alles besprechen."

Cam biss die Zähne zusammen und überlegte. „Ich glaube, ich habe die Antwort noch nicht gefunden, daher kann ich sie dir nicht nennen."

Simon nickte. „Na schön. Aber Schluss mit dem Unfug von heute Morgen. Verletze sie nicht und spiele nicht mit ihren Gefühlen. Ich würde dir ungern noch mehr Schmerz zufügen, indem ich dir auf dein gesundes Auge schlage. Und jetzt bringen wir dich nach draußen, ja?"

IN EINEN KUSS VERWICKELT zu werden, den sie tatsächlich über alle Maßen genoss, war eine Sache. Gezwungen zu werden, einen Mann zu heiraten, der sie nicht wollte, war eine ganz andere. Was würden ihre Mutter und ihre Schwestern sagen, wenn sie ihnen plötzlich von einer Verlobung schreiben würde? Ganz zu schweigen von der Meinung der Gesellschaft! Wenn sie und John plötzlich heirateten, würde man die nächsten zwei Saisons über den Grund dafür spekulieren.

Absonderlich! Gott sei Dank hatte Simon eingegriffen.

Mr O'Connor gegenüberzutreten und sich schmerzlich bewusst zu sein, dass er sie auf seinem Arbeitgeber gesehen hatte, war schon schlimm genug. Sie fand ihn in seinem Büro im ersten Stock, nachdem ein Dienstmädchen ihr den Weg gewiesen hatte.

Maggie klopfte an und trat auf sein Geheiß ein. Er richtete sich auf.

„Es tut mir leid, Sie zu stören, Sir, aber ich hatte gehofft, wieder ausreiten zu dürfen."

„Haben Sie Gefühle für John Angsley?"

Maggie keuchte, bevor sie sich daran hindern konnte, und Verärgerung überströmte sie.

„Ich bitte um Verzeihung, aber das geht Sie nichts an. Ich werde einen Stallknecht suchen und Sie nicht weiter belästigen. Offensichtlich haben Sie bereits eine Menge um die Ohren. Vielleicht zu viel."

Sie wandte sich zum Gehen.

„Bitte, Miss Blackwood, bleiben Sie. Das war unentschuldbar. Bitte setzen Sie sich und ich werde mich erklären."

Sie zögerte und schließlich nahm sie Platz.

„Ich fragte nur, weil John wie ein Bruder für mich ist. Wir kennen uns schon, seit wir sehr jung waren. Ihn so daliegen zu sehen, hat mich, wie ich zugeben muss, hinsichtlich unserer Sterblichkeit ernüchtert."

Maggie nickte. „Uns allen kann unerwartet etwas zustoßen. Das ist sicher."

„Genau. John wird sich erholen. Da habe ich keinen Zweifel. Außerdem weiß ich, dass er bereits auf der Suche nach einer Gattin war, wenn auch nicht gerade auf direktem Wege. Trotzdem dachte er daran. Ein Erbe für die Grafschaft der Cambreys und all das."

Was sollte sie sagen? Sollte sie erwähnen, dass Lady Jane Chatley diese Rolle auf perfekte Weise erfüllen würde und dass John sie bereits gewählt zu haben schien? Sie zuckte leicht mit den Schultern und wartete.

„Wenn Sie interessiert daran sind, seine Gemahlin zu werden, weil Sie Gefühle für ihn haben, wünsche ich Ihnen nur das Beste. Wenn Sie nicht interessiert sind, dann hoffe ich, Sie werden bald von hier abreisen, denn ich weiß, dass er Gefallen an Ihnen finden wird, da Sie schön und wortgewandt sind. Als sein Freund möchte ich meinen, dass er nicht weiter verletzt werden sollte, auch nicht an seinem Herzen."

„Ich schätze Ihre offenen Worte, doch ich muss Ihnen sagen, dass Sie das nichts angeht."

„Wie dem auch sei, es gibt noch ein drittes Szenario, von dem ich überzeugt bin, dass es mich etwas angeht. Wenn Sie keine Gefühle für Lord Cambrey haben, aber glauben, sich einen etwas angeschlagenen Grafen als Ehegatten angeln zu können, dann muss ich Sie warnen, denn ich werde alles tun, was ich kann, um Sie aufzuhalten. Als sein Gutsverwalter betrachte ich die Grafschaft als meine Angelegenheit und werde eine Vermögensjägerin hier nicht dulden."

„Sie betrachten die Sache aus allen Blickwinkeln." Tatsächlich war Maggie froh, dass John einen solchen Freund hatte. „Aber glauben Sie nicht, dass Sie die Entscheidung darüber, wen Lord Cambrey heiraten wird, ein wenig zu sehr in *meine* Hände legen? Haben Sie vergessen, dass er ein Mitspracherecht hat?"

„Nicht im Geringsten. Doch da er an das Bett gefesselt ist und sein Selbstvertrauen verbeult ist wie ein blecherner Melkeimer, der von einem besonders schweren Huf getreten wurde, denke ich, dass er durch die Launen und Machenschaften eines anderen leichter formbar sein könnte. Ich passe auf ihn auf. Wie ich schon sagte, wie ein Bruder."

„Gut." Maggie stand auf und der Gutsverwalter tat es ihr gleich. "Dann glaube ich, dass wir keine Differenzen haben werden, da ich weder launisch bin, noch in jegliche Machenschaften gegen den Grafen verwickelt bin. Möchten Sie nun ausreiten oder soll ich einen Stallburschen suchen?"

„Ich reite sehr gern mit Ihnen, Miss Blackwood."

ALS ER AUF DER Veranda saß, mit seinem verletzten Bein auf einem Stuhl vor ihm und seinem Arm in einer Schlinge, spürte Cam, wie das grünäugige Monster seinen Körper einnahm. Direkt vor ihm kam Margaret auf der leicht rundlichen Nell von einem Ausritt zurück. Neben ihr war sein eigener Gutsverwalter, der über etwas lachte, das sie gerade gesagt hatte. Sie sahen entspannt und glücklich aus, das perfekte Abbild unbeschwerter Kameradschaft.

Es ärgerte ihn, dass er nicht selbst auf ein Pferd springen und sie zu einem Ausritt mitnehmen konnte.

Eifersucht kämpfte mit Neid und es stand unentschieden.

Cam umfasste seine Teetasse so fest, dass er fürchtete, den empfindlichen Griff abzubrechen. Er wusste, dass es ein langer Ritt gewesen war, denn er saß schon beinahe zwei Stunden mit Simon an seiner Seite hier draußen. Sie hatten über alles gesprochen, einschließlich Simons Grund für seine Reise nach Europa am Anfang des Jahres. Es war, gelinde gesagt, augenöffnend gewesen. Cam war überglücklich, dass sein Freund ein Mittel gegen die Gewaltausbrüche im Schlaf gefunden hatte, die so verstörend gewesen waren, dass sie beinahe nicht nur seine Ehe, sondern auch das Leben seiner Gemahlin beendet hätten.

Nachdem er Verschwiegenheit geschworen hatte, besonders vor Margaret, lenkte Cam das Gespräch auf leichtere Themen wie importierten Wein und Pferdezucht.

Simon stand auf und winkte seiner Schwägerin zu, als sie und Gray den Paddock betraten. Innerhalb weniger Minuten eilte sie über das Gras, bis sie den Steinweg und dann die Terrasse erreichte. Schließlich stieg sie die Stufen zur Veranda hinauf und sobald sie in Hörweite war, begann sie zu sprechen.

„Was für ein herrlicher Tag", rief sie und zeigte auf den blauen Himmel und die strahlende Sonne, „und Ihr Besitz, Lord Cambrey, es ist einfach wunderschön. Ich habe Felder voller prächtiger Blumen und Obstgärten mit jeder Art von Obst gesehen. Kühe, Schafe, Schweine, alle gut gepflegt. Und Nell hat sich von ihrer besten Seite gezeigt. Grayson war so liebenswürdig, mir alles zu zeigen."

Cam spürte ihre Worte wie ein Messer in seinem Bauch. Er sollte derjenige sein, der sie herumführte. Und er bemerkte, dass sie Gray beim Vornamen nannte, während sie ihn – nach all ihren Küssen – noch mit seinem Titel anredete. Selbst, nachdem sie verdammt noch mal vor ein paar Stunden auf ihm gelegen hatte.

„Mir ist noch nie aufgefallen, dass Sie wie ein Bächlein plätschern, Miss Blackwood", hörte er sich sagen und sein Ton war praktisch ein Zischen.

„Cam", protestierte Simon. „Maggie erfreut sich lediglich daran, wie gut du Turvey House pflegst. Du hast hier dein ganzes Leben verbracht und vergisst, wie es auf neue Betrachter wirkt."

Margarets Gesichtsausdruck hatte sich jedoch versteift und keiner von ihnen setzte sich. Das verärgerte ihn nur noch mehr.

„*Ich* pflege es überhaupt nicht, und wenn ich es täte, wäre es mir in naher Zukunft nicht möglich.

Entschuldigen Sie, Miss Blackwood, dass ich mich nicht erhebe."

Gott, er war so gereizt. Noch dazu schmerzten sein ganzer Körper und sein Bauch. *Verdammter Tee!* Er schob ihn von sich, die Tasse und die Untertasse, ohne sich darum zu kümmern, dass der Tee über den Rand schwappte, und griff in seine Jacketttasche.

Seine Finger fanden und hielten die Flasche Laudanum, die er geschnappt hatte, als sein Diener ihn auf die Trage gehoben hatte, um ihn hinunterzubringen. Er riss sie heraus, öffnete den Verschluss und nahm einen kleinen Schluck.

„Steht ihr beide nun den ganzen Tag hier herum wie zwei griechische Statuen?"

Simon sah ihn stirnrunzelnd an. „Ich werde einen Spaziergang machen und meine Beine ausstrecken." Dann zuckte er zusammen. „Es tut mir leid, alter Freund. Ich wollte dir kein Salz in deine Wunden reiben. Sobald du den Gips los bist, wirst du herumlaufen, wie du es früher getan hast."

Cam kam keine Antwort in den Sinn, da noch Monate bis zu diesem beängstigenden Ereignis vergehen würden. Er sagte nichts und sah Simon nur an, bis der Mann nickte und in Richtung der Stallungen davonging. Er erwartete, dass Margaret dasselbe tun würde, da er sie beleidigt hatte. Zu seiner Überraschung zog sie sich einen Stuhl heran und setzte sich.

Nachdem ein Diener ihr Erfrischungen angeboten hatte, richtete sie ihre Aufmerksamkeit wieder auf ihn und starrte ihn an.

„Habt Ihr große Schmerzen?"

„In diesem Moment?" Cam dachte nach. Der Schmerz, den er zu spüren geglaubt hatte, war verflogen, sobald er einen Schluck aus der Flasche nahm. „Nein, die Opiumtinktur wirkt fast augenblicklich."

„Gut, denn ich möchte nicht offen mit Euch sprechen, während Ihr durch Eure Verletzungen abgelenkt seid."

„Ich bin immer auf gewisse Weise von ihnen abgelenkt", gestand er und seine Verärgerung schwand. *Wegen ihrer Nähe.* „Die Gipsverbände sind heiß und meine Haut beginnt, unter ihnen zu jucken."

„Strickt Eure Mutter?"

„Nur selten", antwortete er. „Was für eine eigentümliche Frage. Möchten Sie mit mir über das Stricken reden?"

„Nein, aber falls Lady Cambrey Stricknadeln hat, könntet Ihr eine zwischen Eure Haut und den Gips schieben und so das Jucken lindern."

Er öffnete seinen Mund, dann schloss er ihn wieder. Tatsächlich wollte er sie umarmen.

„Was für ein hervorragender Vorschlag. Ich kann mir die Linderung bereits vorstellen."

„Liegt es an der juckenden Haut, dass Ihr so schrecklich unfreundlich wart, als ich von meinem Ausritt zurückkehrte? Denn ich plätschere nicht wie ein Bach."

Er spürte, wie sein Gesicht vor Scham rot wurde. „Ich muss mich entschuldigen."

„Ich vergebe Euch." Sie nahm einen Schluck von ihrem Tee. „Außerdem habe ich Rollstühle in der Stadt gesehen."

Er hielt seine Hand hoch. „Es ist bereits einer auf dem Weg hierher, allerdings muss ich die meiste Zeit mein Bein hochlegen."

„Trotzdem wird es Euch einen gewissen Grad an Mobilität zurückgeben. Ihr könnt zwischen dem Speisesaal und dem Salon hin- und herfahren. Oder über das Gras bis zum Fluss."

„Ja, wenn ich Cyril dazu bringen kann, ihn kräftig anzustoßen."

Sie lachte leichthin und er entspannte sich. *Warum war er so ein ungehobelter Flegel gewesen?* Er konnte sich nicht erinnern.

„Warum dachtet Ihr heute Morgen, ich sei ein Traum?", fragte sie ihn und er wusste, dass ihr offenes Gespräch begonnen hatte.

Er dachte daran zurück, wie er ihr gesagt hatte, sie solle ihr Kleid ausziehen, und dann, guter Gott, hatte er ihre damenhaften Stellen erwähnt. Cam wünschte, er könnte sich unter dem Tisch verstecken und verschwinden. Bis zu diesem Moment hatte er es irgendwie geschafft, sein gänzlich unangebrachtes Benehmen zu verdrängen, oder jedenfalls hatte das Laudanum das geschafft.

„Ich habe von Ihnen geträumt. Ich habe natürlich viele Träume." Mehr musste sie nicht erfahren.

„Ich hörte, diese Opiumtinktur kann lebhafte Träume auslösen."

Er nickte und hantierte mit der Teetasse vor ihm, bis sie danach griff und ihm eine frische Tasse einschenkte.

„Sie hilft mit dem Schmerz und dem Schlaf", sagte er ihr.

Sie nickte. „Da bin ich sicher. Wart Ihr bei Bewusstsein, als sie Eure Knochen richteten? Es muss schrecklich schmerzhaft sein, nicht wahr?"

„Der Chirurg bot mir Äther oder Chloroform an", sagte er. „Ich erinnere mich tatsächlich nicht mehr daran, doch Mutter sagt, ich hätte es für zu riskant gehalten und dass ich der Meinung war, ich könnte es aushalten, meine Knochen richten zu lassen, ohne unnatürlich betäubt zu werden. Wie es scheint, fürchtete ich, nicht mehr zu erwachen. Wer weiß?"

„Gewiss", bemerkte sie. „Ich wäre derselben Ansicht. In der Zeitung habe ich von einigen Erfolgsgeschichten gelesen, und auch von einigen Tragödien."

„Meiner bescheidenen Meinung nach sind Laudanum und Brandy viel sicherer. Den schlimmsten Schmerz spürte ich, als jemand, ich weiß nicht wer, mich von der Oxford Street trug. Ich war bereits ein blutendes, gebrochenes Bündel. Ich schätze, es war unvermeidlich, mich zu bewegen, sonst wäre ich wohl überfahren worden."

Trotz seiner Bemühungen um einen kleinen Scherz, sah Margaret nicht amüsiert aus.

„Ihr hättet sofort getötet werden können. Ich hörte, dem Fahrer der Kutsche, die Euch traf, erging es so."

Cam nickte und erinnerte sich daran, warum er in diesem Moment an diesem Ort in der Stadt gewesen war. Margaret wusste nicht, dass er zu ihr gefahren war, um mit ihr zu sprechen. Dass er verzweifelt vor ihrer Tür stand, nachdem er erfahren hatte, dass sie nach Sheffield abgereist war. Dass er sie fragen wollte, ob sie wusste, dass ihre Küsse besser waren als alle anderen, die er je erlebt hatte, und dass er wissen wollte, ob sie genauso empfand.

Hier saßen sie und plauderten im Sonnenschein miteinander, tranken Tee. Er sollte sich glücklich schätzen.

„Darf ich?", fragte sie und zog die Laudanumflasche über den Tisch zu sich. Seltsamerweise hatte er den Impuls, sie zurückzureißen, doch das tat er nicht. Sie entfernte den befleckten Korken und roch daran.

„Ich dachte, es würde bitterer riechen", bemerkte sie. „Was ist darin?"

„Sherry, Nelken und Zimt", sagte er und verspürte den irrationalen Wunsch, sie möge die Flasche sofort zurückgeben, damit er sie in der Hand halten konnte. „Dr. Adams sagte, es sei die schmackhafteste Mischung."

Sie sah ihn über die Flasche hinweg an und drückte den Korken wieder hinein.

„Machen Euch die Träume nichts aus?"

Er streckte seine Hand aus und sie platzierte sie in seiner Handfläche, wobei sich ihre Finger berührten.

„Die meisten nicht, nein."

Er beobachtete, wie sich ihre Wangen wunderschön rosa färbten. Er spürte, wie seine Lenden in Wallung gerieten, als er sich an seine Träume und die Realität erinnerte, in der sie auf ihm gelegen und ihre üppigen Brüste an seine Brust gedrückt hatte.

Sollte er tun, worauf seine Mutter praktisch bestand und sie um ihre Hand bitten?

„Wann werden die Verbände abgenommen?"

Nicht schnell genug! Er wollte es herausschreien. Doch solches Verhalten würde sie ängstigen.

„Ich muss noch Monate darauf warten, zumindest bei dem Bein. Ich glaube, der Gips an meinem Arm kann früher entfernt werden."

Er hatte seine eigene Frage zu dem Antrag beantwortet. Selbst wenn er um ihre Hand anhalten wollte, er würde es nicht in seinem jetzigen Zustand tun, nicht, während es ein Ding der Unmöglichkeit war, vor dem Altar zu stehen, um sein Gelübde abzulegen. Sie würden keine gebührende Hochzeitsreise antreten können. Gegenwärtig war er nicht imstande, jemandes Bräutigam zu sein.

„Es ist liebenswürdig von Ihnen, mich zu besuchen."

„Jenny wäre gekommen, wenn sie könnte, doch sie hat Lionel."

Cam konnte nicht anders als zu lächeln, als er sich seinen Freund als Vater vorstellte.

„Was ist los?", fragte Margaret, als sie seinen Gesichtsausdruck sah.

„Ich schätze, ich gewöhne mich noch daran, dass Simon nun erwachsen ist. Im einen Moment sind wir kleine Jungen, und dann sollen wir verantwortungsvoll genug sein, um Kinder großzuziehen."

Es stand außer Frage, dass er eines Tages selbst Kinder haben würde. Und was war mit Margaret? Er hatte sie noch nie in einem mütterlichen Sinne angesehen, nur als sinnliches, lebenslustiges Wesen.

„Und gefällt es Ihnen, Tante zu sein?"

Ihr Lächeln wurde breiter. „Es scheint, als sei ich gut darin. Ich fand heraus, wie Lionel beruhigt werden kann, und das war ein Segen. Es ist einfach ihn zu lieben, er ist so warm und kuschelig. Ja, ich muss gestehen, dass ich gern Tante bin."

Während sie sprach, hatte er sich verliebt.

Er wollte laut seufzen; sein Herz schlug schnell und er sah eine Frau verträumt an, während sie sprach. Er konnte es nicht abstreiten. Als er sie darüber sprechen hörte, wie sie ein Kind hielt, konnte Cam sich leicht vorstellen, sie mit ihrem eigenen Kind in ihren Armen zu sehen. *Ja, das war Liebe.*

„Ist Euch klar, dass Ihr zwei Schlucke von Eurer Laudanum-Mischung genommen habt, seit ich Platz nahm?"

Er setzte sich aufrecht hin und starrte sie an.

„Nein, Sie irren sich." Er sah sich nach seiner Flasche um und erkannte, dass er sie noch immer in seiner gesunden Hand hielt. „Sie ist hier."

„Ja, aber Ihr habt sie bereits zweimal an die Lippen gehoben. Wie viel hat Euch Euer Arzt übrigens empfohlen, einzunehmen? Täglich, meine ich?"

Aus welchem Grund stellte sie ihm so viele persönliche Fragen?

„Ich glaube, ich kann die Menge nehmen, die meine Schmerzen lindert. Woher sollte Dr. Adams wissen, wenn ich einige Tropfen mehr oder weniger benötige?"

„Ich nehme an, ein guter Doktor hätte eine Vorstellung davon, wie viel korrekt ist. Und sicher."

Sicher!

„Ich versichere Ihnen, nach allem, was ich durchgemacht habe, gehe ich mit der gebotenen Vorsicht vor."

Selbst in Sachen Liebe.

„IN DEINEM GARTEN WÄCHST eine Blume, die so groß ist wie ein Essteller", kommentierte Simon ohne Einleitung, als er zurückkehrte. „So etwas habe ich noch nie gesehen. Jedenfalls nicht in England."

Maggie war froh, dass er zurück war. Sie glaubte, es sei besser, wenn ihr Schwager sicherstellte, dass John nicht zu viel von der Opiumtinktur zu sich nahm. Fast jeden Monat las sie in der Zeitung von einer weiteren armen Seele, die süchtig danach war. Und dann war da noch das erschütternde Buch von Thomas de Quincey und seine *Bekenntnisse eines Opiumsüchtigen*, das vor wenigen Jahrzehnten erschienen war.

Außerdem vermutete jeder, dass der kürzliche Tod des Bruders der klugen Brontë-Schwestern mit dem Laudanumkonsum des jungen Mannes zusammenhing.

Ja, je mehr sie darüber nachdachte, desto weniger gefiel es ihr.

„Ich gehe einen Moment lang ins Haus und überlasse die Gentlemen ihrem Gespräch."

Simon stand selbstverständlich auf, während John das nicht konnte. Langsam ging sie um den Tisch herum, bis sie hinter dem Stuhl des Grafen stand, dann sah sie Simon mit geweiteten Augen an und nickte zu der Laudanumflasche, die John noch immer in seinen Fingern hielt.

Als Simon sie stirnrunzelnd ansah und John begann, in seinem Stuhl herumzurutschen, um zu versuchen, hinter sich zu sehen, imitierte Maggie sogar jemanden, der trank.

Endlich hörte ihr Schwager auf, sie ausdruckslos anzustarren und lächelte zu seinem Freund hinunter.

„Ich werde mal nach unserer nächsten Mahlzeit fragen."

Simon packte sie am Arm, als er an ihr vorbeiging, und eilte mit ihr in den hinteren Flur des Anwesens.

„Was soll das alles?"

„Ich sorge mich über Lord Cambreys Einnahme der Opiumtinktur."

Sie sah zu, wie sich Simons Gedankengänge auf seinem Gesicht zeigten. Er wies ihre Sorgen nicht von der Hand, wofür sie dankbar war.

„Du weißt, dass er beträchtliche Schmerzen hat", bemerkte Simon.

„Ja, ich weiß, aber vielleicht sollten wir ein Auge darauf haben, wie viel er davon trinkt. Opium hat durchaus seine Tücken. De Quincey, Sie erinnern sich."

Simon nickte. „Ich habe die *Bekenntnisse* gelesen."

„Wer hat das nicht?", sagte sie. „In gewisser Weise verherrlichte es die angenehmen Aspekte."

Er sah sich über die Schulter. „Gibt es einen Grund, warum du dich so sorgst? Hat er sich merkwürdig verhalten?"

Maggie zögerte. „Nun, er hat mich geküsst."

Simon zuckte die Achseln. „Ich weiß nicht, ob das so merkwürdig ist. Hat er dich nicht schon zuvor geküsst?"

„Jenny!", rief Maggie, als ihr klar wurde, dass ihre Schwester diese persönlichen Einzelheiten ihrer Zeit in London ausgeplaudert haben musste.

Dieses Mal grinste ihr Schwager.

„Na schön, ich verrate es Ihnen", sagte sie. „Von den Füßen gerissen und auf seinen Körper gezogen zu werden, gehörte nicht zu den Küssen, die wir zuvor verlebten. Und was ist mit seiner unhöflichen Bemerkung, kurz bevor Sie den Tisch verließen?"

„Wohl kaum die furchtbaren Ausschweifungen eines Süchtigen."

„Nein, aber es sieht ihm nicht ähnlich. Und sobald er einen Schluck aus dieser Flasche nahm, kehrte er wieder zu seinem charmanten Selbst zurück."

„Ich werde ein Auge auf ihn haben."

„Danke."

Simon sah sie einen Moment lang an. „Du klingst, als würde ich es für dich tun, als hättest du *Gefühle* für ihn. Ist es so?"

Maggie schenkte ihm ihr freundliches Lächeln.

„Normalerweise erlaube ich niemandem, mich zu küssen, es sei denn, ich habe Gefühle für ihn." Dann erinnerte sie sich an einige der anderen Männer, die sie während ihrer Saisons geküsst hatte. „Ich schätze, das ist nicht ganz richtig. Ich—"

Simon hob seine Hand. „Ich glaube, ich habe genug gehört. Falls es keine Männer gibt, gegen die ich deine Ehre verteidigen muss, sprich bitte nicht weiter."

„Sie sind ein reizender Schwager."

„Besucher!", hallte Lady Cambreys erfreute Stimme durch den Flur. „Wo sind denn alle?"

KAPITEL VIERZEHN

Lady Cambrey erschien in einem schönen Tageskleid aus cremefarbenem Brokat mit marineblauem Besatz. „Wo ist John?"

„Auf der Veranda", sagte Simon. „Ich wollte gerade wieder hinausgehen."

„Ich habe unsere Gäste in den vorderen Salon geführt. Nach der langen Reise sollten wir sie nicht bitten, nach draußen zu kommen. Andererseits wird John nicht vor ihren Augen in den Raum getragen werden wollen. Das weiß ich."

Maggie verstand ihr Dilemma. „Simon und Euer Butler könnten Lord Cambrey in einen anderen Empfangsraum bringen. Das Gesellschaftszimmer würde sich anbieten. Einen Moment später könntet Ihr Eure Gäste hineinführen, um ihn zu treffen."

„Wunderbar", sagte Lady Cambrey. Sie starrte Maggie lange an. „Sie tragen das Herz am richtigen Fleck, liebes Mädchen. Warum begrüßen Sie sie nicht im Salon und ich suche Cyril. Simon, bitte bereite John darauf vor und sage ihm, er soll sich benehmen. Mir ist aufgefallen, dass er in letzter Zeit zur Verschrobenheit neigt."

Maggie stellte Augenkontakt mit Simon her und versuchte, dies auf die Liste der Verhaltensweisen zu setzen, die nicht zu John passten. Doch ihr Schwager seufzte nur.

„Ja, Lady Cambrey. Sorgen Sie sich nicht."

„Beeilung, Miss Blackwood", befahl die ältere Frau ihr. „Jemand muss sich um die Gäste kümmern." Dann verschwand sie durch einen Türbogen, zweifellos, um ihren Butler zu suchen.

Simon nickte ihr zu. „Beeilung, Miss Blackwood." Er schenkte ihr zum Abschied ein Lächeln und ließ sie dort stehen.

Maggie sah an sich herunter und bemerkte, dass sie noch immer in ihrer Reitkleidung steckte. Allerdings war sie nicht schmutzig und hatte eine schöne Burgunderfarbe. Als sie durch den Flur schritt, blieb sie einen Moment lang stehen, um sich im Spiegel zu betrachten. Sie hatte keine Schmutzspuren im Gesicht und ihr Haar war immer noch ordentlich hochgesteckt.

Damit durchquerte sie die überkuppelte Haupthalle, stieß eine der Flügeltüren des vorderen Salons auf und betrat den in Erbsengrün und Weiß gehaltenen Raum. Dort saßen auf einem der beiden Sofas Lady Emily Chatley und ihre Tochter Jane.

Welch Freude!

Die Damen standen auf, beide mit einem ähnlich perplexen Gesichtsausdruck, als sie Maggie sahen.

„Wie schön, Sie beide zu sehen", rief Maggie und ging für die obligatorischen Küsse auf die Wange auf sie zu.

Beide sagten einen Moment lang nichts, dann erholte sich Jane von ihrer Überraschung.

„Wir hatten keine Ahnung, dass Sie hier sein würden, Miss Blackwood. Ihre Familie wohnt nicht in Bedfordshire, nicht wahr?"

„Nein, wenn wir nicht in der Stadt sind, wohnen wir in Sheffield. Bitte, nehmen Sie Platz. Lady Cambrey wird bald zurück sein. Mein Schwager, Lord Lindsey, ist Lord Cambreys engster Freund. Wir kamen, sobald er sich von seinem Neugeborenen losreißen konnte."

„Oh, ein Baby", sagte die ältere Lady Chatley mit einem sehnsüchtigen Lächeln, das Jane nicht teilte.

„Ja", stimmte Maggie ein. „Meine Schwester hat vor anderthalb Monaten einen Sohn zur Welt gebracht."

„Wie wunderbar." Wieder war es Janes Mutter, die sprach, die eindeutig den Wunsch nach einem eigenen Enkelkind hegte.

Da Maggie wusste, dass es einfach nicht angebracht war, einen Gast in Verlegenheit zu bringen, lenkte sie das Gespräch auf etwas, das Jane gefallen sollte.

„Ich möchte meine Glückwünsche für den Erfolg der Wohltätigkeitsveranstaltung für die Waisen aussprechen. Das Bankett war tadellos organisiert und es war herrliches Wetter für Kricket."

Allerdings brachte die Erwähnung des Banketts nicht den gewünschten Effekt eines Lächelns auf Janes Gesicht. Es führte nur dazu, dass das vom Gesicht ihrer Mutter verschwand. Ihre düsteren Mienen waren so offensichtlich und auffällig, dass Maggie sie fast angesprochen hätte, doch sie konnte sich gerade noch rechtzeitig davon abhalten, sie unhöflich zu befragen.

Jane nickte nur. „Die Waisenhäuser werden gebaut und viele Kinder werden nicht mehr auf der Straße wohnen müssen. Sie sind das Einzige, was zählt", sagte sie, als hätte ihre Mutter etwas Gegensätzliches verlauten lassen.

Zum Glück kehrte Lady Cambrey in diesem Moment zurück.

„Bitte, meine Damen, folgen Sie mir in den Gesellschaftsraum. Dort ist es viel gemütlicher. Es warten Erfrischungen auf Sie sowie mein Sohn, der entschlossen war, aus seiner Rekonvaleszenz aufzustehen, um Sie zu empfangen."

Aus seiner Rekonvaleszenz? Maggie konnte sich kaum davon abbringen, mit den Augen zu rollen. John war nicht Lazarus, um Himmels willen. Er war nicht einmal in seinem Bett gewesen, sondern hatte sich einfach auf der Veranda entspannt.

Maggie folgte den anderen in den Gesellschaftsraum und konnte sich nicht vorstellen, wie man einen Raum mit drei Meter hohen Decken gemütlich nennen konnte. Sie war die Letzte, die eintrat, und wartete darauf, dass alle Platz nahmen. Die Chatley Damen mussten aufschreien, als sie John sahen und ihre Genesungswünsche dafür aussprechen, was ihm widerfahren war. Als Cyril endlich aus dem Weg trat und die Damen sich setzten, fand Maggie John in einem Ohrensessel vor, das Bein auf einen passenden gelegt.

„Entschuldigen Sie, dass ich mich nicht erhebe, meine Damen", sagte John und war sofort der galante Gentleman, als den sie ihn kannte. Wenn er sie nicht küsste. Oder Jane in seinen Armen hielt.

Maggie setzte sich neben Lady Cambrey, da die Chatleys auf dem anderen Sofa Platz genommen hatten, und schließlich beanspruchte Simon den anderen Sessel.

„Wir freuen uns sehr, dass Eure Mutter uns hierher eingeladen hat", begann Lady Emily Chatley und sprach damit den Grafen an. „Turvey House ist allein für das Anwesen eine Reise aus London wert. Uns war nicht klar, dass Ihr noch andere Gäste haben würdet, wie eine Landhausgesellschaft. Kommen noch andere Gäste?"

„Da müssen Sie meine Mutter fragen, denn mir war nicht klar, dass überhaupt jemand kommt", sagte John.

Er setzte ein freundliches Lächeln auf, das Maggie als falsch entlarvte.

„Alle vier Gäste waren eine ziemliche Überraschung."

„Oh", rief Emily Chatley, während Johns Mutter lachte, obgleich niemand etwas auch nur annähernd Lustiges gesagt hatte. „Ich hoffe doch, wir sind eine willkommene Überraschung."

„Zweifellos", sagte John. „Ein regelrechter Traum."

Simon hustete und Maggie räusperte sich, denn die Vermutung lag nahe, dass er spitzbübisch auf die Eskapade vom Morgen anspielte.

„Nein", sagte Lady Cambrey scharf, als wüsste sie von ihren Gedanken. „Es kommt niemand mehr. Dies ist genügend Gesellschaft für meinen Sohn, während er sich erholt."

Maggie war dankbar, dass Johns Mutter es nicht für angebracht hielt, zu erwähnen, dass sie nicht einmal eingeladen gewesen waren. Von ihnen allen war Maggie der einzige Eindringling. Andererseits war Jane ein gern gesehener Gast und es war offensichtlich, warum Lady Cambrey sie hier haben wollte. Zweifellos hoffte sie, dass Jane und ihr Sohn eine formelle Bindung eingehen würden, wenn sie Zeit außerhalb des Drucks von London verbringen würden.

Wenn das der Fall war, wäre das Letzte, was sie wollten, dass Margaret Blackwood sich einmischte.

„Wann reisen wir ab, Simon?" Die Frage entsprang ihrem Mund, bevor sie sich zügeln konnte.

Alle Blicke richteten sich auf sie und dann auf Simon, der sie mit einem verwirrten Gesichtsausdruck ansah.

„Ich hatte noch nicht genau beschlossen, wann. Ich möchte nicht zu lange von Jenny und Lionel getrennt sein. Vielleicht in ein paar Tagen."

Und dann tranken die Damen Tee und löcherten Simon mit Fragen über seine Gemahlin und das Baby, wobei sie kein Detail von Lionels Erscheinung und Jennys Gesundheit ausließen.

Maggie lehnte sich zurück und hoffte, dass nach dem Tee ein guter Claret serviert würde, oder zumindest ein Sherry vor dem Abendessen. Nervös bewegte sie ihr Bein unter ihrem Kleid und versuchte, interessiert an dem Geplauder zu wirken, doch sie kannte sämtliche Geschichten bereits.

Vielleicht sollte sie mit der Haushälterin, Mrs. Mackle, über das Getränk sprechen. Oder sollte sie den Diener darum bitten?

Sie seufzte leise. Sie durchschaute die Ordnung im Belton Manor nicht, und ganz sicher auch nicht die in Turvey. Wahrscheinlich tat es nichts zur Sache. Sie würden abreisen, bevor sie die Rangordnung der Diener der Cambreys verstand. Ohne Frage wusste eine Grafentochter wie Jane genau, wen sie fragen musste, um ein Glas mit etwas köstlich Entspannendem zu bekommen.

In diesem Moment traf ihr Blick aus irgendeinem Grund auf den von John. Statt höflich und aufmerksam dem Gespräch zu folgen, falls einer von ihnen an der Reihe wäre, etwas dazu beizutragen, starrten sie einander an. Er hob seine linke Augenbraue ein winziges Stück nach oben. Maggie hatte die absurde Idee, dass er seine linke Augenbraue benutzte, weil sie in besserer Verfassung war als seine schrecklich zugerichtete rechte.

Ein leichter Anflug von Belustigung begann sich in ihr zu bilden. *Oh je.* Sie durfte nicht anfangen zu lachen, sonst würden diese Damen sie wahrlich für verrückt halten. Doch dann tat John etwas mit seinen Lippen. Tat er es wirklich? Oder fantasierte sie?

Janes Mutter lachte und die anderen, einschließlich Simon, stimmten ein, was Maggie die nötige Ablenkung verschaffte, um sich nach vorn zu beugen, um zu sehen, ob … ja, er schürzte die Lippen. Tat er so, als würde er ihr einen Kuss zuwerfen?

„Finden Sie nicht auch, Miss Blackwood?"

Schweigend lehnte sich Maggie zurück und sah sich um, und zuerst war sie nicht sicher, wer sie angesprochen hatte. Eine der älteren Damen, nahm sie an. Meist fragten die Leute nur, wenn sie wollten, dass man zustimmte, oder wenn sie annahmen, dass man es tat, also war es wohl die beste Option, dies zu tun.

Sie sah zwischen den Frauen hin und her, dann beschloss sie, ihren Kopf zu neigen und zu der sehr hohen Decke zu sprechen, als würde sie über ihre Antwort nachdenken, statt die falsche Person anzusehen.

Sie sah auf und nach kurzem Zögern sagte sie: „Ja, ich stimme zu."

„Ich bin entrüstet!", kam die sofortige Antwort von der älteren Lady Chatley. „Ein Mädchen mit Ihrer Herkunft und Erziehung."

Gute Güte! Was für eine Schande hatte sie nun über sich gebracht?

Als sie Simon zur Klärung anschaute, zuckte er nur mit den Schultern. Ein Blick zu John zeigte ihr nur geweitete Augen als Antwort. Seufzend versuchte sie, sich wieder auf das Gespräch zu konzentrieren. Eine halbe Stunde später durften sie sich endlich entschuldigen, um sich für das Abendessen umzuziehen.

Die kleine Gesellschaft wurde von Grayson O'Connor ergänzt. So war die gleiche Anzahl von ledigen Damen und

Junggesellen anwesend, ungeachtet des Status der Männer, Graf oder Bürgerlicher.

Mit Cam an einem Ende und seiner Mutter am anderen saß Maggie auf einer Seite des Tisches neben Simon und auf der anderen Seite saßen die Chatley Damen mit dem Gutsverwalter zwischen ihnen.

Die ältere Lady Chatley verbrachte den Abend damit, verstehen zu wollen, wer genau Mr. O'Connor war, was seine Position in Turvey House war und warum, falls er ein Bediensteter war, er mit ihnen am Tisch saß, besonders neben ihrer wertvollen Tochter.

Maggie musste zugeben, dass Jane eine gute Gesprächspartnerin war, die mit Leichtigkeit Themen wie landwirtschaftliche Praktiken bis hin zu den Revolutionen in Übersee und den neuesten Parlamentsgesetzen diskutierte. Das letzte Thema erregte Johns Aufmerksamkeit, und Maggie sah zu, wie die beiden sich über das neue Gesetz zur Volksgesundheit unterhielten.

„Aber sie müssen es doch sicherlich zur Pflicht machen", beharrte Jane.

„Ich wünschte, es wäre so", stimmte John zu. „Ich fürchte, dass nur gleichgesinnte Personen freiwillig Verbesserungen anstreben werden."

Maggie hielt dies für eine übertrieben pessimistische Sichtweise.

„Ich glaube, dass Menschen im Grunde genommen rechtschaffen sind", sagte sie schnell.

Als sie bemerkte, dass alle sie ansahen, fuhr sie fort: „Mit der Einrichtung einer zentralen Gesundheitsbehörde werden die Städte meiner Meinung nach das tun, was für das Allgemeinwohl richtig ist, um zumindest sauberes Trinkwasser bereitzustellen."

Jane lächelte sie nicht herablassend an, jedoch schüttelte sie ihren Kopf leicht, als sei sie anderer Meinung.

„Ich bete dafür, dass Sie recht haben. Wie auch immer, ich glaube, dass die Choleraausbrüche anhalten werden und Abfälle werden weiterhin die Straßen säumen, solange Vermieter damit durchkommen."

„Abfälle", rief Janes Mutter, als könnte sie das Wort nicht ertragen.

„Oder bis die Konsequenzen die Machthabenden oder ihre Familien befallen", fügte Grayson hinzu. „Wenn das Wohl der Allgemeinheit jemandes privates Interesse wird, werden die Menschen vielleicht handeln."

„Nun gut", räumte Maggie ein. „Ich stimme zu. Es gibt Menschen, die nichts für ihre Mitmenschen tun würden, wenn es nicht entweder sie persönlich oder ihr Bankkonto betrifft. Aber genau das ist ein weiterer Grund, warum ich glaube, dass dieser Gesetzentwurf etwas bewirken wird. Mr. Chadwick hat ein stichhaltiges wirtschaftliches Argument in diesem Sinne vorgebracht. Je weniger kranke Menschen es gibt, desto weniger Arme suchen Hilfe. Jede Maßnahme zur Vorbeugung von Krankheiten ist gut angelegtes Geld, und selbst die egoistischsten und eigennützigsten Menschen können einen solchen Nutzen erkennen."

„Bravo", jubelte John, der ihr aufmerksam zugehört hatte.

Maggie spürte, wie ihre Wangen warm wurden. *Sehen Sie*, wollte sie den Versammelten sagen, *ich bin nicht nur ein flatterhaftes Mädchen, das für modische Kleider und Tanzen schwärmt.*

„Margaret hat recht", stimmte Jane zu. „Die Wirtschaft wird der Zwang sein, den wir brauchen, auch wenn es schwierig sein wird, den Gesetzesentwurf durchzubringen."

„Die Wirtschaft", sagte John, „und Menschen wie Sie. Was Sie für Londons Waisen getan haben, war eine wunderbare Sache."

Zurück zu Janes Verdiensten, dachte Maggie ungnädig, dann nahm sie einen Schluck von ihrem Wein. Was war sie für eine schreckliche Person, die sich nicht an Janes Erfolg erfreuen konnte? Und sie *freute* sich für all die Kinder, die ein Dach über den Köpfen haben würden. Doch warum konnte Jane ihr Bankett nicht mit jemand anderem organisiert haben als John Angsley? Offensichtlich war seine Bewunderung für die Tochter des Grafen gestiegen, nachdem sie so eng zusammengearbeitet hatten.

Maggie fiel nichts ein, was sie getan hatte oder noch tun würde, das Janes wohltätiger Arbeit gleichkommen würde. Sicher, sie hatte Simon Deveres junge Verwandte in Französisch unterrichtet, bevor er Jenny geheiratet hatte. Doch sie waren nur Halbwaisen und lebten im Schoße des Luxus. Daher zählten sie wahrscheinlich nicht als Beweis für ihre Philanthropie.

Außerdem war Maggie gut bezahlt worden. Sicherlich konnte sie sich nicht mit der selbstlosen Lady Jane Chatley vergleichen.

Maggie seufzte laut und musste feststellen, dass es zur gleichen Zeit sehr still im Raum geworden war.

„Fühlen Sie sich nicht wohl, Miss Blackwood?", fragte Lady Cambrey.

Maggie sah sich am Tisch um und dachte über ihre Antwort nach. Ihr Magen war voll und sie hatte definitiv genug Wein getrunken. Außerdem hatte sie genug von der Gesellschaft bestimmter Personen. Wegen des intensiven Wunschs, von Jane wegzukommen, damit sie ihre eigene nutzlose Existenz nicht vergleichen und sich selbst als unzulänglich empfinden musste, tat Maggie etwas, das sie nie tat. Sie log.

„Tatsächlich glaube ich, dass ich heute etwas zu viel Sonne hatte. Beim Reiten, nehme ich an."

Mr O'Connor legte seinen Kopf schief und sah verwirrt aus. Nur er wusste, dass sie einen Großteil der Zeit im Schatten der riesigen, alten Bäume verbracht hatten.

„Ich glaube, ich bekomme Kopfschmerzen. Würden Sie mich entschuldigen? Ich möchte mich zurückziehen."

Die Männer, mit Ausnahme von John, erhoben sich, als sie aufstand.

„Kommst du zurecht?", fragte Simon.

Maggie wünschte, sie hätte ihm nicht unnötig Sorgen bereitet.

„Mir geht es gut. Ich glaube, ich gehe früh zu Bett und werde morgen früh wieder glänzen wie ein neuer Penny."

Sie machte zuerst vor den drei Damen, die einen Titel trugen, einen Knicks, dann vor den drei Herren, einschließlich Mr. O'Connor, denn es nicht zu tun, kam ihr unhöflich vor. Dann flüchtete Maggie durch die Tür, die ein Bediensteter nun für sie aufhielt.

Wenn sie in einem der beliebten Romantikromane leben würde, vielleicht geschrieben von den Brontë-Schwestern oder dieser klugen Jane Austen, dann würde ihr Traummann, John Angsley, ihr nachkommen. Er würde eine Ausrede finden, um den Speisesaal zu verlassen und sie heimlich im Flur vor ihrem Zimmer treffen.

Leider erinnerte sich Maggie an keine Helden mit Gipsverbänden, die Hilfe für ein Stelldichein brauchten. Es wäre wenig romantisch, wenn Simon oder Grayson John ihr tragen würden.

Als sie die Treppe hinaufstieg und sich dabei fühlte, als wären ihre Satinschuhe aus Stein, überlegte Maggie, ob ein

Bad helfen würde. Doch das erschien ihr als unnötige Zumutung für das Hausmädchen. Stattdessen ließ sie sich von dem Dienstmädchen, das sie von Belton Manor aus begleitet hatte, beim Entkleiden helfen und die Nadeln aus ihrem Haar entfernen, bevor sie es zu einem Zopf flocht. Dann entließ Maggie sie zur Überraschung der Frau, die sich über das vorzeitige Ende ihrer Pflichten wunderte.

Sobald das Dienstmädchen verschwunden war, erkannte Maggie, dass sie sie um Bücher aus der Bibliothek hätte bitten sollen. Dort stand sie also in ihrem Unterhemd und überlegte. Es war erst eine halbe Stunde vergangen. Sicherlich waren die Gäste noch im Speisesaal. Wenn nicht, wären sie im Gesellschaftsraum und nahmen einen Drink. Zumindest würden das die Damen, und vielleicht aßen sie kleine Fondantküchlein, während die Männer in einem anderen Raum Zigarren und Brandy nahmen.

Verflixt! Jetzt wollte sie auch Kuchen. Das war der Preis, den man für Lügen zahlte. Sie könnte nach Büchern klingeln. Doch wie lächerlich war das. Eine arme Dienerin nach oben zu rufen, nur um sie dann wieder nach unten in die Bibliothek zu schicken.

Maggie beschloss, sich zu beeilen und legte ihr Umhängetuch und ihre Schuhe an. Ihr Haar lag ihr zwar in einem lockeren Zopf über der Schulter, doch sie sah vorzeigbar genug aus, falls sie jemand dabei sah, wie sie in Turvey House herumrannte.

Und sie rannte sehr wohl. Sie flitzte und sprintete, bis sie in der Cambrey-Bibliothek angekommen war. Sie war kleiner als die in Belton, doch es war trotzdem mehr als genug, und sie war sicher, dass sie hier etwas mit Intrigen und Spannung finden würde. Oder vielleicht sogar einen Roman mit intensiven Beziehungen und einer schmerzhaften Romanze.

Beim Stöbern in den Regalen hatte Maggie gerade ein dünnes Buch mit den gesammelten Werken von Edgar Allan Poe herausgezogen, als sie Schritte hörte. Mit klopfendem Herzen zog sie ihr Tuch fest um ihre Brust und versuchte, mit der Wand hinter der Tür zu verschmelzen.

Sie öffnete sich langsam und ein vertrautes Gesicht erschien. Simon sah sich im Raum um und entdeckte sie.

„Was um alles in der Welt tust du hier?"

Verlegen hielt sie das Buch in die Höhe. „Ich hole mir etwas zu lesen."

„Ich wollte nach dir sehen. Jenny wäre böse mit mir, wenn wirklich etwas mit dir nicht stimmte und ich sie nicht darüber informieren würde."

„Es geht mir gut", gab Maggie zu und winkte ab.

„Warum versteckst du dich hinter der Tür?"

„Ich habe Männerstiefel gehört und dachte, dass es vielleicht ... *oh*."

„Es konnte nur ich sein."

„Oder Grayson, oder der Hausdiener, oder ein anderer Bediensteter."

„Unwahrscheinlich. Warum sollte Grayson oder gar Cyril in die Bibliothek kommen? Gib es zu, Cam ist die Person, der du nicht begegnen wolltest."

„Ganz sicher nicht in meinen Nachtkleidern. Nicht nach heute Morgen."

Simon grinste. „Und du hast vergessen, dass er in einem Rollstuhl sitzt, richtig?"

„Hören Sie auf. Das ist nicht witzig. Sie hätten den Ausdruck auf dem Gesicht seiner Mutter sehen sollen, als sie uns fand."

„Ich hätte zulassen sollen, dass sie euch zur Heirat zwingt. Ich glaube, es hätte euch beiden gut getan."

Maggie spürte, wie ihre Wangen warm wurden.

„Warum sagen Sie so etwas nur? Denken Sie nur daran, wie glücklich er ist, wo Lady Chatley nun hier ist."

„Lady Chatley ist alt genug, um seine Mutter zu sein."

Maggie verzog das Gesicht. „Nun verspotten Sie mich wieder. Sie wissen, dass ich die andere Lady Chatley meinte. Die Schöne."

Simon zuckte mit den Schultern. „Ich kann Frauen recht gut beurteilen, und ich finde dich hübscher als Jane."

Auch wenn es nur die Meinung ihres Schwagers war, beflügelten sie seine Worte, bis er hinzufügte: „Doch sie hat ein angenehmes Gemüt. Sie erinnert mich auf gewisse Weise an Jenny."

„Wollen Sie damit sagen, dass mein Gemüt nicht so angenehm ist wie das von Jane?"

„Das habe ich nicht gesagt. Doch ich glaube nicht, dass Jane während eines Abendessens gehen würde, selbst wenn sie erstochen und angeschossen werden würde, nicht, wenn sie glaubte, es würde die Gastgeberin beleidigen. Besonders, wenn sie nur ..." Er drehte ihr Buch, bis er den Titel lesen konnte. „Nicht, wenn sie den Mann am Kopfende des Tisches mögen würde, der ein wenig mürrisch aussah, nachdem sie gegangen war."

„Tat er das? Was meinen Sie damit? Hat John aufgehört zu essen? Seufzte er und stützte seinen Kopf auf seine Hand? Was ist mit dem Gespräch? Verstummte er, als sei er abgelenkt?"

Simons Mund fiel auf. „Ich glaube, du musst dich mit Jane anfreunden und diese Art von Gespräch mit ihr führen, nicht mit mir. Wie auch immer, ich weiß nun, dass es dir gut geht, also werde ich dich deinem Buch überlassen. Ein kleiner Ratschlag. Da die Leute nun herumlaufen und nach oben gehen, schlage ich vor, dass Sie in Ihrem unbekleideten Zustand noch eine Weile hier bleiben."

Als er sich zum Gehen wandte, legte Maggie eine Hand auf seinen Arm.

„Gab es Kuchen?"

Simon lächelte, als ob er sich an das köstlichste Stück Biskuit erinnerte, und nickte.

„Fast noch besser als der von meiner Köchin." Damit war er weg.

Maggie verzog das Gesicht und überlegte. Simon hatte recht. Sie sollte sich hier niederlassen und lesen, statt es zu riskieren, einem der Männer über den Weg zu laufen, besonders, wenn sie John trugen. Maggie setzte sich in den Ohrensessel neben der Lampe und verbrachte die nächste Stunde damit, Poes spannende Kurzgeschichten zu genießen.

Sie streckte sich und ihr Magen zwickte leicht. *Hmm.* Sollte sie mit dem Gedanken an herrlichen Kuchen zu Bett gehen oder ihn suchen und ihr Verlangen stillen?

Sie sah auf das Buch in ihrer Hand hinunter und wusste, was der gute, alte Edgar tun würde. Er würde sich auf die Reise durch die schwach beleuchtete Villa wagen, sich in die Küche schleichen und die Speisekammer plündern. Sicher gab es irgendwo noch viele Reste.

Minuten später bahnte sie sich ihren Weg durch die stillen Wohnräume des Turvey House und stand vor der Tür zum Bedienstetenflügel, in dem sich nicht nur die große Küche, sondern auch die Vorrats- und Speisekammer befanden. Sie ging davon aus, dass das Speisezimmer der Bediensteten dahinter lag, mit Schlafgemächern für Bedienstete, die nicht unter dem Dach schliefen wie das Küchenmädchen.

An der Schwingtür zwischen dem Flur und der Küche zögerte sie. Vielleicht würde dies als schrecklicher Verstoß gegen die häusliche Ordnung und Etikette angesehen werden. Was, wenn sie alle Nachgewänder trugen, so wie sie?

Doch der Kuchen lag auf der anderen Seite. Sanft und langsam begann Maggie die Tür aufzudrücken. Was könnte schon passieren?

Jane würde niemals spät nachts in die Küchen der Cambreys eindringen.

Bei diesem ernüchternden Gedanken trat Maggie zurück und ließ die Tür leise zufallen. Seufzend drehte sie sich um und rannte direkt in ein Gewirr aus Armen und einem Satinkleid.

KAPITEL FÜNFZEHN

Als hätte Maggie den Teufel selbst beschworen, stand Jane vor ihr. Doch statt dämonisch auszusehen, war Janes einzige teuflische Eigenschaft ihr leicht schiefes Lächeln.

„Ich habe nicht erwartet, noch jemanden herumschleichen zu sehen", sagte die junge Frau und ihre Augen waren von Heiterkeit erfüllt. „Ich glaube, ich hatte ein wenig zu viel Wein und nicht genügend Essen, um ihn aufzusaugen. Meine Mutter achtet darauf, was ich esse. Ich dachte, ein weiteres Stück Kuchen sollte ausreichen." Jane kicherte tatsächlich. „Verstehen Sie? Biskuit, der den Wein in meinem Bauch aufsaugt."

„Ja", sagte Maggie. „Ich verstehe." Doch die Vorstellung, mit einer betrunkenen Jane in die Küche der Cambreys zu gehen, erfreute sie nicht gerade.

„Wieso gehen wir nicht in den Gesellschaftsraum und läuten die Glocke?", schlug Maggie vor.

„Oh, nein. Ich möchte zu dieser späten Stunde nichts so Unhöfliches tun, besonders nicht als Gast."

„Ich glaube, das Küchenpersonal würde es vorziehen, wenn wir um diese Zeit nicht in ihren Bereich eindringen würden. Meinen Sie nicht auch?"

Jane runzelte die Stirn und taumelte leicht auf der Stelle. „Nein, das meine ich nicht."

„Na schön", sagte Maggie und ergriff ihren Arm. „Ich werde für uns beide denken."

Jane seufzte, doch sie ließ sich von Maggie in den Gesellschaftsraum führen. Froh, dass das Feuer noch brannte, drehte Maggie die Lampen auf, dann hielt sie den Atem an und läutete die Glocke, wobei sie sich fast vorstellte, es in der Küche klingeln zu hören.

Ein paar Minuten später erschien ein Dienstmädchen, die noch dabei war, ihre Schürze zu binden.

„Ja, Miss", sagte sie mit einem müden Knicks vor Maggie, die in der Mitte des Raumes stand. Dann sah das Mädchen aus Jane, die sich nun auf dem Sofa räkelte, und fügte einen zweiten Knicks hinzu.

Jane begann zu summen und Maggie tauschte einen gequälten Blick mit dem Dienstmädchen aus.

„Es tut mir leid, dass wir Sie so spät noch stören", begann sie, und die Augen des Mädchens weiteten sich schockiert, wahrscheinlich, weil sich bei ihr entschuldigt wurde. „Wir haben uns nur gefragt, ob wir zwei Stücke des Kuchens bekommen könnten, der beim Abendessen serviert wurde. Mit Pudding übergossen, wenn Sie welchen haben."

Dann erinnerte sie sich an das Hausmittel ihrer Mutter für jegliche Leiden.

„Und eine Kanne Tee, schwach, aber mit viel Milch. Ach, vergessen Sie den Tee, nur zwei Gläser Milch."

Mit neutralem Gesichtsausdruck murmelte das Dienstmädchen: „Ja, Miss." Sie vollführte einen weiteren Knicks, dann ging sie. Maggie konnte sich das Tuscheln in der Küche bereits vorstellen.

Jane begann, sich zu erheben. „Sollen wir etwas Kuchen oder zumindest ein paar Kekse holen?"

„Ja, man holt uns bereits Kuchen", sagte Maggie und verstummte, als Jane sich die Hand vor den Mund hielt und ihre blassen Wangen einen deutlichen Grünstich annahmen.

Maggie sah sich hektisch um und erblickte eine Kristallschale mit Äpfeln. Sie schüttete das Obst auf die Kommode und drückte Jane die Schale in die Hand, die sich wieder hinsetzte und sich über das Kristall beugte. Zum Glück war ihr Haar noch hochgesteckt und nur wenige Strähnen fielen nach vorne, die Maggie zurückstrich, während Jane den Inhalt ihres Magens verlor.

Nach ein paar Momenten war sie fertig.

Maggie nahm die Schale aus dem Schoß des Mädchens und fragte sich, was sie damit tun sollte. Es schien eine schreckliche Idee, damit auf das Dienstmädchen zu warten, wenn sie mit ihrem Kuchen zurückkehrte, und der Gestank begann den Raum zu erfüllen.

„Bleiben Sie hier", sagte sie zu Jane, die sich mit geschlossenen Augen zurücklehnte. „Ich werde dies loswerden und bald zurückkehren."

Sie ging auf das Wasserklosett am Ende des Korridors zu und hoffte inständig, dass sie jetzt niemanden treffen würde. Sie versuchte, die Schale so weit wie möglich von sich wegzuhalten und wünschte, sie könnte sich mit einer Hand die Nase zuhalten, doch sie brauchte beide, um die unhandliche Kristallschüssel gerade zu halten. Bald hatte sie den Inhalt in das Klosett geschüttet und war dankbar für den Segen der Innentoiletten. *Was sollte sie mit der Schale anstellen?* Mit einem Achselzucken lehnte sie sie gegen die Wand im Wasserklosett und ließ sie dort zurück.

Sie hatte ihren Beitrag geleistet. Leider würde irgendein armes Hausmädchen dies finden müssen, wenn sie zum Putzen kam, wahrscheinlich am frühen Morgen. Zweifellos würde dies ein ungelöstes Rätsel sein, über das die Dienerschaft noch jahrelang diskutieren würde.

Sie eilte zurück zum Gesellschaftsraum und kam an dem Dienstmädchen vorbei, die das Zimmer gerade verließ und nickte ihr zu, als sie einen Knicks machte. In dem schönen blauen Raum fand sie ein Tablett mit zwei Stücken zarten, goldenen Biskuits mit warmem Pudding, zwei Gläser Milch und keine Jane.

„Das darf ich nicht verkommen lassen", sagte Maggie laut. Sie setzte sich, verputzte das erste Stück und trank die Milch.

„Köstlich", fügte sie hinzu und genoss es, in den leeren Raum zu sprechen. Simon hatte recht gehabt, was die Fähigkeiten der Köchin der Cambreys anging.

Sie sah zu Janes Stück hinüber und beschloss, dass sie auch ihres verspeisen könnte, doch sie würde es in der Privatsphäre ihres eigenen Zimmers tun.

Sie klemmte sich Poe unter den Arm, nahm den Teller und das Glas und ging ins Bett.

CAM SAß BEREITS IM sonnigen Frühstücksraum auf der Ostseite seines Anwesens und wartete auf seine Gäste. Es war das erste Mal, dass er zum Frühstück heruntergekommen war, seit er nach Turvey House zurückgekehrt war. Es ärgerte ihn noch immer, dass er getragen werden musste und dass man sein Essen für ihn schnitt, also hatten ihn Cyril und sein Diener, Peter, besonders früh hinuntergetragen, sodass niemand Zeuge seiner Gebrechen wurde.

Sein Bein war diskret unter dem Tisch versteckt und lag auf einem benachbarten Stuhl, und er hatte weiche Eier und Toast gewählt, die er problemlos mit einer Hand essen konnte. Wenn nur sein Bauch nicht schmerzen würde.

Als Margaret eine halbe Stunde später eintrat, spürte er eine Welle der Freude, die so schnell durch ihn hindurchströmte, wie sie verschwunden war, als sie am Vorabend das Speisezimmer verlassen hatte.

Simon war dicht hinter ihr und Jane kam eine Minute später herein und wie sein Vater es zu nennen pflegte, sah sie *verhämt* aus. Da sie sich aber am Abend zuvor nicht beschwert hatte, richtete er seine Frage an Margaret.

„Geht es Ihnen besser?"

Seltsamerweise starrte sie ihn einen Moment lang verständnislos an, sah sogar zu Jane hinüber, als würde diese antworten. Dann weiteten sich ihre Augen.

„Oh, Ihr meintet mich. Natürlich. Besser. Ja, mir geht es viel besser. Danke. Nichts, was guter Schlaf nicht kurieren könnte."

Er fand, dass ihr guter Schlaf dafür gesorgt hatte, dass ihr Haar noch glänzender aussah und dass ihre Augen noch heller strahlten. Selbst ihre Wangen hatten eine wunderbar rosige Farbe.

„Sie haben sich tatsächlich in den neuen Penny verwandelt, den Sie gestern Abend versprachen. Ich freue mich, das zu hören."

Als sie ihre Plätze einnahmen, spürte er den Drang, sich für sein Benehmen zu entschuldigen.

„Meine Damen, ich entschuldige mich zum wiederholten Male dafür, dass ich mich nicht erheben kann."

Margaret sagte ihm, dass er sich nicht jedes Mal entschuldigen müsse, und Jane, die still blieb, zuckte nur mit den Schultern und goss sich eine Tasse Tee ein, bevor sie schweigend auf die weiße Tischdecke starrte.

„Ist alles in Ordnung?" Im Gegensatz zu Margaret sah sie eher aus wie ein abgenutzter Schilling. „Sie sind ungewöhnlich ruhig."

Nicht, dass er wusste, ob Jane normalerweise am Morgen wie eine Elster schwatzte oder nicht. Aber wenn er so darüber nachdachte, schien sie zu den meisten anderen Stunden des Tages, in denen er mit ihr zusammen gewesen war, eine Meinung zu haben oder einen Kommentar abzugeben.

Jane sah zu Margaret hinüber und Cam bekam den Eindruck, dass eine Art unausgesprochene, geheime Kommunikation zwischen ihnen stattfand.

„Ich leide heute Morgen unter Kopfschmerzen", sagte Jane leise.

„Wie eigentümlich! Litten Sie nicht gestern Abend darunter, Miss Blackwood? Man sollte meinen, dass eine Krankheit in Turvey House umgeht."

„Nein", entgegnete Margaret sofort. „Ich bin sicher, dass es nicht zusammenhängt."

Jane nickte zustimmend, dann zuckte sie wegen der Bewegung zusammen. Wenn er es nicht besser wüsste, würde er sagen, dass sie am Abend zuvor zu viel getrunken hatte.

Frauen! Was für merkwürdige Kreaturen.

Apropos, die älteren Damen traten als Nächstes ein. Das von Lady Chatley geführte Gespräch drehte sich bald um Babys und darum, welche Paare während der Saison Bindungen eingegangen waren, und bei beiden Themen schien Jane immer weiter in ihren Stuhl zu sinken.

Er hätte seine Mutter über Lady Emily Chatleys Wunsch unterrichten sollen, eine Heirat zwischen ihm und Jane zu arrangieren. Auf sein Geheiß hin hätte sie sie nicht eingeladen. Er sah es nicht gern, wenn Jane unglücklich war.

„Welche Pläne haben Sie für heute?", fragte er, um das Thema von den neuen Romanzen der feinen Gesellschaft abzulenken. „Diejenigen von Ihnen, die das Glück haben, umherlaufen zu können, sollten diese Gelegenheit nutzen."

„Ich dachte wir vier", begann Lady Cambrey und nickte zu den anderen Frauen am Tisch, „könnten einen Rundgang durch All Saints machen. Es ist eine schöne Kirche. Gleich am Rand unseres Guts. Sie müssen daran vorbeigekommen sein, als Sie ankamen. Und dann machen wir ein Picknick am Ufer des Great Ouse. Das Wetter ist gut."

Cam bemerkte, dass die jüngeren Damen nicht so begeistert aussahen wie die älteren, und er konnte sich vorstellen, dass sie die Aufregung der feineren Örtlichkeiten Londons vermissten.

„Mutter, ich schlage vor, Grayson als Führer mitzunehmen, denn er kennt die Umgebung so gut, wie ich es tue. Und natürlich sollte Simon die Damen ebenfalls begleiten und Ihnen allen Gesellschaft leisten."

Vielleicht würden sich die Damen mit diesen beiden und ihrem guten Humor nicht langweilen.

„Simon kam her, um *dir* Gesellschaft zu leisten", bemerkte seine Mutter mit einem mürrischen Gesichtsausdruck.

Hmm. „Na schön, aber nehmt Gray—"

„Was ist mit mir?", fragte der Mann und schritt in den Raum, als würde das Anwesen ihm gehören. Cam wusste, dass er das tat, um Lady Chatley zu ärgern, die es äußerst sonderbar gefunden hatte, dass Gray am Vorabend mit ihnen gegessen hatte. Leider hatte sie ihre Gedanken lautstark zum Ausdruck gebracht.

„Ich möchte, dass du die reizenden Damen zur Kirche und dann für ein Picknick zum Fluss begleitest."

Gray drehte sich zu ihm, sodass nur Cam sein Gesicht sehen konnte, und starrte ihn an.

„Eine famose Idee", sagte sein Gutsverwalter, doch seine Miene sagte genau das Gegenteil seiner Worte. „Allerdings habe ich zu arbeiten. Lord Lindsey kennt die Umgebung nur zu gut. Vielleicht möchte er die Damen begleiten."

Cam würde sich nicht überlisten lassen. „Lord Lindsey wird hierbleiben und sich mit mir unterhalten, denn ich habe selten die Gelegenheit dazu. Was dich angeht, habe ich die Nase voll von deinem hässlichen Gesicht."

Lady Chatley, die ältere, keuchte, während Gray seinen Kopf zurücklegte und herzhaft lachte.

„Gut gesagt. Ich stimme zu. Ich habe auch genug von dir."

Cam bemerkte, dass Jane und Margaret ebenfalls lächelten. Wenn es eine Möglichkeit gäbe, letztere bei sich zu behalten, würde er es tun, aber ihm fiel keine Ausrede ein.

Der Diener war mit leisen Bedienstetenschritten eingetreten, was Cam immer erstaunlich fand. Plötzlich tauchte der Mann neben ihm auf.

„Ja, Cyril?"

„Ihr Stuhl ist eingetroffen, Mylord."

Alle zögerten, doch dann machte sich Erkenntnis breit.

„Bring ihn herein", sagte Gray.

Cam warf ihm einen Blick zu. Müssten sie alle Zeuge dieser Erniedrigung werden?

„Ja", stimmte Simon zu. Er drehte sich zu Cam um und sagte: „Du hast deine Mahlzeit beendet. Setzen wir dich hinein und probieren wir ihn aus. Tatsächlich bedeutet das, dass wir heute alle den Ausflug mitmachen können."

Cam spürte, wie sich seine Augen weiteten. „Vielleicht."

Er war hin- und hergerissen. Er wollte Margaret gegenüber nicht wie ein Invalide erscheinen. Andererseits wollte er unbedingt in ihrer Gesellschaft sein, ganz zu schweigen davon, dass er bei ihr sein wollte, wenn sie zum ersten Mal die Sehenswürdigkeiten in der Nähe seines Hauses sah. Wahrscheinlich würde er den verdammten Stuhl ohnehin die nächsten Monate benutzen müssen. Er konnte also genauso gut sofort damit anfangen. Vor allem, wenn er dadurch einen Tag lang neben ihr sitzen konnte.

Einen Moment später kehrte Cyril mit dem Rollstuhl zurück.

Gray pfiff. „Du hast scheinbar keine Kosten gescheut."

„Das ist der Edelste, den ich je gesehen habe", stimmte Simon zu und beäugte das Gefährt aus Rattan, Mahagoni und mit Messing beschlagenem, getuftetem Leder. „Sieh dir die Größe dieser Räder an."

„Damit kann ich mich auf dem Gelände bewegen", bemerkte Cam. „Nicht nur im Haus."

„Ich glaube, damit könntest du in einem Wettrennen mit meiner Kutsche mithalten", scherzte Simon.

Cam dachte darüber nach. „Wir werden sehen."

Mit so viel Anmut wie möglich ließ er sich von Gray und Simon auf den Stuhl heben. Cam konnte sich ein Lächeln nicht verkneifen.

„Er ist äußerst bequem, so wie ich es angeordnet habe."

Gray trat hinter den Stuhl und gab ihm einen zaghaften Schubs. „Und er lässt sich sehr leicht bewegen.

Glücklicherweise ist die Kirche nah genug, dass wir ihn nicht einmal auf einen Wagen laden müssen. Wir können dich den ganzen Weg dorthin schieben."

Richtig. Innerhalb weniger Minuten fuhr Gray die Damen in Cams offenem Landauer, während Simon ihn die Straße hinunter auf die All-Saints-Kirche zuschob.

„Du weißt, dass es hier nicht viel zu sehen gibt", erinnerte Cam seinen Freund. „Ich weiß nicht, was Mutter sich dabei denkt. Es ist nicht gerade St. Paul's." Bei diesem Vergleich mussten sie beide herzlich lachen.

„Und warum sitzen sie in einer Kutsche?" Cam lachte noch mehr, als er sich den Wagen vor ihnen ansah. „Man kann in fünf Minuten dorthin laufen."

Er klopfte sich vergnügt auf seinen gesunden Oberschenkel.

Simon stimmte ein. „Es hat länger gedauert, die Pferde einzuspannen, als die tatsächliche Fahrt dauern wird. Ich muss einen Moment lang stehen bleiben."

Er stellte sich neben Cam und Tränen liefen ihm über die Wangen, als er über die Absurdität der Damen nachdachte, die für eine zweiminütige Fahrt in den Landauer gestiegen waren. „Ich kann vor lauter Lachen nicht atmen."

Sie hatten bereits die Hälfte der Strecke zurückgelegt und einen Moment später schob Simon ihn wieder. Dann, wie ein Blitz am blauen Himmel, hörte Cam ihn plötzlich fragen: „Hast du Interesse an Lady Chatley?"

Cam versuchte sich in seinem Stuhl umzudrehen, um das Gesicht seines Freundes zu sehen.

„Hör auf zu zappeln", tadelte Simon, als wäre er ein ungezogenes Kind. „Du wirst noch umkippen. Weißt du übrigens, dass du dich selbst umdrehen können wirst, wenn der Gips an deinem Arm entfernt wird?"

„Natürlich weiß ich das, und das werde ich auch tun. Ich werde Armmuskeln wie ein Gorilla haben, wenn der Beinverband entfernt wird."

Mehr sagte er nicht und hoffte, Simon würde seine Frage vergessen.

„Nun?"

„Nun was?"

Simons Seufzen war laut und dramatisch. „Hast du Interesse an Lady Jane Chatley?"

„Um Gottes willen, Mann, warum interessiert es dich? Hatten wir auf der Veranda nicht bereits ein ähnliches Gespräch?"

„Ja, allerdings war das, *bevor* Lady Chatley eintraf. Ich weiß, dass ich mich wie eine alte Klatschtante aufführe. Doch wenn du Gefühle für Jane und nicht für Maggie hegst, muss ich es wissen, denn ich werde meiner Gattin davon berichten müssen. Wenn du Interesse an beiden hast, muss ich dich vielleicht erdrosseln, bis du zur Vernunft kommst. Und wenn du Gefühle für Maggie und nicht für Jane hast, werden wir am Ende möglicherweise eine Familie sein."

Cam spürte, wie sich ein Lächeln auf seinem Gesicht ausbreitete. Einen Moment später sagte er: „Ich glaube, ich würde gern zu deiner Familie gehören."

Simon stieß einen schrillen Laut aus.

„Doch diese Entscheidung", fügte Cam hinzu, zog seine Laudanumflasche aus seiner Tasche und nahm einen Schluck, „liegt nicht nur bei mir."

„Wahrlich, allerdings glaube ich, dass Maggie auch an dir interessiert sein könnte. Ich werde nicht weiter davon sprechen, da es respektlos gegenüber meiner Schwägerin wäre. Ich denke, du solltest dich lieber früher als später erklären, denn ich habe vor, nur noch ein paar Tage zu bleiben. Wenn ich meine Frau und meinen Sohn nicht bald wieder in die Arme schließen kann, werde ich noch wahnsinnig."

„Verständlich. Du hast Glück, dir eine Familie aufgebaut zu haben."

„Im Vergleich zu Jenny war es einfach für mich."

Sie lachten wieder.

„Hast du gerade Schmerzen?", fragte Simon.

Cam dachte darüber nach. „Nein. Unser Gespräch lenkt mich ab, also habe ich keine Schmerzen."

„Warum hast du dann eben einen Schluck Laudanum genommen?"

Cam hatte beinahe nicht bemerkt, dass er das getan hatte, doch er konnte es noch immer schmecken. *Verdammt.* Und Simon klang wie Maggie, als sie ihn nach dem Laudanum gefragt hatte. Das gefiel ihm keinen Deut.

„Tatsächlich hat mir das Ruckeln dieses Rollstuhls Schmerzen in meinem Bein bereitet. Ich wollte dich bloß nicht beunruhigen. Es ist seltsam, mein Bein gerade zu halten, anstatt es hochzulegen. Zweifellos schwillt es sogar an, während ich hier sitze."

Simon schwieg daraufhin und Cam fragte sich, ob er es missbilligte.

„Weißt du, jeder nimmt Laudanum gegen Schmerzen. Es ist so gebräuchlich wie Ale."

„Stimmt, aber es ist auch gebräuchlich, es zu oft und zu lange zu nehmen."

„Verstanden."

Als sie den Eingang der Kirche erreichten, sprachen sie nicht mehr davon.

„Warum gehst du nicht hinein und gesellst dich zu den anderen? Ich bleibe hier bei den Toten sitzen oder drehe mich mit der linken Hand im Kreis." Er testete es, indem er sich am Griff des linken Rades festhielt und nach unten drückte, bis er anfing, sich zu drehen.

Simon schenkte ihm ein schiefes Grinsen. „Perfekt!"

Nachdem sein Freund in der Steinkirche verschwunden war, dachte Cam über seine Worte nach. Vielleicht sollte er sich Margaret erklären. Immerhin schien sie jedes Mal, wenn er sie küsste, sehr glücklich darüber zu sein. Wenn sie nur nicht so glücklich darüber wäre, auch alle anderen zu küssen. Was, wenn sie Gray geküsst hatte, als sie am Vortag zusammen ausgeritten waren?

Glücklicherweise konnte er das ganz einfach herausfinden. Es schien eine völlig vernünftige Frage zu sein, die er seinem langjährigen Freund stellen konnte, von Mann zu Mann. Er wusste, dass sein Gutsverwalter bald wieder herauskommen würde, da es im Inneren von All Saints nichts Faszinierendes geben konnte … außer Margaret.

Als Gray herauskam, war er leider in Begleitung von den Chatley Damen und Cams Mutter. Sie schienen ein angeregtes Gespräch über den Glockenturm und das Baujahr der ältesten Glocke zu führen, von dem Cam genau wusste, dass es 1682 war. Trotzdem war er still geblieben, während Lady Emily Chatley ein paar Augenblicke lang aus einem Faltblatt vorlas, das sie im Kirchenschiff gefunden hatte.

Irgendwann sah Jane zu ihm herüber und winkte ihm, dann ließ sie die anderen stehen.

„Sie sehen besser aus als beim Frühstück", bemerkte er.

„Tue ich das? Ich fühle mich besser. Ich schätze, ich hatte gestern Abend zu viel zu trinken." Jane beugte sich an ihn heran und flüsterte: „Meine Mutter hat diese Wirkung auf mich. Ich brauche nur ein zweites Glas Wein und fühle mich sofort, als wäre ich an Bord eines Schiffs."

„Nur zwei?" Cam grinste. „Dann halten Sie sich wohl besser an Wasser, Mädchen."

„Ich weiß. Und leider denkt auch mein Magen, ich sei auf hoher See, wenn ich Wein trinke."

Arme Jane.

„Miss Blackwood half mir gestern Abend, als ich darauf bestand, für einen Leckerbissen Eure Küche zu stürmen."

„Tat sie das?"

„Im nächsten Moment wurde mir übel. Sie hat sich um alles gekümmert und ich gestehe, dass ich feige war und geflüchtet bin."

Ja, arme Jane. Und Margaret ebenfalls.

In diesem Moment kam Margaret mit Simon hinter sich aus der All-Saints-Kirche. Sie sah zu der Stelle hinüber, wo er und Jane die Köpfe zusammensteckten und auf ihrem Gesicht erschien ein höchst merkwürdiger Ausdruck.

„Ich sollte mich bei ihr entschuldigen und ihr danken", fuhr Jane fort.

„Jetzt haben Sie die Gelegenheit", sagte Cam, doch Margaret bewegte sich auf Gray zu, als sie ihren Rundgang im Außenbereich der Kirche fortsetzen wollten. Die Gruppe hielt an, um sich den modellierten Innenbogen der Südveranda anzusehen, bevor sie zum kleinen Friedhof zurückkehrte.

„Macht es Euch etwas aus, wenn ich mit Euch gehe?", fragte ihn Jane. „Wenn ich mit meiner Mutter und anderen Leuten in der Falle sitze, redet sie auf peinliche Weise über meine ‚Errungenschaften', und schafft es immer, Verlobungen, Hochzeiten und Kinder anzusprechen. Natürlich in dieser Reihenfolge."

Cam lachte. „Mütter behandeln ihre Söhne ganz genauso. Wie auch immer, wie finden Sie die Wunder unserer kleinen Kirche? Haben Sie den Turm und die Taufkapelle gesehen? Das majestätische Kirchenschiff? Die Messingarbeiten? Die Denkmäler der Familie Mordaunt?"

„Ja, ich habe alles gesehen. Es ist ein wahres Juwel. Und auch praktisch, wenn es zu einer Hochzeit kommt."

Hmm. Jane hatte recht. Er könnte Margaret in unter fünf Minuten von seinem Haus zu dieser Kirche führen. Er nahm einen Schluck Laudanum, steckte die Flasche wieder in seine Tasche und erkannte, dass er festsaß. Mit einer Hand würde er nirgendwo hinkommen und er konnte Jane nicht bitten, den schweren Stuhl zu schieben.

All die anderen waren vorausgegangen und studierten die flechtenbewachsenen Grabsteine.

Als Margaret, von der er seinen Blick nicht abwenden konnte, zurücksah, winkte ihr Cam leicht zu. Schnell richtete sie ein paar Worte an Gray, der zu ihm zurückeilte.

„Ich wollte dich nicht im Regen stehen lassen, alter Junge." Während er ihn schnell über das kurze Gras und die Steine schob, fügte er hinzu: „Margaret hat mich an dein Leiden erinnert."

Er nannte sie Margaret?

„Wie liebenswürdig von ihr, da mich meine beiden besten Freunde vergessen haben."

Gray nickte Jane zu, die neben ihnen herlief.

„Glücklicherweise warst du in Begleitung dieser reizenden Dame. Für sie mag es allerdings nicht sehr angenehm gewesen sein."

„Ha! Nun beeile dich, wir müssen dafür sorgen, dass niemand das Mausoleum übersieht. Du und ich haben es erst einhundertmal gesehen!"

SOBALD GRAYSON JOHN IN ihr Sichtfeld schob, konnte Maggie sich entspannen und den Kirchhof erkunden. Jane blieb an seiner Seite, wie eine hingebungsvolle Verlobte. Vielleicht war sie das. Möglicherweise waren sie bereits zu einer Übereinkunft gekommen. Vielleicht würden sie beim Picknick ihre Verlobung bekannt geben und alle würden feiern. Jane könnte sich wieder betrinken und auf dem Weg nach Hause auf seinem Schoß auf dem Rollstuhl sitzen.

„Warum schaust du so finster?", fragte Simon sie, und sie riss ihren Blick von ihm los, um ihren Schwager anzusehen.

„Tue ich das?"

„Ja. Du musst es mir nicht sagen. Es gibt Menschen, die sich auf Friedhöfen einfach so fühlen."

Es war eine gute Ausrede, also sagte sie nichts weiter.

„Übrigens", fügte Simon hinzu. „Ich habe Cam gegenüber erwähnt, vorsichtig mit dem Laudanum zu sein."

„Danke."

„Ich bin nicht sicher, ob er es gut aufgenommen hat."

Maggie sah wieder zu John hinüber und runzelte die Stirn.

„Falls sie eine Verlobung bekannt geben, sollte ich sie persönlich vor den Gefahren warnen. Dann ist es ihre Sorge."

Simon zog seine Augenbrauen nach. „Eine Verlobung …? Stehst du deshalb hier im Schatten dieses Grabes und starrst wie ein Wasserspeier?"

„Machen Sie sich nicht lächerlich!" Sie hob ihre Röcke an und beschloss, dass sie zu vertraut mit ihrem Schwager umgegangen war. Es wurde Zeit, sich wieder den Damen anzuschließen.

Nach ein paar Minuten ziellosem Schlendern verkündete Lady Cambrey, dass es Zeit für den Ausflug zum Fluss Great Ouse war. Als Maggie sich von Simon in den Landauer helfen ließ, war sie erfreut zu sehen, dass Jane John verließ und ebenfalls in die Kutsche einstieg. Simon blieb diesmal bei ihnen, um zu fahren, und Grayson wurde dazu auserkoren, John zum Fluss zu schieben.

Den gesamten kurzen Weg die Straße hinunter und zum Flussufer schien Jane etwas sagen zu wollen. Das andere Mädchen sah sie an und sagte etwas mit ihren Augen. Maggie beschloss, dass sie sich nach dem Essen von Jane allein erwischen lassen und in Ruhe mit ihr sprechen würde. Zweifellos hatte es etwas damit zu tun, Maggie zu bitten, ihr sozusagen das Spielfeld zu überlassen. Zwei alleinstehende Damen, die um denselben Junggesellen herumschwirrten, waren wahrscheinlich beunruhigend.

Nach dem Kuss, den sie mit John geteilt hatte und dem exquisiten Gefühl ihres Körpers auf seinem, hatte Maggie nicht schlecht Lust, um ihn zu kämpfen. Er mochte Jane für ihr ruhiges Wesen, das Herz am rechten Fleck und all das gewählt haben, ja, vielleicht sogar für ihr schönes Gesicht und ihr Erbe. Trotzdem waren die Funken sehr echt, die sie bei ihm spürte.

Könnte er möglicherweise dasselbe für Jane empfinden? Wenn dem so war, würde es sie verblüffen, denn ihre eigenen experimentellen Küsse mit anderen Männern waren wie ein laues Flackern im Vergleich zu dieser lodernden Flamme gewesen.

Sie beschloss, das Undenkbare zu tun und John direkt zu fragen. War er bereit, das exquisite, brennende Knistern, das sie teilten, für einen bloßen Hauch von Wärme aufzugeben?

KAPITEL SECHZEHN

Der Great Ouse war nicht gerade die Themse. Maggie wusste, dass der Fluss sehr lang war, doch dort, in der Nähe des Turvey House, schien er kaum anders als der Fluss Don in der Nähe von Simon und Jennys Belton Park. Ihre Kutschfahrt hatte etwas länger gedauert als zur Kirche, da sie praktisch zurück zum Anwesen gefahren waren, bevor sie links auf einen Weg zu dem gewählten Picknickplatz abbogen. Mrs. Mackle, die äußerst tüchtige Haushälterin der Angsleys, hatte Diener ausgeschickt, um groß aufzutischen.

Als sie aus dem Landauer stiegen, lagen mehrere große Tücher aus, auf denen bereits ein Stapel Teller und Besteck lagen. Die Diener hatten Körbe mit Speisen und Getränken herbeigetragen, die sie nun verteilten, während sich die Damen und Herren versammelten.

Grayson und John kamen als Letzte hinzu und alle wandten sich ab, als dem verletzten Grafen von seinem Stuhl auf eine Decke geholfen wurde.

Als er ächzte, drehte Maggie den Kopf und sah, wie er sich den Oberschenkel rieb, bevor er seine Laudanumflasche aus der Tasche zog. Zu ihrer Freude betrachtete er sie und steckte sie dann wieder in sein Jackett, ohne sie zu öffnen. Vielleicht waren Simons Worte doch zu ihm durchgedrungen.

Sie freute sich zu sehen, dass es eine leichte Mahlzeit gab, bloß einzelne kalte Pasteten, die mit Fleisch und Gemüse gefüllt waren und die man leicht in einer Hand halten konnte, zusammen mit Obst und Käse. Sie trank nur Limonade und ihr fiel auf, dass Jane es ihr gleichtat. Die älteren Damen tranken gläserweise Wein und Maggie fragte sich, ob die Fähigkeit, einen klaren Kopf zu behalten, mit dem Alter kam. Plötzlich vermisste sie ihre eigene Mutter und fragte sich, was in Sheffield bei Jenny, Eleanor und dem Neugeborenen passierte.

Gedankenverloren bemerkte sie beinahe nicht, dass Jane ihr bedeutete, mit ihr zum Flussufer zu laufen. Sie strich sich die Krümel von den Händen, stand auf und folgte ihr. Scheinbar war der Moment der Wahrheit gekommen. Oder vielleicht würde Jane einfach versuchen, jede Konkurrenz loszuwerden, indem sie Maggie in den Fluss stieß.

„Geht nicht schwimmen, Mädchen", rief Lady Cambrey ihnen nach, als wüsste sie von Maggies Gedanken. „Der Schein kann trügen, und die Strömung ist recht rasant."

„Ich bin nicht mehr in einem Fluss oder im Meer geschwommen, seit ich ein Kind war", überlegte Jane. „Ich glaube, es wäre spaßig und definitiv erfrischend."

Maggie sah auf das bewegte Wasser hinaus. „Möglicherweise tödlich, wenn man keine gute Schwimmerin ist. Wahrscheinlich gibt es Flussbiegungen, in denen es ruhiger ist."

Tatsächlich war sie von Janes Worten überrascht, da sie sie immer noch für zurückhaltender hielt, als sie sich jetzt oder am Abend zuvor erwiesen hatte. Es schien, als gäbe es eine abenteuerlustige, amüsante Jane, die Johns Herz erobert hatte, und Maggie sah sie erst jetzt.

Janes Blick richtete sich vom Fluss auf Maggie.

„Ich wollte Ihnen nur danken."

Oh, natürlich. Wieso war Maggie das nicht in den Sinn gekommen? Sie hatte angenommen, es ginge um John. Sie schenkte ihr ein beschwichtigendes Lächeln und winkte mit der Hand, um den Moment zu bagatellisieren.

„Gern geschehen. Außerdem habe ich auch Ihr Stück Kuchen gegessen."

Jane lachte. „Sie haben es verdient. Sie haben mich davor bewahrt, mich in der Küche zu demütigen und dann vor der völligen Erniedrigung im Gesellschaftsraum."

„Wir alle haben schon einmal etwas getan, von dem wir wünschten, wir hätten es nicht."

Jane ernüchterte sofort und sah zurück zur Gruppe. Maggie sah über ihre Schulter und bemerkte, dass Johns Blick auf ihnen lag.

„Ich schätze, Sie haben recht", murmelte Jane.

Maggie brannte darauf, zu erfahren, woran sich Jane erinnerte, doch sie darauf anzusprechen kam nicht infrage. Wenn sie ihre Geheimnisse verraten wollte, dann würde sie es tun.

„Ich mag Sie", gestand ihr Jane plötzlich. „Ich wünschte, wir wären während der Saison Freundinnen gewesen."

Maggie fühlte sich, als wäre sie mit einigen ihrer lieblosen Gedanken über Lady Jane kleinlich gewesen, und konnte nur zustimmen und hinzufügen: „Es bleibt uns noch das nächste Jahr."

„Aus irgendeinem Grund bezweifle ich das", sagte Jane und klang missmutig. „Ich glaube nicht, dass es noch eine Saison für mich geben wird. Zumindest hoffe ich das."

Maggies Herz schnürte sich zusammen und sie war sich sicher, dass Jane meinte, bald sei sie nicht mehr auf dem Heiratsmarkt, wie man sagte. Im nächsten Jahr würde Jane vielleicht Feiern für andere Debütantinnen im Stadthaus der Cambreys ausrichten.

Maggie hätte sich lieber in den Great Ouse gestürzt, als einer Feier des Grafen und der Gräfin Cambrey beizuwohnen, besonders, wenn sie noch eine ledige Dame in ihrer dritten Saison wäre.

Die anderen begannen, auf sie zuzugehen, und ihr privater Moment war vorüber.

„Wenn Sie sich weiter umsehen, werden Sie sehen, dass es bei uns viele Himbeersträucher gibt", sagte Lady Cambrey. „Nicht, dass ich sie jemals gepflückt hätte, aber unsere Köchin macht Himbeerkuchen und Biskuit mit frischen Himbeeren und Sahne. Sie macht auch Konfitüre für den morgendlichen Toast, sowie Himbeerwein und Essig." Sie hielt einen Moment inne. „Dann fängt sie an, die Hälfte der Gerichte, die wir zu Mittag und zu Abend essen, mit Himbeeren zu garnieren."

Lady Cambrey starrte die Büsche an und runzelte die Stirn. „Wenn ich so darüber nachdenke, sollte ich sie vielleicht alle herausreißen lassen."

Simon lachte. „So schlimm kann es nicht sein. Außerdem habe ich schöne Erinnerungen daran, sie eimerweise zu pflücken. Ich bin sicher, Cam, Gray und ich aßen mehr, als wir der Köchin gaben."

Cams Mutter lächelte. „Ich hoffe, es wird bald eine neue Generation der Angsleys geben, die Beeren pflücken kann."

Cam, der wieder in seinem Stuhl saß und von Gray geschoben wurde, stieß ein lautes, spöttisches Stöhnen aus. Maggie beobachtete, wie er einen amüsierten Blick mit Jane tauschte.

„Erinnern Sie sich daran, was ich Ihnen sagte?", rief er ihr zu.

Jane nickte und zuckte leicht mit den Schultern.

Ein privater Scherz des Paares, dachte Maggie. Vielleicht hatten sie bereits besprochen, so schnell wie möglich Kinder zu haben, um seine Mutter oder ihre zufriedenzustellen.

„Gehen wir noch weiter?", fragte Lady Cambrey. „Es gibt eine kleine Biegung, ein Stückchen weiter oben. Dort ist John als Junge immer gepaddelt."

„Mutter", ermahnte er sie.

Lady Chatley achtete nicht auf ihn und trällerte: „Ich würde sie gern sehen. Du nicht auch, Jane?"

Simon fügte in einer lauten Stimme hinzu: „Und dann machen wir einen Rundgang zu der Stelle, an der ihm die erste Windel gewechselt wurde."

Alle lachten.

„Nur du könntest mit einer solchen Pietätlosigkeit davonkommen", sagte John zu ihm. „Zumindest, was meine Mutter betrifft."

CAM HÄTTE NIE GEDACHT, dass er froh sein würde, wieder im Bett zu liegen und sein Bein in die teuflische Schlinge zu legen, doch das war er. Schon der bescheidene Ausflug dieses Tages war eine schmerzhafte, ermüdende Tortur gewesen.

Er schloss seine Augen, sobald sein Kopf das Kissen berührte, und sagte zu Gray: „Geh noch nicht."

Der Diener war bereits gegangen und Simon hatte beschlossen, einen Brief an Jenny zu schreiben, also waren sie allein.

„Hast du nicht langsam genug von mir?"

„Ich habe nur eine schnelle Frage, aber sie ist wichtig."

Gray zog einen Stuhl an das Bett. „In Ordnung."

Cam öffnete seine Augen und sah ihn an. „Vielleicht möchtest du nicht antworten."

Gray nickte. „In Ordnung."

„Als du mit Miss Blackwood ausgeritten bist, hast du sie da zufällig geküsst?"

„Was?" Sein langjähriger Freund verzog sein Gesicht zu einem seltsamen Ausdruck; sowohl Unglauben als auch Belustigung.

Trotz des leichten Schams, der ihn überkam, fuhr Cam fort: „Tatsächlich meine ich die gesamte Zeit, die du mit ihr allein warst, nicht nur den Ausritt. Ich schätze, sogar, wenn ihr nicht allein wart." Er rieb mir der Hand über sein Gesicht. „Hör zu, sag mir einfach, ob du sie geküsst hast."

Doch Gray lachte bereits. Zuerst war es nur ein leises Kichern, doch dann entwich ihm lautes Gelächter.

„Ich verstehe nicht, was daran lustig ist?", sagte Cam in einem scharfen Ton.

„Ich bin nicht derjenige, der dir eine lächerliche Frage gestellt hat. Ich habe die Dame gerade erst getroffen."

„Das tut nichts zur Sache. Als du sie zum ersten Mal sahst, könntest du eine große Leidenschaft entwickelt haben, die du ihr während eures Ausrittes offenbartest. Sie sollte eine Anstandsdame bei sich gehabt haben und nicht mit dir allein sein dürfen."

„Weil ich so ein wildes Biest bin?" Grays zufriedenes Lächeln wich nicht von seinem Gesicht.

„Ich weiß es nicht." Cam stöhnte auf. „Mein Kopf ist ganz benebelt. Ich weiß nur, dass ich sie sicherlich küssen würde, wenn ich mit ihr allein wäre. Tatsächlich habe ich das schon bei vielen Gelegenheiten getan."

Warum verspürte er den Drang, das zu sagen? Es war respektlos, das wusste er, aber es unterstrich seinen Anspruch.

„Oh, wirklich?" Gray hob eine Augenbraue. „Du meinst, außer hier in deinem Schlafzimmer?"

Cam setzte eine finstere Miene auf. „Ich werde die Dame nicht bloßstellen, indem ich mit jemandem wie dir darüber diskutiere. Beantworte die verdammte Frage."

„Ich dachte, das hätte ich. Die Antwort ist ein klares Nein. Ich habe sie nicht geküsst und verspüre auch nicht den Wunsch danach."

Das erregte Cams ungeteilte Aufmerksamkeit. „Warum denn nicht? Was ist falsch an ihr?"

Gray lachte, bis er praktisch heulte, sich den Bauch hielt und sich vor Heiterkeit krümmte. Die gesamte Zeit blieb Cam stocksteif mit über der Brust verschränkten Armen liegen. *Verflucht sei dieser Mann, der sich so über ihn amüsierte.*

Schließlich fragte Gray ihn mit ruhiger Stimme: „Möchtest du, dass ich sie in den Himmel lobe oder dir sage, was mir nicht an ihr gefällt?"

„Nichts von beidem", sagte Cam. „Ich weiß bereits, was an ihr so wunderbar ist und es ist mir egal, was dir nicht gefällt. Ich bin froh, dass es Dinge an ihr gibt, die dir nicht an ihr gefallen. Sie gehört mir, nicht dir."

„Gut. Ich finde, ihr passt gut zusammen. Warum sagst du es ihr nicht? Ich glaube, Miss Margaret und Simon reisen bald ab."

Cam stöhnte auf. „Sieh mich an. Wie soll ich auf eine Dame zugehen, wenn ich nicht laufen kann?"

„Suche dir einen Ort aus", sagte Cam, der plötzlich ernst wurde, „und ich werde dich zuerst dorthin bringen und sie dann zu dir holen."

„Ich denke darüber nach", sagte Cam und war gleichzeitig dankbar und irrational emotional. Dies könnte sehr wichtig für den Rest seines Lebens sein. „Danke."

„Darf ich nun gehen, *Mylord*?"

„Hör auf damit, und ja, das darfst du."

An der Tür drehte sich Gray um. „Wähle nicht den Ort, an dem dir die Windeln gewechselt wurden." Er wich geschickt aus, als Cam ein Kissen in Richtung seines Kopfes warf.

AM NÄCHSTEN MORGEN MACHTE er sich nicht die Mühe, früh aufzustehen und vor allen anderen in den Frühstücksraum zu eilen. Er verspürte ohnehin nicht den Wunsch, zu essen. Sein Bauch schmerzte. Vielleicht kam es davon, dass er den Großteil der Nacht wachgelegen und darüber gegrübelt hatte, wo er seine Zuneigung zu Margaret bekunden sollte. Er hatte zwar nicht die außerordentlich schönen Gärten wie Simon auf Belton Manor, aber Turvey House bot einen schönen Blick auf den Fluss. Es gab eine steinerne Bank, die sich gut eignen würde.

Am Vormittag erschien seine Mutter mit ihren Zeitungen an der Tür.

„Ich hatte nicht erwartet, dass du heute kommen würdest. Nicht, wenn Gäste im Haus sind."

Sie beugte sich vor und küsste ihn auf die Wange. „Warum bist du heute nicht nach unten gekommen?"

Er zuckte die Achseln. „Ich war müde, als ich erwachte."

„Kein Wunder. Du hast dich gestern nach langer Zeit ganz schön verausgabt."

Er sagte ihr nicht, dass er sich ohnehin die meiste Zeit müde oder erschöpft fühlte. Er wusste nur, dass alles noch mehr schmerzte, wenn er versuchte, eine Dosis Laudanum auszusetzen.

„Wie auch immer, alle amüsieren sich gut", informierte sie ihn. „Simon reitet mit den Damen aus und er sagte, dass er dich besuchen würde, wenn sie zurückkehren. Da Lady Chatley gerade allein ist, werde ich dir die Zeitungen überlassen. Ich möchte mit ihr ins Dorf spazieren."

Sie ging zur Tür und drehte sich noch einmal zu ihm um. „Ich lasse dich nicht gern allein."

„Mutter, ich bin ein erwachsener Mann."

Sie schenkte ihm ein schiefes Lächeln und sagte: „Du wirst immer mein kleiner Junge sein."

Er konnte nicht anders, als ihr Lächeln zu erwidern. Dann war sie verschwunden.

Die Zeitung zu lesen, war eine gute Ablenkung und vertrieb den Dunst aus seinem Hirn. Er läutete nach Tee und stürzte sich dann auf die nächste Tageszeitung. Er hatte beinahe vergessen, wie sehr er die Schachzüge der Regierung liebte und verlor sich schnell in einem Artikel darüber, was Lord John Russel vorhatte.

Eine halbe Stunde später war er in Ainsworths *The Lancashire Witches* vertieft, das in der Sunday Times als Serie erschien.

„Vielleicht schreibe ich einen Roman", murmelte er laut.

„Du brauchst Gesellschaft, wenn du beginnst, mit dir selbst zu sprechen", sagte eine Stimme vom Türrahmen aus.

Simon kam herein. Er sah aus, als käme er von einem schnellen Ritt mit viel Sonne und Wind.

„Es ist nichts dabei, mit sich selbst zu sprechen, wenn man selbst nicht nur die Wahrheit spricht, sondern noch dazu ein guter Zuhörer ist." Cam lachte über seinen eigenen Scherz. „Tatsächlich habe ich hunderte Gedanken in meinem Kopf und ich glaube, manche von ihnen könnten sogar originell sein. Zuerst fühlte ich mich durch die Untätigkeit und den Schlaf benommen. Nun verspüre ich einen Überfluss an kreativen Ideen. Ich sollte anfangen, einige davon niederzuschreiben."

Einen Moment lang sagte Simon nichts, dann fragte er: „Sollen wir dich nach unten bringen, vielleicht in die Bibliothek? Möglicherweise tut es dir gut, einmal am Tag aufzustehen."

Cam dachte darüber nach. „Ja, tun wir das. Die Bibliothek könnte mir guttun. Hole Cyril. Ist sonst jemand im Haus unterwegs?"

Simon schüttelte seinen Kopf. „Wenn wir uns beeilen, werden wir niemanden antreffen. Die Damen wechseln gerade ihre Kleidung."

„Perfekt."

Einige Minuten später war er unten und saß in seinem Rollstuhl, der perfekt unter den runden Eichentisch in der Bibliothek passte. Mit Füllfederhalter und Papier vor sich begann Cam zu schreiben.

Ein paar Minuten später erregte eine Bewegung im Türrahmen seine Aufmerksamkeit. Es war Jane, was ihn sehr erleichterte. Wenn er Margaret begegnete, bevor er bereit war, befürchtete Cam, dass sie ihm ansehen würde, dass er um ihre Hand anhalten wollte, und das wollte er vermeiden.

„Hatten Sie einen schönen Ausritt?"
„Ja, es war wunderbar. Störe ich Euch?"

„Ganz und gar nicht." Beinahe gestand er, dass sie einen Gedankenstrom unterbrach, doch sie würde nicht lange bleiben, und nach der Abreise der Chatleys hätte er viele Wochen Zeit zu schreiben.

Als würde sie seine Gedanken lesen, sagte Jane: „Wir reisen morgen ab. Es tut mir leid, Euch überrascht zu haben. Ich glaube, unsere Mütter hatten eine Art Heiratsvermittlung im Sinn. Zumindest hatte das meine Mutter."

„Ich weiß. Und es ist völlig in Ordnung. Ich habe mich über die Gesellschaft gefreut."

Jane hob eine Augenbraue. „Auch, wenn Ihr bereits solch reizende Gesellschaft hattet?"

Guter Gott! Möglicherweise erröteten seine Wangen. „Sein Sie doch so gut und schließen Sie die Tür."

Grinsend tat sie es und dann näherte sie sich ihm, lehnte sich gegen die Tischkante und sah ihn an.

„Ich habe das Gefühl, bei all den Stunden, die wir bei der Vorbereitung des Banketts gemeinsam verbracht haben, sind wir Freunde geworden. Ich hoffe, Ihr haltet diese Aussage nicht für zu persönlich", sagte sie.

„Nein, das tue ich nicht, und ich halte Sie tatsächlich für eine Freundin. Es ist eher ungewöhnlich während einer Saison, finden Sie nicht? Eine Freundschaft mit einem Mitglied des anderen Geschlechts zu schließen, statt einer romantischen Verbindung."

Sie nickte zustimmend. „Es hilft, dass wir keine romantischen Gefühle füreinander haben. Andernfalls wären wir keine Freunde geworden."

„Wahrlich. Während der Planungstreffen hatte ich ein paar Mal die Befürchtung, dass man etwas anderes andeuten wollte—"

„Meine Mutter", unterbrach Jane. „Man kann es ihr nicht vorwerfen, nicht wahr? Die Tochter, die zur Jungfer wird und Ihr, ein heiratsfähiger, titulierter Mann, direkt vor ihr, wie eine reife Frucht."

Cam lachte. „Nun, das bin ich wohl, eine ehemals reife Birne, die jetzt eher einer trockenen Rosine nahekommt, mit all meinen Gipsverbänden."

Er war froh, sie lachen zu sehen. „Sie dürfen sich von Ihrer Mutter nicht unterkriegen lassen. Nach dem Kricketspiel waren Sie in einem schrecklichen Zustand. Und dann haben Sie sich von ihr hierher nach Bedford zerren lassen. Sosehr ich mich auch freue, Sie zu sehen, ist das eine zu große Belastung für Sie, vor allem, da Sie wussten, dass wir keine Verbindung zueinander eingehen würden."

Sie zuckte mit den Achseln, tat seine Worte ab und glaubte wahrscheinlich, dass sie sich wie eine pflichtbewusste Tochter verhalten sollte.

„Ich meine es ernst, Jane. Außerdem glaube ich nicht, dass Sie sich in Ihrem Alter darüber sorgen sollten, eine alte Jungfer zu werden, oder es gar zu bleiben."

Jane seufze leise und er fragte sich, ob er sein Hirn anstrengen sollte, um zu überlegen, welcher Gentleman seiner Bekanntschaft sie verdient hätte.

„Als die Einladung von Eurer Mutter eintraf", sagte Jane, „wäre es unhöflich gewesen, sie abzulehnen, nur weil wir uns nicht verloben würden. Außerdem war es das Mindeste, das ich tun konnte, herzukommen, um Euch aufzuheitern, nachdem ich mich in diesem erbärmlichen Zelt so gehen ließ."

„Das Zelt war nicht erbärmlich. Es war reizend. Und Sie haben mich aufgeheitert. Unser kleiner Ausflug gestern war das erste Mal, dass ich über die Veranda hinausging. Ich hätte es nicht getan, wenn nur Simon und …" Er verstummte.

Jane grinste wieder. „*Ah*, ja, deshalb kam ich ins Zimmer, nicht wahr? Weil Ihr nicht wolltet, dass ich vom Türrahmen aus über die reizende Gesellschaft spreche, die Euch bereits besucht hatte. Und ich meine nicht den attraktiven Lord Lindsey."

Strahlte er etwa wie ein Narr?

„Ich weiß nicht, was Sie meinen", sagte er unbeholfen.

„Ha! Lächerlich", rief sie aus. „Ich habe gesehen, wie Ihr Miss Blackwood anseht. Sie ist ein reizendes Mädchen, intelligent und freundlich, und ich erinnere mich, dass sie in einem Ballkleid umwerfend aussieht. Ich bin mir sicher, dass Ihr in der letzten Saison mit ihr getanzt habt."

„Ja. Ja zu all dem. Ich weiß, wie sie tanzt und wie sie in einem Ballkleid aussieht."

„Weiß *sie*, dass Ihr es wisst?"

Cam runzelte die Stirn. „Was meinen Sie?"

Jane beugte sich zu ihm herunter. „Werdet Ihr ihr verraten, dass Ihr sie verehrt?"

„Ja, ich denke, das werde ich. Schon bald."

Sie legte ihre Hände vor ihn auf den Tisch und starrte ihm in die Augen.

„Das ist schrecklich romantisch, John. Die Dame kommt mit ihrem Schwager zu Besuch, weil er Ihr guter Freund ist, und dann erkennt Ihr, dass Ihr verrückt nach ihr seid."

Er ließ sich von ihrer Aufregung mitreißen, während ihm hundert Gedanken über Margaret und Romantik durch den Kopf gingen – ungeachtet der Tatsache, dass sie durch Opium hervorgerufen wurden – und griff nach Janes Hand, sodass sie mit der Brust voran auf den Tisch rutschte.

Sie stützte ihr Kinn auf ihre andere Hand und kicherte, was untypisch für sie war.

„Wenn man es so betrachtet", sagte Cam, „klingt das alles wirklich wunderbar."

Er hatte keine Schritte vernommen. Und doch sah Cam, als sich die Tür öffnete, die betreffende Dame, die ihn mit großen Augen anstarrte, als hätte sie ihn *in flagranti* ertappt, wie in einer französischen Posse.

KAPITEL SIEBZEHN

Maggie traute ihren Augen nicht. Es war einfach zu unmöglich. John saß in der Bibliothek und hielt eine lachende Jane fest, die sich in Kussweite auf dem Tisch ausstreckte, wobei ihr Kleid aufklaffte und ihr Dekolletee vor seinem Gesicht hing.

Sie ließ das Buch aus ihren Händen fallen, ließ die Geschichten von Poe zurück, drehte sich um und flüchtete. Sie konnte kaum atmen und musste so schnell es ging das Haus verlassen. Hatte es so für seine Mutter und Grayson ausgesehen, als sie hereingekommen waren, als sie auf ihm gelegen hatte?

John Angsley schien es nichts auszumachen, solange er eine Frau hatte – egal welche Frau. Oder vielleicht hatte er die gesamte Zeit von Jane geträumt, als er ihr seine Ausrede erzählte, er hätte geglaubt, zu träumen.

Verdammt noch mal! Sie würde nicht weinen. Immerhin hatte sie gewusst, dass er Gefühle für Jane hegte.

Zumindest musste sie sich nicht mehr die Mühe machen, ihn zu fragen, ob er ihre feurigen Begegnungen für eine lauwarme Vereinbarung mit Jane aufgeben wollte. Es schien zwischen ihnen genügend Feuer zu geben.

„Stopp", hörte Maggie hinter sich. Es war Johns Stimme, die laut durch die offene Tür dröhnte. Dann hörte sie heftiges Rascheln. Vielleicht musste die Dame ihre Röcke zurechtrücken.

„Bitte warten Sie." Diesmal war es Jane, die ihr nachrief, und plötzlich lief die Dame ihr hinterher.

Maggie erreichte die Eingangstür und war entschlossen, nach draußen zu fliehen. Allerdings stand Jane einen Moment später neben ihr.

„Oh, bitte, Margaret, lassen Sie mich erklären."

„Nein, ich glaube nicht. Ich habe Augen im Kopf, oder nicht? Ich habe Sie beide gesehen."

Jane schüttelte ihren Kopf. „Oh je."

„Genau", sagte Maggie und legte ihre Hand auf den Türknauf.

„Nein, ich meine, oh je, ich kann mir nicht vorstellen, wie es ausgesehen haben muss. Bitte kommen Sie in die Bibliothek. John ist sehr bestürzt."

„Man könnte meinen, dass ich übertreibe", sagte Maggie und ihre Stimme klang selbst in ihren eigenen Ohren zu schrill, „doch in diesem Moment, Lady Chatley, ist es mir gleichgültig, ob der Graf von Cambrey bestürzt ist."

Jane besaß die Unverfrorenheit, zu lächeln. „Ja, ich verstehe, warum Sie sich so fühlen. Doch Sie haben missverstanden, was sie sahen."

Maggie rollte mit den Augen, doch Jane blieb hartnäckig.

„Kommen Sie schon, diese Art von dummen Missverständnissen gibt es nur in einem romantischen Roman von Miss Austen."

Maggie erstarrte. „Wollen Sie damit sagen, Sie lieben unsere gute Jane Austen nicht?"

Jane seufzte. „Nun, natürlich liebe ich ihre Bücher, doch ich würde darin nicht leben wollen, Sie etwa? Bei all dem Herzschmerz und den gebrochenen Herzen, den Missverständnissen und versteckten Neigungen. In unseren Leben geht es so nicht zu, also würden Sie bitte mit mir zurückkommen und mit John sprechen?"

Wie ironisch, dachte Maggie, *dass sie an einem der vergangenen Abende gerade an ein Leben in einem Roman gedacht hatte. Und außerdem hatte Jane recht. Es gab immer Herzschmerz, Drama und sogar Tragödien, bevor es zu einem glücklichen Ende kam. Und manchmal gab es keines.*

Bevor Maggie antworten konnte, nahm Jane ihren Arm und führte sie halb, halb zog sie sie zurück in den Flur. An der Tür zur Bibliothek konnte Maggie einen von Johns Füßen sehen, der aus seinem Gips herausragte.

„Verdammt und zugenäht", rief John aus, als er in Sichtweite kam. „Ich habe so lange gebraucht, mich nicht im Kreis zu drehen, und dann bin ich im Türrahmen stecken geblieben."

Er stand etwas schief und eines der Vorderräder seines Rollstuhls klemmte am Türpfosten fest. Maggie starrte auf den Boden, ein wenig wütend, ein wenig ängstlich, doch als sie ihren Blick auf sein Gesicht richtete, sah er ihr gleichzeitig in die Augen.

„Margaret", war alles, was er sagte, doch sein Tonfall traf sie mitten ins Herz.

„Wenn es Euch nichts ausmacht", begann Jane. „Ich glaube, wir sollten Euch nach hinten schieben und was auch immer nun folgen wird nicht im Türrahmen erörtern."

„Unbedingt", sagte John, „befreien Sie mich und schieben Sie mich dann auf die Veranda, wenn es den Damen nichts ausmacht. Ich bin sicher, dass wir es schaffen können."

Schweigend taten sie, was er ihnen sagte, und schon bald schob Maggie, mit Jane an ihrer Seite, John durch den Flur auf den hinteren Teil des Hauses zu.

„Sie machen das gut, meine Damen", feuerte er sie an, als wären sie Ochsen auf dem Feld.

Als sie die Veranda erreichten, entschuldigte Jane sich bald mit nichts als einem gemurmelten „Viel Glück", bevor sie verschwand, ohne zurückzusehen.

„Das hatte ich nicht im Sinn", begann John.

„Nicht?", sagte Maggie, dann schwieg sie. Sie würde ihm nicht bei ‚was auch immer nun folgen wird' helfen, wie Jane es ausgedrückt hatte. Jedenfalls war sie sich ganz und gar nicht sicher, was er im Sinn gehabt hatte.

„Nein, das ist es nicht. Gray sollte Sie an einen romantischen Ort bringen, wahrscheinlich am Fluss."

„Gray?" Sie wusste, dass ihre Stimme empört klang, doch wieder einmal hatte John sie überrumpelt. „Hat *er* Gefühle für mich?"

John runzelte die Stirn und das Bild der absoluten Verwirrung trat auf sein Gesicht. Dann schüttelte er seinen Kopf.

„Nein, nicht, dass ich wüsste. Tatsächlich hat er eine Liste von Attributen, die er an Ihnen nicht mag."

„Wie bitte?"

Wenn John nicht so unheimlich attraktiv gewesen wäre und so einen schönen Mund hätte, den sie nun anstarrte, während sie darauf wartete, dass er sich erklärte, wäre sie vielleicht beleidigt gewesen.

„Lassen Sie mich von Neuem beginnen", sagte er, „und offen sprechen. Ich schätze Sie sehr und das schon seit Langem."

Sie spürte, wie ihre Wangen heiß wurden und blieb still. Dies war einer dieser Momente, in dem eine Jane Austen-Heldin den Mann sprechen lassen würde.

„Ich fühlte mich zu Ihnen hingezogen, nicht nur wegen Ihres Aussehens, sondern auch wegen Ihres Wesens, Ihres Humors, Ihres Lachens, der Art, wie Sie die Welt sehen. Dennoch fürchtete ich zunächst, Sie seien zu jung, und dann habe ich Sie natürlich dabei gesehen, wie Sie Burnley küssten, und später beschrieben Sie mir, dass Sie es *gern* taten."

„Ich tat es gern, weil dieser Kuss den großen Unterschied zwischen einem gewöhnlichen und einem außergewöhnlichen Kuss demonstrierte."

Er blinzelte sie an. „Oh, ich verstehe."

„Allerdings fällt es mir schwer, Euch zu glauben, wie sehr Ihr mich schätzt, nachdem ich Euch mit Lady Chatley gesehen habe."

„Jane kam in die Bibliothek, um mich zu meinen Gefühlen Ihnen gegenüber zu befragen. Ich gestand sie ihr gerade, als Sie hereinkamen."

Maggie schüttelte ihren Kopf. „Nicht eben. Ich meine nach dem Bankett. Zu dieser Zeit, basierend auf einem weiteren außergewöhnlichen Kuss, dachte ich, wir seien uns einig."

„Ich ebenso, doch dann sah ich Sie in Westings Armen. Sosehr ich Sie auch verehre, Margaret, denn das tue ich – ich möchte mich nicht fragen müssen, ob meine Frau mir treu ergeben ist oder sich ebenso für einen anderen Mann interessiert."

Maggie dachte zu diesem Tag zurück. John mit Jane, und dann …

„Ihr kamt in den Pavillon?"

Er nickte.

„Aber Christopher tröstete mich nur wegen dem, was ich hörte und sah, als ich im Eingang des Zeltes stand. Ihr und Jane. Es erschütterte mich und er brachte mich sofort nach Hause."

John rieb sich mit einer Hand über das Gesicht. „Es tut mir leid. Es war ein Missverständnis."

„Genau wie in einem Roman von Miss Austen."

Fragend legte er seinen Kopf schief und wartete auf eine Erklärung.

„Wisst Ihr, wie in *Emma*. Ihr seid Mr. Knightley, und ich glaube, Ihr interessiert Euch für Harriet, doch die gesamte Zeit über—"

„Die gesamte Zeit über mochte ich Emma, auch wenn sie sehr unreif schien und nicht wusste, was sie wollte. Außerdem schien sie Frank Churchill gegenüber Knightley vorzuziehen."

Als er ihren überraschten Gesichtsausdruck sah, fügte er hinzu: „Ich habe schon einige Liebesromane gelesen."

Maggie lächelte. „Emma war jung und unerfahren und wusste nicht, wen sie mochte, bis sie den Mann beinahe verlor. Ich hingegen griff in die Nesseln und sprang in die Bresche, um andere Männer zu küssen und meine eigenen Schlüsse zu ziehen."

John kniff sich in den Nasenrücken und gab ein Geräusch von sich, das man für Verzweiflung hätte halten können.

„Ich glaube nicht, dass Sie andere Männer hätten küssen müssen, um den Wunsch Ihres Herzens zu erkennen."

„Es schien direkter als beispielsweise all das zu erleben, was Elizabeth Bennet und Mr. Darcy haben durchmachen müssen, meint Ihr nicht?"

John nahm ihre Hand in seine. „Ich bin froh, dass Sie keine Handschuhe tragen." Er streichelte ihre Handfläche.

Ihr Atem stockte.

„Was Sie im Zelt sahen – und auch heute, wo wir schon davon sprechen – war der seltsame Umstand, dass zwei Menschen des anderen Geschlechts Freunde geworden sind. Und mehr nicht. Das verspreche ich Ihnen. Jane tauchte nach dem Bankett im Zelt auf, wo ich glaubte, Sie anzutreffen."

„Ich war auf dem Weg dorthin", erklärte Maggie.

„Sie kam zuerst dort an und war höchst bestürzt, weil ihre Mutter begann, ihren Wunsch zu verkünden, Jane und ich würden zu einer Verständigung kommen. Lady Chatley hoffte, das Bankett würde der Tag sein, an dem ich von Janes Qualitäten als Gastgeberin so hingerissen sein würde, dass ich um ihre Hand anhalten würde, selbst noch, als das letzte Tor beim Spiel fiel. Außerdem hält Jane keinen Tropfen Alkohol aus."

„Das habe ich schon selbst herausgefunden. Scheinbar hat sie eine extrem geringe Toleranz für die Wirkung von Wein."

„Oder Champagner", fügte John hinzu.

Sie lachten beide leise, dann breitete sich Stille um sie herum aus. Sie starrten einander an.

„Und Ihr habt sie nie geküsst?" Maggie musste es einfach wissen.

„Nie. Ich musste so etwas nicht tun, um zu wissen, was ich für Sie fühle. Wenn ich Sie küsse, kann ich nicht einmal daran denken, eine andere zu küssen. Jemals wieder."

Maggie klemmte ihre Unterlippe zwischen ihren Zähnen ein und dachte über seine Worte nach. Er klang sehr sicher und so, als hätten sie eine Zukunft miteinander.

„Zu meiner Verteidigung, John, ich hatte vor Euch noch nicht viele Männer geküsst. Und ich glaube, Ihr habt dies und noch viel mehr mit anderen Frauen getan."

Er hob seine Augenbrauen und ließ dann seinen Blick sinken.

„Ist schon in Ordnung", beharrte sie. „Ehrlich gesagt wäre es sonderbar gewesen, wenn es anders wäre. Ich glaube, wenn ich in Eurem Alter wäre, selbst unverheiratet, hätte ich den Akt eines Mannes und einer Frau beisammen erlebt. Wie dem auch sei, ich bin begeistert von der Aussicht, es zu wagen. Mit Euch, meine ich."

Sie sah zu, wie seine Miene von Überraschung über ihre Offenheit zu überschwänglicher Freude wechselte.

„Genau wie ich", sagte er und hob ihre Hand an seinen Mund, um sie zu küssen. „Lassen Sie uns die Sache korrekt angehen, ja?"

Mit der Stärke seines einen Armes zog er sie auf seinen Schoß. Er legte seine Hand an ihr Kinn und drehte ihren Kopf, sodass sie ihn direkt ansah. Als ihre Blicke sich trafen, hatte Maggie das Gefühl, als würde sie in den haselnussbraunen Tiefen seiner Augen versinken.

„Ich halte hiermit um Ihre Hand an und biete Ihnen meine im Gegenzug an. Ich biete Ihnen meinen Namen, meinen Titel und alles, was dazu gehört. Ich biete Ihnen meinen Körper", er unterbrach sich mit einer schiefen Grimasse, doch sie nickte ermutigend, „der eines Tages wieder gesund sein wird, um Ihnen das Vergnügen zu bereiten, das Sie verdienen. Und ebenso hoffe ich, Ihnen Kinder schenken zu können. Vor allem aber schenke ich Ihnen mein Herz und verspreche, dass ich es nie mit einer anderen teilen werde. Werden Sie mich heiraten?"

Maggie spürte, wie Tränen über ihre Wangen liefen und wischte sie mit ihrer freien Hand weg.

„Verzeihen Sie", sagte er und ließ ihr Kinn los und griff nach seinem Taschentuch, das er rasch dazu benutzte, ihre Augen abzutupfen, bevor er es ihr überreichte.

„Ich muss schrecklich rot aussehen", sagte sie, doch sie war trotzdem verzückt.

„Miss Margaret Blackwood, Sie sind unglaublich. Sie müssen wissen, dass Sie liebreizend aussehen, selbst wenn Sie weinen. Und sie haben noch nicht auf meine romantische Bitte geantwortet."

Maggie grinste ihn durch ihre Tränen hindurch an.

„Ja, John Angsley, ich werde Euch heiraten. Ich werde Euren Titel und Euren Körper und all das annehmen. Mit größter Freude. Ich schätze mich außerordentlich glücklich, dass Ihr mir Euer Herz schenkt. Ich schenke Euch auch meins."

Sofort glitt seine Hand durch ihr Haar, wo sie an ihrem Hinterkopf verweilte, sodass er sie an sich ziehen konnte. Sie öffnete ihren Mund, um seine fähige, drängende Zunge hineinzulassen und genoss sie die erregenden Empfindungen, die sie durchströmten.

Nach ein paar vergnüglichen Momenten zog sich Maggie zurück.

„Ich kann es nicht erwarten, bis wir das erste Mal ein Bett teilen. Sich so zu küssen, während man ganz nackt ist und beieinander liegt, muss dem Himmel gleichen."

Seine Wangen schienen eine leichte Röte anzunehmen und sie sah zu, wie er schluckte, bevor er durchatmete. Doch anstatt der von ihr erwarteten Worte der Liebe und Sehnsucht, stöhnte er leicht auf.

„Liebste, ich fürchte, du musst von meinem Schoß steigen. Du hast einen Teil von mir erweckt, der sich bewegen muss und Platz braucht. Und leider fängt mein verletztes Bein auch noch an, höllisch zu schmerzen, während dein schönes, rundes Hinterteil darauf sitzt."

Sie sprang aus, als hätte sie sich verbrannt.

„Du hättest früher etwas sagen sollen." Sie starrte seinen Schoß an, um den ‚Teil' von ihm zu sehen, der sich ausdehnen musste.

„Ich kann es *sehen*", sagte Maggie und erntete ein schmerzvolles Lachen von John, der seine Hand an seine Rippen legte.

„Hoffen wir nur, dass niemand anderes uns so bald auf die Veranda folgen wird. Es gibt Dinge, die ich gern geheim halten möchte."

„Da stimme ich zu." Dann dachte sie an seine Verletzung. „Aber dein Bein. Ist alles in Ordnung?"

„Es pocht ein wenig."

Sie sah zu, wie er in seine Tasche griff; dieselbe, aus der er auch sein Taschentuch gezogen hatte. Dieses Mal holte er eine vertraute dunkle Glasflasche heraus, öffnete sie und nahm einen kleinen Schluck.

„Nur ein paar Tropfen", sagte er, als er bemerkte, dass sie ihn beobachtete.

Dieses Mal konnte sie ihn wohl kaum dafür zurechtweisen. Doch wer würde ein Auge auf ihn haben, wenn sie abreiste? Da wurde ihr klar, wie sehr es ihr davor graute, zu gehen.

„Glaubst du, ich muss nach Belton zurückkehren, jetzt, wo wir verlobt sind?"

„Es wäre das einzig Angemessene. Ich werde dich nicht heiraten, bis ich an deiner Seite stehen kann. Und ich möchte, dass du einen Ring bekommst, der so funkelnd ist, wie deine Augen, wenn das überhaupt möglich ist. Dafür muss ich nach London."

Dann ächzte er.

„Was ist los? Ist es dein Bein?"

„Nein. Ich wollte dich an einem besonderen Ort und auf einzigartige Weise darum bitten, mich zu ehelichen."

Sie hockte sich neben seinen Stuhl.

„Ich kann mir keinen perfekteren Ort vorstellen, als auf deinem Schoß. Es war unglaublich einzigartig."

Der Hauch eines Lächelns legte sich auf sein attraktives Gesicht.

„Vielleicht sollten wir den Antrag wiederholen, wenn ich einen Ring zur Hand habe."

Sie zuckte die Achseln und streichelte seine Wange. „Es macht mir nichts aus, wenn du mich ein zweites Mal fragen möchtest. Meine Antwort wird dieselbe sein."

„Deine Antwort?", wiederholte Simon, der gerade rechtzeitig auf die Veranda trat, um ihre letzten Worte zu hören. „Worüber sprecht ihr beide?"

„Über unsere Verlobung", sagte Maggie und stand auf, um die freudige Miene ihres Schwagers zu sehen. „Die gerade stattgefunden hat."

„Das ist wundervoll. Ich freue mich sehr für euch." Simon zog sie in eine Umarmung, bevor er John auf die Schulter schlug, statt ihm die Hand zu reichen. „Auch Jenny wird erfreut sein."

„Ich bin entschlossen, zu stehen, wenn ich diese Dame heirate", beharrte John.

„Deshalb werden wir warten", stimmte Maggie zu. „Wir werden eine angemessen lange Verlobungszeit verleben, im Gegensatz zu anderen Leuten." Sie warf Simon einen amüsierten Blick zu.

„Willst du damit sagen, dass deine Schwester und ich ungehörig waren?"

Maggie schüttelte ihren Kopf. „So wie ich meine Schwester kenne, wurde die schnelle Hochzeit aus sehr praktischen Gründen abgehalten."

„Wahrlich", stimmte Simon zu. „Ich konnte meine Finger nicht von ihr lassen, also beschlossen wir, dass wir es offiziell machen sollten."

Beide Männer lachten, doch Maggie weigerte sich, sich über eine unpassende Bemerkung gegenüber ihrer älteren Schwester zu amüsieren.

Als Simon ihre Miene sah, hustete er, um sein Lachen zu verbergen.

„Wir müssen heute Abend feiern, bevor die Chatley-Damen morgen abreisen."

Maggie bedauerte es ein wenig, dass Jane sie verlassen würde. Sie hatte sich als echte Freundin und nicht als Bedrohung erwiesen.

„Wenn die ältere Lady Chatley unsere Nachricht hört, könnte sie vielleicht nicht in Feierlaune sein", vermutete John. „Und sie könnte es an Jane auslassen."

„Unsinn. Janes Mutter wird erkennen müssen, dass es genügend gute Partien da draußen gibt. Zweifelsohne so gut wie ein Graf aus Bedfordshire." Simon dachte darüber nach. „Außerdem müssen wir doch einige heiratsfähige Männer kennen, die ihren Weg kreuzen könnten."

„Den von Jane oder ihrer Mutter?", fragte Maggie. „Es klingt, als sei ein Graf so gut wie der nächste, oder als wäre jeder Mann für eine Frau gleich. Ich versichere, dass dem nicht so ist. Wenn Jane John wirklich wollen würde, wäre es ein schrecklicher Abend für sie. Wenn es dafür sorgt, dass ihr Herz nicht verletzt wird, bin ich damit einverstanden, es noch nicht zu verkünden."

Simon starrte sie an.

„Was ist los?" Unter seinem Blick fuhr sie sich mit der Hand durch die Haare, um nach verirrten Strähnen zu suchen.

„Einen Moment lang klangst du genau wie deine Schwester."

Wieder lachten die beiden Männer. Dieses Mal stimmte Maggie mit ein. Plötzlich konnte sie es nicht erwarten, ihre

Familie zu sehen, und das war der einzige Trost dafür, John und Turvey House zurückzulassen.

JOHN BEHIELT RECHT MIT Lady Emily Chatley, deren Mund eine dünne Linie der Missbilligung bildete, sobald er am Anfang des Abendessens die Neuigkeiten verkündete. Dann erschien es Maggie so, als würde die ältere Frau erwägen, wem sie die Schuld geben sollte. War es Maggies Schuld, weil sie zur richtigen Zeit am richtigen Ort gewesen war, oder war es eine Art angeborener Fehler ihrer Tochter, der dazu geführt hatte, dass Lord Cambrey sie Jane vorgezogen hatte?

Jane drückte allerdings Freude aus.

Maggie war froh und mehr als nur ein wenig erleichtert, und Johns Mutter schien ebenfalls glücklich zu sein. Wie furchtbar wäre es gewesen, wenn Lady Cambrey Jane als Schwiegertochter ins Auge gefasst hätte!

Später, als Jane auf dem Klavier spielte, kam Lady Cambrey auf Maggie zu und nahm ihre Hand.

„Wir werden eine Familie sein und endlich werde ich auch eine Tochter haben."

Maggies Augen begannen zu brennen. Was für eine schöne Art von Johns Mutter, sie willkommen zu heißen.

„Wahrscheinlich werdet Ihr drei Töchter haben. Simon wird seinen besten Freund besuchen wollen und so wird auch meine Schwester Jenny kommen. Und Eleanor wird Beryl besuchen und höchstwahrscheinlich einen Teil der Zeit hier bei mir verbringen."

„Mein kleiner Plan ist aufgegangen."

Maggie war nicht sicher, ob sie richtig gehört hatte.

„Euer Plan? Verzeiht, Lady Cambrey, doch ich verstehe nicht."

Die Frau presste ihre Lippen zusammen und lächelte gleichzeitig, wodurch ein drolliger, verschmitzter Ausdruck auf ihr Gesicht trat.

„Vom ersten Moment an erkannte ich, dass mein Sohn Ihnen verfallen war, und dass es auch in all den Wochen, die er mit Jane verbrachte, nicht nachließ. Ich dachte, ich könnte dazu beitragen, dass es zu diesem glücklichen Ausgang kommt. Ich schrieb an Simon und hoffte, dass Sie von Johns Unfall erfahren würden. Ich wusste, dass Sie die beste Medizin für ihn sein würden. Als Sie ankamen, war es offensichtlich, dass Sie Gefühle für meinen Sohn hegen. Und ich lud die Chatleys ein, denn manchmal erkennt ein Mann – oder eine Frau – erst, was er begehrt, wenn er sieht, was er nicht begehrt."

Maggie schüttelte voller Bewunderung den Kopf. „Lady Cambrey. Es wird mir eine Ehre sein, Euch meine Schwiegermutter nennen zu dürfen."

Die Frau nickte. „Mir ist gerade klar geworden, dass wir beide Lady Cambrey sein werden. Ich habe den Titel nie teilen müssen, da die Mutter meines Gatten bei der Geburt von Johns Vater verstarb."

„Ist es in Ordnung, wenn ich ihn mit Euch teile?"

„Natürlich. Sie werden eine exzellente Gräfin abgeben, da habe ich keinen Zweifel, und deshalb habe ich Sie ohne Begleitung mit den Zeitungen in sein Schlafzimmer geschickt. Ich dachte, ich würde ihm an diesem Tag einen Antrag entlocken."

Maggie war schockiert.

„Worüber flüstert ihr beide da?"

John, der gelernt hatte, wie er den Rollstuhl mit nur einer Hand in einer geraden Linie schieben konnte, erschien plötzlich hinter ihnen.

Seine Mutter beugte sich herunter und küsste ihn auf die Wange.

„Frauen teilen gern ihre Geheimnisse, mein lieber Junge, besonders mit der Familie." Sie zwinkerte Maggie zu und ging davon, um sich neben Lady Chatley Senior zu setzen.

John sah ihr hinterher, dann sah er zu Maggie hoch und krümmte seinen Finger, damit sie näherkam.

„Ich wünschte, ich könnte dich wieder auf meinen Schoß ziehen", sagte er leise. „Und ich werde nicht einmal danach fragen, was meine Mutter meinte."

„Ich würde es dir ohnehin nicht verraten. Aber ich wünschte, ich könnte auf dem Teil von dir sitzen, der sich so gern regt."

Sie starrten einander lange an.

„Ich möchte nicht, dass du gehst."

„Ich möchte nicht gehen. Außer, um meine Familie zu sehen."

„Lade sie alle hierher ein."

Lächelnd schüttelte sie ihren Kopf. „Als frisch verlobte Frau muss ich erwachsen werden und mich reif verhalten. Ich werde nach Hause fahren und meiner eigenen Mutter die guten Neuigkeiten überbringen."

„Bitte plane deine Rückkehr, wenn der Gips an meinem Arm abgenommen wurde. Du kannst deine gesamte Familie mitbringen, wenn du möchtest."

„Vielleicht Eleanor."

Jane war gerade fertig und Maggie war an der Reihe, etwas vorzutragen.

„Singst du mit mir, so wie wir es schon einmal taten?"

„Es wäre mir eine Ehre", sagte er.

Als sie ein paar Tage später für die lange Reise zurück nach Belton in die Kutsche stieg, dachte sie an den Wohlklang seiner Stimme und ihren letzten, sanften Kuss.

Sie lehnte sich aus dem Fenster und winkte ihm zu, bis sie John und seine Mutter nicht mehr sehen konnte, dann lehnte sich Maggie auf dem Ledersitz zurück und starrte Simon an.

„Ein erfolgreicher Besuch", bemerkte Simon.

Maggie begann zu kichern, weil er das bisher größte Ereignis in ihrem Leben so sachlich formulierte. Und dann brach sie in schallendes Lachen aus, in das auch er einstimmte.

Sie hätte nie gedacht, dass sie bei ihrer Rückkehr ein paar Wochen später einen so veränderten, fast nicht wiederzuerkennenden Mann vorfinden würde.

KAPITEL ACHTZEHN

Cam hatte seit zwei Tagen keinen Tropfen der Opiumtinktur getrunken und seine Strafe dafür bestand darin, sich die ganze Nacht vor Qualen zu winden, genau wie er es den ganzen Tag und die Nacht zuvor getan hatte. Tatsächlich war er erstaunt, wie schnell er sich wieder elend fühlte, nachdem er beschlossen hatte, dem Laudanum zu widerstehen.

Innerhalb von Stunden fühlte er Höllenqualen.

Er konnte nicht schlafen und starrte an die Decke. Seine Nase lief und seine Augen tränten, zusätzlich zu allem anderen, was ihm körperlich zu schaffen machte. Übelkeit war sein nächtlicher Gefährte, obwohl er bereits Stunden zuvor den mageren Inhalt seines Magens verloren hatte. Er hatte bereits zweimal nach seinem Hausdiener gerufen und Peter aus dem Tiefschlaf geholt, nur um ihn zu beschimpfen und wegzuschicken.

Wenn Cam seine eigene Haut hätte verlassen können, hätte er es getan. Der einzige Teil, der nicht schmerzte, war sein unterer Rücken, der aus unerklärlichen Gründen taub war. Vor allem wollte er sich bewegen, denn still zu liegen war die reinste Folter. Außerdem war er kein bisschen schläfrig, dennoch hatte er den ganzen Tag gegähnt.

Obwohl er nicht mehr in der einschränkenden Schlinge steckte, schränkte sein Beingips seine Bewegungen ein. Trotzdem wälzte er sich die ganze Nacht damit hin und her.

An diesem Punkt war es ihm fast gleichgültig, ob er sein Bein noch weiter verletzte. Er musste sich einfach bewegen.

Er warf die Bettwäsche von seinem erhitzten Körper, wie er es schon die ganze Nacht getan hatte, und wusste, dass die Luft in wenigen Minuten den Schweiß abkühlen würde, der aus ihm herauszuströmen schien, und dass er dann frieren würde.

Wenn er gedacht hatte, dass die Bauchschmerzen, die er verspürt hatte, während er noch Opium zu sich nahm, schmerzhaft gewesen waren, dann hatte er sich geirrt. Denn jetzt waren die Krämpfe in seinem Bauch hundertmal schlimmer und brachten ihn dazu, laut aufzustöhnen.

„*Aaaaahhhhh*", schrie er aus vollem Halse.

In dem stillen Haus regte sich nichts, und so schrie er noch einmal. Seine Mutter schlief immer fest am anderen Ende des Flurs und Gray hatte sein eigenes Häuschen auf dem Gelände. Cam könnte so laut schreien, dass dem ganzen Haus das Blut gefrieren würde, und er würde es nicht hören.

Er wollte Margaret. Er wollte sie sehen, sie küssen, Liebe mit ihr machen. In seinen Gedanken machte sich eine Vorstellung breit – wenn sie da wäre, würde er keinen Schmerz empfinden. Davon war er überzeugt.

Außerdem stellte er sich immer wieder ihren üppigen Körper unbekleidet unter seinem vor, ihr honigbraunes Haar, das sich über das Kissen ausbreitete, ihre schweren Lider, ihre geöffneten Lippen, ihre ebenfalls geöffneten Beine. Wenn er in sie eindringen könnte, würde es für keinen von ihnen Schmerzen geben.

„Margaret", schrie er in die Dunkelheit und es war ihm egal, dass er wie ein Wahnsinniger klang.

Sein Diener erschien wieder, mit müden Augen, der noch die Ärmel seines Jacketts über sein Nachthemd zog.

„Mylord?"

„Dich habe ich nicht gerufen", brüllte Cam ihm zu.

„Ich weiß, Mylord, doch ich bin trotzdem hier."

Cam schlug mit den Fäusten gegen die Matratze. Er war froh, dass der Gips weg war und er seinen rechten Arm wieder voll benutzen konnte. Er war ein schmächtiger, erbärmlicher Gefährte für seinen anderen Arm, aber er würde stetig daran arbeiten, ihn wieder zu stärken. Für Margaret.

Wenn er sie nicht haben könnte, gab es nur eine Sache, die ihm helfen könnte.

„Gib mir mein Laudanum."

„Mylord?" Peter sah schockiert aus und trat einen Schritt zurück.

„Gib mir das Laudanum", wiederholte Cam.

„Ihr habt mir ausdrücklich aufgetragen, dies nicht zu tun, Mylord."

„Und nun befehle ich dir, es mir zu geben."

„Aber Mylord, Ihr sagtet—"

„Es ist mir gleichgültig, was ich gesagt habe. Entweder, du besorgst mir jetzt eine Flasche oder du wirst von deinem Posten entbunden. Ich werde dich mit Schimpf und Schande vom Hof jagen. Hast du das verstanden? Du wirst dieses Anwesen auf der Stelle ohne Referenzen verlassen, und es ist mir gleich, ob du in einen Graben fällst und verhungerst. Habe ich mich klar ausgedrückt?"

„Ja, Mylord."

„Gut. Jetzt gib mir eine Flasche oder ich stelle jemanden ein, der Befehle befolgt."

„Ja, Mylord."

Sein Diener sah so erhitzt und schweißgebadet aus, wie Cam sich fühlte, bevor er für einen Moment im Ankleidezimmer verschwand. Als Peter zurückkam, hielt er eine Flasche in den Händen.

Als er auf das Bett zuging, besaß er die Dreistigkeit, ihn zu fragen: „Sind Sie sicher, Mylord?"

Cam hatte nicht vor, diesen Ungehorsam noch länger hinzunehmen. Er streckte seine Hand aus und blieb still. Er hatte seinen Befehl gegeben und würde ihn nicht wiederholen. Vielleicht würde er seinen Diener ohnehin feuern, sobald er sich besser fühlte.

Mit zitternder Hand reichte Peter Cam das Opium. Er schnappte es sich mit einer ebenso bebenden Hand. Wie sonderbar.

Er hielt die Flasche in der Hand, öffnete sie in Sekundenschnelle und nahm schnell einen Schluck. Er wusste, dass er vorsichtig sein musste. Ein paar Tropfen würden ausreichen. Noch mehr und er wäre für niemanden mehr von Nutzen.

Er ließ sich von emotionaler Erleichterung und der herrlichen Wirkung durchströmen, atmete ruhig und wartete, da er wusste, dass seine Qualen bald ein Ende haben würden. Nach ein paar Sekunden fühlte er sich euphorisch. Alles war gut. Warum hatte er je geglaubt, diesen Wundertrunk nicht zu trinken wäre eine gute Idee?

Zwar war sein Mund trocken und seine Glieder wurden schwer, doch zumindest wollte er sich nicht mehr winden, wie ein lächerlicher Wurm.

„Wasser", befahl Cam seinem schweigenden Diener, der ihn mit großen Augen ansah. „Und Bier", fügte er hinzu. „Ich glaube, ich möchte beides."

Der Mann verschwand und Cam schlief ein, bevor er eines von beidem trinken konnte.

„ICH KANN ES NICHT erwarten, meinen Verlobten zu sehen!" Maggie sang die Worte beinahe, als sie und Eleanor auf Turvey House zufuhren, mit nicht nur zwei, sondern vier uniformierten Dienern der Lindseys auf ihrer Kutsche. Nur so hatte Simon es ihnen erlaubt, allein zu fahren.

„Das sagst du immer wieder", erinnerte sie ihre Schwester und klang nicht so, als würde es sie interessieren.

„Ich weiß."

„Ich glaube, du genießt es genauso sehr, das Wort ‚Verlobter' zu sagen, wie du es genießt, einen zu haben."

Sie lachten beide.

„Warte nur, liebes Mädchen. In ein paar Jahren wirst auch du eine Saison haben und einen Ehemann finden."

„Das ist nicht das, was dir oder Jenny passiert ist. Ihr habt eure Gatten beide auf dem Land gefunden, nicht in der Stadt."

„Wahrlich. Du bist ein aufmerksames Mädchen." Maggie sah zum hundertsten Mal aus dem Fenster.

„Hast du nicht gesagt, dass noch eine Stunde vor uns liegt?", bemerkte Eleanor.

„Habe ich dasselbige nicht schon vor einer Stunde gesagt?"

Eleanor kicherte wieder. „Nein, es sind eher fünf Minuten vergangen."

„Ich wünschte, Jenny hätte uns dieses Mal begleiten können. Einen kleinen Jungen wie Lionel zu haben, beansprucht wahrhaftig alle Zeit und Energie einer Mutter. Ich erinnere mich nicht daran, dass Mummy so überwältigt gewesen wäre."

Eleanor zuckte mit den Achseln. Da sie das Baby gewesen war, wusste sie nichts davon.

„Wenn ich es mir recht überlege", fügte Maggie hinzu, „mussten Jenny und ich Mummy bei deiner Pflege helfen, was wir sehr gerne taten. Du warst wie eine lebende Puppe, mit der wir spielen konnten."

Dabei trat ein Lächeln auf das Gesicht ihrer Schwester und Maggie sah einen Moment lang die liebreizende Dame, die in den nächsten Jahren aus ihr werden würde.

„Ich kann nicht glauben, dass das sechzehn Jahre her ist." In einigen Jahren würde Maggie vielleicht neben ihrer eigenen reizenden Tochter sitzen.

Eleanor zupfte an ihren Rücken herum, bevor sie sagte: „Jenny hat Mummy und Simon."

Sie sahen einander einen Moment lang an, dann stieß Eleanor ein sehr undamenhaftes Schnauben über den kleinen Scherz aus, nur diese beiden als Hilfe zu haben. Ihre Mutter wippte das Kind gern auf ihrem Knie, und das war alles – vielleicht hatte sie das Gefühl, dass sie mit drei eigenen Kindern ihre Pflicht erfüllt hatte. Wenn Lionel weinte, gab sie ihn sofort zurück. Wenn er hungrig war, legte sie ihn wieder in Jennys Arme. Und vor allem, wenn seine Windel schmutzig war, gab Anne Blackwood ihn rasch wieder ab.

Was den Vater anging, dachte Maggie einen Moment lang über ihren Schwager nach.

„Simon hegt den aufrichtigen Wunsch, zu helfen." Leider schien er nur linke Hände zu haben, wenn es um seinen Sohn ging, und es war schmerzhaft zu beobachten, wie er versuchte, ihn zu wickeln.

„Ich glaube, er wird hilfreicher sein, wenn das Baby ein großer Junge ist und man ihm das Reiten und Jagen beibringen kann", vermutete Eleanor.

„Da stimme ich zu."

Sie schwiegen, beobachteten, wie die Landschaft in der späten Nachmittagssonne an ihnen vorbeizog, und knabberten gelegentlich ein paar Kekse mit Orangengeschmack, bis sie schließlich auf die Auffahrt zum Turvey House einbogen.

„Oh je", sagte Maggie laut.

„Was ist los?"

„Ich bin tatsächlich ein wenig nervös."

Eleanor, die weiser anmutete, als es ihr Alter zulassen könnte, beugte sich vor und tätschelte die Hand ihrer Schwester.

„Ich glaube, das ist zu erwarten. Als du das letzte Mal hier eintrafst, warst du noch nicht verlobt und du bist bald wieder abgereist. Es muss dir vorkommen, als würdest du wieder von vorn anfangen."

Maggie starrte Eleanor an. „Du hast recht. Ich fühle mich, als würde ich einen Fremden treffen, dem ich zufällig versprochen habe, ihn zu ehelichen. Natürlich ist das Unsinn. Ich kenne John und ich liebe ihn."

Sie sah, wie sich die Augen ihrer Schwester weiteten.

„Ich weiß." Maggie nickte. „Ich glaube, es ist das erste Mal, dass ich es laut ausgesprochen habe. Ob du es glaubst oder nicht, ich glaube, wir haben es nicht einmal zueinander gesagt, als er um meine Hand anhielt."

Die Kutsche kam zum Stehen.

„Ich denke, das solltest du sofort richtigstellen", riet Eleanor, als sie hörten, wie der Fahrer der Lindseys von seinem Sitz aufsprang. „Sobald du deinen Verlobten siehst, läufst du ihm in die Arme und sagst ihm, was du fühlst."

Doch so schickte es sich nicht, nicht wahr? Dennoch erschien es Maggie ein guter Rat zu sein. Als sie Cyril allerdings in die Eingangshalle des Hauses fühlte, das eines Tages Maggies zu Hause werden würde, war John nicht dort, um sie zu begrüßen. Sie und Eleanor standen unter der prächtigen Kuppel, die sich majestätisch über die große Treppe wölbte, und Maggie überlegte einen Moment, was sie als Nächstes tun sollte.

„Ich werde Lord Cambrey über Ihre Ankunft informieren", sagte Cyril und verschwand die Treppe hinauf.

Verwirrt biss sich Maggie auf die Lippe. Auch nach ein paar weiteren Wochen der Erholung und dem Entfernen seines Armgipses, wie er es in seinem letzten Brief erwähnt hatte, zog es John offenbar vor, tagsüber oben zu bleiben.

Feste, schnelle Schritte kündigten das Näherkommen von Mrs. Mackle aus dem hinteren Teil des Hauses an. Mit ihrem beeindruckend ruhigen Auftreten und ihren sicheren Kenntnissen war sie der Grund, warum Maggie keine Angst vor der Rolle der Lady Cambrey hatte. Natürlich gab es auch noch Johns Mutter, die so lange das Sagen hatte, wie sie wollte, soweit es Maggie betraf.

„Gut, Sie wieder hier zu haben, Miss Blackwood", sagte die Haushälterin und machte einen leichten Knicks.

Maggie und Eleanor vollführten beide einen Knicks vor ihr, woraufhin Mrs. Mackle erschrocken dreinschaute. Dann kicherte Eleanor und unterbrach den peinlichen Moment.

„Dies ist meine jüngste Schwester, Eleanor. Verzeihen Sie", erklärte Maggie, „wir sind solche Ehrerbietung zu Hause nicht gewohnt. Keine von uns beiden hat einen Titel, müssen Sie wissen."

„Natürlich, Miss, doch eine solche Höflichkeit dürfen Sie den Angestellten nicht zeigen, wenn ich das sagen darf. Sie müssen Respekt vor Ihnen haben oder Sie verlieren die Kontrolle über den Haushalt."

„Ja, Mrs. Mackle", sagte Maggie. „Ich bin sicher, dass ich es mit Ihrer Hilfe schaffe. Und natürlich auch mit der Hilfe von Lady Cambrey."

„Oh, Lady Cambrey!" Ohne auf ihren Ausruf einzugehen, fuhr die Haushälterin fort: „Und ich halte Sie hier im Flur auf. Kommen Sie in den Salon und ich hole Ihnen beiden Erfrischungen. Haben Sie Vorlieben? Tee oder Kaffee?"

Als die beiden Mädchen in den Salon traten, fügte Mrs. Mackle hinzu: „Oder Wein?", obwohl ihr missbilligender Gesichtsausdruck ausreiche, damit Maggie energisch den Kopf schüttelte.

Mit einem Blick auf Eleanor sagte Maggie: „Tee wäre wunderbar."

„Natürlich, Miss."

Sie war beinahe an der Tür, als Maggie sie aufhielt.

„Stimmt etwas nicht mit Lady Cambrey?"

„Aber nein, Liebes, doch ich glaube, dass sie nach Ihrer Hochzeit Reisepläne mit ihrer Schwester hegt und so müssen wir es, wie sie es sagen, zusammen schaffen." Sie huschte davon, da sie zweifellos hunderte Aufgaben im Haus zu erledigen hatte.

„Ich kann mich jetzt unmöglich wieder setzen", sagte Eleanor und streckte ihre Arme über ihren Kopf, „und ich möchte eigentlich gar keinen Tee. Können wir nicht zuerst einen Spaziergang machen?"

Maggie zögerte. John könnte auftauchen, während sie unterwegs waren, und sie wollte ihn dringend sehen.

„Wieso erkundest du nicht das Anwesen und ich warte ab, was der Diener berichtet."

Ihre Schwester ließ sich nicht zweimal bitten, eilte an Maggie vorbei und hielt nicht einmal im Türrahmen inne. Es war gut, dass sie Beryls Eltern bereits kontaktiert hatte, um die beiden Mädchen zusammenzubringen. Denn sie konnte sich vorstellen, dass Eleanor nicht allzu glücklich sein würde, wenn die Aufregung nach ein paar Tagen verflogen war. Johns Tante und Onkel würden Beryl entweder nach Turvey House schicken oder Eleanor auf ihr nahe gelegenes Anwesen einladen.

Cyril erschien im Türrahmen. „Seine Lordschaft wird Sie nun empfangen, Miss. Darf ich Sie nach oben geleiten?"

„Nein, danke", sagte Maggie. „Ich kenne den Weg." Außerdem konnte sie jetzt, wo sie verlobt waren, in jedem Zimmer des Hauses mit ihm allein sein, ohne dass jemand über sie urteilen konnte.

Sie spürte Schmetterlinge in ihrem Bauch, als sie die Treppe zu dem Mann hinaufstieg, den sie heiraten würde. Je näher sie kam, desto nervöser wurde sie allerdings. Als sie seine Tür erreichte, die in ein paar Monaten *ihre* Tür sein würde, klopfte sie nur halbherzig mit den Fingerknöcheln dagegen und drückte sie auf.

Als sie eintrat, blieb sie plötzlich stehen. Die Lampen waren erleuchtet, doch der Raum wirkte dennoch düster und roch muffig. John Angsley saß auf einem Stuhl und hatte die Vorhänge hinter sich zugezogen.

Das wusste sie mit Sicherheit, aber nur, weil sie sein Gesicht so viele Minuten lang studiert hatte, die sich im letzten Jahr sicher zu Stunden ihrer Zeit addiert hatten.

Sonst hätte sie ihn vielleicht nicht auf den ersten Blick erkannt.

Abgemagert war das Wort, das ihr in den Sinn kam. Unter seinen Augen lagen dunkle Schatten über hohlen Wangen, die von einem struppigen Bart bedeckt waren, der über seine starke Kieferpartie hing. Sein sinnlicher Mund war nicht mehr da! Stattdessen wirkten seine Lippen dünner und verkniffen. Sein Haar war lang gewachsen und hing in fettigen Strähnen um sein Gesicht.

Als sie das alles verarbeitet hatte, sagte sie schließlich: „Ich bin hier."

„Verzeih, dass ich nicht aufstehe", sagte er auf dieselbe Art, wie er es getan hatte, bevor sie abgereist war. Seine Stimme klang jedoch verändert.

Sie hasste es, sich einzugestehen, dass sie schwächer klang, doch so war es.

„Du musst das nicht immer wieder sagen", erinnerte sie ihn und schenkte ihm ein Lächeln, von dem sei hoffte, dass es fröhlich aussah.

„Komm her, schöne Dame."

Sie rannte auf ihn zu, hockte sich neben seinen Stuhl und legte ihre Hände auf seinen Schoß. Er nahm ihr Gesicht in seine Hände.

„Lass mich dich einfach ansehen. Meine Margaret. Wie du mir gefehlt hast."

„Du hast mir auch gefehlt. Danke für deine Briefe. Ich habe jeden wieder und wieder gelesen."

Bei dieser Nähe konnte Maggie sehen, wie glanzlos seine sonst so schönen haselnussbraunen Augen waren.

„Zuerst diktierte ich sie Gray", gestand er, „doch dann nahm man mir den Gips von meinem Arm ab und ich konnte wieder schreiben."

Sie wusste, dass er persönlich schrieb, weil der Tonfall der späteren Briefe romantischer wurde. Dann waren keine mehr eingetroffen.

Sie nahm seine rechte Hand von ihrer Wange und hielt sie vor sich, bevor sie mit den Fingern über seinen genesenen Arm fuhr.

„Ich weiß", sagte John, „er ist etwas dürr, doch bis ich mein Bein wieder benutzen kann, kann ich nicht viel daran ändern. Ich kann nicht mit meinem Rollstuhl im Boxclub erscheinen."

Ihr Verstand begann sofort, sich Optionen zu überlegen. „Ich bin sicher, dass wir etwas finden können, mit dem du deine Muskeln stärken kannst, selbst nur mit einem Arm. Vielleicht könntest du einen Sack Mehl heben."

Statt dankbar über den Vorschlag auszusehen, versteifte sich sein Gesicht. Sie glaubte, einen Hauch von Wut zu sehen, doch dann veränderte sich seine Miene bald zu Traurigkeit.

„Ich brauche mehr Zeit. Verzeih mir, wenn ich mich verändert habe."

Das Letzte, was sie tun wollte, war, ihm ein schlechtes Gewissen zu machen.

„Nein, entschuldige dich nicht. Nichts davon ist deine Schuld. Ich bin sehr glücklich, wieder hier bei dir zu sein. Ich habe Eleanor mitgebracht, die Leben ins Haus bringt."

Er schenkte ihr ein schwaches Lächeln und gähnte dann.

„Du siehst müde aus", sagte sie ohne nachzudenken und sah sofort wieder seine verletzte Miene.

„Ich schlafe nicht gut."

Sie nickte und fragte sich, wie sehr er sich von ihr helfen lassen würde. Sie wusste, dass sie nicht tatenlos dasitzen könnte, während er so besiegt schien. Später würde sie mit Lady Cambrey sprechen, denn es fiel ihr schwer zu glauben, dass seine liebende Mutter ihn in diesen Zustand hatte abrutschen lassen.

Sie setzte ein fröhliches Lächeln auf und fragte: „Hast du schon zu Abend gegessen?"

John schüttelte seinen Kopf.

„Gehst du üblicherweise nach unten?", fragte sie.

„Wenn mir nach einer Mahlzeit ist, esse ich meist hier oben. Gray isst oft mit mir, doch er hält sich gerade nicht auf dem Anwesen auf."

„Ich verstehe. Nun, ich möchte nicht, dass du allein hier oben isst. Kommst du heute Abend hinunter und isst mit mir und meiner Schwester?"

Sein Blick wandte sich von ihr ab, um die Luft neben ihr zu studieren, dann zuckte er mit den Achseln.

„Ich weiß nicht, Margaret. Vermutlich nicht."

Seine apathische Reaktion gefiel ihr nicht, denn sie hatte erwartet, dass er sich genauso über ihr Wiedersehen freuen würde wie sie.

„Möchtest du nicht stattdessen jetzt nach unten kommen? Ich kann nach Cyril und deinem Hausdiener schicken, die dir nach unten helfen—"

„Nein", unterbrach er sie. „Das glaube ich nicht. Mein Diener hat mich hierher befördert, um dich zu empfangen, doch ich habe keine Ambitionen, nach unten zu gehen. Das ist ein furchtbarer Aufwand, nur damit ich in meinem Rollstuhl sitzen kann wie ein alter Mann."

„John, bitte", begann Maggie und hörte einen Ton in ihrer eigenen Stimme, der ihr nicht gefiel. Verzweiflung. Überdruss. Wie sie wünschte, Simon wäre hier. Was John brauchte, war sein bester Freund, der ihn zur Vernunft bringen konnte.

„Bitte, darf ich dich nach unten bringen lassen? Ich bin überzeugt davon, dass du dich dadurch besser fühlen wirst.

Wann war das letzte Mal, dass du diesen Raum verlassen hast?"

„Ich weiß es nicht. Das ist nicht wichtig. Ich komme morgen nach unten und empfange Eleanor, wie ein guter Gutsherr. Ihr seid recht spät eingetroffen. Wir werden uns am Morgen unterhalten."

Schockiert lehnte sie sich zurück.

„Du schickst mich weg, nachdem ich den ganzen Weg hierher auf mich genommen habe?"

Als er lachte, klang er einen Moment lang wie der alte John.

„Nein, gewiss nicht. Du kannst so lange bei mir bleiben, wie du wünschst. Wenn du möchtest, die ganze Nacht, doch das wäre ein denkbar schlechtes Vorbild für deine Schwester. Außerdem hast du eine lange Reise hinter dir und ich bin sicher, dass du sie an ihrem ersten Abend nicht allein essen lassen möchtest."

„Du hast recht. Wann kehrt Mr. O'Connor zurück?"

„Warum?"

Sie könnte ihm wohl kaum sagen, dass sie das Gefühl hatte, sie bräuchte Hilfe dabei, mit ihrem lustlosen Verlobten umzugehen.

„Eleanor verbringt ihre Zeit gern im Freien. Wenn er hier wäre, könnte er ihr das Anwesen zeigen." Gott steh ihr bei, sie war gerade mal ein paar Minuten in Johns Gegenwart und schon belog sie ihn.

So hatte sie es sich nicht erhofft und erträumt. Konnte Eleanors Vorstellung nur der Wahrheit entsprechen?

„John, ich liebe dich."

Seine Augen weiteten sich. Als sich ein erfreutes Lächeln auf seinem Gesicht ausbreitete, spürte sie, wie ihr Herz höher schlug. Er war der ihre und sie würde ihm helfen, sich zu erholen.

„Ich liebe dich auch", sagte er sanft.

„Gut. Morgen werde ich dich wieder herrichten", erklärte sie. „Du wirst ein heißes Bad nehmen, dir die Haare waschen und vielleicht deinen Diener bitten, die Schere anzusetzen, dann fühlst du dich wie ein neuer Mensch."

„Was ist falsch mit dem alten?" Sein Tonfall war barsch.

Maggie begann zu lächeln, da sie annahm, er würde scherzen. Als sich seine Miene jedoch versteifte, beeilte sie sich, ihn zu beruhigen.

„Ganz und gar nichts. Ich möchte nur dafür sorgen, dass du dich besser fühlst."

„Ich verstehe." Er nickte. „Und du glaubst, mich wie ein Schaf zu scheren und mich wie ein hilfloses Kind zu baden wird das bewirken?" Sein Tonfall hatte sich von mürrisch zu gereizt verändert.

„Ich weiß es nicht", gestand sie.

„Nein, du kannst unmöglich wissen, wie es mir ergangen ist. Es war wie eine Reise in die Hölle, aus der ich noch nicht zurückgekehrt bin und aus der ich möglicherweise nie zurückkehren werde."

Er schenkte ihr ein schwaches Lächeln, nahm ihre Hände von seinem Schoß und drückte sie sanft.

„Und das alles nur, weil ich zu dir nach Hause fuhr, um Antworten zu erhalten, nachdem ich dich mit dem höllisch selbstgefälligen und perfekten Westing sah."

Maggie stand auf und versuchte, ihre Hände aus seinen zu ziehen, doch er fasste sie nur noch fester.

„Beschuldigst du mich?" Ihr Herz pochte laut in ihren Ohren.

Er starrte sie einen Moment lang schweigend an.

„Natürlich nicht, meine Liebste. Dennoch glaube ich nicht, dass deine lächerlichen Ideen, ich solle ein Bad nehmen oder mir die Haare schneiden lassen, im Geringsten helfen werden."

Dies war *nicht* ihr John Angsley. Nicht im Geringsten. Er war ein Gentleman und nicht jemand, der andere herabwürdigte.

Sie schluckte und weigerte sich, sich dazu verleiten zu lassen, etwas Unüberlegtes zu sagen. Schließlich ließ er ihre Hände los.

„Es gibt leider nur eines, durch das es mir besser ergeht."

Er klopfte auf seine Tasche und sie wusste, worauf er sich bezog. Er verhöhnte sie geradezu mit seinem Gebrauch von Laudanum. Wäre sie nicht tagelang unterwegs gewesen, wäre der Herzschmerz nicht so groß gewesen und hätte John den Anschein erweckt, als wolle er etwas an seiner Situation ändern, wäre Maggie sofort in diese schreckliche Schlacht gezogen.

Doch sie wusste, dass es nicht der richtige Zeitpunkt war.

„Ich merke, dass du heute Abend nicht ganz bei Sinnen bist. Du hast recht, es ist spät und ich habe eine lange Reise hinter mir. Auch ich bin nicht ich selbst. Ich werde unten mit Eleanor und deiner Mutter essen."

Maggie wandte sich ab und musste den Kloß der Traurigkeit schlucken, der in ihrer Kehle steckte. Als sie die Tür erreichte, drehte sie sich um und fügte hinzu: „Ich werde dafür sorgen, dass ein Tablett voller köstlicher Speisen zu dir heraufgeschickt wird. Ich hoffe, dass du sie zu dir nehmen kannst."

Als er nichts erwiderte und bloß nickte, wollte sie ihm sagen, dass er aussah, als hätte er mehr als nur eine Mahlzeit nicht zu sich genommen und dass es scheinbar viel zu viele gewesen waren. Ganz offensichtlich würde eine solche Bemerkung nicht gut aufgenommen werden. Genauso wenig wie jede ihrer anderen Bemerkungen.

So viel dazu, ihm in die Arme zu laufen und ihm ihre Liebe zu erklären. Die jugendliche Eleanor hatte sich mit ihrem Rat geirrt.

KAPITEL NEUNZEHN

Cam sah ihr nach und eine Welle der Wut überkam ihn. Margaret konnte so einfach und frei aus seinem Zimmer spazieren, während er die Glocke läuten und Hilfe dabei annehmen musste, um die Treppe hinunterzukommen. Mit einem Mann schaffte Cam es, doch sein Bein schmerzte dabei, da er hüpfen musste, um seinen Gips vom Boden zu heben. Zwei Männer machten es weitaus einfacher, doch dann fühlte er sich wie ein Kleinkind.

Auch hatte er bemerkt, wie alle einfacher mit ihm umgingen, seit er abgenommen hatte. Aber *verdammt*, sein Appetit war so gut wie nicht vorhanden und sein Magen schmerzte die meiste Zeit. Es war nicht so schlimm wie damals, als er versucht hatte, die Opiumtinktur abzusetzen, also beschwerte er sich nicht. Er entschied sich einfach dafür, erst dann zu essen, wenn ihm vor Hunger schwindlig wurde.

Wie in den Tagen nach seinem Unfall sah Cam nicht mehr in den Spiegel. Er wusste bereits, dass ihm nicht gefallen würde, was er sah. Den Ausdruck auf Margarets Gesicht zu sehen, bestätigte es.

Als sie ankam, fand sie eine kränkliche, abgemagerte Hülle des Mannes vor, den sie einmal kannte. Und dann war er auch noch unhöflich zu ihr gewesen.

Er nahm einen Schluck Laudanum und entspannte sich. Wenn sie ein Tablett heraufschicken ließ, dann würde er versuchen, die Mahlzeit zu essen, Bissen für Bissen. Für sie.

ALS MRS. MACKLE ZUM Abendessen rief, hatte Maggie ihre Fassung so weit wiedererlangt, dass sie sich mit ruhiger Miene in den Speisesaal wagte, weil sie Lady Cambrey sehen wollte. Sie hatte Eleanor zuvor auf der Veranda entdeckt und sie betraten den großen Raum gemeinsam, nur, um ihn verlassen vorzufinden.

Einen Moment später eilte ein Dienstmädchen herein. Sie vollführte einen tiefen Knicks. Mit einem Blick auf Eleanor, die den Blick erwiderte, verzichteten beide Schwestern darauf, selbst einen Knicks zu machen.

„Verzeihen Sie, Miss", sprach das Dienstmädchen Maggie an, „doch Lady Cambrey wartet im kleineren Speisezimmer auf Sie, wo Sie Ihr Frühstück zu sich nahmen, als Sie zuvor hier waren."

„Danke. Ihr Name ist Polly, richtig?"

„Ja, Miss. Darf ich Sie dort hinbringen?"

„Ich kenne den Weg. Danke. Wir gehen sofort hin. Würden Sie ein Tablett der Speisen sofort zu seiner Lordschaft hinaufbringen?"

„Ja, Miss. Wir tun es jeden Tag und jeden Abend, Miss." Ein weiterer Knicks vor jeder von ihnen, dann verschwand sie.

„Stell dir nur vor, wenn du eine Gräfin bist", sagte Eleanor. „Mylady dies und Mylady das. Was für eine Plage!"

„Shh", warnte Maggie sie. „Denke daran, Johns Mutter ‚Mylady' zu nennen und einen Knicks zu machen, wenn du sie wiedersiehst. Außerdem hat sich Jenny schnell daran gewöhnt."

Sie gingen den Korridor hinunter, dann bogen sie nach rechts in das Speisezimmer im Ostflügel ab.

„Jenny ist nun mal ganz Jenny und scheint jeden dazu anzuhalten, sie beim Vornamen zu nennen. Vom Stallburschen bis zur Kammerdienerin. Es sei ‚viel angenehmer für alle' sagte sie mir, aber du weißt so gut wie ich, dass es an ihrer praktischen Seite liegt", fügte Eleanor hinzu. „Sie sagte, dass sie jetzt alle einfach offen miteinander sprechen."

„Ich glaube nicht, dass Lady Cambrey es gutheißen würde, wenn ihre Diener mich Maggie oder, Gott bewahre, Mags nennen würden."

Eleanor lachte sanft, als sie den Raum betraten. Maggie stellte fest, dass das Lachen ihrer Schwester verstummte, als auch ihr eigenes Lächeln ihre Lippen verließ. Die Frau, die vor ihnen stand, sah fast so verändert aus wie ihr Sohn. Für Eleanor, die Lady Cambrey nicht mehr gesehen hatte, seit sie vor der Geburt von Jennys Baby in London gewesen war, musste der Unterschied noch erschütternder sein.

Ihre normalerweise so freundliche Miene war einem straffen, ernsthaften Ausdruck gewichen. Wenn Maggie es nicht besser gewusst hätte, würde sie sagen, dass Johns Mutter um Jahre gealtert war, seit sie sie das letzte Mal gesehen hatte. Jetzt stand die Frau da, rang die Hände und runzelte die Stirn, auch wenn sie versuchte, einladend zu wirken.

Maggie beschloss, nicht allzu förmlich zu sein, und machte nur einen kurzen Knicks, um ihre zukünftige Schwiegermutter dann tröstend zu umarmen. Einen Moment lang versteifte sich Lady Cambrey, doch als Maggie ihr den Rücken tätschelte, schien sie sich zu entspannen.

Als sie sich voneinander lösten, starrte Maggie ihr direkt in die Augen und sah eine solche Sorge, die zweifellos die ihre widerspiegelte.

„Ich hoffe, es macht Ihnen nichts aus, dass wir hier essen", sagte Lady Cambrey, die noch immer Maggies Hand wie eine Rettungsleine umklammerte. „Ich verweile nicht gern allein im großen Speisesaal und habe es mir deshalb abgewöhnt, dort zu essen. Heute Abend nahm Mrs. Mackle an, wir würden hier sein."

„Das ist vollkommen in Ordnung", sagte Maggie. „Ihr erinnert Euch an meine Schwester Eleanor?" Sie bedeutete ihr, vorzutreten.

„Natürlich. Es ist schön, Sie wiederzusehen, mein liebes Mädchen."

Eleanor machte einen tiefen Knicks und murmelte Grußworte.

„Wollen wir uns nicht setzen?", fragte die Gastgeberin.

Nachdem sie Platz genommen und alle ein Glas Wein vor sich stehen hatten, begann Lady Cambrey trotz ihrer bedrückten Erscheinung mit Nettigkeiten. „Erzählen Sie mir alles von Ihrer langen Reise."

Maggie atmete tief durch. Sie hatte Eleanor nicht viel erzählt, als sie sie auf der Veranda traf – die Stelle, an der sie sich mit John verlobt hatte –, doch ihre jüngere Schwester hatte bemerkt, dass sie restlos erschüttert gewesen war. In diesem Moment, als die beiden Angsleys so verzweifelt zu sein schienen, konnte Maggie nicht so tun, als würde sie nichts davon bemerken und wie eine verrückte Närrin über ihre Reise plaudern.

Sie beschloss, offen zu sprechen und sagte: „John fühlt sich offenbar sehr unwohl und hat nichts gegessen. Meint Ihr, wir sollten nach seinem Arzt schicken lassen?"

Lady Cambrey schien in ihrem Stuhl zu versinken und stellte das Glas ab, das sie gerade an ihre Lippen hob. Sie beugte sich über ihren Teller und schloss ihre Augen. Als sie sie wieder öffnete, wurde ihr tiefes Elend schmerzlich deutlich.

„Er lässt es nicht zu." Ihre Worte waren ein Flüstern. Dann räusperte sie sich. „Es ist schrecklich, einem geliebten Menschen dabei zuzusehen, wie er vor den eigenen Augen zerfällt. Ihnen wird es ebenso ergehen."

Maggie war ebenfalls zusammengesunken, doch bei diesen Worten richtete sie sich auf. Sie sah zu ihrer Schwester hinüber, die alles mit großen Augen anhörte, und sie wusste, was sie keinesfalls tun würde – aufgeben.

„Nein, es wird mir nicht *ebenso ergehen*, denn das werde ich nicht zulassen."

Lady Cambrey stieß ein raues Seufzen aus und stieß die Luft aus, die sie angehalten hatte.

„Denken Sie nicht schlecht von mir, junge Dame. Ich habe es versucht. Nachdem Sie und Simon abgereist waren, ist es rasch geschehen. An einem Tag war er noch mein John, wenn auch verletzt. Und am nächsten …" Sie hielt inne. „Sehr schnell begann er, mir zu entgleiten, er weigerte sich zu essen oder nach unten zu kommen und er war uninteressiert an seinem Äußeren oder seiner Gesundheit."

Sie nahm einen kräftigenden Schluck Wein und Maggie griff hinüber, um ihre Hand zu umfassen, die auf dem Tischtuch ruhte. Sie zitterte.

„Als sie den Gips von seinem Arm abnahmen, dachte ich, er würde sich an der neu gefundenen Freiheit erfreuen. Es fiel ihm leichter, seinen Rollstuhl zu schieben, und er konnte schreiben, einschließlich der Briefe an Sie, was er in reichlichem Umfang tat."

„Ja, das tat er", stimmte Maggie zu und versuchte, ein ermutigendes Lächeln aufzusetzen. *Zumindest anfangs.*

„Doch zu gleicher Zeit tat er nichts, als in seinem Zimmer zu bleiben. Er stritt mehr als einmal mit Grayson und zeigte sich ärgerlich, wann immer ich meine Sorge über seinen Zustand ausdrückte."

„Ich glaube, wir sollten nach einem Arzt schicken, entweder nach dem Chirurgen, der ihn nach dem Unfall richtete, oder nach jemandem, der über Wissen zu …" Maggie verstummte.

„Wissen wozu? Sollte ich nach jemandem suchen, der ein besonderes Interesse an allgemeinem Unwohlsein hat?" Lady Cambrey schien mit ihrem Latein am Ende zu sein.

„Nein, ein Doktor, der jene mit einer schwer depressiven Verstimmung behandelt", schlug sie vor. Dann kam sie zum Wesentlichen. „Und jemand, der weiß, wie mit einer Opiumsucht umgegangen werden sollte."

Lady Cambrey riss ihre Hand zurück. „Opiumsucht?"

„Es ist die Wurzel all seiner Probleme", begann Maggie.

„Nein, liebes Mädchen, es hilft ihm, sich besser zu fühlen und mit dem Schmerz fertigzuwerden. Laudanum ist ein Segen."

„Es ist ein Fluch", beharrte Maggie.

„Wie können Sie das sagen? Es steht in jedem Medikamentenregal zu finden. Mütter verabreichen es ihren Babys, um Himmels willen. Ich selbst nehme es hin und wieder gegen Kopfschmerzen."

„Ich bezweifle, dass Ihr es je täglich nahmt, mehrmals am Tag über Monate."

Lady Cambrey dachte über Maggies Worte nach. Dann schüttelte sie ihren Kopf.

„Wie erniedrigt wäre John, wenn es sich herumspräche, er könne nicht mit ein wenig Laudanum umgehen."

Maggie wollte schreien, doch sie hielt ihre Stimme ruhig. „Erniedrigung ist besser als die Alternative. Sicherlich besser als der derzeitige Zustand des Mannes, der oben liegt. Und ich bezweifle, dass es ein *wenig* Laudanum ist. Vor einigen Wochen dosierte er noch recht stark. Ich kann mich nur fragen, wie viel er nun nimmt, sollte er die Dosis erhöht haben."

Lady Cambrey erhob sich. „Sie sind noch nicht seine Ehefrau oder die Herrin dieses Hauses. Wir sprechen mit keiner Menschenseele über Sucht."

Maggie kam langsam auf die Füße. „Ich hoffe, ich bekomme die Gelegenheit, seine Ehefrau zu werden, doch John sieht mich an, als wäre er auf dem Weg zum Himmelstor."

Lady Cambrey erblasste und schüttelte den Kopf.

„Ihr mögt Euch an seine Erscheinung gewöhnt haben", sagte Maggie, „doch gewiss könnt Ihr erkennen, dass es schlecht um ihn gestellt ist. Ihnen ist bekannt, dass Branwell Brontë kürzlich verstarb, nicht wahr? Wir wissen nur von ihm, weil er auf gewisse Weise berühmt war. Gewiss gibt es Hunderte wie ihn, die langsam durch diese Droge dahinscheiden. Wie John."

„Nein", kreischte seine Mutter mit ungewohnt ungezügelter Emotion. Mit diesem einen Wort drehte sie sich um und ging.

Maggie seufzte und setzte sich ihrer Schwester gegenüber.

„Es tut mir leid, dass du dem beiwohnen musstest", sagte sie zu Eleanor.

„Du warst großartig", beharrte Eleanor. „Und du hattest recht. Du musst sofort nach einem Arzt schicken lassen. Wie in der Natur kannst du diese Rettung nicht alleine bewältigen. Weder die Bienen noch die Ameisen noch ein Löwenrudel können es ohne ihr ganzes Volk schaffen."

„Ich habe *dich*", sagte Maggie. „Außerdem denke ich, dass Lady Cambrey zur Vernunft kommen wird. Sie bangt um ihr Kind, wie jede Mutter es würde. Reden wir nicht mehr davon. Morgen werde ich mich der Sache stellen."

„Lord Cambrey könnte sich keine bessere Verlobte wünschen", beharrte Eleanor, als der erste Gang hereingebracht wurde.

Maggie hoffte, dass Eleanor recht hatte. Denn wenn sie sich eine geeignete Gattin für John vorstellte, eine Bienenkönigin oder gar eine Löwin, war es Lady Jane Chatley, die ihr einfiel, nicht sie selbst, die gewöhnliche Margaret Blackwood.

FÜR EINEN KURZEN MOMENT wusste Maggie nicht, wo sie sich befand, als sie erwachte. Im nächsten Moment erinnerte sie sich, dass sie in Turvey House war. Johns Zustand beherrschte ihre Gedanken, sowie auch die

Leugnung seiner Mutter und die monumentale Aufgabe, die vor ihr lag.

„Lieber Gott", sagte sie laut, „gib mir die Stärke und die Weisheit, den Angsleys zu helfen. Oh, und die Fähigkeiten der Lady Jane Chatley, damit ich dabei nicht meinen Verstand verliere."

Aber nachdem sie ihr Fasten mit Eleanor gebrochen hatte, ohne ein Zeichen von Lady Cambrey, klingelte Maggie nach Johns Diener und seinem Kammerdiener. Die zwei Männer betraten mit wachsamen Augen den Gesellschaftsraum.

„Danke, dass Sie beide gekommen sind."

Sie verbeugten sich beide und murmelten im Chor „Ja, Miss".

„Ich weiß, dass Ihre Loyalität natürlich in erster Linie Lord Cambrey und seiner Mutter galt, doch ich fürchte, dass Ersterer zu krank und Letztere zu überwältigt von ihren Gefühlen war, um die klügsten Entscheidungen zu treffen."

Die beiden Männer sahen zuerst einander an, dann wieder sie, und warteten.

„Cyril, bitte lassen Sie nach dem Arzt des Grafen in London schicken. Ich erinnere mich, dass sein Name Dr. Adams lautete. Kam er, um den Gips zu entfernen?"

„Nein, Miss, es war ein anderer Doktor. Dr. Brewster, ein örtlich Ansässiger, der die Verbände von den Rippen seiner Lordschaft entfernte. Man sagte dem Grafen, dass so ziemlich jeder es mit einer Säge und einer Schere tun könnte, doch Lady Cambrey ließ nach dem örtlichen Arzt schicken."

„Dann sollte ich möglicherweise zuerst mit ihm sprechen, bevor wir nach Dr. Adams schicken. Bitte überbringen Sie ihm die Nachricht, dass …" Sie konnte wohl kaum sagen, dass Miss Blackwood um einen Besuch bittet'. Wer war *sie* schon, nach jemandem zu schicken?

„Bitte richten Sie Dr. Brewster aus, dass die Verlobte des Grafen darum bittet, er möge so bald wie möglich kommen."

„Ja, Miss."

Maggie wandte sich an den Kammerdiener. „Verzeihen Sie", sagte sie zu ihm, „ich kenne Ihren Namen nicht."

„Ich bin Peter, Miss." Er verneigte sich erneut.

„Peter, bitte lassen Sie Ihrem Herrn ein Bad ein und schärfen Sie Ihr Rasiermesser und Ihre Schere. Wir werden ihn heute Morgen auf Vordermann bringen."

Sie war sich überaus bewusst, dass der Mann erblasst war, während sie gesprochen hatte, und so schenkte sie ihm ein ermutigendes Lächeln, bevor sie hinzufügte: „Ich weiß, dass der Graf es nicht gutheißen mag—"

„Ich bitte um Verzeihung, Miss", sagte Peter und zeigte seine Nervosität mit dem unentschuldbaren Akt, sie zu unterbrechen, „doch seine Lordschaft wird mich auf der Stelle mit Schimpf und Schande vom Hof jagen, wenn ich versuche zu tun, was Sie verlangen. *Ohne* Referenzen!"

Das würde den Mann in der Tat zu einem harten Leben verdammen.

„Nein", sagte Maggie. „Das werde ich nicht erlauben."

Sein zögerlicher Gesichtsausdruck erinnerte sie einmal mehr an ihre prekäre Lage.

„Ich verspreche es Ihnen. Zudem werden wir es gemeinsam tun. Er wird *mich* wohl kaum mit Schimpf und Schande vom Hof jagen, nicht wahr?"

Bei näherem Nachdenken stellte Maggie fest, dass John die Verlobung auflösen könnte, aber er hatte ihr erst in der Nacht zuvor seine Liebe erklärt, also bezweifelte sie, dass das passieren würde.

„Kommen Sie jetzt. Machen wir uns an unsere Aufgaben. Cyril, setzen Sie mich davon in Kenntnis, wenn Sie von dem Herrn Doktor hören. Peter, ich werde bald nach oben kommen. Noch früher, wenn ich Gebrüll höre."

„Ja, Mylady", sagten sie beide gleichzeitig.

Alle drei erstarrten bei dem Fehler, bis sie nervös begann zu lachen und die Männer gingen. Vielleicht würde sie sich doch gut als Gräfin machen.

Maggie versuchte, sich an diese Hoffnung zu klammern, als sie eine Viertelstunde später Johns Tür aufstieß und sich ducken musste, als ein Gegenstand in ihre Richtung geschleudert wurde.

„Was um Himmels willen?", rief sie aus und blickte auf das geworfene Buch zu ihren Füßen, dann betrachtete sie die Szene vor ihr.

Eine kupferne Badewanne war in die Mitte des Schlafzimmers geschoben worden, da der Graf sich geweigert haben musste, sich durch den Flur zum Badezimmer zu bewegen.

Der geplagte Kammerdiener stand daneben und hielt in der einen Hand ein Handtuch und in der anderen ein Stück Seife.

„Ich habe Ihnen doch gesagt, Miss, dass er nicht zustimmen würde."

Du hast über mich geredet, wie?", fragte John und klang erzürnt. „Du tratschst über deinen Herrn, nicht wahr, Peter?"

„Nein, das hat er nicht", sagte Maggie. „Und du hast mich beinahe mit einem Buch getroffen."

John konzentrierte sich auf sie.

„Habe ich das?" Ein verärgerter Ausdruck flackerte über sein Gesicht. „Ich beabsichtigte, diese Kreatur zu treffen." Er deutete auf seinen Kammerdiener und sah wieder wütend drein. „Er versucht, mich in die Wanne zu stecken. Man hat mich beinahe jeden zweiten Tag mit einem Waschlappen gewaschen, zumindest alle wichtigen Teile, also ist dies unnötig. Außerdem darf mein Gips nicht nass werden. Er würde sich auflösen."

„Ich weiß, dass dein Gips nicht in die Wanne darf, doch wir können den Rest deines Körpers hineinstecken und dein Bein in der Schlinge hochhalten, wenn wir es über den Wannenrand legen. Es wird umständlich sein, aber nicht unmöglich."

Beinahe hätte sie die unwillkommenen Worte gesagt, damit er sich besser fühlte, doch sie hielt sich in letzter Sekunde zurück.

„Und entweder Peter oder ich werden diese Haarmatte waschen und dann schneiden. Du musst nichts weiter tun, als unser Vorankommen nicht zu behindern."

John verschränkte seine Arme über seiner Brust und sie wartete auf sein Urteil. Wenn er Nein sagte, was sollte sie dann tun? Sie nahm an, sie würde drohen, zu gehen, doch das würde möglicherweise nicht zu ihrem Vorteil sein. Beinahe wollte sie ihn dazu auffordern, einen Schluck Laudanum zu nehmen, um ihn gnädiger zu stimmen. Doch dieses Problem zu lösen war ihre nächste Aufgabe, und sie wollte es im Moment nicht einmal erwähnen.

„Nun gut", stimmte John zu, „doch ohne Gray brauchen wir Cyril oder einen Diener. Außerdem musst du dich umdrehen, bis ich in der Wanne liege."

Nickend läutete Maggie sofort nach Cyril. Innerlich war sie hocherfreut. Bislang war er viel kooperativer, als sie nach der letzten Nacht befürchtet hatte.

„Während du badest, werden wir deine Laken wechseln", fügte sie hinzu und beschloss, weiter zu drängen, während John noch wohlwollend war. „Und gleich nach deinem Haarschnitt bringe ich dich nach unten, wo du frische Luft schnappen und Eleanor empfangen kannst."

Er sah sie mit finsterer Miene an. „Das klingt nach einem mühseligen Morgen, wenn ich mich nur allzu gern in meinem Bett erholen würde."

„Um dich von all deiner Erholung zu erholen?", fragte sie.

Glücklicherweise grinste er, statt sich zu ärgern.

„Hast du vergangene Nacht gut geschlafen?" Während sie plauderten, begann Peter, die Schlinge über der Kante der Wanne zu platzieren.

„Das habe ich. Ich glaube, es lag daran, dass du hier warst."

„Und hast du die Speisen zu dir genommen, die ich schicken ließ?"

Er zuckte mit den Achseln und zögerte. „Ich aß einen Teil davon."

„Nun gut", sagte sie und versuchte, ermutigend zu klingen.

Cyril erschien und Maggie stimmte zu, den Raum zu verlassen, während sie den Hausherren entkleideten und in die Wanne legten.

„Ich will hoffen, dass das Wasser schön heiß ist", hörte sie John grummeln, als sie in den Flur trat.

CAM HATTE NICHTS GEGEN das Bad. Margaret hatte recht behalten. Es fühlte sich verdammt gut an, seinen Körper das erste Mal seit dem Unfall in heißes Wasser zu tauchen, auch wenn sein rechtes Bein in der Luft hing. Als sie allerdings anbot, ihm das Haar zu waschen, sträubte er sich.

„Peter wird es tun", sagte er ihr. „Ich möchte nicht, dass du ins Badewasser spähst und mich siehst."

Sie glaubte entweder, er würde scherzen oder er sei prüde. Beides war nicht der Fall. Er war eitel. Dies war nicht der Körper, den sie sehen sollte, wenn sie ihn zum ersten Mal unbekleidet sah. Glücklicherweise willigte sie ein, ihn mit seinen Männern allein zu lassen, solange er versprach, direkt danach nach unten zu kommen.

Gebadet und mit noch feuchtem Haar ließ er sich von ihnen die Treppe hinuntertragen und in den bereitstehenden Rollstuhl setzen. Als er sich auf die Veranda rollte, fand er Margaret wunderschön in der Mittagssonne und Eleanor, die wie eine Elster neben ihr plauderte.

Margaret erhob sich sofort. Er konnte sehen, dass sie mit den Ergebnissen zufrieden war, als sie ihn betrachtete und ihm ein umwerfendes Lächeln schenkte wie ein Geschenk. Tatsächlich war Margaret selbst ein Geschenk, dem er nicht würdig war, doch aus einem ihm unerfindlichen Grund war sie die seine.

Und dann war da noch Eleanor, die frisch gebackene Debütantin.

Er winkte ihr zu.

„Er sieht keineswegs entsetzlich aus", sagte sie, und Margaret wurde rot.

Kindermund tut Wahrheit kund, dachte er.

Als er den Tisch erreichte, beugte sich Margaret zu ihm herüber und küsste ihn auf seine frisch gewaschene Stirn.

Als wäre er ihr Kind oder ihr Großvater! Das würde niemals genügen, doch jetzt, wo Eleanor ganz in der Nähe saß, konnte er sie kaum auf seinen Schoß zerren, wie er es zuvor getan hatte.

„Du hattest recht", begann er. „Ich fühle mich wahrhaftig besser." Er hob seine Hand, um über sein rasiertes Kinn zu streichen und fügte hinzu: „Ich bin sicher, ich sehe auch besser aus."

„Du siehst sehr stattlich aus", sagte Margaret und streichelte sein weiches Haar. „Ich hoffe, es ist in Ordnung, dass du mit noch nicht ganz trockenem Haar draußen bist."

„Ich bin kein Invalide", sagte er. Als er seine eigenen Worte hörte und den Humor darin erkannte, begann er zu lachen. Beide Schwestern stimmten ein.

Schritte ertönten hinter ihm und ein Keuchen kündigte seine Mutter an.

„John!", rief sie aus und eilte an seine Seite, als sich Margaret wieder auf ihren Stuhl sinken ließ. „Ich bin verzückt zu sehen, dass du wohlauf bist. Du siehst wahrhaftig hervorragend aus, genau wie zuvor."

Er glaubte zu sehen, wie seine Mutter einen blasierten Blick in Richtung seiner Verlobten warf.

„Ich wusste, du würdest nur ein Bad und guten Schlaf brauchen."

„Alles, was ich brauchte", fügte er hinzu und nahm die Hand seiner Mutter, „war ein gehöriger Tritt in mein Hinterteil von meiner lieben Margaret, der mich aus meinem Zimmer trieb."

„Oh", sagte seine Mutter. „Nun, was auch immer nötig war, ich bin froh, dass es dir besser geht. Heute Abend kehren wir in den Speisesaal zurück und morgen lade ich deine Tante und deinen Onkel zu uns ein. Ich kann es nicht erwarten, sie zu sehen."

„Solange du keinen Ball veranstaltest und erwartest, mich tanzen zu sehen", scherzte Cam, verwundert über die Kälte zwischen seiner Mutter und Margaret. Sie war zuvor nicht da gewesen.

„Es wird wunderbar sein, Beryl wiederzusehen", meldete sich Eleanor zu Wort.

„Ja", stimmte Lady Cambrey zu, die ihn noch immer anstarrte, als könne sie seine Verwandlung nicht fassen.

Er musste zuvor einen wahrlich schrecklichen Anblick geboten haben, dass seine Mutter ihn studierte wie einen Fremden.

„Ich nehme an, wenn alle Frauen hier sind, werdet ihr endlos über die Hochzeit reden", sagte Cam und versuchte, Margaret und seine Mutter in ein Gespräch zu verwickeln. „Es gibt viel über den Frühstücksempfang und das Ziel der Hochzeitreise zu erörtern."

Maggie nickte allerdings nur, und seine Mutter sah sie nicht an, sondern hielt ihren Blick auf sie gerichtet und lächelte streng.

Sie hatten sich gestritten, vermutete er. Und wahrscheinlich seinetwegen. Seine Mutter hatte zugelassen, dass er seinen Kopf durchsetzte und tat, was er wollte, während Margaret vermutlich der Meinung gewesen war, dass er in die Schranken gewiesen werden sollte. Genau wie sie es getan hatte. Er konnte das Problem lösen.

„Verzeih, dass ich mich schlecht benahm", sagte er zu seiner Mutter. „Ich war sehr hart zu dir. Ich bin froh, dass dir gefällt, wie ich herausgeputzt wurde."

Seine Worte brachten ein aufrichtiges Lächeln auf Lady Cambreys Gesicht und sie entspannte sich sichtlich.

„Meine Mutter hat großes Talent darin, ausladende Feiern zu organisieren", sagte er und wandte sich an Margaret. „Wenn die feine Gesellschaft unsere Vermählung zum Ereignis des Jahres macht, wird sie genau wissen, wie damit verfahren werden muss. Ohne meine Mutter wäre das Kricketbankett wahrscheinlich eine Katastrophe geworden. Oder zumindest hätte die gesamte Sache auf Janes Schultern gelastet."

„Du hast dich fabelhaft gemacht", sagte Lady Cambrey. Dann sah sie endlich seine Verlobte an. „Wahrlich, es bereitet mir großes Vergnügen, Feierlichkeiten zu organisieren. Wir sollten zumindest über die Ortschaft und die Speisen und die Blumen sprechen. Und möglicherweise haben Sie eine besondere Vorliebe für bestimmte Musik."

„Ja, das wäre wunderbar. Ich freue mich, dass Ihr hier seid, um mich zu beraten", sagte Margaret gnädig. „Anhand der Art und Weise, wie Ihr Haus dekoriert ist, sowohl dieses als auch das Stadthaus in London, erkenne ich, dass Ihr eine Frau von höchst gutem Geschmack seid."

So, dachte er, *sie haben sich versöhnt.*

„Wollen wir einen Spaziergang oder in meinem Fall eine Spazierfahrt um das Grundstück machen und Eleanor den Fluss zeigen?"

Eleanor klatschte in die Hände.

„Perfekt", stimmte Margaret zu. „Meine Schwester wird entzückt sein, auch die Pferde zu sehen."

„Mutter, begleitest du uns?"

„Nein, mein Lieber, ich werde sofort meinem Schwager schreiben und um ihren Besuch bitten."

„Nun gut. Jemand muss nach Cyril rufen, der mich schiebt, da Gray nicht bei uns ist."

Ein überraschter Ausdruck legte sich auf Maggies Gesicht.

„Aber wozu denn? Du hast dich selbst hergefahren. Wir müssen doch deinen Diener nicht bemühen, nicht wahr?"

„Meinen Diener *bemühen*?" Cam versuchte, die Verärgerung nicht in seiner Stimme erklingen zu lassen, als er an die Anstrengung dachte, die es erfordern würde, die

Räder selbst zu bewegen. „Ich bin sicher, er empfindet es nicht als *Bemühung*, mir zu assistieren, Liebste."

„Doch es ist unnötig, findest du nicht? Erst gestern Abend sagtest du, du müssest deinen geschwächten Arm stärken. Gewiss ist es der perfekte Weg, deine Muskeln zu kräftigen."

Seine Mutter stieß einen summenden Laut aus, dann sagte sie: „Wenn John Hilfe benötigt, dann soll er sie haben."

Margaret seufzte. „John weiß nicht, ob er Hilfe benötigt, wenn er nicht wagt, es zuerst selbst zu tun."

„John ist genau hier", sagte er zu ihnen beiden. „Und ich werde mich verdammt noch mal selbst fahren, und sei es nur, um euch beide davon abzuhalten, euch wie Fischweiber zu benehmen."

Er sollte sich wegen seiner Ausdrucksweise schämen, doch zu sehen, wie sowohl seine Mutter und seine Verlobte ihre Münder schlossen, erfüllte ihn mit Befriedigung.

„Nun gut, gehen wir." Das kam von Eleanor, die durch das Gezänk wahrscheinlich bereits ganz ungeduldig war.

Nach kurzer Zeit schwitzte er wie ein Pflüger, während er die Räder selbst anschob, wieder und wieder. Soviel dazu, sauber und wohlduftend von seinem Bad zu sein. Nun war ihm heiß und er fühlte sich unwohl, als sie am Fluss ankamen. Der verdammte Fluss, den er schon hunderte Male gesehen hatte und um den er sich in diesem Moment keinen Deut scherte, es sei denn, er könnte seine Kleider ablegen und darin schwimmen, um sich abzukühlen.

„Verdammter Gips", murmelte er.

„Was sagtest du?", fragte Margaret.

„Nichts." Sie gelangten ans Ufer des Wassers. Sein schwacher Arm pochte und er griff in seine Tasche. Keine

Flasche. Ein Hauch von Panik durchfuhr ihn. Als er zum Haus zurückblickte, das ihm jetzt sehr weit weg erschien, obwohl es nur ein paar hundert Meter entfernt war, wurde Cam klar, dass er das Laudanum nicht von neben dem Bett griff, nachdem Peter ihn angezogen hatte.

Seine Miene muss den Alarm verraten haben, der ihn in diesem Moment durchströmte, denn als Margaret in seine Richtung blickte, keuchte sie.

„John, stimmt etwas nicht?"

KAPITEL ZWANZIG

Verdammt noch mal! Cam würde Margaret nicht verraten, dass er seine Opiumtinktur wollte – nein, er brauchte sie. Es würde unendlich viele Fragen und Verzögerungen nach sich ziehen.

Wie könnte er sie dazu bringen, zum Haus zurückkehren zu wollen, und das schnell?

„Angelt eine der Damen zufällig?" Er hatte keinen Schimmer, warum diese Frage seinen Mund verließ, doch sie schien Frohsinn in der jüngeren Blackwood-Schwester auszulösen.

Eleanor nickte begeistert. „Ich habe zu Hause schon viele Fische gefangen. Mein Vater brachte es mir bei."

„Was haben Sie gefangen?", fragte Cam und versuchte, seine Gedanken von seinem schmerzenden Arm abzulenken.

„Brassen und Barsche", sagte sie. „Angelt Ihr hier?"

„Ich tat es, als ich noch ein Junge war. Ich fing einige große Zander und wir verspeisten sie zum Abendessen."
Er sah Margaret an.

„Ich angle nicht", sagte sie, „doch ich werde die Fische gern verspeisen."

„Wollen wir Angelruten holen?", fragte Cam. „Ich kann zum Haus zurückkehren und nachsehen, ob Cyril Angelruten finden kann, vielleicht im Gärtnerhäuschen. Wenn Gray hier wäre, wüsste er, wie er welche auftreiben könnte. Egal, ich werde sie finden. Vielleicht in den Ställen. Aber warum sollte jemand Angelruten in seinen Ställen aufbewahren?"

Er schloss seinen Mund fest, als die Worte unaufgefordert aus ihm heraussprudelten.

Er begann, seinen Rollstuhl umzudrehen, als er Margaret lachen hörte. Ein liebreizender Klang. Warum also ging er ihm also in diesem Moment auf die Nerven?

„Wir müssen jetzt nicht angeln", sagte sie. „Es ist sehr aufmerksam von dir, doch du musst für diesen Unsinn nicht den ganzen Weg zurückfahren. Wir planen es für morgen."

„Es ist kein Unsinn." Er hoffte, dass er gleichmütig klang, obwohl sich eine Wolke des Unbehagens über ihm zusammenbraute. Vor seinem geistigen Auge konnte er die dunkle Glasflasche sehen. Darin befand sich alles, was er brauchte, um sich bei diesem Ausflug wohlzufühlen. Wenn Maggie ihn nur nicht gezwungen hätte, ein Bad zu nehmen und seine Kleidung zu wechseln.

„Sieh dir Eleanor an", sagte er. „Sie möchte angeln."

„Möchtest du das, Liebes?", fragte Margaret ihre Schwester.

Eleanor zuckte mit den Schultern. „Morgen genügt."

„Aber wir könnten jetzt angeln", beharrte er und hörte ein Wimmern in seiner Stimme, durch das er jünger wirkte als das Mädchen, das er sich als Komplizin erhofft hatte. „Warum sollten wir warten? Möglicherweise regnet es morgen."

„John, selbst ich erwarte nicht von dir, dich selbst an einem Tag hin und zurück zu schieben. Du wärst erschöpft und dein Arm würde schrecklich schmerzen."

„Wahrlich", sagte er ruhig, trotz des Sturms der Unruhe, der durch seinen Bauch fegte. Er spürte den Schweiß, der sich auf seiner Stirn bildete und seinen Rücken hinunterrann.

„Vielleicht könnten die Damen dabei helfen, mich zurück zum Haus zu schieben, eine an jedem Griff. Wir kämen schneller dorthin und wären auch schneller zurück."

„Wir sind wahrhaft damit zufrieden, am Fluss zu spazieren. Gewiss gibt es viele Vögel, die uns Gesellschaft leisten."

Ein Schalter in ihm legte sich um. So würde er es sich später erklären, als er im Bett lag und sich über seine eigene Unverfrorenheit wunderte.

„Na schön! Ihr beide könnt die verdammten Vögel betrachten, wenn es euch beliebt. Ich gehe zurück zum Haus."

Während er schweigend davonfuhr, hörte er Eleanor sagen: „Dein Verlobter muss es wahrlich lieben, zu angeln."

Sie liefen ihm nicht nach, während er sich entfernte, und bei der Geschwindigkeit, mit der er seinen Rollstuhl schob, machten sich krampfende Qualen in seinem Arm breit. Sobald er in der Nähe der Veranda war, begann er, um Hilfe zu rufen.

Mrs. Mackle war ihm scheinbar am nächsten, denn sie kam aus dem Haus gelaufen, gefolgt von seiner Mutter.

Sollte er sie bitten? Er hatte keine Wahl. Er konnte nicht warten, bis nach Cyril oder Peter geschickt oder bis ihm nach oben geholfen wurde, wo er die Flasche selbst holen könnte.

„Ich brauche sofort mein Laudanum", sagte er zu der Haushälterin. „Neben meinem Bett steht eine Flasche."

„Ja, Mylord." Sie vollführte einen winzigen Knicks, der ihrem Alter und ihrem Stand entsprach, und da sie es nicht gewohnt war, auf eine Besorgung geschickt zu werden, schien die Haushälterin angesichts der Größe von Turvey House nicht schnell genug zu sein.

„Ich muss Sie zur Eile anhalten, Mrs. Mackle", rief er ihr nach, während sie zur Tür schlenderte.

Doch da er wusste, dass er die Tinktur beinahe in den Händen hielt, begann er sich zu entspannen.

„Du hast gebrüllt wie ein Wüstling", tadelte ihre Mutter ihn. „Ich dachte, du seist verletzt oder den Blackwoods wäre etwas geschehen. Wo sind sie?"

Er seufzte, denn er wusste, dass sie verärgert sein würde, weil er ihre Gäste zurückgelassen hatte.

„Kannst du sie von hier nicht sehen?", fragte Cam. „Sie amüsieren sich bei einem Spaziergang am Fluss und sie beobachten Vögel."

„Sie beobachten Vögel?"

„Ja, Eleanor ist eine wahrhafte Naturliebhaberin. Übrigens, besitzen wir Angelruten?"

„Grayson sollte es wissen", sagte Lady Cambrey. „Doch warum hast du den ganzen Weg zurückgelegt, nur, um sogleich wieder zurückzukehren?"

„Den Rollstuhl zu schieben scheint zu viel für meinen Arm zu sein, fürchte ich. Ich habe starke Schmerzen."

Seine Mutter erblasste. In diesem Moment kehrte Mrs. Mackle zurück, die offenbar die Dringlichkeit erkannt hatte und nun auf ihn zueilte. Sie drückte die Flasche in seine ausgestreckte Hand und er entkorkte sie, um einen kleinen Schluck zu nehmen. Er wusste aus Erfahrung, dass es nicht viel brauchte, um ihm starke Erleichterung zu verschaffen.

Nach ein paar Minuten fragte seine Mutter: „Geht es dir besser, lieber Junge?"

„Ja." Doch mit dem glücklichen Ende seiner Schmerzen und dem vertrauten euphorischen Gefühl kam eine neue Empfindung. Schuldgefühle, gefolgt von einer großen Enttäuschung über sich selbst. Er hatte sich vor Margaret und ihrer Schwester schlecht benommen, wurde ungeduldig und brüllte unkontrolliert.

Entschlossen, sich zu bessern, beschloss Cam, zwei Dinge zu tun: Er wollte sicherstellen, dass er immer Laudanum bei sich hatte, und gleichzeitig diskreter mit dem Konsum umgehen. Es gab keinen Grund, warum die Menschen in seiner Umgebung wissen sollten, dass er es noch nahm. Es war ohnehin seine persönliche Angelegenheit.

Solange er daran dachte, regelmäßig davon zu trinken, um seine Qualen zu lindern, und sich gleichzeitig anzustrengen, um seine Muskeln zu stärken, würde sich sein Zustand in jeder Hinsicht bessern.

„Wirst du zu ihnen zurückkehren?", fragte seine Mutter.

Cam dachte über diese Aufgabe nach.

„Ich glaube nicht. Wahrscheinlich sind sie bereits bei der All-Saints-Kirche angekommen. Wenn sie nicht den Fluss hinaufgelaufen sind. Wie auch immer, es ist zu weit, um mich selbst dorthin zu schieben."

„Wieso spielen wir dann nicht eine Partie Karten? Das habe ich schon ewig nicht getan. Wenn die Mädchen zurück sind, können sie sich uns anschließen."

MAGGIE KÄMPFTE MIT IHREN Gefühlen von Wut und Sorge, schämte sich für Johns Verhalten und versuchte, die Zeit mit Eleanor zu genießen, bevor sie zum Haus zurückkehrten. Sie war dankbar, dass ihre Schwester nicht weiter auf Johns seltsames Verhalten einging, von dem Maggie annahm, dass es auf Opium zurückzuführen war. Sie wusste es tief in sich.

Als er nicht zurückkam, wurde ihr klar, wie sehr er sich im Vergleich zu dem Mann, den sie im Jahr zuvor kennengelernt hatte, verändert hatte. Aus Loyalität zu seinem besten Freund Simon, der das Land und seine Frau Jenny in London zurückgelassen hatte, hatte John ihre ganze Familie in seine Obhut genommen. Alle Blackwoods hatten die Freundlichkeit des Grafen von Cambrey kennengelernt, und mit jedem Moment, den Maggie in seiner Gesellschaft verbracht hatte, sei es im Gespräch oder beim stillen Beobachten, hatte sein Charakter sie sehr beeindruckt. Und als sie sich das erste Mal geküsst hatten, war sie von sentimentalen Gefühlen überwältigt worden. Und von Verlangen.

Gegenwärtig war er jähzornig, durchtrieben – denn sie war sich sicher, dass er sich nicht für das Angeln interessierte – und mürrisch. In der Tat war er im Moment nicht der Mann, den sie sich als Ehemann vorstellen konnte.

Dieser Gedanke ließ sie innehalten, als sie gerade die Veranda erreichte, sodass Eleanor von hinten in sie hineinlief.

„Uff. Ist alles in Ordnung?"

„Ja, verzeih mir", sagte sie zu Eleanor. „Was hast du nun vor?"

„Zeichnen. Sobald ich meine Zeichenstifte und Papier habe, gehe ich in den Stall."

„Wunderbar. Ich sehe später nach dir. Gib Acht, dass—"

„Ich weiß, ich weiß. Dass ich mich nicht verletze. Um Himmels willen, Mags, ich bin kein Kind mehr."

Maggie lachte leise.

„Ich wollte sagen, gib darauf Acht, niemandem zur Last zu fallen, doch du hast recht. In deinem fortgeschrittenen Alter solltest du dich weder in Gefahr bringen, noch jemandem zur Last fallen."

Eleanor rollte mit den Augen, bevor sie ins Haus rannte, um ihren Zeichenblock zu holen, genau wie es ein Kind tun würde.

Maggie wusste, was ihre nächste Aufgabe war, und sie gefiel ihr überhaupt nicht.

„Wo ist seine Lordschaft?", fragte sie die erste Dienerin, die sie antraf, die sich als Polly herausstellte.

„Ich glaube, er hält sich in der Bibliothek aus, Miss."

Einen Moment später spähte sie durch die offene Tür. John saß ihn seinem Rollstuhl, las und machte sich Notizen. Als sie eintrat, sah er auf und schenkte ihr ein leicht verlegenes Lächeln.

„Ich hoffe, ich störe dich nicht", begann Maggie und erinnerte sich an das letzte Mal, als sie in diesen Raum geplatzt war und an die unschöne Überraschung, ihn mit Jane in einem scheinbar romantischen Moment zu sehen. Kurz danach hatten sie beschlossen, zu heiraten, und er Herz war vor Freude erblüht.

„Nein, nicht im Geringsten", sagte er. „Ich habe soeben erst eine Runde Écarté mit meiner Mutter beendet. Ich dachte, ich würde mir Notizen zu Investitionen machen, die ich mit Gray besprechen werde, wenn er je zurückkehrt. Mit dir zu sprechen ist weitaus besser, das verspreche ich dir."

Wie sollte sie beginnen? Sie wollte ihre Gründe für ihre Sorge noch einmal erklären, denn tief in seinem Inneren war er noch immer der Mann, mit dem sie ihr Leben teilen wollte. Wenn sie diesen Mann nur dazu bringen könnte, zurückzukehren.

„Es tut mir leid", platzte John heraus, bevor sie etwas sagen konnte. „Ich weiß, dass ich mich wie ein Tölpel benahm."

Das ist ein Anfang, dachte sie. „Du hattest einen Grund für dein Benehmen, will ich meinen."

Er runzelte die Stirn und blieb still.

Würde er damit herausrücken oder nicht?

Sie beschloss, ihn zu drängen. „Du bist nicht zum Haus zurückgekehrt, um nach Angelruten zu suchen."

Er besaß den Anstand, zu erröten. „Nein, ich hatte Schmerzen wegen der Benutzung meines Rollstuhls."

Maggie fühlte sich schuldig.

„Dein Schmerz bereitet mir Kummer. Ich hätte zulassen sollen, dass Cyril dich zum Fluss schiebt."

„Nein, keinesfalls", sagte er und schüttelte den Kopf. „Du hattest recht. Ich muss meinen Arm stärken, und der einzige Weg, das zu tun, ist, ihn zu benutzen und die Konsequenzen zu tragen. Ich beabsichtige, mich weiterhin selbst herumzufahren."

„Ich möchte nicht, dass du Schmerzen hast", betonte sie. „Allerdings bin ich über alle Maße besorgt."

„Ich werde aufhören, Laudanum zu nehmen", unterbrach er sie mit entschlossener Stimme.

Nun hatte er ihre Aufmerksamkeit. „Wirklich?"

„Ja. Ich verspreche es." Er sah ihr direkt in die Augen, während er sprach, und sie sah Ernsthaftigkeit in seinem Blick.

„Du kannst es nicht wissen, doch ich versuchte es bereits und es war teuflisch schwierig. Doch ich erkenne, dass dich die Einnahme von Opium stört, daher bin ich entschlossen, es durchzustehen. Doch sei gewarnt, denn das daraus resultierende Unbehagen macht mich recht mürrisch. Dazu kannst du meinen Kammerdiener befragen."

Mit jedem Wort, das er sprach, wurde ihr Herz leichter.

„Ich wusste nicht, dass du es bereits versucht hast. Es tut mir leid, dass es dir Schmerzen bereitet, doch dieses Mal werde ich an deiner Seite sein", versprach sie.

„Es gibt niemanden, den ich dort lieber hätte."

Er streckte seine Hand nach ihr aus. Sie nahm sie und im nächsten Moment verschränkten sich ihre Finger mit seinen und er zog sie auf seinen Schoß und begann sie mit seinen Küssen abzulenken.

Als seine Lippen die ihren berührten, verschwanden all ihre Probleme. Hier war nun endlich ihr John. Wenn er sie küsste, konnte sie ihm nichts abschlagen oder sich überhaupt daran erinnern, warum sie erst vor Minuten an ihrer gemeinsamen Zukunft gezweifelt hatte.

Er zog sich zurück und fragte: „Wird Eleanor hereinkommen und uns überraschen?"

„Nein", sagte sie mit rasendem Herzen. „Sie zeichnet deine Pferde."

„Wie liebreizend von ihr. Wird sie lange damit beschäftigt sein?"

„Mindestens eine halbe Stunde. Vielleicht länger."

„Wunderbar!" Dann strich er mit seinen Knöcheln über jede ihrer Brüste, genau wie er es in seinem Schlafzimmer getan hatte, als er glaubte, sie sei ein Traum.

Ihre Brustwarzen kribbelten und wurden hart, als sie mit ihren Fingern durch sein sauberes Haar fuhr und das seidige Gefühl genoss. Zu ihrem Erstaunen und ihrer

Freude umschloss er ihre Fülle mit seinen Handflächen, hielt jede ihrer Brüste sanft fest und rieb mit seinen Daumen über ihre nun empfindlichen Spitzen.

Seltsamerweise, und sie konnte das Gefühl kaum glauben, schien es, als würde er sie an anderer Stelle streicheln. Tatsächlich spürte sie ihn bei jeder Liebkosung ihrer Brustwarzen auch zwischen ihren Beinen.

Ihre Mitte erhitzte sich und sie begann sich auf ihm zu winden, da sie nach mehr verlangte.

„John", stöhnte sie an seinen Lippen, als sie sich wieder küssten.

Sie spürte, wie er versuchte, besser an sie heranzukommen, aber ihre hochgeschlossene Bluse und die enge, figurbetonte Jacke machten es unmöglich. Als er unter ihre Röcke griff, wurde er außerdem durch den ungünstigen Winkel behindert, in dem sie auf seinem Schoß saß.

Sie hörte auch ihn stöhnen und umschloss sein Gesicht mit seinen Händen, dann küsste sie ihn leidenschaftlich, wobei sich ihre Lippen teilten und ihre Zunge nach der seinen suchte.

Der Rest von ihm erstarrte angesichts ihrer Kühnheit, aber als er seinen Mund öffnete und ihre Zunge hineinzog und daran saugte, wusste sie, dass er es genauso genoss wie sie.

Nach einer Weile merkte Maggie, dass er den Kuss abgewandelt hatte und seine Zunge zwischen ihre Lippen schob. Deshalb saugte sie, genau wie er es getan hatte, sanft daran. In der Zwischenzeit wurden seine Hände wieder lebendig, wanderten über ihren Rücken, dann über ihre Brüste und landeten schließlich an ihrer Taille.

Als der Kuss endete, atmeten sie beide schwer.

Sie fasste ihn an seiner Weste und sagte: „Ich glaube, es ist gut, dass du deinen Gips noch trägst, andernfalls bezweifle ich, dass wir bis zur Hochzeitsnacht keusch blieben."

Er lachte frustriert. „Keuschheit wird völlig überschätzt, mein Liebling. Wenn ich nicht in diesem Gips steckte, kann ich dir versprechen, dass ich schon lange vor der Hochzeitsnacht versuchen würde, deine Unschuld zu brechen. Und du würdest mir dafür danken. Kurz bevor du meinen Namen schreien würdest."

Maggie errötete – sie zweifelte nicht daran, dass er recht hatte, denn an sämtlichen Stellen, an denen John sie berührte, schienen wunderbare neue Empfindungen zu erwachen. Ihre Brüste brannten förmlich darauf, entblößt und gehalten zu werden.

„Nicht *alles* von dir steckt in einem Gips", bemerkte Maggie und bewegte ihr Hinterteil erneut.

Er stöhnte ein weiteres Mal. „Und *nichts* von dir tut es. Vielleicht sollten wir nach oben gehen und herausfinden, was wir erreichen können."

Sie biss sich auf ihre Unterlippe, während sie über seinen Vorschlag nachdachte. Sie würden ohnehin heiraten. Sie war sicher verlobt, ohne ihren Ruf zu beflecken, und sie musste ihn nicht mehr mit aller Kraft verteidigen.

„Wir machen einen Plan", flüsterte sie ihm ins Ohr. „Bleib den Rest des Tages mit mir hier unten. Heute Abend komme ich zu dir."

Sie sah zu, wie er schluckte.

„Ist dir bewusst, was du da sagst?", fragte er.

„Ich glaube ja."

Sie spürte sein Seufzen und ließ zu, dass er ihr Kinn in seine Hand nahm.

„Du glaubst es? Ich wünsche, ich beabsichtige, dich auf eine Art und Weise für mich zu beanspruchen, die absolut unwiderruflich ist. Du hast nur einmal die Chance, dich zum ersten Mal einem Mann hinzugeben."

Aufregung rauschte durch sie hindurch. Könnten Sie sich wirklich wie Mann und Frau vereinen, während er von seinem Verband und Gips gehindert wurde? Trotz ihrer anfänglichen Ängste hatte John Angsley einen festen Platz in ihrem Herzen und das würde sich nicht ändern. Was sie betraf, so sah sie keinen Grund, bis zu ihrer Hochzeitsnacht zu warten. Immerhin lebten sie nicht im Mittelalter und sie war eine aufgeklärte Frau!

„Ich beschloss, mich dir hinzugeben, als ich unserer Vermählung zustimmte. Was spielt es für eine Rolle, wenn wir warten, bis wir tatsächlich verheiratet sind? Muss ich befürchten, dass du mir meine Jungfräulichkeit nimmst und dann dein Wort brichst?"

„Von allen Sorgen, die du haben könntest, diese sollte nicht dazuzählen. Ich begehre dich nicht nur mit meinem Körper – obgleich ich dich so sehr begehre, dass es mich fast ängstigt. Doch ich begehre dich wahrlich auch mit meinem Kopf und Herzen."

Als sie lächelte, begann er zu lachen.

„Da ist es. Dein liebreizendes Lächeln. Ich dachte einst, es sei eine Waffe, die du gegen ahnungslose Junggesellen verwendest, die du zu umgarnen hofftest. Und es war übrigens außerordentlich erfolgreich. Jetzt weiß ich allerdings, dass es ganz einfach dein natürlicher Ausdruck von Frohsinn ist. Ich hoffe, es dir immerzu zu entlocken."

Während sie über eine Erwiderung nachdachte, bemerkte Maggie nicht, dass die Tür aufgestoßen worden war und ihre zukünftige Schwiegermutter den Raum betreten hatte. Als Lady Cambrey ein zartes Hüsteln von sich gab, war es für Maggie zu spät, um vom Schoß ihres Verlobten zu springen und präsentabel zu erscheinen.

John umschloss sie jedenfalls mit seinen Armen und hielt sie in der kompromittierenden Position fest.

„Ja, Mutter?" Seine Stimme war die reine Unschuld, die einen Kommentar von ihr forderte, während Maggie spürte, wie ihr Gesicht vor Verlegenheit entflammte.

„Ich bin froh, euch beide so voller Glück zu sehen", sagte Lady Cambrey. „Es erfüllt mein mütterliches Herz mit Frohsinn."

Sie machte auf dem Absatz kehrt und verließ das Zimmer, wobei sie die Tür hinter sich schloss.

In der Stille, die folgte, starrte Maggie John mit weit aufgerissenen Augen an, bevor sie beide in Gelächter ausbrachen.

Von da an kam es Maggie vor, als würde sich der Tag endlos hinziehen, während ihre Vorfreude immer größer wurde. Während der Mahlzeiten und Unterhaltungen, bei Whist- und Scharade-Spielen, warf sie immer wieder einen Blick auf John und stellte fest, dass er sie anstarrte. Er hob neckisch eine Augenbraue oder zwinkerte ihr zu, was ihren Herzschlag beschleunigte.

Einmal leckte er sich sogar über seine Lippen und sie spürte, dass ihre fraulichen Stellen zu pochen begannen.

Gütiger Gott, wann würde es endlich Schlafenszeit sein?

Sie zog sich früh zurück und nahm ein langes Bad, verzichtete jedoch darauf, ihr Haar zu waschen, da sie nicht vorhatte, tropfend vor John zu erscheinen wie eine Katze, die aus dem Regen hereinkam. Stattdessen bürstete sie es und ließ ihr Haar locker um ihre Schultern fallen, denn sie wusste, dass es ihren Mann dazu verführen könnte es und sie zu berühren. Ein einfaches blassrosa Baumwollnachthemd aus dem weichsten, fein gewebten Batist und ihr blauer Morgenmantel waren alles, was sie brauchte, während sie ihre Füße in ihre weichen Lieblingshausschuhe steckte.

Das Herz schlug ihr bis zum Hals und Maggie staunte über ihre eigene Kühnheit. Sollte sie nicht eher Angst haben, als aufgeregt zu sein? War sie entsetzlich wollüstig, weil sie diese Verbindung erleben wollte?

Auf Zehenspitzen schlich sie den Korridor entlang, vorbei am Zimmer ihrer Schwester, bis sie Johns Tür erreichte. Zum ersten Mal zögerte sie, jedoch nur lange genug, um tief durchzuatmen, zur Beruhigung an sich herunterzuschauen und dann die Tür aufzustoßen.

KAPITEL EINUNDZWANZIG

Cam sah zu, wie Margaret eintrat, und bei ihrem bloßen Anblick spürte er Druck in seinen Lenden. Wie würde er das durchstehen, ohne sich zu erniedrigen, indem er sich verausgabte, bevor sie überhaupt begannen? Es war lange her, dass er sich mit einer Frau vergnügt hatte. In diesem Moment konnte er sich allerdings nicht mehr an die Letzte erinnern, mit der er zusammen gewesen war. In seinen Gedanken existierte keine andere als Margaret Blackwood. Und das war kein Wunder.

Sie trat leise ein und nachdem sie die Tür abgeschlossen hatte, ging sie über den Teppich auf ihn zu, eine sinnliche Erscheinung in einer saphirblauen Robe, deren Haar offen um ihre Schultern fiel.

„Träume ich wieder?", fragte er, als sie an seinem Bett ankam.

„Reize mich nicht", sagte sie, „oder ich komme zur Vernunft und ziehe mich zurück."

„Ich werde dich ganz sicher reizen", versprach er.

Er tätschelte das Bett und hielt ihre Hand, als sie auf die Matratze kletterte. Sie legte sich auf seine linke Seite, gegenüber seines eingegipsten Beins, und Cam stützte sich auf seinen gesunden Arm, um auf sie hinabzusehen. Zu seiner Freude war ein dünner, geflochtener Gürtel der einzige Verschluss für ihr Gewand und er löste ihn schnell.

Darunter trug sie nur ein durchscheinendes Nachthemd von blassem Rosa. Er konnte die dunklere Farbe ihrer Brustwarzen darunter sehen und er dankte Gott, dass seine Sehkraft bei dem Unfall nicht in Mitleidenschaft gezogen worden war. Er wollte nichts überstürzen, also beugte er sich für einen langen, sanften Kuss zu ihren Lippen hinunter, den sie ebenso leidenschaftlich erwiderte.

„Ich möchte mehr von dir küssen", sagte er, bevor er eine Spur über die weiche Haut ihres Halses und tiefer verfolgte.

Er hörte, wie sie scharf Luft holte, und spürte, wie sich ihre Hände in seinen Haaren festkrallten. Er drückte seinen Mund durch den weichen Stoff hindurch auf eine ihrer Brustwarzen und zerrte dann ganz sanft mit seinen Zähnen daran, bis sie sich ihm entgegenwölbte.

Als er sich zurückzog, schaute sie ihn mit leicht geöffneten Lippen an. „Das hat mir gefallen", gestand sie.

„Gut." Er beugte sich wieder herunter und schenkte ihrer anderen Brustwarze dieselbe Aufmerksamkeit, und dann sehnte er sich verzweifelt danach, ihre nackte Haut zu sehen.

„Setzt du dich auf und ziehst deine Arme aus dem Morgenmantel?"

Wortlos tat sie, wie ihr geheißen. Das Nachthemd war langärmelig und hatte keine Knöpfe oder Bänder, die er sehen konnte.

„Ich glaube, es wäre der richtige Zeitpunkt gewesen, ein Nachthemd zu tragen, das an der Vorderseite geöffnet werden kann."

„Oh ja", hauchte sie mit sanfter Stimme. „Mein Fehler."

„Dieses Problem können wir ganz einfach lösen, wenn du mich es von unten anheben lässt oder …"

„Oder was?"

„Ich könnte es ganz einfach vorne entzweireißen", sagte er sachlich. „Mit meinen Zähnen!"

Ihre Augen weiteten sich. „Wie ein Pirat?"

Sie strich über die heilenden Narben in seinem Gesicht und er stellte fest, dass es ihm rein gar nichts ausmachte.

„Genau. Wenn ich dich ansehe, habe ich das Gefühl, ich könnte ein Seeräuber sein."

„Ich mag dieses Nachthemd", sagte sie ihm. „Deshalb habe ich es angezogen. Wenn es dir nichts ausmacht—"

Cam griff nach dem Saum und begann, das Hemd anzugeben, womit er Zentimeter für Zentimeter ihre nackten Beine entblößte.

„Ich wünschte, es würden weitere Lampen brennen", sagte er reuevoll.

„Ich bin froh, dass dem nicht so ist."

„Sei nicht schüchtern, Miss Blackwood. Du bist so liebreizend, dass du nie bekleidet sein solltest."

Er sagte es, um sie zu entspannen, und da ihre Antwort ein Kichern war, wusste er, dass er erfolgreich war.

„Wenn wir verheiratet sind, darfst du niemals in einem Nachthemd zu Bett gehen. Es ist ein Verbrechen, diesen schönen Körper zu verstecken."

Sie lachte wieder.

Während er sie mit seinen Worten ablenkte, hatte er ihr Hemd bis zur Taille angehoben und hob es noch weiter, um ihre intimsten Stellen seinem hungrigen Blick auszusetzen.

Als sie jedoch die kühle Luft auf ihrer Haut spürte, wollte sie sich instinktiv bedecken. Bevor sie dies tun konnte, beugte er sich wieder herunter und blies gegen die weichen Locken zwischen ihren Schenkeln.

„*Ohh*", murmelte sie.

Er wollte sie dort mit seinen Lippen berühren und sie küssen, wo sie es am intimsten spüren würde, doch er hielt sich zurück.

Beginne ganz langsam, mahnte er sich selbst.

Er hob ihr Gewand höher und entblößte einen flachen Bauch, den er sanft küsste – zuerst unter und dann über ihrem Nabel. Ihre Haut war wie Seide. Er küsste sich weiter nach oben, während er den Saum anhob, und enthüllte schließlich ihre herrlichen, vollen und festen Brüste.

„Berühre mich", forderte ihre zitternde Stimme und überraschte ihn.

Er umfasste sie mit den Händen, streichelte und knetete sie und kniff dann ganz leicht in jede Brustwarze. Ihre Hüften ruckten.

„Hebe deine Arme", wies er sie an, „und ziehe dein Nachthemd über deinen Kopf."

Sie tat es. Als er das störende Kleidungsstück über die Schulter warf, verschränkte sie ihre Arme über ihren Brüsten.

„Verstecke dich nicht, schöne Dame. Ich verehre jeden Zentimeter deines Körpers."

Es war mehr als Margarets körperliche Erscheinung, die ihn bezauberte. Sein Herz war ihr voll und ganz zugetan, und deshalb wollte er sie lieben, aber auch hegen und pflegen, sie beschützen und ihr ein Leben voller Wonne bereiten.

In diesem Moment beschloss er, dass sie sich ohne den finalen Akt vergnügen würden. Vielleicht war er ja doch altmodisch, aber er wollte die Ehre genießen, ihren Körper in ihrer Hochzeitsnacht zu beanspruchen. Er hoffte, dass er diese neu entdeckte Ehrerbietung nicht bereuen würde.

Sanft zog er an ihren Armen, bis sie sich entblößte. Dann senkte Cam seinen Mund wieder auf ihre Brüste und umschloss eine ihrer Spitzen mit seinen Lippen. Ein Lecken entlockte ihr einen Seufzer, das Saugen brachte sie zum Stöhnen und ein sanfter Biss brachte sie dazu, seinen Namen zu flüstern. Er tat alle drei und wanderte dann mit seiner Hand über ihren Bauch zum Zentrum ihrer Leidenschaft.

Feuchte Locken begegneten seiner Berührung. Sie war bereits ganz angespannt vor Verlangen. Er ließ einen Finger zwischen ihre Falten gleiten und spürte, wie sich ihr Körper versteifte.

„Ganz ruhig, Liebling. Du wirst es lieben." Während er mit seinem Mund an ihrer Brust sprach, spürte er, wie sie sich wieder entspannte, bevor er seinen Kopf hob und ihr Gesicht betrachtete, als er sie zum ersten Mal streichelte.

Margarets Kopf neigte sich nach hinten und ihr weißer, schlanker Hals wölbte sich. Er wusste, dass sie nicht mehr lange durchhalten würde. Er achtete darauf, nicht zu viel Druck auf ihr Geschlecht auszuüben, und als sie kurz davor war, sich zu verausgaben, führte er einen zweiten Finger in sie ein. Sie hob ihre Hüften vom Bett und umklammerte die Laken mit ihren Fäusten.

ALS SIE DIE AUGEN öffnete und sich wieder auf Johns Bett sinken ließ, fühlte sich Maggie zu beschwingt und träge zugleich, um sich zu genieren. Sie schüttelte den Kopf, als sie in das Gesicht des Mannes blickte, den sie liebte und das einen leicht selbstgefälligen, aber zärtlichen Gesichtsausdruck trug.

„*Grundgütiger!* Ich hatte ja keine Ahnung. Ich meine, ich habe ... nun ... wenn ich allein war, aber wenn du es tust, ist es magisch. Ich vergaß, wo ich war."

„Solange du nicht vergaßt, wer bei dir war."

Sie schlang ihre Arme um seinen Hals und zog ihn herunter, um ihn zu küssen. Einen Moment später zog er sich jedoch zurück.

„Verzeih, Liebste, ich muss ich lösen und einen Moment lang auf dem Rücken liegen. Mein rechtes Bein auf das Bett zu legen, während ich mich über dich beugte, hat wohl eine Verkrampfung verursacht."

Während er dalag und an die Decke starrte, setzte sie sich auf. Würde er einen Schluck Laudanum nehmen, um den Schmerz zu lindern? Und was war mit *seinem* Vergnügen? Es schien, als hätte er sich um sie gekümmert, ohne eine Gegenleistung. Könnte sie ihm das Gleiche zurückgeben?

„John." Sie griff nach dem Saum der Bettdecke und zog sie über ihren nackten Körper. Wo war ihr Nachthemd?

„Ja."

Sie betrachtete seine breite Brust und das braune Haar und wollte plötzlich alles an ihm berühren. Sie streckte die Hand aus und strich mit den Fingerspitzen sanft erst über die eine, dann über die andere Brustwarze. Zu ihrem Erstaunen verhärteten sie sich. Sie stellte fest, dass sein Körper dem ihren ähnlich war. Zweifelsohne würde er ähnliche Empfindungen genießen.

„Darf ich für dich tun, was du für mich getan hast?"

Langsam breitete sich ein Grinsen auf seinem Gesicht aus.

„Das ist nicht nötig. Ich glaube, du wirst etwas Anleitung brauchen und ich fühle mich durch den Gipsverband belastet."

„Unsinn", sagte sie ihm und zog an der Bettdecke, die seine Taille und Beine bedeckte.

„Oh!", rief sie aus, als sie sah, dass seine Hüfte völlig entblößt war. Außerdem war sein Glied steif und ragte, seit sie die Decke weggeschoben hatte, zur Decke hinauf.

Er stöhnte.

„Geht es dir gut?" *Hatte er schreckliche Schmerzen?*

„Es ist erregend, wenn du mich ansiehst, doch du musst mich berühren, oder ich muss es selbst tun."

Sie verstand sofort. Als ihr Körper entblößt gewesen war und er sie bloß angesehen und ihr ein kribbelndes und heißes Gefühl verschafft hätte, wäre auch ihr nichts anderes übriggeblieben, als sich selbst zu berühren, um das Verlangen zu stillen.

Sie räusperte sich, biss sich auf die Unterlippe und fasste ihn in der Mitte seines Schafts. Er stöhnte wieder.

Ein nervöses Lachen darüber, was sie gerade tat, kam in ihr auf, doch sie schaffte es, es zu unterdrücken. Instinktiv wusste sie, dass Lachen in einem intimen Moment wie diesem die falsche Reaktion wäre.

Die Haut seines Schafts war weicher, als sie erwartet hatte, sicherlich glatter als ein Arm oder ein Bein. Als sie daran dachte, wie er sie verwöhnt hatte, hielt sie ihre Finger um ihn und streichelte ihn bis zu der seltsam geformten Spitze, die wie ein Pilz mit einem Schlitz an der Spitze aussah und mit einem Tropfen Flüssigkeit gekrönt war. Dann strich sie zum Ansatz hinunter.

Als sie genauer hinsah, sah Maggie seine Hoden, der den Samen enthielt, der für die Zeugung eines Kindes notwendig war.

Diese berührte sie nicht, sondern begann, ihre Hand rhythmisch auf und ab zu bewegen, doch sie war sich nicht sicher, wie viel Druck sie anwenden sollte.

Nach ein paar Augenblicken schloss sich seine große, starke Hand um ihre und half ihr, ihn kräftiger und schneller zu streicheln. Ein Blick auf sein Gesicht zeigte, dass er die Augen geschlossen und die Zähne zusammengebissen hatte. Offensichtlich genoss er es.

Maggie sah den Moment, in dem er seinen Kopf wölbte und seinen Mund öffnete, um einen kurzen, gutturalen Schrei auszustoßen. Gleichzeitig drückten seine Finger ihre fester, sein Glied versteifte sich und perlende Flüssigkeit schoss in einem Bogen aus dem Schlitz, den er von ihr weglenkte.

Gütiger Gott! Seine Befreiung war ein beeindruckendes Schauspiel, viel beeindruckender als ihre stille Verausgabung. Als sie sich den vollen ehelichen Akt vorstellte, wusste sie, dass sein warmer Samen direkt in ihre Gebärmutter fließen würde, um ein Kind zu zeugen. Baby Angsley!

„Wieso lächelst du so heiter?", fragte er mit heiserer Stimme, als er seine Augen wieder öffnete.

„Ich dachte an das Kind, das wir eines Tages zeugen werden."

„Wenn dieser Tag erreicht ist, werde ich der glücklichste Mann dieser Welt sein. Du kannst jetzt loslassen."

„Wie bitte?"

„Meinen Hof. Du kannst ihn loslassen."

Als sie hinunterschaute, bemerkte sie, dass er seine Hand weggenommen hatte und nur noch ihre Finger übrig waren, die um einen weicher werdenden Schaft lagen.

Sie ließ los. „Du warst prächtig."

„Ich bin derjenige, der dies sagen sollte, nicht du, Dummerchen. Und danke", fügte er hinzu.

Sie spürte Hitze in ihren Wangen und schüttelte den Kopf.

„Nein, danke dir. All das war wahrlich wundervoll und nicht im Geringsten unangenehm."

„Es wird noch besser sein, wenn ich in dich eindringen kann. Stelle dir dasselbe Vergnügen noch verstärkt vor."

„Ich kann mir nichts Schöneres vorstellen", gestand sie.

Andererseits wusste sie, dass er es sich nicht vorstellen musste. Er hatte dies und noch viel mehr mit anderen Frauen getan. Zuvor hatte sie ihm seine früheren Verbindungen nicht missgönnt. Außerdem hatte sie von seiner Erfahrung profitiert. Doch nun, da sie wusste, worum es ging, machte es sie traurig zu wissen, dass er bereits eine solche Intimität mit ihnen geteilt hatte.

„Ich sehe sämtliche Emotionen auf deinem Gesicht. Was ist los, Liebste?"

Liebste. Das gefiel ihr. Dann kam ihr ein weiterer ärgerlicher Gedanke in den Sinn. Vielleicht hatte er jeder Frau, die er beschlafen hatte, den gleichen Kosenamen gegeben.

Verdammt! Sie würde sich selbst in den Wahnsinn treiben, wenn sie sich von der Eifersucht auf seine Vergangenheit verschlingen ließ.

„Für mich ist das alles neu und ich weiß, dass du ähnliche Begegnungen mit Frauen hattest, die wussten, was sie taten, und mit denen du das *verstärkte Vergnügen* erlebtest, von dem du sprichst."

Seufzend zog er sie herunter, bis ihre Wange auf seiner Brust lag.

„Margaret, ich werde absolut ehrlich mit dir sein. Du musst mir glauben und dann nie wieder zulassen, dass meine Vergangenheit dich belastet. Versprichst du es?"

Sie nickte.

„Nun gut. Niemand, den ich je kannte, kann sich mit dir vergleichen, in keiner Weise. Wie kann ich es vorsichtig ausdrücken?" Er hielt einen Moment inne. „Die anderen Frauen waren nötig, da ein Mann meines Alters besonders starke Triebe hat. Etwa zu der Zeit, als ich mich zu rasieren begann, verlangten auch meine körperlichen Gelüste nach Aufmerksamkeit. Verstehst du?"

Maggie verdrehte bei seiner Erklärung die Augen. „Du sagst also, dass die Frauen, die du beschlafen hast, nur dem Zweck dienten."

Er lachte kräftig und schüttelte ihren Kopf, der noch immer auf seiner Brust lag.

„Wenn du es so ausdrückst, nein. Natürlich war Lust im Spiel, doch im Vergleich dazu, mit dir zusammen zu sein, war es wie eine praktische Transaktion statt eines Akts der Liebe. Das war es nie."

„Du hast nie geliebt?" Sie hielt den Atem an.

„Nein, das verspreche ich dir. Ich fühlte Verliebtheit, Anziehung, sogar Bewunderung, aber nicht das, was ich für dich fühle. Ich hatte nie Liebe erlebt, bis ich eine Margaret Blackwood kennenlernte."

Zufrieden mit seiner Erklärung lächelte sie in sich hinein. Doch sie hatte noch eine weitere Frage.

„Und du gehst nicht leichtfertig mit diesem Begriff um?"

„Mit welchem Begriff?", fragte er und gähnte ausgiebig.

„*Liebste.*"

„Nein, ich benutze nichts, das mit Liebe zu tun hat, leichtfertig."

Das stimmte sie sehr zufrieden. „Sehr gut."

Er legte seine Arme fest um sie und drückte sie an sich.

„Du bist meine Liebste und bald auch meine Gemahlin. Wie konnte mir ein solches Glück zuteilwerden?"

„Man sagt mir nach, anspruchsvoll und sogar scharfzüngig zu sein. Doch ich glaube, ich bin nur anspruchsvoll und direkt."

Lachend küsste er ihren Kopf.

„Wie auch immer, ich akzeptiere dich so, wie du bist."

„Das tue ich ebenso." *Bis auf das Laudanum*, erinnerte sie sich, doch sie wollte es in diesem Moment nicht ansprechen, nicht, wenn alles so idyllisch schien.

Johns Gähnen löste bei ihr selbst eines aus. Sie könnte ohne Weiteres in seinen Armen einschlafen, doch das wäre gefährlich. Sie waren zwar verlobt, doch wenn ihre Schwester in Maggies Zimmer käme und sie dort nicht vorfände, würde sie ein schlechtes Beispiel abgeben.

Außerdem könnte Lady Cambrey es als unsittliches Verhalten ansehen, wenn Maggie noch einmal im Bett des Grafen entdeckt würde. Diesmal nackt wie am Tag ihrer Geburt.

„Ich sollte in mein Zimmer zurückkehren."

Sofort umfasste er sie fester und sie lachte.

„Es liegt nur den Flur hinunter, nicht am Ende der Welt."

Er entspannte seinen Griff um sie und streichelte ihre Schulter. „Ich weiß. Es war meine ehrliche Reaktion auf die Vorstellung, du würdest meine Arme verlassen. Das Bett wird sich kalt anfühlen, sobald du nicht mehr darin liegst."

„Küss mich noch einmal, um uns zu wärmen", sagte sie, kletterte auf ihn und genoss das Gefühl ihrer Haut an seiner. „Und dann werde ich gehen."

Sofort waren seine Hände in ihrem Haar und fuhren durch die Strähnen, als er sie herunterzog und ihren Mund eroberte. Eine lange, intime und schweigende Zeit lang küssten sie sich einfach. Ihr Körper kribbelte überall, als hätte sie sich nicht erst vor wenigen Minuten befriedigt gefühlt. War es unmoralisch von ihr, in diesem Moment daran zu denken, es noch einmal zu tun? Das Gefühl seines anschwellenden Schafts unter ihr zeigte ihr, dass er derselben Meinung war.

Sie hob ihren Kopf und wusste, dass sie besser von John steigen sollte, um nicht zu riskieren, vor der Vermählung ein Kind in sich zu tragen. Das Versprechen, alles Sinnliche mit ihm zu erleben, trug sie fest in ihrem Herzen. Irgendwann würden sie den Beischlaf in vollen Zügen genießen, und er würde alles übertreffen. Dieser Vorgeschmack auf Intimität hatte ihr das gezeigt.

Sie platzierte einen Kuss auf seinen Lippen, der mit einem weiteren Kuss erwidert wurde, kletterte von ihm herunter und schlüpfte aus dem Bett.

Gute Güte, sie stand splitternackt im Lampenlicht des Schlafzimmers eines Mannes. *Wo waren ihre Kleider?*

„Ich warf dein Nachthemd in diese Richtung", sagte er hilfsbereit. „Ich werde zusehen, wie du es aufhebst."

Sie konnte nicht anders, als bei seiner lüsternen Bemerkung zu lachen. Statt sich zu genieren, fühlte sie sich durch die Art, wie er sie geliebt hatte und den Worten, die er zu ihr gesagt hatte, wie eine schöne Göttin.

„Ich erlaube dir, zuzusehen." Sie fand ihr Kleid auf dem Teppich. Als sie sich mit ihrer Rückseite zu ihm langsam vorbeugte, hörte sie ihn stöhnen.

„An nur einem Abend bist du zur Verführerin geworden."

„Du hast mich dazu gemacht." Sie ließ das Nachthemd über ihren Kopf gleiten, bevor sie zum Bett zurückkehrte, um ihren Morgenmantel zu holen. Er lag zerknittert an der Stelle, an der er ihn ihr entrissen hatte. Da war sie noch ein anderer Mensch, eine Unschuldige.

„Mir gefällt mein neues, erfahrenes Ich sehr."

Sie griff nach ihrem Morgenmantel und erschrak, als er ihren Arm packte.

„Es gibt noch viel zu lernen. Du bist noch lange keine erfahrene Liebhaberin, mein Liebling, doch ich bin bestrebt, dich zu unterrichten und werde dies mit größtem Vergnügen tun."

„Ich bin eine willige Schülerin."

„Nur mit mir", erinnerte er sie.

War das kehlige, sinnliche Lachen wirklich von ihr ausgegangen?

„Natürlich, Mylord. Nur mit dir."

„Geh jetzt, oder wir müssen auf der Stelle eine weitere Unterrichtsstunde beginnen." Er ließ ihren Arm los.

Maggie seufzte erstaunt und überließ ihn seiner hoffentlich erholsamen Nachtruhe. Da ihr Körper und ihr Geist gleichermaßen befriedigt waren, würde sie selbst sehr gut schlafen.

SOBALD SICH DIE TÜR hinter Margaret schloss, öffnete Cam seinen Nachttisch und nahm die Flasche der Medizin heraus, wie er es nannte. Denn das war Laudanum wahrlich – pure und hilfreiche Medizin. Mehr nicht.

Er nahm einen kleinen Schluck, legte die Flasche zurück und bedeckte sie mit sauberen, gebügelten Taschentüchern.

Dann entspannte er sich wieder auf dem Bett, wartete darauf, dass die Schmerzen nachließen, und dachte über sein Leben nach.

Margaret war perfekt und perfekt für ihn. Ihre Ehe würde äußerst erfolgreich sein. Da war er sich sicher. Denn er schätzte ihren Geist und ihren Humor. Außerdem würden sie eine leidenschaftliche, erfüllende Beziehung führen, und er konnte es kaum erwarten, sie wieder zu berühren.

Sein Gips würde ihm innerhalb weniger Monate abgenommen werden und er würde wie ein Besessener dafür arbeiten, seine Stärker zurückzuerlangen.

Ja, alles war in bester Ordnung. Nur musste er seine Verlobte anlügen, weil sie nicht verstand, wie notwendig es war, die Schmerzen zu unterdrücken. Wenn er keine Schmerzen mehr hatte, würde er natürlich wieder die Qualen des Absetzens der Opiumtinktur durchleben. Bis dahin würde er tun, was er für das Beste hielt.

Bedauerlicherweise verursachte das Schmerzmittel noch weitere Schmerzen. Sein Magen machte ihm beinahe so schnell zu schaffen, wie das Laudanum seine Kehle hinunterrann, so schien es zumindest. Wenn er jedoch ein wenig mehr von der Tinktur nahm, würde er trotz seines Magens problemlos einschlafen, auch wenn er Albträume riskierte.

Nein. Er würde die Bauchkrämpfe aushalten. Verzückt von der Erinnerung daran, wie er Margaret befriedigt hatte und wie sie ihn im Gegenzug enthusiastisch berührte, war er sicher, dass er gut schlafen würde.

Als er jedoch einige Stunden später schweißgebadet und keuchend erwachte, lag es an einem schrecklichen

Traum, mit Kutschen, die zu schnell auf tückisch hohe Klippen zurasten, wie jene, die er vor einigen Jahren mit Beryl und ihrer Familie besucht hatte.

Was würde er dafür geben, Margaret bei sich zu haben! Abgesehen davon wünschte er sich, er könnte aus dem Bett springen und einen Spaziergang machen, anstatt dort zu liegen und sich gefangen zu fühlen, sodass ihm nichts anderes übrig blieb, als wieder in einen unruhigen Schlummer zu fallen.

Verärgerung überkam ihn zum wiederholten Male. Wenn der Mann, der die andere Kutsche gesteuert hatte, nicht umgekommen wäre, hätte Cam ihn sicherlich aufgesucht und ihm den Hals umgedreht.

KAPITEL ZWEIUNDZWANZIG

Beryl, ihre fünf Geschwister und ihre Eltern, Cams Onkel und seine Gemahlin, kamen früh am nächsten Tag an, nach einem Frühstück, bei dem Margaret jedes Mal, wenn sie ihn ansah, errötete.

Wenn ihre Schwester oder seine Mutter nicht vermuteten, dass etwas zwischen ihnen geschehen war, würde Cam einen Besen fressen. Oder vielleicht war Eleanor zu jung, um daran zu denken, was passiert sein könnte, und seine Mutter ... nun, sie war nicht zu alt. Nein, das war gewiss. Glücklicherweise war sie mit der Ankunft ihrer Schwiegereltern beschäftigt.

„Ich habe Großartiges geplant", teilte Lady Cambrey den Besuchern mit, sobald sie eintragen, doch bevor sie noch etwas sagen konnten, nahm Eleanor Beryls Hand und sie zogen sich in eine Wolke aus Kichern und Flüstern zurück.

Sowohl Margaret als auch Eleanors Mutter, Catherine Angsley, entschuldigten sich für das Betragen der Mädchen.

Cams Mutter begann von vorn. „Später werden wir Gesellschaftsspiele spielen und ich bin sicher, die jungen Damen werden Gefallen daran finden. Mein Sohn gab mir am gestrigen Tage eine gute Idee. Wir fanden einige Angelruten und wir sollten meine Nichten und Neffen zum Fluss mitnehmen und sehen, was sie fangen können."

Drei Knaben und zwei Mädchen verschiedenen Alters quietschten vergnügt.

Cam bemerkte, dass Margaret ihn besorgt ansah. Und es war kein Wunder. Sie wollte nicht, dass sich die Geschehnisse des vergangenen Ausflugs wiederholten. Um sie zu beruhigen, lächelte er.

„Bereiten wir alles vor", schlug Lady Cambrey vor, „und dann sehen wir, ob sich Beryl und Eleanor uns anschließen möchten. Ich glaube, die jüngste Blackwood-Schwester angelt gern."

Nicht allzu lange später fand sich Cam wieder am Fluss Great Ouse wieder, diesmal umgeben von Kindern. Es schien, als wären es nicht sechs, sondern sechzig seiner Cousins und Cousinen.

Wie merkwürdig, überlegte er. In diesem Alter könnte er der Vater der Jüngeren sein.

Er beobachtete Margaret, die mit den anderen Frauen plauderte, so jugendlich wie sie aussah und mit ihrem Haar in einem langen Zopf, der ihr über den Rücken fiel, und er wusste, dass sie ihm schöne und starke eigene Kinder schenken würde. Zudem hatte ihm die vergangene Nacht bewiesen, dass er es genießen würde, jedes von ihnen zu zeugen.

Als er als Nächstes seine eigenen Verwandten beobachtete, freute er sich darauf, das scheinbar endlose Junggesellendasein zu beenden.

Ja, er war erpicht darauf, die Rolle des Ehemanns und Vaters einzunehmen. Ein Leben, das ein wenig trist geworden war, schien wieder aufregend zu sein. Es würde sich über die Pflichten im Parlament und die müßigen Vergnügungen der feinen Gesellschaft hinaus ausweiten. Sobald er den Gips los war!

Bei strahlendem Sonnenschein hatten sie sich an der Flussbiegung versammelt, wo es eine kleine sandige Fläche gab, die sie sein ganzes Leben lang salopp einen „Strand" genannt hatten. Hier floss das Wasser langsamer und die Fische tummelten sich in der Nähe. Es war idyllisch.

Margaret schien ein Naturtalent im Umgang mit den Kleinen zu sein, aber er bemerkte, dass sie keinen Köder an den Haken steckte. Eleanor, die unbedingt mitkommen wollte und Beryl mit sich zog, war eine Meisterin im Ködern und zeigte den Kindern, wie man die Leine auswirft und angelt. Margaret schien besser darin zu sein, Mützen zurechtzurücken, schmutzige Hände abzuwischen und generell alle zum Frohsinn zu ermutigen.

Selbst er konnte sich an der Rute versuchen. Er ließ Eleanor seine Leine auswerfen und setzte sich ans Ufer und fischte, wie er es seit Jahren nicht getan hatte. Es war vergnüglich, besonders, da Margaret in der Nähe stand und fröhlich plauderte. Dann spürte er das vertraute Ziehen an seiner Leine. *Wundervoll!*

Als er einen großen Barsch aus dem Fluss zog, der von allen um ihn herum bejubelt wurde, wäre sein eigenes Glück vollkommen gewesen, wenn er nicht in seinem Rollstuhl gefangen gewesen wäre und sich gefragt hätte, wie lange es dauern würde, bis er für seinen nächsten

Schluck Laudanum allein sein könnte. Natürlich nur, wenn er es brauchte.

Er ließ sich von seinem Onkel Harold zum Ufer schieben und in diesem Moment empfand Cam keine Schmerzen, bis auf das konstante Unwohlsein durch den Umstand, dass sich sein Körper immerzu in derselben Position befand.

Allerdings war er entschlossen, sich selbst zum Haus zurückzuschieben, um seine Armmuskeln zu stärken. Wenn er das tat, wusste er, dass er etwas der Opiumtinktur brauchen würde, um den Abend zu überstehen, bis es Schlafenszeit war.

„Zeit zu speisen", rief seine Mutter und lud sie damit zu einem Picknick ein, das bereits aufgebaut worden war, dieses Mal auf Holztischen, die die Bediensteten auf ihre Anweisung hin zum Flussufer getragen hatten. Er musste lächeln. Als Gastgeberin war sie in ihrem Element. Und zu seiner Überraschung hatte er einen leichten Appetit entwickelt.

Als sich alle sattgegessen hatten, wurde es Zeit, für die nächste Unterhaltung seiner Mutter nach Turvey House zurückzukehren. Sie hatten zwei ältere Ponys in ihren Ställen und Lady Cambrey war überzeugt, die Kinder, die alt genug waren, würden Gefallen daran finden, sie auf der Koppel zu reiten.

Cam war der Meinung, es würde ihnen mehr Spaß machen, auf einem gut trainierten Pferd zu reiten, auf dem ein Kind vor einem Erwachsenen sitzt. Natürlich hatte ihn niemand gefragt, da er ja ohnehin nicht reiten konnte. Noch mehr Frust an diesem Tag! Denn es gab nicht viel Schöneres auf dem Land, als einen guten Ausritt zu machen und über die Wiesen und durch Wälder zu jagen.

Er sah zu Margaret hinüber, die zufällig seinen Blick fing und ihn mit fragend hochgezogenen Augenbrauen erwiderte, und dachte lächelnd an ein oder zwei vergnüglichere Dinge.

Als alles eingepackt war, schrie Lady Angsley plötzlich auf.

„George ist im Fluss! Hilfe!"

Alle stürmten los und rannten zum Wasser. Mit klopfendem Herzen war Cam schon halb aus seinem Stuhl aufgestanden, bevor er merkte, dass er weder stehen noch schwimmen konnte. Es war eine Qual, machtlos dazusitzen, kaum in der Lage, an der Schar seiner Verwandten vorbeizuschauen, während sein Onkel, der Vater der Jungen, dem Kleinkind hinterher in den Fluss sprang.

Glücklicherweise hatte seine Tante den Vorfall gesehen, als er passierte. Sie stand nur wenige Meter von ihrem Kind entfernt, das einen Schritt zu viel gemacht hatte und erst von der Böschung und dann von der Strömung mitgerissen worden war. Weder die Mutter des Jungen noch die anderen Frauen konnten sicher ins Wasser steigen, um das Kind zu retten, denn sie wussten, dass sie schnell von ihren Kleidern in die Tiefe gezogen werden und ertrinken würden, wenn sie den Halt verloren.

Cams Onkel Harold, der erst Mitte vierzig war, war allerdings ein starker Schwimmer. Da der Junge nur wenige Meter vom Ufer entfernt war, hielt der Vater seinen Sohn innerhalb kurzer Zeit in den Armen.

Wieder am Ufer angekommen, hielt Harold den Jungen kopfüber an seinen Füßen und schlug ihm auf den Rücken, um das Wasser aus ihm herauszubekommen, das er möglicherweise eingeatmet oder geschluckt hatte. Glücklicherweise war alles so schnell geschehen, dass der junge George für gesund erklärt wurde – er war bloß nass, verängstigt und hing kopfüber in der Luft.

„Genug, Harold. Lass ihn runter", forderte Lady Angsley, die ihre Hände ausstreckte und offensichtlich unbedingt ihren Sohn in ihren Armen halten wollte.

Als Harold ihn umdrehte, eilte Margaret heran, um den Knaben in die Picknickdecke zu hüllen und ihm der dankbaren Mutter zu übergeben.

Wie ein Spritzer Öl in Flammen entfachte Cams Wut, während er die Szene beobachtete und er war überrascht zu sehen, wie schnell wieder Lächeln auf die Gesichter seiner Familie traten und wie ruhig sie alle schienen. Der ganze Vorfall löste sein ohnehin reizbares Temperament aus, das in letzter Zeit immer zum Greifen nahe schien. Wütend umklammerte er die Griffe seines Stuhls.

„Jemand hätte besser auf das Kind Acht geben müssen", sagte er. „Der Knabe hätte umkommen können, direkt neben euch, und die Schuld wäre leicht zuzuordnen gewesen."

Catherine Angsley, die relativ ruhig gewirkt hatte, begann zu weinen, und Harold Angsley warf seinem Neffen tödliche Blicke zu, bevor er seinen Sohn wieder an sich riss. Er hob ihn auf seine nassen Schultern, um ihn nach Turvey House zurückzutragen, und machte sich ohne ein weiteres Wort auf den Weg.

Lady Cambrey schürzte die Lippen über ihren eignen Sohn, während Eleanor und Beryl die übrigen Kinder versammelten, um den kurzen Weg zurück anzutreten.

Allerdings war es Margaret, zu der Cam hinübersah. Ihre Reaktion bestand darin, ihren Kopf zu schütteln, als wäre sie enttäuscht von ihm, was ihn zutiefst verletzte. Da sein Gips nicht nass werden durfte und er sich nicht in der Lage gesehen hatte, den Jungen zu retten, oder überhaupt aufzustehen, hatte er nichts anderes getan, als wie ein alter Mann dazusitzen und zu fischen, und als er mit einem

Notfall konfrontiert wurde, konnte er nichts anderes tun, als noch mehr zu sitzen.

Kein Wunder, dass sie den Ausdruck der Enttäuschung auf ihrem Gesicht trug.

Er sollte sich in Abgeschiedenheit begeben, bis der Gips entfernt werden konnte. Vielleicht würde er damit beginnen, das Buch zu schreiben, über das er zuvor nachgedacht hatte, oder mit dem Malen anfangen. Oder vielleicht würde er dasitzen, aus dem Fenster starren und völlig verrückt werden. Das schien das wahrscheinlichste Szenario zu sein. Diese lange Lektion in Geduld und Bescheidenheit war äußerst anstrengend. Und er war ungehalten darüber, wie leicht er zu reizen war.

Eine melancholische Truppe, mit Ausnahme des Jüngsten, kehrte zum Herrenhaus zurück und Cam hatte Mühe, mitzuhalten. Als seine Räder auf die Veranda rollten, hatte er keine Skrupel, Cyril zu bitten, ihm nach oben zu helfen, wo er sich bis zum Abendessen ausruhen würde.

Und es war durchaus verständlich, dass er etwas Opiumtinktur brauchte, um die Schmerzen in seinen Armmuskeln zu lindern. Niemand könnte ihm das verübeln.

Maggie saß in der Bibliothek und schrieb einen Brief an ihre Mutter, während die Familie Angsley im Gesellschaftsraum verweilte. Maggie tippte mit dem Federhalter gegen ihre Unterlippe und dachte über ihre Wortwahl nach.

Sie wollte Anne Blackwood schreiben, wie glücklich sie war, wieder bei ihrem Verlobten zu sein, und größtenteils war das die Wahrheit. Die vergangene Nacht hatte ihre Erwartungen an eine Beziehung mit einem Mann weit übertroffen. Sie hatte wahrlich nicht verstanden, wie die Unbeholfenheit und die Angst im Angesicht der Liebe und des Verlangens verschwinden würden.

Dennoch stimmte sie Johns gelegentliches seltsames Verhalten misstrauisch. Ebenso hatte Maggie nicht vergessen, wie verändert er ihr vorgekommen war, als sie eintraf. Sicher, nach einem Bad, einem Haarschnitt und einer Rasur war er schon eher wieder er selbst. In Kombination mit der Tatsache, dass sie die kleinen Unterschiede wie seine Blässe und sein geringes Gewicht schnell akzeptiert hatte, war sie froh, ihn noch immer ihren Verlobten nennen zu können.

Allerdings hatte er erst am Vortag eine unhöfliche Tirade von sich gegeben und sie und Eleanor ohne einen weiteren Blick verlassen. Als sie ihn später darauf ansprach, schien er ein ganz anderer Mensch zu sein, versöhnlich und ruhig. Außerdem hatte er sofort versprochen, die Einnahme von Opium zu unterlassen.

Dann sagte er heute aus heiterem Himmel etwas unnötig Grobes, was Lord und Lady Angsley sehr verstörte.

Keiner der beiden Vorfälle würden ihr seltsam vorkommen, wenn John nicht der Graf von Cambrey wäre – ein Mann, der seit einem Jahrzehnt Teil der Gesellschaft war und den Titel geerbt hatte, den er nun schon vier Jahre trug, seit dem vorzeitigen Tod seines Vaters. Er wusste, dass er sich nicht wie ein Tölpel verhalten sollte.

Seufzend schrieb sie ihrer Mutter, dass Johns Arm bis auf seine Schwäche gut verheilt war. Sie erzählte die Geschichte des Angelns und von Eleanors großer Freude am Besuch von Beryl. Natürlich ließ Maggie die beinahe geschehene Katastrophe aus, die George befallen hatte, sowie die Zweifel, die sie daran hegte, einen Mann zu ehelichen, der eine neue und unangenehme Seite an sich zeigte.

Sie versiegelte den Brief, dann suchte sie nach Cyril oder Mrs. Mackle, um ihn mit der Morgenpost verschicken zu lassen. Als sie unter der Kuppel des Eingangsbereichs entlangschritt, hörte sie, wie sich die Eingangstür öffnete.

„Die liebreizende Miss Blackwood, baldige Gräfin von Cambrey."

Grayson, der noch immer einen langen Reisefrack trug, war in die Halle geschritten.

„Sind Sie gerade aus London zurückgekehrt?"

„Das bin ich." Er schlenderte auf sie zu, nahm ihre freie Hand und verbeugte sich höflich vor ihr. „Ich habe meinen Koffer in meiner Behausung abgestellt und bin auf direktem Wege hierhergekommen, um zu sehen, wie es seiner Lordschaft geht."

Stirnrunzelnd fragte Maggie: „Warum? Sorgten Sie sich um ihn?"

Er legte seinen Kopf schief und schenkte ihr ein schiefes Lächeln. „Wie lange sind Sie schon hier?"

„Ein paar Tage."

„Dann haben Sie ihn gesehen?"

„Natürlich!" Maggie dachte an den Vorabend. Sie hatte noch viel mehr getan, als John Angsley nur zu *sehen*. Dann erkannte sie, was Grayson meinte.

„Sie beziehen sich auf seine Erscheinung. Ich möchte meinen, dass sie ihn sehr zum Guten verändert finden werden."

Seine Augenbrauen hoben sich. „Wahrhaftig?"

„Ja, aber ich lasse Sie selbst nachsehen. Gab es etwas über sein Haar und seinen Bart hinaus, das Ihnen Sorge bereitet hat?"

„Ich plaudere nicht gern aus dem Nähkästchen, Miss Blackwood. Wenn es ihm besser ergeht, wie Sie es sagen, dann bin ich damit höchst zufrieden."

„Würden Sie mich Maggie nennen, oder zumindest Margaret?"

„Ja, das werde ich, wenn Sie mich Grayson nennen."

„In Ordnung, das werde ich." Da sie selbst genug Sorgen hatte, beschloss sie, ihn nicht auf seine Bedenken bezüglich John anzusprechen. „Wenn Sie mich nun entschuldigen, ich lasse Sie John besuchen, während ich den Diener aufsuche."

Er verneigte sich noch einmal. „Guten Tag, Margaret."

„Für Sie auch, Grayson."

Sie musste zugeben, dass sie froh über die Rückkehr des Gutsverwalters war. Sie konnte mit keinem der Bediensteten über ihre Befürchtungen bezüglich ihres Herrn sprechen und auch Lady Cambrey gegenüber konnte sie ihre Ängste nicht äußern. Diese Lektion hatte sie zweifellos gelernt. Während Grayson auch ein Angestellter von John war, genau wie Cyril oder Peter, waren sie in erster Linie Freunde. Wenn der Mann besorgt war, hoffte sie, er würde darüber sprechen.

Um sieben Uhr abends waren alle, mit Ausnahme der fünf jüngsten Kinder, im Hauptspeisezimmer versammelt, einschließlich Grayson. John schien wieder entspannt zu sein und seine Verwandten hatten ihm scheinbar für seine unglückliche Aussage vergeben, die seine Tante zum Weinen gebracht hatte.

Maggie wusste, dass ihnen aller Wahrscheinlichkeit nach ein langer Abend mit Scharade, Whist oder Loo bevorstand. Sie hoffte, dass John währenddessen ein ruhiges Gemüt bewahren würde, und sie hatte vor, ihn noch einmal in seinem Zimmer zu besuchen. Wenn schon nicht, um das Vergnügen vom Vorabend zu wiederholen, dann wenigstens, um ihn unter vier Augen zu fragen, wie er sich fühlte, seit er mit dem Opium aufgehört hatte.

OHNE EINEN MOMENT DER Privatsphäre war Cam nicht in der Lage gewesen, Margaret zu einem weiteren nächtlichen Stelldichein einzuladen, außer mit seinen Augen. Dennoch wusste er, dass sie kommen würde, und er war bereit, als sie in sein Zimmer schlüpfte, nachdem alle anderen ins Bett gegangen waren.

„Schläfst du?", flüsterte sie.

„Nein", flüsterte er zurück. „Tust du es?"

Lachend rannte sie über seinen dicken Perserteppich und warf sich neben ihn auf das Bett.

„Puh!" Ein Atemzug entwich ihm.

„Habe ich dir Schmerzen bereitet?", fragte sie.

„Nein." Doch irgendwie war ihr Ellbogen in seinem Bauch gelandet, als sie sich neben ihm niederließ. Das war ihm egal. Sie könnte ihn grün und blau schlagen und er würde sie trotzdem verehren.

Als er erkannte, dass sie dieselbe Position eingenommen hatte wie in der Nacht zuvor, als sei sie bereit, Liebe zu machen, beugte er sich herunter, um sie zu küssen. Unerwartet legte sie ihre zarten Hände auf seine Brust und hielt ihn zurück.

„Dafür bin ich nicht hergekommen. Ich hatte es nicht erwartet. Verstehst du? Wir können uns unterhalten, wenn du möchtest."

Grinsend öffnete er ihren Gürtel und fand sie völlig nackt vor. Sofort reagierte sein Körper und sein Gehirn schien sich von jedem intelligenten Gedanken zu befreien.

„Puh", sagte er wieder und brachte sie damit zum Kichern. „Meine Dame, es kommt mir so vor, als wärst du genau dafür zu mir gekommen." Und dann eroberte er ihren Mund, bevor er eine Spur aus Küssen über ihren Hals und ihre Brüste verteilte.

Als er seine Hand in ihre federweichen Locken gleiten ließ und begann, sie zu streicheln, wie er es in der Nacht zuvor getan hatte, schwiegen sie, bis auf Seufzen, Stöhnen und Keuchen.

Erst lange Zeit später, nach vielem Necken und Küssen, weiteren Liebkosungen und Streicheleinheiten und einigen perfekt erlernten Handgriffen von Margaret, verausgabte er sich auf dem Bettlaken. Es war leicht, sich vorzustellen, wie er das Gleiche in ihr tun würde.

Sie kuschelten sich aneinander und er fragte sich, ob sie heute Abend einfach zusammen einschlafen und die Konsequenzen passieren lassen sollten, bis ihm einfiel, dass er die nötige letzte Dosis Laudanum noch nicht zu sich genommen hatte. Wenn sie schnell einschlief, könnte er vielleicht über sie greifen. Oder vielleicht sollte er ihr sagen, dass es Zeit wurde, wieder in ihr eigenes Zimmer zurückzukehren.

Allerdings hätte er sich nicht sorgen müssen, denn statt ihre schönen goldgefleckten Augen zu schließen, blickte sie ihn an.

„Wie fühlst du dich?"

Lächelnd drückte er sie an sich. „Musst du wirklich fragen, nach dem, was wir gerade taten?"

„Nein, Liebster, ich meinte, seitdem du die Opiumtinktur nicht mehr nimmst. Du sagtest, dass es dich mürrisch macht. Sicherlich ist das der Grund für dein unschönes Verhalten gegenüber deiner Tante und deinem Onkel heute Nachmittag. Beim Abendessen, nachdem du dich hier oben erholt hattest, schienst du wieder normal und freundlich zu sein. Wie ist es jetzt? Hast du Schmerzen?"

Sie anzulügen war das absolut Letzte, das Cam tun wollte, doch er konnte ihr nicht die Last der Sorge aufbürden, nicht wenn er wusste, dass er das Richtige tat. Irgendwann würde er aufhören, Laudanum zu nehmen, und dann würden seine Worte keine Lügen mehr sein.

„Manchmal bin ich gereizt, wie du es am Fluss miterlebt hast, doch dann fühle ich mich besser, besonders, wenn du bei mir bist. In diesem Moment ...", er hielt inne und strich mit seiner Hand an ihrem nackten Arm entlang, „... habe ich keine Schmerzen."

Sie bekam eine Gänsehaut und er dachte, dass sie sich sicherlich noch einmal vergnügen könnten, bevor sie ging.

„Und freust du dich, dass Grayson zurück ist?"

Er blinzelte.

„Du nennst ihn nun *Grayson*? Nicht mehr Mr. O'Connor? Sollte ich eifersüchtig sein?"

Sie machte eine Faust und schlug ihm sanft gegen den Bauch.

„Ich liege nackt in deinen Armen, nachdem wir einander auf intimste Weise berührten. Bist du eifersüchtig?"

„Im Moment nicht. Doch ich könnte einen Mann mit Leichtigkeit in Stücke reißen, wenn er dich jemals berührt. Und ich werde jedem, der seinen Blick auch nur zu lange auf dir verweilen lässt, einen grimmigen Blick zuwerfen."

„Dann könnten wir eine Ehe voller grimmiger Blicke führen."

Er rollte sie auf sich. „Ich vermute, es wird eine Ehe voller Lachen und Liebe."

„Das vermute ich ebenso", stimmte sie zu.

„Sobald der verdammte Gips abgenommen wird, werde ich vor Gott und vor Zeugen stehen und dich zu meiner Ehefrau machen. Ich kann es nicht erwarten."

„Bis dahin", sagte Margaret mit einer Stimme, die einem Schnurren glich, „können wir uns noch an viel Liebe und Lachen erfreuen." Sie senkte den Kopf, küsste ihn, dann rutschte sie herunter, um jede seiner Brustwarzen zu küssen, so wie er es bei ihr getan hatte. „Und Leidenschaft", fügte sie hinzu, bevor sie ihn weiter beglückte.

Sie blieb noch länger als in der Nacht zuvor, und als sie schließlich ging, fühlte er das Gewicht der Schuld auf sich, als er die Flasche aus der Schublade nahm.

Er entkorkte sie, trank und legte sie an ihren Platz, bevor ihm ein Problem in den Sinn kam.

Gray war zurückgekehrt und freute sich über seine Besserung. Cam saß nicht mehr lustlos in dem abgedunkelten Zimmer und konnte sich um nichts scheren, sondern wurde von Margaret und ihrer liebevollen Fürsorge wiederbelebt.

Leider wusste sein Freund, dass Cam noch immer Laudanum nahm. Gray hatte ihn nicht gefragt oder es je angesprochen. Doch Gray, der seinen letzten Versuch einer Abstinenz miterlebt hatte, wusste genau, dass Cam, wenn er sich nicht mehr der Vorteile des Opiums bedienen würde, die leere Hülle eines Mannes wäre, der sich im Bett winden würde. Er wäre weder in der Lage gewesen, als gnädiger Gastgeber am Abendessen teilzunehmen, noch, so vermutete er, hätte er seiner Verlobten eine so exquisite Nacht bereiten können.

Er würde sich ganz darauf konzentrieren, aus seiner Haut zu fahren, seine verkrampften Muskeln zu bewegen und sich zu fragen, wie er einen Tropfen Opiumtinktur bekommen könnte, ohne dass es jemand merkte.

Was, wenn Margaret Gray gegenüber erwähnte, dass Cam angeblich damit aufgehört hatte?

Wenn Gray erkannte, dass Margaret es glaubte, würde er alles tun, um sie von ihrer falschen Vorstellung abzubringen? Cam hoffte aufrichtig, dass dies nicht der Fall sein würde. Er hatte das Gefühl, dass sie es sehr schwer nehmen würde, wenn sie herausfände, dass er unehrlich war, egal, wie gut er es meinte.

Jedenfalls würden sie, wenn sie ihn liebten, nicht über seine persönlichen Angelegenheiten sprechen. Und genau darauf würde er sich verlassen – dass sie ihn liebten.

KAPITEL DREIUNDZWANZIG

Die sorgenvollen Gedanken der vergangenen Nacht waren noch in Cams Kopf, als er am nächsten Morgen erwachte, und er war entschlossen, früh nach unten zu gehen. Als Gastgeber würde er sich sympathisch und zuvorkommend geben, und sein Gutsverwalter hätte keinen Grund, Zeit allein mit Margaret zu verbringen.

Innerhalb weniger Minuten, nachdem Cyril ihn in das Ostspeisezimmer gesetzt hatte, wurde Cam aufgeschreckt, als die Angsley-Kinder schreiend hereinliefen und stehenblieben, als sie ihn sahen. Einen Moment später folgte das fünfte Kind und die Kinderfrau, die sein Gängelband in einer Hand hielt. Die Frau zögerte. Sie war nicht am Vortag mit ihnen zum Fluss gegangen, da Lord und Lady Angsley sich für weitsichtige Eltern hielten, die sich so weit es ging selbst um ihre Kinder kümmerten, so hatte es ihm seine Mutter jedenfalls gesagt.

Und was hatte es ihnen eingebracht?, dachte Cam. *Einen beinahe ertrunkenen Knaben.*

Als sie sah, dass der Graf des Anwesens bereits wach war und am Tisch saß, gewann die Frau mittleren Alters ihre Fassung zurück und knickste.

„Verzeiht, Mylord. Die Kleinen sind schon früh auf den Beinen. Ich halte sie meist von dem Lord und der Lady fern, sodass sie ungestört weiterschlafen können. In welchen Raum darf ich sie führen? Ich bemerkte, dass Ihr nicht über ein Kinderzimmer verfügt."

Noch nicht.

„Wenn Sie dabei helfen, sie zu beaufsichtigen, dürfen sie hier bleiben. Die Speisen werden bald hereingebracht und wenn etwas dabei ist, das ihnen nicht mundet, werden wir nach etwas anderem verlangen."

Die Kinderfrau machte einen weiteren Knicks. „Sehr wohl, Mylord."

In der Zwischenzeit rannten die Kleinen, mit Ausnahme des Jüngsten, der noch immer fest angebunden war, voller Energie um den Tisch herum. Weiter und weiter, wie Pferde auf einem Reitplatz, nur dass sie viel lauter waren und oft gegen seinen Stuhl stießen.

Statt sich zu ärgern, lachte Cam, dank seiner kurz nach dem Aufstehen eingenommenen Dosis Laudanum.

„Entzückend", sagte er. „Und da ist George, so gesund und munter."

In der Tat, der Junge schien sich gänzlich von seiner nassen Tortur erholt zu haben. Schüchtern lächelte George.

Als zwei Dienstmädchen Tabletts mit verschiedenen heißen und kalten Speisen zur Anrichte trugen, mahnte die Kinderfrau die Kleinen, stillzustehen. Zur Ehre der Frau und zu Cams Bewunderung gehorchten sie.

Nachdem die Bediensteten alles hereingebracht hatten und gegangen waren, lud Cam sie alle ein, sich zu setzen, obgleich sie normalerweise natürlich im Kinderzimmer speisen würden, oder wie am Vortag in der Küche. Die Kinderfrau lief mit Tellern für jedes Kind hin und her.

Es hatte Cam nichts genützt, seinem Personal zu sagen, dass er nur den geringsten Appetit hatte. Sie machten so weiter wie bisher. So landete sein Lieblingsfrühstück auf dem Teller: Bücklinge, Speck, gegrillte Tomaten, gebratene Pilze, ein pochiertes Ei auf gebuttertem Toast, zwei Würstchen und ein Stück gegrillter Haferkuchen. Die Kinder schienen jedoch äußerst wählerisch zu sein.

Fasziniert beobachtete Cam die Kinderfrau, während sie jedem von ihnen eine einzelne Scheibe Toast mit Butter, Eingemachtem und ein paar Scheiben Speck gab.

„Mehr essen sie nicht?", fragte er und stach in sein pochiertes Ei, sodass das Eigelb über seinen Toast rann.

Die Kinderfrau hielt inne, als sie den Kindern gerade Milch eingoss.

„Wenn sie aufessen und mehr wollen, dann sollen sie es bekommen, und nicht früher. Ich verschwende Speisen nicht gern an jene, die sie nicht essen." Sie sah sich mit einem bedeutungsvollen Blick am Tisch um.

Cam war beeindruckt. Dennoch hoffte er, dass sie nicht bemerkte, wie wenig er von seinem eigenen Frühstück aß. Er fürchtete, sie könnte anfangen, es ihm in den Mund zu schaufeln oder ihn zurechtzuweisen.

„Das finde ich sehr vernünftig von Ihnen, Mrs. ...?"

„Mrs. Wendall, Mylord."

Er dachte daran, seinem Onkel und seiner Tante diese Frau zu stehlen, wenn es für ihn und Margaret Zeit wurde, eine Kinderfrau anzustellen. Die gut ausgebildeten Diener anderer Leute zu stehlen, indem man ihnen einen kleinen Aufschlag auf ihren Lohn bot, war die bewährte Methode, um gute Arbeitskräfte zu bekommen.

Als hätte sie der Gedanke an sie beschworen, trat Margaret ein, dicht gefolgt von Eleanor. Bei ihrem ersten

Besuch hatte er bemerkt, dass sie oft früh auf den Beinen war.

„Guten Morgen, werte Damen. Wir speisen bereits, wie Sie sehen können."

Das strahlende Lächeln der Belustigung auf dem Gesicht seiner Verlobten erwärmte ihn. Wahrscheinlich gefiel ihr seine väterliche Zurschaustellung, umgeben von braven Kindern.

„Du scheinst alles bestens unter Kontrolle zu haben", bemerkte sie, während sie zu der Anrichte hinüberging, wo sie und ihre Schwester sich bedienen würden.

„Ehrlich gesagt, nein. Nicht ohne Mrs. Wendall."

Die Mädchen blickten sich zu der Kinderfrau um, die auf einem Stuhl an der Ecke Platz genommen hatte und ihnen nun zaghaft zuwinkte.

„Guten Morgen", sagten beide Blackwood-Schwestern.

„Haben Sie schon gegessen?", fragte Margaret sie und Cam spürte einen Stich der Scham. Hier saß er und stopfte sich voll, während die Kinderfrau der Angsleys dort saß und nichts bekam.

Was für ein Tölpel er doch war!

„Ja, Miss, das habe ich. Sorgen Sie sich nicht."

„Vielleicht eine Tasse Tee?", beharrte Margaret. „Ich nehme an, dass Sie keine freie Minute haben, wenn diese Kleinen nicht gerade essen oder schlafen."

Die Kinderfrau zuckte gutmütig mit den Schultern.

„Ich hätte nichts gegen einen Tee, Miss, aber ich kann ihn mir selbst eingießen, wenn es Ihnen nichts ausmacht."

„Natürlich", sagte Cam und wünschte, er besäße die Rücksichtnahme dieser Schwestern aus einer anderen Gesellschaftsschicht. Wenn man mit unsichtbaren Bediensteten aufwuchs, nahm man an, dass sie weder aßen noch tranken. Und auch nicht schliefen.

Während Mrs. Wendall sich eine Tasse Tee eingoss, verschüttete Milch aufwischte und zwei Kindern ein Würstchen reichte, nahmen Margaret und Eleanor auf den übrigen Stühlen Platz.

„Was ist für heute geplant?", fragte Margaret.

„Nehmen Sie uns wieder zum Angeln mit?", fragte der älteste Junge und zu Cams Überraschung sprach er mit Eleanor.

„Wenn ich es täte, dürften mich nur du und deine ältere Schwester begleiten, andernfalls bräuchten wir weitere Erwachsene, die eure Geschwister betreuen. Wir werden sehen."

Cam begann beinahe zu lachen, als er hörte, wie erwachsen Eleanor klang. Doch wie auch Beryl würde sie im nächsten Jahr der Gesellschaft in London vorgestellt werden, wenn Lady Blackwood ihre Tochter für bereithielt.

„Lady Cambrey könnte für heute etwas im Sinn haben", fügte Margaret hinzu, dann sah sie Cam an und ihre Wangen erröteten auf liebreizende Weise, als sich ihre Blicke trafen.

„Ich bin mir nicht sicher. In Bedfordshire gibt es nicht viel zu erleben, außer Ausflüge mit der Kutsche. Natürlich haben die Kinder alles in der Umgebung bereits gesehen. Sie wohnen nur wenige Meilen entfernt. Ich glaube, alle außer Beryl werden an diesem Nachmittag nach Hause zurückkehren."

Am ganzen Tisch wurde aufgestöhnt.

Und dann kam Gray herein, der sich ihnen meistens zum Essen anschloss. Seine Unterkunft war geräumig, groß genug für eine Familie, aber er hatte kein Personal.

„Da bist du ja, alter Junge", sagte Cam, als der Mann verwundert die vielen Menschen in dem kleinen

Speisezimmer ansah. „Für glückliche Kinder, die ihre Teller leer essen, bist du hier genau richtig."

„So muss es sein." Gray sprach die jüngsten Angsley an. „Da das Ponyreiten gestern durch Master Georges ungeplantes Bad verschoben wurde, werden wir es nach dem Essen nachholen."

Die Kinder jubelten.

„Und dann könnten wir mit der Kutsche zu meinem besten Obstgarten fahren. Ich erlaube euch, die saftigsten Äpfel zu pflücken, wenn ihr euch von den Baumfeen fernhaltet."

Dieses Mal quietschten die Kinder, vielleicht ein wenig erschrocken.

Cam lachte. „All unsere Baumfeen sind Angsley-Feen und werden euch nicht zuleide tun, da ihr zur Familie gehört."

Gray zuckte die Achseln und verdrehte die Augen. „Ich versuche nur, für etwas Aufregung zu sorgen."

„Ich für meinen Teil würde die Feen sehr gern sehen", sagte Eleanor ohne einen Hauch von Ironie.

Cam glaubte beinahe, dass sie sie für real hielt. Dann sah er ihr Augenzwinkern in Grays Richtung. Ja, sie war fast bereit für ihre erste Saison.

„Wo ist Beryl?", fragte Gray. Da die Eltern des Mannes zum Anwesen von Lord und Lady Angsley gehörten, war er genauso wie Cam mit Beryl aufgewachsen, als wäre sie eine kleine Schwester.

„Sie schläft noch", erklärte Eleanor. „Wir haben noch lange in ihrem Zimmer geplaudert."

Cam warf Margaret einen Blick zu und sie hob ihre präzise geformten Augenbrauen. Hoffentlich hatten die Mädchen nichts davon gehört, wie Eleanors ältere Schwester nach einer Nacht des Vergnügens mit ihm wieder in ihr Zimmer geschlichen war.

DIE QUAL DES LORDS

„Möchten die Damen ebenfalls hinaus zu den Ponys gehen?", fragte Gray.

Eleanor stimmte eifrig zu. Man hatte Cam berichtet, dass sie die Natur liebte, insbesondere Tiere. Bevor sich Margaret ihnen allerdings anschließen konnte, meldete sich Cam zu Wort.

„Was Margaret angeht, möchtest du etwas Zeit damit verbringen, die Hochzeitspläne zu besprechen?"

Gray drehte sich zu ihm um und machte dann ein Gesicht, das nur Cam sehen konnte, wobei er seine Lippen spitzte und die Augen schloss. Cam grinste und unterdrückte ein Lachen.

Glücklicherweise schien sich Margaret nicht für Ponys zu interessieren. „Ja, sehr gern."

Schon bald verließen alle das Zimmer, sodass die Bediensteten den Tisch säubern und den Raum für die restlichen Besucher herrichten konnten.

Als die Kinderfrau und ihre Schützlinge zusammen mit Eleanor und Gray zu den Ställen gegangen waren, rollte Cam mit Margaret an seiner Seite auf die Veranda hinaus.

„Ich bin gern mit dir hier draußen", sagte er. „Es wird mich immer an den Moment erinnern, als du dich bereit erklärtest, mich zu ehelichen."

„Es gibt keine Hochzeitspläne, die wir besprechen können, nicht wahr?"

Er zuckte mit den Achseln. „Nein, es sei denn, es kümmert dich, ob Hammel oder Rindfleisch serviert wird, oder welche Farbe die Blumen in der Kirche haben. Mich kümmert es nur, neben dir zu stehen und zu deinem rechtmäßigen Gatten erklärt zu werden."

„Ich gehe ohnehin davon aus, dass mich deine und meine Mutter bei allen Entscheidungen, die ich treffe, überstimmen werden." Margaret sprach mit einem

Lächeln, als kümmerte es sie nicht im Geringsten. „Worüber sprechen wir stattdessen?"

„Über eine Million Details unseres bevorstehenden gemeinsamen Lebens, schätze ich. Gefällt dir beispielsweise mein Schlafzimmer oder möchtest du ein anderes wählen?"

Sie neigte den Kopf. „Mir gefällt das Zimmer, das du bewohnst, und würde ihn gern so belassen, wie er ist." Dann runzelte sie die Stirn. „Das heißt, es sei denn …"

„Es sei denn?"

„John, du hast doch keine anderen Frauen in dein Schlafzimmer eingeladen, oder?"

Wenn er getrunken hätte, hätte er das Getränk ausgespuckt. Was um Himmels willen stellte sie sich unter seinem früheren Leben als Junggeselle vor?

„Ganz sicher nicht! Meine Mutter hätte es nie erlaubt."

Er lachte über seinen Scherz, doch Margaret lächelte nicht.

„Ich scherze nur, Liebste. Die Antwort ist Nein."

„Gut", sagte sie. „Nächste Frage."

„Würde es dir etwas ausmachen, die Parlamentssitzung mit mir in London zu verbringen, oder würdest du es vorziehen, hier in Turvey zu bleiben?"

„Nein, ich werde dich begleiten, und ich erwarte, dass wir an gesellschaftlichen Veranstaltungen teilnehmen, um zu tanzen. Vielleicht erinnerst du dich daran, dass ich gern Walzer tanze. Da ich eine verheiratete Dame sein werde, darf ich mich vergnügen, ohne mich darum zu sorgen, wer auf meiner Tanzkarte steht."

„Ich werde derjenige sein, der sich darum sorgt, wer auf deiner Tanzkarte steht."

„Törichter Mann. Du weißt, dass ich keine haben werde."

„Wahrlich. Was wirst du tun, wenn wir Kinder haben? Wirst du in der Stadt bleiben?"

Sie erblasste leicht und er bemerkte zum wiederholten Male, wie arglos ihr Gesichtsausdruck war.

„Ich würde dennoch an deiner Seite sein wollen", sagte sie. „Das Parlament tagt für eine lange Zeit und ich würde dich schrecklich vermissen. Hättest du mich nicht gern bei dir?"

„Natürlich. Doch ich würde dich nicht zwingen, in der Stadt zu bleiben. Ich kenne viele Frauen, die ihr Leben getrennt von ihrem Gemahl verbringen."

„Und Liebhaber haben", sagte Margaret beiläufig.

Was um alles in der Welt?

„Das ist absolut verboten", beharrte Cam und versuchte, seinen Tonfall ruhig zu halten, obwohl ihn der Gedanke, dass sie mit einem anderen Mann zusammen sein könnte, mit einer Nadel der Eifersucht durchbohrte. „Muss ich zu deinem Hochzeitskleid auch einen Keuschheitsgürtel bestellen?"

Lachend schüttelte sie den Kopf. „Ich meinte Ehegatten, du Narr. Es ist allgemein bekannt, dass Männer in ihre Clubs gehen und danach direkt zu ihren Geliebten."

Sie legte ihren Kopf schief und fragte: „Muss ich einen … gibt es ein männliches Äquivalent eines Keuschheitsgürtels?"

„Ja", sagte Cam, nahm ihre Hand und führte sie an ihre Lippen. „Es nennt sich Liebe und Hingabe. Das wird mich für den Rest unseres Lebens an dich binden."

Sie schenkte ihm ihr umwerfendes Lächeln.

„Perfekt."

Außer als ihre Schwester sie bat, für eine Skizze Modell zu sitzen, die Eleanor ihrem baldigen Schwager schenken wollte, überließ Maggie den anderen Besuchern die Unterhaltung, die Lady Cambrey oder sogar Grayson geplant hatten. Sie ihrerseits begnügte sich damit, an Johns Seite zu bleiben, Karten und Schach zu spielen und herauszufinden, dass keiner von ihnen gern verlor. Glücklicherweise hatten sie ähnlich viel Talent, sodass sie sich mit dem Gewinnen abwechselten.

„Wird dies ein normaler Tag für uns in Turvey House sein?", fragte Maggie, nachdem er ihre Dame genommen hatte.

Cam hob seinen Blick vom Schachbrett.

„Ich genieße es, Zeit mit dir zu verbringen, ganz gleich, was wir tun. Doch wenn mein Gips abgenommen wird und mein Bein wieder gestärkt ist, halte ich es für vergnüglich, gemeinsam auszureiten. Es gibt viele schöne Gebiete, die eher vom Rücken eines Pferdes statt aus einer Kutsche betrachtet werden sollten. Wenn du möchtest, könnten wir außerdem eine Reise nach Europa unternehmen. Wärst du daran interessiert?"

„Oh ja."

„Ich erinnere mich, dass du Französisch hervorragend beherrschst."

„Oui, Monsieur."

Er lachte. „In diesem Fall werde ich dich für uns beide sprechen lassen, denn mir wurde gesagt, mein Akzent sei grauenhaft."

„Also reisen wir nach Frankreich, doch wohin sonst? Warst du schon einmal in Italien?"

„Nein. Ich habe darauf gewartet, die schönste Frau, die ich je kannte, an die romantischsten Orte zu entführen."

Sie lächelten einander für einen langen Moment an.

„Ich würde außerdem sehr gern Griechenland besuchen. Wenn es sicher ist", fügte Maggie hinzu.

„Lass uns erst die Statuen von Lord Elgin in London besichtigen und dann entscheiden wir über eine Reise nach Griechenland", sagte er. „Nach dieser Erfahrung werde ich auf ausgiebige Wanderungen bestehen."

„Vielleicht etwas näher an unserem Zuhause. Die Moore von Yorkshire", schlug sie vor.

„Wir werden auch den Ben Nevis besteigen."

„Was plant ihr beiden da?" Es war Grayson. Er ließ sich auf einen Stuhl sinken.

Margaret war sich bewusst, dass sie breit lächelte. „All die Orte, die wir bereisen werden, wenn John vollständig genesen ist."

„Ich freue mich für euch. Doch nach einem Tag mit dieser Bande", Grayson deutete auf die Kinder, die nun auf der weit entfernten Wiese im Kreis um ihre Kinderfrau herumrannten, „glaube ich, ein bewegungsarmer Urlaub ist das Richtige für mich."

Ihr Verlobter schüttelte seinen Kopf. „Wenn ich aus diesem verdammten Stuhl herauskomme, werde ich nie wieder sitzen wollen."

„Verständlich. Wo wir von dem Rollstuhl sprechen, während ich in London war, erkundigte ich mich über die Identität des Fahrers, wie es dein Wunsch war."

„Gute Güte", sagte Maggie, denn sie hasste es, an diesen unnötigen Verlust eines Lebens zu denken.

John tätschelte ihre Hand. „War es jemand, den wir kannten?"

Grayson schüttelte den Kopf. „Ich glaube nicht. Ein Mann namens Robert Carruthers. Im Alter von dreiundzwanzig war er alt genug, um es besser zu wissen, jedoch jung genug, dass man ihm beinahe verzeihen kann."

„Hatte er Familie?", fragte John. „Ich hoffe doch, er hinterließ keine Gattin."

„Keine Gattin. Der Sohn eines wohlhabenden Geschäftsmannes, irgendetwas mit Wolle. Victoria hat den Vater wegen seiner feinen Fasern zum Ritter geschlagen. Falls es ein Trost für die Eltern ist: Der Tote hatte einen Zwillingsbruder und ein paar andere Geschwister."

Maggie dachte daran, wie es wäre, wenn das Undenkbare passiert und John stattdessen umgekommen wäre.

„Es mag schrecklich klingen, es so zu formulieren, da jede Person individuell ist und ebenso wichtig wie jede andere. Doch angesichts meiner begrenzten Erfahrung mit dem Tod und dem Verlust geliebter Menschen meine ich, es muss in der Tat ein schwacher Trost für den Rest seiner Familie sein. Wäre meine Mutter ebenfalls umgekommen, als wir meinen Vater verloren, hätte uns dieser Verlust zerstört. Obgleich jede von uns Schwestern beinahe erwachsen sind, hätten wir uns wie Waisen gefühlt. Und an Lady Cambrey ist gar nicht zu denken. Wenn John ohne Geschwister verstorben wäre, bin ich sicher, sie wäre untröstlich gewesen. Es wäre der Verlust einer ganzen Generation einer Familie auf einen Schlag gewesen."

Sie legte ihre andere Hand auf Johns und sie starrten einander einen Moment lang an. Abgesehen von seiner Mutter konnte sich auch Maggie nicht vorstellen, ihr Leben ohne diesen Mann zu bestreiten.

„Ich habe mich nie als eine ganze Generation meiner Familie betrachtet. Ich glaube, das missfällt mir. Viel zu viel Druck."

Grayson lachte. „Es liegt an dir, alter Junge. Der Lord der Qualen."

Stille kehrte ein, während John ihn ansah und sein Kiefer sich anspannte.

„Wie hast du mich genannt?"

Johns Freund aus Kindertagen schien sich nie sonderlich um seine Launen zu kümmern, oder darum, ob er eine hervorrufen würde. Für Maggie war es eine ungewohnte und definitiv unangenehme neue Sorge.

Grayson lächelte nur. „So nannten dich einige Leute, als ich anfing, mich zu erkundigen. Einige Mitglieder der feinen Gesellschaft halten sich für geistreich."

„Sie liegen falsch." Johns Tonfall war flach und er war offensichtlich verärgert über die Erkenntnis, dass man über ihn sprach. Er zog seine Hand unter ihrer hervor und setzte sich in dem Rollstuhl auf.

„Ich versichere dir, sie scherzen nicht. Tatsächlich empfinden sie eher Bewunderung. Die meisten können nicht glauben, dass du überlebt hast, wenn man bedenkt, wie viele Knochen dir gebrochen wurden und wie viel Blut du verloren hast."

Nach einem weiteren langen Moment, in dem sich Maggie fragte, was er wohl dachte, begann John schief zu lächeln."

„*Bewunderung*. Sie machen sich ja keine Vorstellung."

Nachdem sich die Stimmung aufgehellt hatte, schaute Maggie noch einmal auf das Schachbrett. Zu ihrer Freude sah sie die Figuren in neuem Licht und erkannte ihre Chance.

„Gute Güte", verkündete sie und bewegte ihren Läufer. „Schachmatt."

„Was?", rief John aus und hob dabei leicht seine Stimme.

Maggie spürte, wie ein Nervenkitzel in ihr aufstieg. Würde er wütend werden? Würde er vor Wut um sich schlagen? Sie biss sich auf die Lippe und wartete ab.

Dann brach er in Gelächter aus. „Meine Verlobte ist eine der besten Schachspielerinnen, denen ich je begegnet bin. Wie ist das möglich?"

„Sie ist eine Frau", sagte Grayson beiläufig. „Zweifellos hat sie dich mit ihrer Schönheit und ihren weiblichen Reizen abgelenkt." Sein schiefes Lächeln dämpfte die Wirkung seiner Worte.

„Nichts dergleichen", sagte Maggie. „Ich weiß, dass es nur ein halber Scherz ist, doch ich werde später mit Vergnügen gegen Sie spielen. Auf Sie werde ich keine weiblichen Reize anwenden, guter Herr."

Grayson öffnete seinen Mund, doch John schnitt ihm das Wort ab. „Vermutlich ist er zu beschäftigt für solche Frivolitäten."

„Mit Ponyreiten und dem Pflücken von Äpfeln während der Suche nach Feen!"

„Genau", sagte John. „Ich nehme an, du bist noch immer mein Gutsverwalter und wirst an diesem Nachmittag in deinem Arbeitszimmer arbeiten. Außerdem habe ich einige Investitionen mit dir zu besprechen."

„Sklaventreiber", sagte Grayson. Dann drehte er sich zu Maggie um. „Unsere Partie wird auf einen anderen Tag verlegt werden müssen." Er war beinahe an der Tür zum Haus angelangt, als er sich umdrehte.

„Cam, brauchst du etwas? Was ist mit Laudanum?"

Maggie sah, wie Johns Gesicht erblasste. Vielleicht hatte er Grayson nicht davon in Kenntnis gesetzt, dass er das Medikament nicht mehr nahm.

„Nein, ich brauche nichts", sagte ihr Verlobter ruhig, wandte sich ab, um das Gespräch zu beenden und richtete den Blick auf die Kinder auf der Wiese.

Wahrscheinlich war es noch immer unangenehm für ihn, über Opium nachzudenken, da er die Linderung kannte, die es ihm verschaffen würde, besonders, wenn er in diesem Moment Schmerzen hatte. Maggie beschloss, privat mit Grayson darüber zu sprechen, um ihn zu bitten, es nicht anzusprechen, während John sich noch von der Substanz entwöhnte.

Nach dem Abendessen fand sie eine Gelegenheit. Sie waren bereits nur noch zu sechst, da der Großteil der Familie Angsley nach dem Mittagessen nach Hause zurückgekehrt war und nur Beryl in ihrer Obhut gelassen hatte. Maggie hatte sich entschuldigt, um das Wasserklosett aufzusuchen, und bevor sie zum Gesellschaftsraum zurückkehrte, wo alle miteinander Karten spielten, traf sie Grayson im Korridor. In seiner Hand hielt er eine Flasche Apfelbrandy.

Er hielt es vor sie und scherzte: „Seine Lordschaft hatte Durst darauf."

Nickend grübelte sie über die beste Herangehensweise nach.

„Ich weiß, dass Sie und John schon viele Jahre befreundet sind und ich würde Ihnen nie vorschreiben, wie Sie sich in seiner Gegenwart zu verhalten haben, bis auf diese eine wichtige Sache."

Grayson legte seinen Kopf schief und sah sie interessiert an.

„Sprechen Sie."

„Er hat aufgehört, Laudanum einzunehmen und ich möchte Sie bitten, ihn nicht daran zu erinnern oder ihn damit in Versuchung zu führen. Ich weiß, dass es für ihn sehr schwer ist, ohne Laudanum auszukommen."

„Wie bitte?"

Grayson runzelte die Stirn. „John hat nicht aufgehört, Laudanum einzunehmen."

Seine Worte trafen sie wie Ziegelsteine. „Wieso sagen Sie das?"

„Weil es die Wahrheit ist." Seine sanfte Stimme machte es aus irgendeinem Grund nur schlimmer.

Ihr Zorn loderte in ihr auf, wie trockenes Laub, das von einer Fackel berührt wurde. „Sie irren. John versprach mir, er würde aufhören, es zu nehmen, nachdem ich ihn in schrecklichem Zustand vorfand. Allein in den letzten Tagen sehen seine Augen weniger eingefallen aus und er isst mehr. Die Tinktur abzusetzen hat ihm bereits sehr gutgetan.

Gray schüttelte seinen Kopf und zerstörte damit all ihre Hoffnung, doch ihr Verstand kämpfte noch immer dagegen an, was sie hören musste.

„Sie hier zu haben ist, was ihm so gutgetan hat. Er würde definitiv nicht zu meinem Vorteil baden oder einen Haarschnitt zulassen. Nicht einmal für seine Mutter."

„Warum glauben Sie, dass er noch immer Opium nimmt?"

„Weil ich hier war, als er das letzte Mal versuchte, es abzusetzen. Es war ein schrecklicher Anblick. Wenn er die Effekte des Verlangens nach Opium bekämpft, sieht er nicht so ruhig aus wie jetzt oder verhält sich umgänglich. Wenn er eine Dosis braucht und sie nicht bekommt, ist er ungeduldig und reizbar, geradezu unhöflich, und manchmal schlägt er mit irrationalen, blankem Zorn um sich."

„Ich habe solches Verhalten bei mehreren Gelegenheiten während der letzten Tage erlebt."

„Es wäre ununterbrochen, Margaret. Was Sie beobachtet haben mögen, war das Verlangen nach der nächsten Dosis. Wenn er sich bald danach wieder besser benahm, dann trank er davon. Es tut mir leid, doch ich bin von meiner Behauptung überzeugt."

„Er sieht besser aus", protestierte sie.

„Das ist der Beweis. Als er es zuvor absetzte, sah er schrecklich aus. Er litt unter unkontrollierbaren Schweißausbrüchen und seine Glieder zitterten. Sein Körper wird erneut unerträgliche Empfindungen durchmachen müssen, wenn, oder falls, er aufhört. Ich vermute, es geschieht, wenn die persönliche Chemie, wenn sie verstehen, das übrige Opium ausstößt. So wie diejenigen, die ihren Alkoholkonsum nicht bewältigen können und ihn aufgeben müssen oder sterben. Ich habe schon viele Männer erlebt, die ‚austrocknen‘, wie man sagt. Es ist nicht angenehm, dabei zuzusehen und noch schlimmer, es durchzustehen, und ich glaube, die Effekte von Opium übertreffen dies noch."

Ihr Herz wurde schwer. Alle Erleichterung, die sie zuvor empfunden hatte, war dahin.

„Er hat es mir versprochen."

Grayson berührte ihre Schulter. „Es tut mir leid. Bitte halten Sie es ihm nicht vor. Er ist ein guter Mann, einer der besten, die ich je kannte. Der Unfall brachte ihn aus dem Gleichgewicht. Doch ich kenne ihn. Cam wird es durchstehen."

„Was soll ich nur tun?"

Er hob seine Hand von ihrem Arm. „Ich schlage vor, ihn zu konfrontieren."

„Was, wenn er mich erneut belügt?" *Verdammt*. Sie konnte die Tränen nicht zurückhalten.

„Ich glaube, Sie sind der Schlüssel, Margaret. Nichts und niemand sonst wird ihn dazu bringen, es aufzugeben. Das kann man nicht von einem Mann verlangen. Vielleicht ist es sogar ungerecht, das von ihm zu verlangen, bis man ihm seinen Gips abnimmt und er durch Laufen oder Reiten abgelenkt ist. Als ich gestern eintraf, ging ich davon aus, Sie hätten dieses Arrangement mit ihm getroffen – dass Sie den Konsum zulassen würden, bis sein Körper geheilt ist und er die schrecklichen Symptome der Abstinenz durchstehen kann."

„Ich weiß nicht, was richtig ist. Ich fürchte, es wird immer schwieriger, je länger er es nimmt."

„Sie könnten recht haben. Schon bald werden Sie seine Gemahlin sein. Ich überlasse Ihnen die Entscheidung."

Mit einem ermutigenden Nicken ging er an ihr vorbei, um den Gesellschaftsraum wieder zu betreten. Als er die Tür öffnete, konnte sie Johns fröhliches Lachen in Kombination mit dem von Eleanor und Beryl. Wie anders er war, als der Mann, den sie bei ihrer Rückkehr angetroffen hatte!

Was sollte sie tun? Sie wünschte, sie könnte Jenny oder Simon zurate ziehen. Vielleicht sollte sie einen Brief schreiben, ihr Dilemma gestehen und sie um Rat bitten. Eins wusste sie mit Sicherheit. Ob sie es nun für akzeptabel hielt, dass er weiterhin Laudanum nahm, bis der Gips abgenommen wurde, oder ob sie ihn beharrlich aufforderte, damit aufzuhören, Maggie konnte nicht länger hinnehmen, dass er sie anlog.

Wenn er so respektlos war, ihr vor der Hochzeit ein Versprechen zu geben und ihr ins Gesicht zu lügen, was würde ihn dann davon abhalten, sie danach zu betrügen? Er musste ihr die Wahrheit sagen, sonst befürchtete sie, dass es das Ende ihrer Verlobung sein würde.

Mit diesem unheilvollen Gedanken im Kopf folgte sie Grayson in den Gesellschaftsraum.

KAPITEL VIERUNDZWANZIG

Cam entspannte sich in seinem Stuhl, als er Gray allein zurückkehren sah und ließ seinen Freund ihnen allen eine Runde Apfelbrandy einschenken. Mit Erlaubnis seiner Mutter bekamen sogar Eleanor und Beryl ein paar Schlucke in kleinen Sherrygläsern.

Als Margaret jedoch einige Augenblicke später den Gesellschaftsraum betrat und ihr Gesichtsausdruck sichtlich Erschütterung erkennen ließ, wurde sein Herz schwer. Er hatte den Verdacht, dass sie es wusste.

Als er an seinem Brandy nippte und versuchte, ihren Blick zu erhaschen, ließ er ein kleines Gefühl der Empörung in sein Herz eindringen, da sie ihn nicht direkt ansah.

Wie konnten sie es wagen, über ihn zu sprechen, als sei er ein Kind!

Niemand hatte das Recht, ihm vorzuschreiben, was er tun sollte, einem erwachsenen Mann, der Höllenqualen durchgestanden hatte, und er ärgerte sich mächtig über

Margarets verurteilende Haltung. Während jeder Hinz und Kunz Laudanum für jedes noch so kleine Wehwehchen nahm, ganz zu schweigen davon, dass die Damen es bei ihrer natürlichen monatlichen Regelblutung nahmen, die wahrscheinlich gänzlich schmerzfrei war, warum sollte er, der gebrochene Knochen erlitten hatte, seine Qualen nicht lindern dürfen?

In diesem Moment wusste er, dass es nur noch wenige Stunden davon entfernt war, sich für die Nachtruhe zurückzuziehen und seine letzte Dosis des Abends zu sich zu nehmen. Die Aussicht auf Linderung gab ihm ein friedvolles Gefühl. Sie hatte kein Recht, ihm das zu nehmen. Ganz und gar nicht.

Er stürzte seinen Brandy hinunter und streckte Gray sein Glas entgegen, der es mit gehobenen Augenbrauen füllte.

Cam nickte zum Dank und ließ sich für eine weitere Runde Whist in den Stuhl sinken.

Der Spaß an dem Abend wurde jedoch durch Margarets kühle Zurückhaltung getrübt, die so auffällig war, dass Eleanor ihre Schwester fragte, ob sie sich wohlfühle.

„Es sind bloß leichte Kopfschmerzen", sagte Margaret und Cam konnte nur hoffen, dass es die Wahrheit war. Tief im Inneren wusste er allerdings, dass dem nicht so war.

Die lebhafte, liebende Verlobte war verschwunden und er vermisste sie schmerzlich. Er sah zu Gray hinüber und überlegte, ob er ihn danach fragen sollte, was sie besprochen hatten. Es war schrecklich schwierig, jemanden für ein privates Gespräch abzupassen, während er im Rollstuhl festsaß.

Bevor er sich etwas einfallen lassen konnte, war der Abend vorüber und Gray hatte sich auf den Weg zu seinem Haus auf der anderen Seite des Feldes gemacht.

Morgen war auch noch ein Tag. Wenn er an diesem Abend schon nicht mit seinem Gutsverwalter sprechen konnte, so konnte er wenigstens auf eine Unterredung mit Margaret hoffen.

In seinem Schlafzimmer, wo er das Glühen der Kohlen im Kamin beobachtete, gähnte Cam und schlug in sein Kissen, während er sich die Wartezeit mit dem Gedanken vertrieb, wie sehr er sie liebte. Sollte er ihr gestehen, dass er die Laudanum-Tropfen noch immer nahm, obgleich er wusste, dass es sie verärgern würde?

Als er hochschreckte, erkannte er, dass er eingeschlafen war. Stirnrunzelnd blickte er auf die Uhr auf dem Kaminsims. Es war viel später als in den anderen Nächten, in denen Margaret ihn besucht hatte.

Schließlich kam ihm der Gedanke, dass sie nicht kommen würde.

Was sollte er davon halten?

Er könnte nach Peter läuten und ... und was? Ihn bitten, an die Tür seiner Verlobten zu klopfen und sie in sein Schlafzimmer zu rufen? *Wohl kaum.*

Es kam ihm ein weiterer Gedanke. Könnte er ohne fremde Hilfe zu ihrem Zimmer gelangen? Er hatte seit etwa zwei Monaten einen Gips an seinem Bein. Sicherlich konnte er aufrecht stehen, auf seinem guten Bein hüpfen und das verletzte Bein auf dem Boden abstützen, wenn er es brauchte, ohne ihm Schaden zuzufügen. Wenn er nur die Krücken hätte, die er so entschieden verschmäht hatte.

Er verfluchte seine Eitelkeit und erinnerte sich daran, wie er den Ärzten verboten hatte, sie ins Haus zu bringen, weder in sein Haus in London noch nach Turvey House, als der Doktor, der seinen Armgips abgenommen hatte, es anbot.

„Ich werde nicht aussehen wie ein Invalide", hatte er geschimpft. „Und auch nicht wie ein Bettler!"

Vor seinem geistigen Auge hatte er die unglücklichen Männer und Frauen aus Covent Garden oder Whitechapel gesehen.

Verdammte Eitelkeit! Wen interessierte es, wie er aussah, wenn eine Krücke ihm half, zu Margaret zu gelangen?

Er schwang sein gesundes Bein vom Bett und ließ das andere nach unten gleiten, bis sein Fuß den Boden berührte. Da waren die Zehen, die Gott sei Dank nie Wundbrand ausgelöst hatten und mit denen er jetzt zwar nicht mühelos, aber zumindest steif wackeln konnte.

Cam richtete sich auf und begann zu hopsen. Dann hopste er wieder. So weit, so gut. Als er ein weiteres Mal hopste, bemerkte er, dass er schon jetzt unglaublich erschöpft war. Er keuchte und spürte den Schweiß über seinen Rücken laufen – er würde am nächsten Morgen ein weiteres Bad benötigen.

Als er sein rechtes Bein auf den Teppich sinken ließ, zuckte er zusammen, weil es so seltsam war. Er traute sich nicht, es zu belasten, um keinen erneuten Bruch der noch nicht verheilten Knochen zu riskieren. Bei dem Gedanken daran, was passieren könnte, wenn sich der große Oberschenkelknochen verschob, spürte er, wie das Blut aus seinem Kopf wich.

„Zum Teufel noch mal!", fluchte er, dann fiel er um.

Als er auf dem dicken, weichen Teppich lag, überlegte er, was er tun konnte. Er könnte versuchen, in Margarets Zimmer zu kriechen. Wahrscheinlich würde sie es für eine Stärkungsübung für seinen Arm halten.

Alternativ könnte er zu dem Klingelzug neben seinem Bett robben und an der verdammten Schnur ziehen, um Peter zu rufen. Eine solche Handlung schien angemessener, denn er war splitternackt. Rückblickend betrachtet wäre es klug gewesen, in seinen Morgenmantel zu schlüpfen, bevor er aus dem Bett stieg.

Hätte er versucht, zu Margarets Zimmer zu hüpfen oder zu kriechen, wäre er zweifellos zwischen ihrem und seinem Zimmer gelandet und hätte seine nackte Rückseite und seinen Hof für alle sichtbar zur Schau gestellt.

Seufzend schleppte er sich das kurze Stück zurück zu seinem Bett, wobei es fast unmöglich war, mit nur einem Knie und dem anderen Bein gerade hinter ihm zu kriechen. Er hob sein gesundes Knie, was einige lange Minuten dauerte, doch schließlich lehnte er in einem ungünstigen Winkel an der Seite seines Bettes.

Er griff nach dem Klingelzug und berührte ihn einmal, zweimal, dreimal mit seinen ausgestreckten Fingern, und schließlich ergriff er ihn und zog kräftig daran.

Dann wartete er. Er hatte sein Bett mit dem Kopf- und Fußteil aus massivem, kunstvoll geschnitztem Walnussholz noch nie wirklich lange betrachtet. Sein Blick glitt an den eleganten, geschwungenen Verzierungen und Blätter, was er höchst befriedigend fand.

Nach einigen Minuten öffnete sich die Tür hinter ihm. Er drehte den Kopf und sah Peter in seinem Morgenrock, der ihn anstarrte und dem beim Anblick des nackten Hinterns seines Herrn beinahe die Augen aus dem Kopf fielen.

„Steh da nicht herum wie ein Trottel. Hilf mir zurück ins Bett. Und morgen früh möchte ich zuallererst ein heißes Bad nehmen."

Als Maggie erwachte, war sie schrecklich erschöpft, da sie den Großteil der Nacht damit verbracht hatte, mit sich zu hadern, ob sie John in seinem Zimmer besuchen sollte. Ein paar Mal hatte sie es sogar bis zu seiner Tür geschafft, bevor sie umkehrte.

Sie hatte wachgelegen und die Decke angestarrt, während sie sich fragte, was passieren würde, wenn sie zu ihm ginge. Er würde ihre Sinne mit einem Kuss betören und dann würden sie wieder intim miteinander werden. Wenn das passierte, wäre es nicht angebracht, ihre Bedenken anzusprechen oder ihn zu beschuldigen. Schließlich schlief sie noch in ihrem Morgenmantel ein.

Mit müden Augen stand sie am nächsten Morgen auf und grübelte immer noch darüber nach, wie sie am besten vorgehen sollte. Sie musste an der Tatsache festhalten, dass sie ihn liebte und an seiner Beteuerung, dass er sie liebte.

Bis nach dem Frühstück, wenn Beryl und Eleanor wie junge Hengste davon galoppierten, um wer weiß was zu tun, und Lady Cambrey sich in den Gesellschaftsraum zurückzog, um die Tageszeitungen zu lesen, würde sie nicht allein mit ihm sprechen können. Dann starrte sie ihn nur an. *Wie sollte sie anfangen?*

„Du hast mir letzte Nacht gefehlt", sagte John.

„Du hast mir auch gefehlt." Sie konnte ebenso gut ehrlich sein, denn es ging ja um die Wahrheit. Es war schwer gewesen, auf seinen Mund und seine Hände zu verzichten. Aber noch schwerer war es, daran zu denken, dass er sie anlog.

„Ich wollte dich nicht aufsuchen, bis ich mit dir reden konnte, und gestern Abend bot sich nicht die Gelegenheit."

„Ich wünschte, du hättest mich besucht. Ich bin gewillt, alles mit dir zu besprechen, zu jeder Zeit."

Nun gut. Sie atmete tief durch und fragte: „Nimmst du noch Laudanum?"

Mit finsterer Miene wandte er seinen Blick von ihr ab und da wusste sie, dass es die Wahrheit war. Statt zu antworten, fragte er: „Hat dir Gray das gesagt?"

„Warum ist das wichtig? Ich wünsche nur zu wissen, ob du mich belogen hast."

„Es ist wichtig, wenn mein guter Freund und meine liebreizende Verlobte gedenken, hinter meinem Rücken über mich zu reden."

Die Bedeutung dieser Diskussion entging ihr nicht. Maggie spürte den Drang, aufzustehen und durch den Raum zu schreiten, und so tat sie es.

„Zwei Menschen, denen du kostbar und teuer bist, glaubten zwei gegensätzliche Dinge. Wer von uns behält recht? Wenn Grayson die Wahrheit sagt, hast du mich belogen und ein Versprechen gebrochen."

John schwieg für einen langen Moment.

„Ich brauche die Opiumtinktur zu diesem Zeitpunkt", sagte er schließlich mit sanfter Stimme.

„Ich verstehe."

„Tust du das, Margaret? Denn ich bin nicht sicher, dass es so ist."

Maggie spürte Tränen in ihren Augen, doch sie bemühte sich, ihre Emotionen in Zaum zu halten.

„Du hast vorgeschlagen, das Laudanum abzusetzen. Ich habe es nicht verlangt. Du schlugst es vor."

„Ich wusste, dass du es wolltest. Trotz der Tatsache, dass ich es brauche, um die Schmerzen zu lindern, wolltest du, dass ich es absetze." Sein Tonfall war anklagend.

Sie nickte und spürte, wie ihr ein kalter Schauer über den Rücken lief. „Und dann verspachst du es mir."

„Das hätte ich nicht tun sollen."

„Ganz recht." Er sah nicht reumütig aus, kein Stück. „Du hast noch andere Versprechungen gemacht und ich muss mich fragen, ob sie alle wahrheitsgemäß waren."

„Tu das nicht", sagte er sofort. „Abgesehen von diesem Fall habe ich dich nie belogen. Ich hatte keine Wahl. Warum kannst du mir das Opium nicht so lange zugestehen, wie ich es benötige? Du solltest mir diese kleine Erleichterung nicht vorenthalten wollen, und ich sollte nicht darüber lügen müssen, ob ich es noch einnehme oder nicht."

Gab er ihr die Schuld an seiner Lüge?

„Wie lange wirst du es noch benötigen?"

„Ich weiß es nicht. Wie könnte ich? Und würdest du bitte aufhören, herumzulaufen?"

Frustriert kam Maggie vor ihm zum Stehen.

„Schau nicht so traurig." John streckte die Hand aus und nah, die ihre. „Ansonsten hat sich nichts geändert."

Maggie starrte ihre verschlungenen Finger an und musste widersprechen.

„Nichts, abgesehen davon, dass du mir problemlos in die Augen sehen und mich belügen kannst. Nichts, abgesehen davon, dass ich mit einem Opiumabhängigen verlobt bin!"

Er ließ ihre Hand fallen, als bestünde sie aus heißem Eisen und formte seinen Mund zu einer dünnen, wütenden Linie. „Ein Abhängiger! Das ist absurd."

„Wenn es nicht so wäre, könntest du aufhören, wann du willst."

„Ich möchte nicht aufhören, weil ich Schmerzen habe", beharrte er.

„Tatsächlich? Auch jetzt?"

„Nein", murmelte er, „weil ich jeden Morgen eine Dosis nehme, nachdem ich erwache." Dann fragte er mit lauterer Stimme: „Du fühlst dich nicht im Geringsten schuldig an meinem Unfall, oder?"

Sie spürte, wie ihr Mund aufklappte, dann schloss sie ihn wieder. „Du gibst mir die Schuld? Weil du das, was du im Pavillon gesehen hast, falsch gedeutet hast und dich entschlossen hast, zu meinem Haus zu kommen? Was ist mit dem rücksichtslosen Fahrer? Trage ich mehr Schuld als er?"

Einen Moment lang herrschte Schweigen, während John nachdachte. Sie hoffte, dass er erkannte, wie absurd es war, ihr die Verantwortung dafür zuzuschieben, trotz der Momente schwerer Schuldgefühle, die sie wegen des ganzen Vorfalls bereits durchlebt hatte.

„Natürlich nicht", sagte er schließlich mit angespannter Stimme. „Ich entschuldige mich dafür, dass ich dir etwas Derartiges unterstellt habe."

„Ich akzeptiere deine Entschuldigung", antwortete Maggie, die seinen förmlichen Tonfall erwiderte. Allerdings fühlte sie sich nicht besser.

Von nun an würde dieses Problem zwischen ihnen bestehen. Außerdem wollte sie nicht intim mit ihm werden, während er süchtig nach Opium war. Sie war nicht einmal sicher, ob sie erklären konnte, warum. Vielleicht, weil er sie einst für einen Traum gehalten hatte. Wie sollte sie wissen, ob er bei klarem Verstand oder in einem Opiumrausch war, wie Coleridge, als er sein seltsames Gedicht *Kubla Khan* schrieb?

Wenn sie einander berührten, wusste John dann überhaupt, dass sie real war?"

„Margaret, woran denkst du?"

„Wir befinden uns in einer ausweglosen Situation, denn ich werde – ich kann – deine Abhängigkeit nicht mitansehen."

Er machte ein angewidertes Gesicht. „Fängst du schon wieder damit an? Ich sagte doch, dass ich nicht süchtig bin."

„Nein, du kannst nicht einfach damit aufhören, es zu nehmen."

Er verschränkte seine Arme und blickte missmutig drein. „Nochmals: Du solltest das nicht von mir verlangen."

Sie nickte, als sie die schreckliche Wahrheit erkannte. „Wie ich schon sagte, es ist eine ausweglose Situation. Ich werde sofort abreisen."

Sie hatte die Worte ausgesprochen und konnte sie nicht mehr zurücknehmen.

„Was?" John ließ seine Arme sinken. „Wie kannst du das nur tun?"

Wie könnte sie das? Und dennoch, wie könnte sie es nicht?

„Margaret, ich bitte dich, diese Entscheidung noch einmal zu überdenken. Du hältst mich für schwach, doch das bin ich nicht."

War es das, was sie dachte? Jedes Mal, wenn sie seine Abhängigkeit ansprach, stellte er es so dar, als wäre es ihre Schuld, weil sie verlangte, er solle aufhören. Dachte er auch nur einen Moment lang daran, dass er es nicht konnte?

„Als ich ein Junge war", begann er, „fiel ich von meinem Pferd und kugelte mir die Schulter aus. Es schmerzte höllisch, doch ich befand mich weit von zu Hause entfernt und war allein. Weißt du, was ich tat?"

Sie schüttelte den Kopf.

„Zum Glück war ein Zaun in der Nähe. Ich musste meinen guten Arm benutzen, um meinen nutzlosen Arm über den Zaun zu heben. Meine Finger funktionierten noch und ich griff nach der untersten Stange, die ich erreichen konnte. Dort hing ich dann, wobei ich mein eigenes Gewicht einsetzte und kräftig ruckelte, bis der Druck von der Zaunspitze meinen Arm zurück in die Gelenkpfanne drückte. Es knackte schrecklich laut. Als es vorbei war, wurde mir von dem ganzen Erlebnis ganz elend."

Während er seine Geschichte erzählte, spürte Maggie, wie ihr das Blut aus dem Kopf wich.

„Das muss äußerst beängstigend und schmerzhaft gewesen sein."

„Es war beides." Er fuhr mit seiner Hand durch sein Haar, dann sah er mit beseelten Augen zu ihr auf. „Ich stellte mich dem Schmerz und ging mit der Situation um. Ich bin nicht schwach."

„Ich weiß, dass du es nicht bist. Dennoch, John, du kehrtest nicht nach Hause zurück und begannst, monatelang Opium zu nehmen."

„Ich werde noch heute aufhören", sagte er plötzlich. Dann wurde seine Miene finster. „Oder gleich morgen früh, wenn ich ausgeschlafen habe."

Maggie glaubte ihm einfach nicht. Sie befürchtete, dass er morgen sagen würde, er würde am nächsten Tag aufhören und dann am übernächsten. Irgendwann würde sie es wahrscheinlich aufgeben, zu fragen. Außerdem würde sie seinem Wort nicht trauen, selbst wenn er schwören würde, dass er aufgehört hatte.

„Wie fühlst du dich gerade?", fragte sie ihn.

„Mir geht es gut."

„Dann solltest du entschlossen sein, sofort aufzuhören."

„In ein paar Stunden", erinnerte er sie, „werde ich Schmerzen haben."

„Durch die Verletzungen oder die Effekte des Opiums?"

Sie sah, wie er mit den Zähnen knirschte, bis er sie schließlich schweigend zusammenbiss.

„Hast du Bauchschmerzen?", fragte sie.

Er antwortete noch immer nicht.

„Ist dein Verstand noch so scharf, wie er einst war? Und was ist mit deinem Temperament? Du warst einst ein ausgeglichener Mann. Hast du in diesem Moment nicht das Gefühl, du könntest auf mich losgehen?"

Er schüttelte seinen Kopf.

„Nein? Denn dein Gesicht errötet, als würde dir die Wut zu Kopf steigen. Was ist mit dem Schlaf, über den du so oft sprichst? Er ist so kostbar für dich. Wahrlich, schläfst du friedvoll oder sind deine Nächte erfüllt von lebhaften, verstörenden Träumen, wie De Quincey es beschrieb?"

„Verdammt noch mal!", fluchte er. „Schon wieder dieser elende De Quincey. Ich wünschte bei Gott, er hätte seine lächerlichen Memoiren nie geschrieben. Wenn er so süchtig war, wie kann man dann seinen Worten glauben? Ich würde ihm am liebsten eine kräftige Abreibung verpassen."

„Und was ist mit mir?", fragte sie.

„Ich wünschte, du würdest diese höllische Nörgelei unterlassen. Wenn dies darauf schließen lässt, was für eine Ehefrau du sein wirst – ein lästiger Quälgeist –, bin ich es vielleicht, der es überdenken muss."

Maggie keuchte laut, bevor sie sich davon abhalten konnte, ballte die Hände zu Fäusten und holte tief Luft.

„Macht Euch keine Mühe, es noch einmal zu überdenken, Lord Angsley. Diese Verlobung ist vorbei."

Damit drehte sie sich um und stürmte aus dem Zimmer. Als sie die Treppe hinaufgerannt war und ihr Schlafzimmer erreichte, war ein Teil ihrer Wut verflogen, ebenso wie der alberne Einfall, dass sie, wenn sie einen Ring gehabt hätte, ihn gerne abgenommen und auf seinen Schoß geworfen hätte.

Sie schloss die Tür hinter sich und dachte darüber nach, was gerade passiert war, wobei sie sich ein Gefühl der völligen Ungläubigkeit eingestand. Wenn sie den Raum ein paar Minuten früher verlassen hätte, wären sie immer noch verlobt.

Sie war nicht mehr John Angsleys Verlobte! *Was hatte sie nur getan?*

Sie durchquerte den Raum und ließ sich auf den Stuhl am Fenster fallen, von dem man die Rückseite von Turvey House überblicken konnte. Maggie Blackwood, die mittlere Tochter des verblichenen Baron Blackwood, analysierte ihre Gefühle. Schnell baute sich eine Mauer der Traurigkeit um sie herum auf. Tränen stiegen ihr in die Augen und flossen dann über ihre Wangen.

Was war mit seinem Humor, seiner Intelligenz, seinen haselnussbraunen Augen, die sie so liebte? Was war mit seinem küssenswerten, sinnlichen, talentierten Mund? Er verstand sie und passte perfekt zu ihr. Er sagte, er liebte sie, und deshalb hatte sie zugelassen, dass er sie an den intimsten Stellen berührte.

Sollte sie das wirklich alles hinter sich lassen? Außerdem mochte sie seine Familie, sowohl seine Mutter als auch seine Cousine Beryl.

Eleanor! Bei all diesem Drama hatte sie Eleanor vergessen. Maggie stand auf und zog an dem Glockenzug am Bett. Sie sah sich im Zimmer um und überlegte, wie schnell das Dienstmädchen wohl ihre beiden Koffer packen könnte. Ihre Schwester wäre unglücklich darüber, ihre Freundin zu verlassen, doch sie war kein Kind mehr. Eleanor würde die Notwendigkeit eines überstürzten Aufbruchs verstehen, sobald sie die Situation kannte.

Zuerst musste Maggie sie finden. Sie wollte jedoch nicht im Haus oder auf dem Gelände herumlaufen und riskieren, John zu begegnen. Wie demütigend! Und wenn er der famosen Lady Cambrey bereits davon berichtet hatte und sie ihr begegnete, oh, diese Erniedrigung!

Ein Klopfen an der Tür kündigte das Dienstmädchen an. Oder etwa nicht?

„Ja?", fragte sie leise.

„Hier ist Polly, Miss."

Erleichtert lud Maggie sie ins Zimmer ein, und wies sie an, rasch zu packen, auch für ihre Schwester.

„Haben Sie möglicherweise meine Schwester gesehen?"

„Ja, Miss. Ich glaube, sie kam gerade von einem Ausritt mit Lady Angsley zurück. Sie gingen beide auf ihre Zimmer."

„Wunderbar, vielen Dank."

Maggies Hand lag bereits auf dem Türknauf, da hielt sie inne, als Polly sprach: „Einen Moment bitte, Miss."

„Ja?"

„Es schmerzt mich, Sie gehen zu sehen. Ich hoffe, Sie kehren bald zurück und warten nicht bis nach der Vermählung."

Trotz des Kloßes in ihrem Hals nickte Maggie, dann murmelte sie ein Dankeschön und ging.

Glücklicherweise war Eleanor allein in ihrem Zimmer und entledigte sich ihres Reitkleides. Nach einer kurzen, schmerzlichen Erklärung fand sich Maggie in der festen Umarmung ihrer Schwester wieder, und die Tränen begannen erneut zu fließen.

„Verzeih mir", brachte Maggie zwischen Schluchzern heraus. „Ich weiß, dass du eine schöne Zeit mit Beryl genießt. Du verstehst aber, warum ich nicht bleiben kann, nicht wahr?"

„Natürlich. Wir müssen dich zurück zu Mummy und Jenny bringen."

„Ich weiß, dass es feige erscheint, doch ich möchte die Angsleys nicht sehen, keinen von ihnen. Ich möchte nur weg von hier."

DIE QUAL DES LORDS

„Das ist vollkommen verständlich, es mag jedoch unmöglich sein. Ich werde es Beryl sagen gehen."

„Oh", stöhnte Maggie.

„Ich sage so wenig wie möglich. Nur, dass wir abreisen müssen und dass etwas zwischen dir und dem Grafen vorgefallen ist. Darf ich so viel verraten?"

Wieder einmal war Maggie von der Reife ihrer Schwester beeindruckt.

„Ja, danke."

„Dann werde ich dem Butler auftragen, unsere Kutsche und Pferde bereitzuhalten und Simons Bedienstete zu versammeln. Wir kamen mit vier von ihnen, nicht wahr?"

Maggie sah zu, wie ihre Schwester begann, sich auf die lange Heimreise vorzubereiten. Sie kehrte in ihr eigenes Zimmer zurück, und während Polly weiter packte, schrieb Maggie einen Brief an Lady Cambrey, um ihr für ihren Aufenthalt zu danken und sich für ihre abrupte Abreise zu entschuldigen, in der vergeblichen Hoffnung, dass Johns Mutter ihr vergeben würde.

Aus irgendeinem Grund war ihr das Glück wohlgesonnen. Eine halbe Stunde später ging sie die Treppe hinunter und zur Tür hinaus, wo die Kutsche bereits mit ihren Koffern wartete, ohne von jemandem gesehen zu werden, der nicht zu den Bediensteten gehörte.

Doch dann war ihr Glück scheinbar vorüber.

„Miss Blackwood!"

Grayson O'Connor lief ihr nach wie ein Hund auf der Jagd.

Sie nickte Eleanor zu, die in die Kutsche stieg und sich neben die vielen Körbe mit Speisen und Getränken setzte, die Mrs. Mackle für sie eingepackt hatte, und drehte sich zu ihm um.

Er zögerte, als wäre er unsicher, was er sagen sollte, oder als wollte er nur ungern sprechen. Schließlich sagte er: „Sie geben ihn auf?"

Zorn durchzuckte sie. „Wie ungerecht von Ihnen! Sie sagten, es sei meine Wahl, ob ich ihn zu konfrontieren und die Wahrheit erfahren wünsche. Sie sagten außerdem, dass er möglicherweise nicht in der Lage ist, auf Laudanum zu verzichten, solange er noch den Gips trägt. Sie mögen recht haben, doch ich bleibe nicht hier, um mitanzusehen, was es mit ihm macht."

„Ich dachte nicht, dass sie abreisen würden."

Sie fragte sich, was er bereits wusste. „Wir wechselten unangenehme Worte."

„Sie wissen, dass er Sie liebt", beharrte Grayson. „Alles, was er sagte, kam nicht wirklich von ihm."

„Natürlich nicht! Das Opium sprach aus ihm. Das ist doch das Problem, nicht wahr? Sie, seine Mutter, alle erlauben ihm, sich wegen seiner Verletzungen und dem Einfluss dieser verflixten Droge unzivilisiert zu verhalten. Noch dazu wird von mir erwartet, treu an seiner Seite zu sein und das Opium als Ausrede für jedes schlechte Verhalten hinzunehmen? Ich glaube nicht."

Sie hielt inne und hinderte sich selbst daran, sich angesichts der offensichtlichen Missbilligung im Gesicht des Mannes zu entschuldigen.

„Sie sagten, ich sei der Schlüssel. Doch bei dieser Überlegung vergaßen Sie John. Er sagte, dass er nicht mehr wünscht, mich zur Frau zu nehmen."

Graysons Gesicht drückte sein Entsetzen aus. „Das hat er?"

„Ja, wenn auch mit anderen Worten. Sie verstehen also, dass ich keine andere Wahl habe als abzureisen. Ich gebe nicht *ihn* auf, nicht meinen John Angsley, aber ..." Sie deutete auf das Haus. „... der Süchtige, zu dem er geworden ist, ist nicht der Mann, den ich zu ehelichen gedenke."

Sie ließ sich von ihm in die Kutsche helfen und schloss die Tür.

Im letzten Moment lehnte sich Maggie aus dem geöffneten Fenster.

„Bitte, Grayson, geben Sie auf ihn Acht."

Er hob zum Abschied eine Hand, während die Kutsche davonfuhr.

KAPITEL FÜNFUNDZWANZIG

Cam konnte nicht glauben, dass sie gegangen war. Einfach so!

Er hatte mit seinem ersten Eindruck von ihr absolut recht gehabt, denn sie war ein unreifes, wankelmütiges Weib. Und dummerweise hatte er ihr sein Herz geschenkt. Und dann hatte er sogar um ihre Hand angehalten!

Narr, Trottel, Dummkopf! Er verdiente jede Minute der Qualen, die er nun durchlebte. Jede verdammte Minute!

Gray kehrte von der Auffahrt zurück.

„Sie ist weg", sagte er.

„Natürlich", war alles, was Cam herausbrachte. Margaret hatte gesagt, dass sie abreisen würde, und das war geschehen. Nur, dass sie ihm ebenfalls gesagt hatte, sie würde ihn lieben und ehelichen.

Er griff in seine Tasche, zog das Laudanum heraus und entkorkte die Flasche, die er gestern Abend angebrochen hatte.

DIE QUAL DES LORDS

Gray beäugte ihn mit hochgezogenen Augenbrauen, als er sie entkorkte. Trotzig nahm er vor Grays Augen einen Schluck und erwartete fast, sein Gutsverwalter würde etwas dazu sagen.

Plötzlich erregten Geräusche in der Eingangshalle seine Aufmerksamkeit. Da Gray die Tür offen gelassen hatte, hörten sie, wie sich jemand näherte.

Cams Herz begann sofort heftig zu schlagen und er wagte zu hoffen, Margaret sei zurückgekehrt. Er würde aus dem Rollstuhl kriechen und sich vor ihre Füße werfen, um sie um Vergebung anzuflehen und ihr seine unsterbliche Liebe zu erklären.

Cyril kam herein.

„Dr. Brewster ist eingetroffen, Mylord."

„Der Arzt? Wozu denn?" Er sah Gray an. „Ist es möglich, dass er hier ist, um den Gips abzunehmen?"

Gray zuckte mit den Achseln.

„Führen Sie ihn unbedingt herein", befahl Cam.

Einen Moment später schritt der Doktor durch die Tür und begrüßte ihn.

„Warum sind Sie hier?", fragte Cam. Wenn Brewster seinen Gips abnahm, könnte er möglicherweise auf ein Pferd steigen und Margaret nachreiten.

Der Arzt sah sich erwartungsvoll um, doch Cam wusste nicht, nach was oder wem.

„Ich bin nicht sicher, Mylord. Kann Eure Verlobte eventuell einen Moment entbehren, um mit mir zu sprechen?"

Verblüfft über diese Abfolge der Ereignisse konnte Cam nur den Kopf schütteln.

„Ihr habt doch eine Verlobte, nicht wahr?", beharrte der Arzt.

Was für eine höchst seltsame Frage, besonders in diesem Moment. Cam sah Gray an, der erneut mit den

Schultern zuckte. Das wurde zu einer lästigen Angewohnheit, die er seinem Freund gegenüber unter vier Augen ansprechen musste. Auf jeden Fall kannte er die richtige Antwort.

„Nein, ich glaube nicht."

Der Arzt war sichtlich verwirrt. „Wer ließ dann nach mir schicken? Einer Eurer Bediensteten kam in meine Praxis und sagte, Eure Verlobte wünscht, sich mit mir zu treffen. Leider wurde ich an diesem Tag beinahe zeitgleich gerufen, um einen schrecklichen Fall von—"

„Bitte", Cam hielt seine Hand hoch. „Sie müssen nicht ins Detail gehen."

„Was seine Lordschaft meint", sagte Gray und Cam entging sein hämischer Ton nicht, „ist, dass er eine Verlobte *hatte*, noch bis vor einer Stunde. Unglücklicherweise hat er sie allerdings verloren. Wenn ich so offen sprechen darf, ich vermute zu wissen, was sie mit Ihnen besprechen wollte, und ich glaube, es ist am besten, wenn Sie dies mit dem Grafen selbst tun. Was sagt Ihr, *Mylord*?"

Cam gefiel weder, dass Gray die Initiative ergriff, noch sein spöttischer Tonfall, und er hatte auch keine Lust, sich mit dem Arzt zu unterhalten, jetzt, wo er das Thema kannte.

„Nein, sage ich."

Dr. Brewster sah von einem Mann zu dem anderen.

„Dann werde ich hier nicht gebraucht?"

„Nein", wiederholte Cam.

„Nicht, wenn Sie der Meinung sind, der reichliche und kontinuierliche Konsum von Opium habe keine negativen Auswirkungen", sagte Gray.

Der Doktor wölbte eine Augenbraue. „Es ist eine extrem sichere Droge."

„*Ha!*" Cam konnte sich ein kleines triumphierendes Jauchzen nicht verkneifen.

„Allerdings", fuhr Brewster fort, „kann ich nicht empfehlen, es, wie Sie sagen, in *reichlichen* Mengen oder *kontinuierlich* einzunehmen."

„*Ha!*", frohlockte Gray.

Dr. Brewster sah zwischen den Männern hin und her.

Gray ging weiter auf das Thema ein. „Warum würden Sie es nicht empfehlen, Herr Doktor?"

„Weil es stark süchtig macht, deshalb sollte es bestenfalls benutzt werden, um akute Schmerzen zu behandeln. Etwas, das nicht fortlaufend ist, wenn Sie verstehen, was ich meine. Wenn jemand unter Kopfschmerzen leidet, selbst bei einer Migräne, rate ich meinen Patienten gut und gerne eine Dosis Laudanum einzunehmen. Wenn jemand allerdings ein chronisches Leiden hat, Gicht, zum Beispiel, oder Schlaflosigkeit oder—"

„Oder allgemeine körperliche Schmerzen durch die Heilung von Verletzungen und zu viel Inaktivität", unterbrach Gray und starrte Cam an.

„Nun ... ja." Vielleicht bemerkte Dr. Brewster in diesem Moment, was das Problem war, denn er stellte seine Tasche ab und näherte sich Cam. Er kniete vor dem Rollstuhl nieder und starrte dem Mann direkt in die Augen.

„Mylord, Ihr müsst sehr vorsichtig sein, falls Ihr so lange nach dem Unfall noch Laudanum zu Euch nehmt. Ihr Körper wird nach immer mehr verlangen und sich heftig danach verzehren. Und ich sage Euch, je mehr Ihr einnehmt, desto schlechter ist es für Eure Gesundheit. Es kann Ihre Organe schwer schädigen."

Cam gefiel das gar nicht. Er war recht zufrieden damit, dass seine Innereien gut funktionierten.

„Ich nehme an, dass ein strammer Mann wie Ihr ein langes, erfülltes Leben genießen möchte. Je früher Ihr aufhört, Opium zu nehmen, desto besser. Glaubt mir, es wird nicht einfach sein. Es wird einige Tage dauern, bis die letzten Reste der Droge Ihren Körper verlassen haben, und noch einige weitere, bis Euer Verstand nicht mehr danach verlangt."

Dann schenkte er ihm etwas, das Cam als ermutigendes Lächeln deutete.

„Im Vergleich zu den vielen Jahren, die Euch bevorstehen", fügte Brewster hinzu, „besonders, wenn Ihr Eure verlorene Verlobte wiederfindet oder Euch eine neue sucht, wird Euch die Leiden des Entzugs wie ein wahrer Wimpernschlag vorkommen."

Eine Neue? Er wollte keine Neue. Er wollte Margaret, die die ganze Zeit recht gehabt hatte. Er hatte sich etwas vorgemacht – oder das Opium hatte es.

Dr. Brewster richtete sich auf und nahm seine Tasche. „Gibt es noch etwas, meine Herren?"

Cam dachte gedankenverloren an die Worte, die er mit Margaret gewechselt hatte und an die schreckliche Aufgabe, die vor ihm lag. Es machte ihm nichts aus, als Gray für sie beide antwortete.

„Seine Lordschaft wäre sehr erfreut, wenn Sie ihm heute den Gips abnehmen würden."

Dr. Brewster schüttelte den Kopf. „Das ist noch Wochen entfernt. Ich habe es Euch doch gesagt", sagte er und starrte Cam eindringlich an. „Wenn ich ihn jetzt abnehme, könntet Ihr für immer verkrüppelt sein, und wenn sich die Knochen verschieben …", er brach ab und schüttelte erneut den Kopf.

Cam konnte nicht anders, als bei dieser Aussage zu erschaudern. „Dann nehme ich an, das ist alles, Herr Doktor. Danke für Ihr Kommen."

Dr. Brewster schritt zur Tür, doch er drehte sich noch einmal um, bevor er ging.

„Ich empfehle Euch, nicht zu versuchen, das Opium mit einem Mal abzusetzen. Das könnte eine Qual sein. Am besten entwöhnt Ihr Euch wie ein Baby von der Mutterbrust, wenn es bereit für feste Nahrung ist. Wenn Ihr das Opium zweimal am Tag einnehmt, dann nehmt es nur noch einmal. Wenn Ihr einen großen Schluck nehmt, dann macht einen kleinen daraus. Ihr versteht mich doch?"

„Ja", sagte Cam. Er verstand ihn nur zu gut.

Der Arzt verbeugte sich vor dem Grafen. „Guten Tag, meine Herren."

Als das Echo der Schritte des Arztes verklungen waren, starrte Cam Gray noch immer an.

„Ich habe Angst, alter Freund."

Gray nickte. „Aus gutem Grund."

„Als ich log und Margaret sagte, ich hätte aufgehört, erwähnte ich auch, wie schwer es sein würde. Sie sagte, sie würde an meiner Seite sein."

„Du hast mich", sagte Gray. „Es ist wahrscheinlich am besten, wenn sie nicht sieht, was es aus dir macht."

Cam lachte leise. „Ehrlich gesagt würde *ich* lieber nicht sehen, was es aus mir macht."

Er griff in seine Tasche und zog die dunkle Glasflasche heraus. Mit einer schnellen Handbewegung warf er sie Gray zu, der sie in der Luft fing.

„Es ist wohl besser, unverzüglich zu beginnen, nehme ich an."

Gray nickte. Bedenke, was der Arzt dir sagte. Du solltest dich langsam entwöhnen."

Cam dachte darüber nach. *Würde das nicht länger dauern?* Er wollte so schnell es ging frei von Opium und seiner Wirkung sein, besonders, wenn er versuchen wollte, Margaret zurückzugewinnen.

„Du darfst das Laudanum nicht an einem Ort aufbewahren, an den ich gelangen kann, oder zu dem meine Bediensteten Zugang haben. Ich werde ihnen befehlen, es für mich zu holen. Außerdem werde ich drohen, sie zu entlassen, wenn sie es nicht tun. Wahrscheinlich werde ich auch dich bedrohen, doch du bist der Einzige, der sich gegen mich wehren kann. Der arme Peter kann das ganz sicher nicht."

Mit ernster Miene stimmte Gray ihm zu.

Cam wollte nicht an die Tage und Nächte denken, die vor ihm lagen.

„Ich werde Margaret nicht kontaktieren, bis ich wieder ich selbst bin."

„Vielleicht ein Brief, um sie über dein Vorhaben zu informieren?"

Cam schüttelte seinen Kopf. „Sie wird mir nicht glauben. *Ich* würde mir nicht glauben. Obendrein möchte ich mit einem wunderschönen Ring in der Hand auf die Dame zulaufen und sie noch einmal bitten, mich zu heiraten. Diesmal tue ich es, wie es sich gehört."

„Verständlich."

Cam lächelte. „Ich schätze es, dass du oft kein Mann vieler Worte bist. Ich gehe hinaus, um das schöne Wetter zu genießen. Es ist trotz dieser Jahreszeit sonnig und warm, findest du nicht?"

„Das ist es."

„Und heute Abend", fuhr Cam fort, während er sich aus dem Zimmer schob, „plane ich, viel zu trinken, also stelle sicher, dass mein Lieblingsbrandy im Haus ist."

„Das ist er."

„Und Madeira", fügte er hinzu und beschleunigte sein Tempo, während er den langen Flur zum hinteren Teil des Hauses durchquerte.

„Ja."

„Und Sherry."

„Natürlich."

„Port ebenfalls."

„Ich werde dafür sorgen", beteuerte Gray.

Cam rollte auf die Veranda hinaus.

„Und Whiskey. Du solltest besser dafür sorgen, dass wir genügend Whiskey haben."

Schließlich lachte Gray. „Ich glaube, du wirst das Opium überhaupt nicht vermissen."

Fast zwei Monate später stieg Maggie aus der Kutsche ihres Schwagers, gefolgt von ihrer Mutter und jüngeren Schwester. An der Kutsche vor ihnen half Simon seiner Jenny beim Aussteigen, die Baby Lionel in ihren Armen trug. Die ganze Familie – die Deveres und die Blackwoods – ließen sich in Lord Lindseys Stadthaus nieder, da das Parlament zu einer frühen Sitzung zusammenkam.

Als sie auf die Eingangstür zugingen, musste Maggie daran denken, wie John auf genau diesen Stufen gestanden haben musste, als er herausfand, dass sie London verlassen hatte, und nur Momente später in den Unfall verwickelt wurde, der sein Leben veränderte. Und das ihre.

„Du versperrst den Eingang", sagte Eleanor unwirsch, bevor sie um sie herum trat. Nach einer besonders langen Reise, die durch den Radbruch von Simons und Jennys Kutsche am Vortag noch länger geworden war, waren sie alle ein wenig erschöpft.

„Es ist schön, wieder auf festem Boden zu stehen", sagte ihre Mutter, die ebenfalls um sie herumschritt.

Maggie folgte ihnen ins Haus, bevor sie noch jemanden behindern konnte.

Alles sah natürlich noch immer gleich aus. Doch alles fühlte sich anders an.

Als sie die Treppe zu dem Zimmer hinaufging, von dem sie wusste, dass es ihres sein würde, fühlten sich ihre Füße an, als würden sie durch Schlamm stapfen. Das letzte Mal, als sie in London gewesen war, hatte sie die Verheißungen der Saison und die Aufregung der Aufmerksamkeit der Gentlemen gespürt. Da war das außergewöhnliche Erlebnis des ersten Kusses von John und dann das törichte Missverständnis, das zu dem führte, was sie im Pavillon für Herzschmerz gehalten hatte.

Bis sie den Schmerz tatsächlich gespürt hatte.

Bis sie den Mann verlassen hatte, den sie liebte, unwissend, ob er leben oder sterben würde.

Simon hatte seinem guten Freund geschrieben, sobald Maggie und Eleanor zum Belton Manor zurückgekehrt waren. In ihrer Verzweiflung hatte Maggie ihre Besorgnis über Johns Laudanumkonsum zum Ausdruck gebracht und Simon von seiner dünnen, hohläugigen Erscheinung erzählt, als sie in Turvey ankam, sowie von seinem Verhalten vor ihrer Abreise.

Natürlich behielt sie alles über ihre abendlichen Verabredungen für sich, obwohl die aufregenden Erinnerungen sie heimsuchten, wenn sie allein war.

Zunächst erhielt Simon keine Antwort auf sein Schreiben, doch dann, Wochen später, traf ein Brief ein, der allein an ihn adressiert war. Maggie war vor der Bibliothek auf und ab gelaufen, während er ihn las. Dann hatte er sie und ihr rasendes Herz hineingebeten.

Mit einem merkwürdigen Gesichtsausdruck bot ihr Simon einen Platz an.

„Cam schreibt, er sei dankbar dafür, dass du nach seinem Arzt schicken ließt."

Ihr Mund war aufgeklappt, da sie gänzlich vergessen hatte, Dr. Brewster darum zu bitten, sich mit ihr zu treffen. Noch dazu war dies kaum das, was sie von ihrem ehemaligen Verlobten zu hören erwartet hatte.

„Ist das alles?" Da sie John auch damals geliebt hatte, nahm Maggie natürlich an, dass er ihr etwas Persönlicheres zu sagen hatte. Verspürte er keine Sehnsucht oder Reue?

„Er entschuldigt sich für sein Verhalten, während du in Turvey House warst, und er schreibt, dass du seiner Mutter schrecklich fehlst."

Stirnrunzelnd starrte sie auf ihre Hände hinunter und schüttelte sie kurz, um sich daran zu hindern, ihre Finger fest zu verschränken. Sie fehlte seiner *Mutter*!

Was sollte sie nur sagen? Es war erniedrigend.

„Du musst wissen, dass der Brief nur sehr kurz war." Simon hielt ein einziges Blatt Papier in die Höhe. Tatsächlich waren darauf nur wenige Zeilen niedergeschrieben.

„Es tut mir leid", fügte er hinzu. „Er schreibt allerdings, dass er hofft, er würde dich antreffen, wenn wir alle wieder in London sind."

Auf ihren fragenden Blick hin erklärte er: „Ich schrieb ihm, wir alle würden in die Stadt zurückkehren, wenn die Sommerhitze verflogen ist."

„Ich verstehe." John wusste, dass sie nach London reisten und er plante, ebenfalls zu kommen, wahrscheinlich sobald sein Gips abgenommen wurde. Er *hoffte*, sie zu treffen. Es klang vage, nicht wie ein Mann, der verzweifelt seine Verlobte zurückgewinnen wollte.

„Danke." Sie wandte sich ab, da sie wusste, sie sollte fliehen, bevor ihre Traurigkeit oder ihr Zorn die Oberhand gewannen, wobei Letzteres dazu diente, sie vor Ersterem zu schützen.

„Maggie", begann Simon, doch sie hielt ihre Hand hoch. Wenn ihr Schwager ihr Mitgefühl entgegenbrachte und zu sanft mit ihr war, würde sie gewiss zerbrechen.

In einem Wimpernschlag verschwand sie aus der Bibliothek.

Nun war sie wieder in London und lief Gefahr, einem Mann zu begegnen, der ihr gesagt hatte, dass er sie in Wirklichkeit doch nicht heiraten wollte. Er hielt sie für eine Nörglerin, ein Quälgeist. Wie das sprichwörtliche Fischweib oder Shakespeares Widerspenstige, Katherina.

Vielleicht hatte sie John dazu gemacht. War sie nicht zu jung, um sich solche Sorgen um die Laster eines erwachsenen Mannes aufzubürden?

Während Maggie über ihre Situation nachdachte, atmete sie tief ein und wieder aus und begann sich dann ihres Reisegewandes zu entledigen. Sie war wieder in der Stadt, eine ungebundene Frau, die eine glänzende Zukunft vor sich hatte. Solange sie nicht allzu lange ungebunden blieb. In diesem Fall müsste sie bei ihrer Mutter und schließlich bei ihrer Schwester wohnen.

Bei dem Gedanken, keinen eigenen Gatten, kein Haus und keine Kinder zu haben, schüttelte sie ihren Kopf und beschloss, sich wieder in gesellschaftliche Anlässe zu stürzen, welche auch immer es zu dieser Jahreszeit waren.

Das Erste, was sie tun würde, war, ihrer guten Freundin Ada eine kurze Notiz zu schreiben, und zu fragen, ob sie sie am nächsten Morgen besuchen könnte. Bei dieser Gelegenheit würde sie erfahren können, ob Ada bevorstehende Veranstaltungen besuchen würde, an denen Maggie teilnehmen könnte.

Sie mochte ihn noch lieben und unter Herzschmerz leiden, doch es würde ihr nicht ähnlich sehen, sich vom

Heiratsmarkt zurückzuziehen und ein Leben voller Erfahrungen zu verpassen.

Sie eilte nach unten und überreichte ihre Notiz an Simons treuen Butler, Mr. Binkley, der bereits ein paar Tage früher eingetroffen war, um alles für ihre Ankunft vorzubereiten.

Schon wenige Tage später kleidete sich Maggie für eine Soiree am Donnerstagabend in den Elizabeth Rooms der Königlichen Gesellschaft zur Förderung von Kunst, Manufakturen und Handel. Adas Vater war Mitglied und ein Freund des hochgeschätzten Erfinders Henry Cole. Dieser Mann hatte sogar die Grußkarte erfunden! Was für eine brillante Idee und so spaßig!

Recht entrückt, ihr neues Leben in London mit einer solchen Veranstaltung zu beginnen, kleidete Maggie sich sorgfältig und vergaß nicht, ein liebreizendes Lächeln aufzusetzen, als Ada und ihre Eltern sie abholten.

Vor dem Zielgebäude wartete eine Reihe polierter Kutschen, die von gepflegten Pferden gezogen wurden. Aus dem Inneren der Fahrzeuge stiegen elegant gekleidete Mitglieder der Gesellschaft und ihre Gäste, die alle darauf brannten, das von den Gebrüdern Adam entworfene Gebäude zu betreten. Schließlich übergaben Maggie und ihre Begleiter ihre Eintrittskarten an einen schick gekleideten Mitarbeiter der Gesellschaft. Als sie eintraten, betrachtete sie die Szene vor sich mit den funkelnden Lichtern, dem Fruchtpunsch in Flötengläsern auf Tabletts und ein absolutes Gedränge von Menschen.

Wieso fühlte sie sich sofort allein?

„Wenn du nicht diesen mürrischen Gesichtsausdruck von deinem Gesicht vertreibst, wird man uns meiden, als hätten wir die Pest."

Maggie nickte Ada zu, die mit ihrer Bemerkung wohl recht haben musste, und setzte wieder ihr Lächeln auf, klimperte gekonnt mit den Wimpern und nahm ihre Freundin am Arm.

„Erobern wir diese Gesellschaft."

Und das taten sie. Sie tanzten jeden Tanz, nach dem ihnen der Sinn stand, setzten diese aus, die ihnen nicht gefielen und erklärten, die Speisen seien köstlich. Es schien, als spielten die Musiker nie einen falschen Ton. Am Ende setzte Adas Familie sie nicht vor zwei Uhr nachts zu Hause ab.

Dennoch fiel es Maggie schwer, enthusiastisch zu sein, als sie Jenny am nächsten Tag von den Ereignissen des Abends berichtete, als sie endlich am Vormittag aus ihrem bequemen Bett aufstand.

„Was war der beste Moment des ganzen Abends?", fragte Jenny und versuchte, ihrer Schwester Einzelheiten zu entlocken.

Maggie dachte an den Moment, als sie ihre Tanzschuhe ausgezogen und zu Bett gegangen war. Stattdessen sagte sie: „Ich schätze, es war das Tanzen."

„Hattest du Partner, die dir besonders gefielen?"

Mit einem Achselzucken dachte sie nach. „Ich kannte niemanden und tanzte mit keinem Mann zweimal. Es war nicht dieselbe Gruppe, die ich während der letzten Saison kannte."

Maggie hatte gehofft, ein vertrautes Gesicht zu sehen, Lord Westing oder Lord Burnley, vielleicht. Allerdings war diese Gesellschaft eine exklusive Gruppe, gewiss nicht die übliche Masse an Debütantinnen und heiratswilligen Junggesellen, an die sie gewöhnt war. Außerdem empfand sie es als mühsam, so zu tun, als sei sie an jedem neuen Mann interessiert.

Noch einmal von vorn zu beginnen wäre ermüdend.

„Was sind eure Pläne für den heutigen Abend?", fragte Jenny.

„Irgendein Ball. Ich erinnere mich nicht, wo", sagte Maggie.

„Kein öffentlicher Ball?" Ihre Schwester lehnte sich zurück und sah alarmiert aus.

„Nein, natürlich nicht. Mummy wäre außer sich, wenn ich nach der Verlobung mit einem Grafen einen öffentlichen Ball besuchen würde."

„Es ist gut, dass nur unsere Familie von der Verlobung wusste."

„Warum?", fragte Maggie, spießte ein großes Stück Speck mit ihrer Gabel auf und überlegte, ob es zu viel Fett hatte, um es zu verspeisen.

„Wenn Cam das Aufgebot verfrüht bestellt hätte und du dann plötzlich *ohne* deinen Verlobten angekommen wärst, hätte es endlose Spekulationen gegeben. Man hätte das Flüstern von der Tower Bridge bis zum Regent's Park hören können. Ich erinnere mich, wie schrecklich es war, als verheiratete Frau ohne meinen Gatten in die Stadt zu kommen." Jenny erschauderte leicht.

„Ich schätze, die Menschen würden wissen wollen, wer die Verlobung löste und warum."

„Wahrhaftig. Es geht niemanden etwas an, außer dich und John."

Jenny Stimme klang traurig.

„Unterlass das bitte", forderte Maggie. „Es gibt keinen Grund zur Klage. Wir stürzten uns in eine Verlobung, ohne die Schwächen des anderen ausreichend zu kennen. Ich stützte unsere Beziehung auf der albernen romantischen Grundlage, was ich empfand, wenn er mich küsste."

Jenny schüttelte ihren Kopf. „Mags, wage es dich nicht, dich so praktisch zu geben. Wenn du jemals eine Beziehung auf etwas anderem aufbaust als dieser Empfindung, bist du eine Närrin."

Maggie konnte nicht anders als schief zu lächeln. „Dann schätze ich, ich sollte wohl noch weitere Junggesellen küssen, bis ich dieses Gefühl wieder verspüre."

Ihre ältere Schwester lachte, doch Maggie wusste, dass Jenny und Simon gleichermaßen die Hoffnung hegten, sie und John würden noch immer eine gute Partie abgeben.

In dieser Nacht trug sie eins ihrer liebsten Nachtgewänder in einem ansprechenden Fliederton, das mit cremefarbenen Bändern und Spitze verziert war. Sie sah aus wie eine wahre Debütantin und sie war sich sicher, niemand würde erraten, dass sie mehr als nur eine Nacht damit verbracht hatte, die intimste Berührung eines Mannes zu spüren, während sie nackt in seinem Bett lag.

Gott sei Dank hatte sie nicht ihre Jungfräulichkeit verloren. Wahrlich hatte sie es John zu verdanken, da sie sie bereitwillig an ihn verschenkt hätte. Dann wäre sie für die gute Gesellschaft ruiniert und könnte sich keinem potenziellen Verehrer erhobenen Hauptes vorstellen lassen. Keinem Mann sollte vorgegaukelt werden, er bekäme eine unschuldige Braut, wenn sie es nicht war. Zumindest könnte Maggie demjenigen, der sie zur Frau nehmen würde, ihre Unschuld schenken.

Jemand tippte auf ihrem Arm und drehte sich um, wo sie Lord Westing sah.

„Da sind Sie ja, Miss Blackwood – mit jedem Zentimeter die Schönheit des Balls."

Törichterweise wollte sie ihn umarmen, weil er noch genauso aussah und sich genauso verhielt, als hätte es die letzten Monate nie gegeben.

„Danke. Es ist auch schön, Sie zu sehen."

„Wie ich höre, sind Glückwünsche angebracht."

Ihr Herz setzte einen Schlag lang aus. *Guter Gott!*

„Wie Sie hörten?", wiederholte sie und spürte, wie das Blut aus ihrem Kopf wich.

„Margaret? Fühlen Sie sich nicht wohl? Sie sehen blass aus. Es tut mir leid, wenn ich mich unpassend ausgedrückt habe."

Sie musste das volle Ausmaß des entstandenen Schadens erfahren.

„Was haben Sie gehört?"

„Von Ihrer freudigen Verlobung mit dem Grafen von Cambrey. Doch Ihrem Gesichtsausdruck nach zu urteilen, würde ich sagen, ich habe mich geirrt."

„Sie irren sich nicht, Sie kommen eher zu spät. Wir *waren* verlobt. Für kurze Zeit. Es ist nun vorbei."

Er zuckte zusammen. „Ich dachte ... nun, es tut mir leid." Und der Marquis sah wahrhaftig aus, als täte es ihm leid, es jemals erwähnt zu haben.

„Wer hat Ihnen davon berichtet?" Sie sah sich um, als erwartete sie, dass die gesamte feine Gesellschaft sie anstarrte. „Wissen sie alle davon?"

„Ich glaube nicht, dass es viele Leute wissen. Noch nicht. Und ich dachte, ich sei geschickt, vielleicht sogar der Erste, der Ihnen gratuliert. Ich hörte es von meiner Mutter, die mit Lady Chatley befreundet ist. Sie kehrten erst kürzlich zurück."

Die Chatleys waren nach London zurückgekehrt! Janes Mutter beklagte höchstwahrscheinlich den Verlust des heiratsfähigen Grafen, der ihrer Tochter von einem echten Niemand weggeschnappt worden war. Außerdem war Maggie jetzt ein Niemand *und* hatte ihre Verlobung aufgelöst. Das wusste allerdings niemand.

„Ich muss Lady Chatley daran hindern, es weiterzusagen. Denken Sie, das ist möglich?"

Er wirkte ebenso skeptisch wie sie, wenn es darum ging, solch pikanten Gerüchte geheim zu halten.

„Ich werde meiner Mutter mitteilen, dass sich Lady Chatley irrte und sie bitten, mit der Dame zu sprechen."

Maggie biss sich auf die Unterlippe. *Wie viel schlimmer konnte es noch werden?*, fragte sie sich. Jenny schien zu glauben, dass es ihr eine unangenehme Zeit bescheren würde.

„Denken Sie jetzt nicht daran." Christopher schenkte ihr ein ermunterndes Lächeln. „Sie sind eine ledige, wunderschöne Dame auf einem Ball. Ist ihre Karte bereits voll?"

Sie hielt ihr Handgelenk in die Höhe. „Heute Abend gibt es keine Karten, Mylord. Es ist eher ein Abend der freien Wahl und ich für meinen Teil erachte es als willkommene Abwechslung." Jedenfalls hatte sie das, bis er ihre Stimmung verhagelt hatte.

Offenbar hatte er jedoch nicht vor, sie darin schwelgen zu lassen.

„Freie Wahl, sagen Sie? Wieso geben wir uns dem Vergnügen nicht hin und tanzen?"

Was sollte sie sonst tun? Gewiss konnte die sie die Gäste nicht davon abhalten, zu tratschen. Lady Emily Chatley könnte in diesem Moment irgendwo einen Sherry trinken und über ihren Aufenthalt in Turvey House plaudern. Oder Christophers Mutter könnte ein Speisezimmer voller Gäste damit unterhalten, den Grafen von Cambrey als verlobten Mann zu enthüllen.

Sie knirschte mit den Zähnen und beschloss, zu tun, was ihr Freund vorschlug – sich dem Vergnügen hinzugeben und zu tanzen. Was war schon dabei, wenn sie zu oft mit Christopher tanzte oder mit Lord Burnley oder sogar dem spitznasigen Lord Whitely?

Doch sie wollte keinen von ihnen küssen. In ihrem Herzen würde sie jeden Tanz für nur einen von John Angsleys hitzigen Blicken oder ein verführerisches

Anheben seiner vernarbten Augenbraue eintauschen. Sie hätte eine ganze gesellschaftliche Saison dafür gegeben, um seine Lippen noch einmal auf ihren zu spüren.

Statt sich daran zu erfreuen, dass in London alles gleichgeblieben war, fühlte sich Maggie leer. Bei der Veranstaltung der Königlichen Gesellschaft hatte sie sich einsam gefühlt, weil sie niemanden gekannt hatte. Doch aus irgendeinem Grund war es schlimmer, unter Menschen zu sein, die sie kannte, und zu wissen, dass John nicht anwesend war. Eine weitere Saison wie diese, mit denselben Veranstaltungen, mit denselben Herren, obgleich sie eigentlich schon ihre Wahl getroffen hatte – was brachte sie dazu, zu glauben, dass sie Begierde für irgendeinen von ihnen empfinden könnte?

Irgendwann würde sie sich mit dem warmen, freundschaftlichen Gefühl zufriedengeben müssen, dass sie für einen Mann wie Christopher empfand. Es war nicht das schlimmste Gefühl der Welt. Nun, da sie das Knistern des Verlangens erlebt hatte, wusste sie allerdings, dass sie das aufregende Flattern der Schmetterlinge in ihrem Bauch jedes Mal, wenn sie geküsst wurde, schmerzlich vermissen würde.

„Sie seufzen", sagte ein weiterer Partner, dessen Name ihr entfallen war. „Wünschen Sie, den Tanz abzubrechen?"

Und als das Mädchen bekannt zu werden, das die Tanzfläche während einer Polka verlassen hatte? Als eine unberechenbare, unzuverlässige Partnerin? *Niemals!* Sie strich sich ihre glänzenden Locken über die Schulter und schenkte ihm ihr schönstes Lächeln.

„Gewiss nicht, Mylord. Ich seufzte vor Glück."

Es war nicht die erste Lüge, die sie bei einem Ball erzählt hatte, und es würde nicht die letzte sein.

Gegen Ende des Abends, irgendwann nach Mitternacht, sah Maggie ein unbekanntes Gesicht. Zudem starrte dieses Gesicht sie unverhohlen an.

Ein etwa gleichaltriger Mann, der perfekt modisch gekleidet war, stand ein paar Meter weit entfernt und trank Champagner.

Falls sie Zweifel daran hatte, dass er sie beobachtete, verschwanden diese, als er anerkennend nickte. Für den Rest des Abends näherte er sich ihr jedoch nicht und versuchte auch nicht, ein Gespräch zu beginnen.

Tatsächlich wäre Maggie dieser Vorfall gänzlich entfallen, wenn sie ihn nicht ein paar Abende später bei einem weiteren Ball gesehen hätte.

Während sie in den Armen von Lord Burnley über das Parkett wirbelte, der ihren Kuss nicht wieder erwähnt hatte oder daran interessiert schien, ihn zu wiederholen, erblickte sie den Fremden wieder, der mit mürrischer Miene am Rande der Tanzfläche stand.

Und natürlich sah er sie an!

KAPITEL SECHSUNDZWANZIG

Als der Ball zu Ende ging, wartete Maggie mit Ada auf ihre Erfrischungen. Gleichzeitig beäugte sie ihre Ecke des Ballsaals.

Dort war er. Er stand auffällig abseits, weder tanzte er noch schien er jemanden zu kennen.

„Wer ist dieser Mann?", fragte sie Lord Burnley, als er mit ihren Limonadengläsern zurückkehrte.

Burnley musterte den Fremden einen Moment lang, dann zuckte er die Achseln.

„Ich weiß es nicht. Ich bin nicht sicher, ob ich ihn schon einmal gesehen habe."

Dann lächelte er sie an. „Sind Sie interessiert, Miss Blackwood? Selbst wenn ich ihn nicht kenne, könnte ich Sie dennoch vorstellen."

Lord Burnley war ein leutseliger Geselle, der sich jede Woche von Neuem entschied, welche Dame sein Herz in diesem Moment eroberte. Da er offen eingestand, eine Frau mit einem großen Vermögen zu suchen, konnte

Maggie ihn getrost zu ihren platonischen Bekanntschaften zählen.

„Nein", sagte sie ihm mit Gewissheit. „Ich bin nicht interessiert. Zumindest nicht auf diese Weise. Ich bin bloß neugierig, schätze ich. Sind Sie das nicht?"

Burnley lachte und signalisierte Westing, sich zu ihnen zu gesellen.

„Miss Blackwood, Miss Ellis und ich fragen uns, wer der Neuling wohl ist. Hast du eine Idee, Christopher?"

Westing sah zu dem Mann hinüber. „Der Sohn eines Barons, wie ich höre. Er nimmt das erste Mal an der Gesellschaft teil. Er bleibt für sich. Vielleicht versucht er, sich geheimnisvoll zu geben, um die Aufmerksamkeit der Damen zu erregen. Offenbar funktioniert es", schloss er und sah Maggie an.

„Nein, das tut es ganz und gar nicht. Jedenfalls nicht bei mir. Er erscheint lediglich ein wenig ungehobelt. Vielleicht weiß er es nicht besser."

Sie dachte nicht mehr daran. Insbesondere, als ihr zwei andere Gäste zu ihrer Verlobung mit dem Grafen von Cambrey gratulierten, und sie ihnen nicht widersprach. Da sie froh war, dass der Klatsch noch immer nur spärlich verbreitet war, nahm sie die Glückwünsche mit einem Lächeln entgegen, das hoffentlich keine Grimasse war.

Als sie und Ada ihre Schuhe Stunden später beinahe durchgetanzt hatten und bereit waren, den Ball zu verlassen, war Maggie überrascht, den Fremden plötzlich wieder in ihrer Nähe zu sehen.

Sie beschloss, die Sache in die Hand zu nehmen, und wollte ihn gerade zu sich herüberwinken, als er von sich aus auf sie zukam.

„Miss Blackwood", begrüßte er sie und sein Akzent verriet seine Herkunft aus dem Norden. „Sie wissen, wer ich bin?", fragte sie und erkannte es als eine lächerliche Frage, als sie sie stellte.

„Offenbar tue ich das."

Er drückte sich so ungehobelt aus, wie er sich benahm.

„Dürfte ich erfahren, wie es dazu kam?", fragte sie.

Eine unleserliche Miene kreuzte sein Gesicht, die sie als attraktiv erachtet hätte, wenn er nicht so ernst dreingeblickt hätte. Sein Benehmen entsprach dem einer Beerdigung oder einer Hinrichtung. Für einen Ball in London war es wohl kaum geeignet.

„Kennt Sie nicht jeder?", fragte er.

Einen Moment lang erwartete sie, dass er „als die Verlobte des Grafen von Cambrey" hinzufügen würde. Welche andere Bekanntheit könnte ihr zukommen?

„Nein, ich glaube nicht", brachte sie heraus.

Er lachte leise, doch sie wusste, dass es nicht von gutem Gemüt herrührte.

„Sie irren, Miss Blackwood. Sie sind als die wunderschöne Schwester der Gemahlin des Grafen von Lindsey bekannt, die bis vor kurzer Zeit die gesamte Saison im Sturm eroberte und dann für einige Monate aus der Gesellschaft verschwand. Gratulation an Ihre Schwester und Ihren Gatten zu ihrem Kind."

„Danke." Maggie fand dieses Gespräch höchst seltsam, da er über solch private Informationen über ihre Familie verfügte und sie nichts über ihn wusste.

Plötzlich war Ada an ihrer Seite. „Papa sagte, die Kutsche wartet bereits. Bist du bereit?"

„Ja", sagte Maggie, obgleich der Abend in den letzten Minuten interessanter geworden war. „Ich würde dich vorstellen, aber ich kenne den Namen dieses Herren nicht."

Ada sah den hochgewachsenen Begleiter ihrer Freundin an, der sich leicht verneigte.

„Mein Name ist Philip Carruthers. Ich werde die Damen nicht länger von ihrer Abreise abhalten."

Mit einer weiteren Verbeugung verschwand er im Getümmel.

„Ein wenig ungewöhnlich", sagte Ada und stellte sich auf die Zehenspitzen, um ihm nachzuschauen. „Doch er ist recht schneidig."

Als Maggie am nächsten Morgen an ihrem Tee nippte, während ihre Mutter in der Zeitung las, erinnerte sie sich daran, wo sie den Namen schon einmal gehört hatte. Zumindest einen Teil davon.

Robert Carruthers war der Mann in der anderen Kutsche gewesen, der, der umgekommen war. Maggie wusste es genau. Außerdem hatte Grayson einen Zwillingsbruder erwähnt. Sie erschauderte. Ein unwahrscheinlicher Zufall, doch er erklärte die melancholische Art des Mannes, die sie fälschlicherweise für Unhöflichkeit gehalten hatte. Was wollte der Bruder von ihr?

Da sie nicht zimperlich war, würde sie ihn bei der nächsten Gelegenheit darauf ansprechen.

CAM WAR SICH BEWUSST, dass es nicht einfach werden würde – weder das Stehen noch das Laufen. Und das Tanzen ganz gewiss nicht, dennoch war er entschlossen, das alles zu tun, wenn er Margaret das nächste Mal gegenübertrat.

Er hatte von ihrem Gesicht geträumt und konnte sich den Ausdruck darauf vorstellen, wenn sie sah, wie er in einen von Londons Ballsälen schritt, sich vor ihr verneigte und sie für einen Walzer in seine Arme zog.

Er hoffte nur, dass ihm sein schwaches Bein auf dem Tanzparkett nicht wegrutschte und er auf dem Boden zu ihren Füßen landen würde. Das war nicht der schlimmste Ort auf der Welt, nahm er an. Diese Aussicht!

Nein, der schlimmste Ort für Cam war die Kutsche auf dem Weg von Bedfordshire in die Stadt. Sie mussten alle paar Stunden anhalten, sodass er sich die Beine vertreten konnte. Die Krämpfe waren schrecklich. Nachdem er monatelang nur gesessen hatte und nun wieder zu laufen begann, verlangten seine Muskeln nach Aktivität. In den letzten Wochen war er jeden Meter von Turvey House abgelaufen, einschließlich des hundertmaligen Hoch- und Runterlaufens der Treppe am Tag, und er war auch auf dem Gelände herumgewandert. Er war dazu übergegangen, wie ein Kind zu hopsen, um seine Muskeln noch mehr zu beanspruchen, und dann hatte er die Kleider angelegt, die er früher für einen Nachmittag in einem von Londons Faustkampfclubs getragen hatte, und war über das Gelände gerannt, wobei er mehr als nur ein wenig albern ausgesehen hatte.

Das interessierte ihn nicht. Endlich konnte er sich frei bewegen.

Doktor Adams, der nach Bedfordshire gereist war, um den Gips abzunehmen, hatte die Knochen für geheilt erklärt. Seine Beinmuskeln waren natürlich einer leichten Atrophie erlegen, und Cam hatte wie der Teufel geschuftet, um das zu ändern.

Bevor der Gips abgenommen worden war, hatte Cam Stunden damit zugebracht, Mehlsäcke zu heben, während er auf der Veranda saß, genau, wie es Margaret vorgeschlagen hatte. Er hatte sich für diese Freiheit sogar vorbereitet, indem er sein gesundes Bein so viel wie möglich beanspruchte.

Nach wochenlanger Stärkung seiner Glieder rasten Cam und seine Mutter nach London. Gott sei Dank hatte er keine Zeit damit vergeudet, nach Sheffield zu fahren und Margaret im Belton Manor zu suchen. Nachdem ein an das Anwesen adressierter Brief an Simon von Lord Lindseys Bediensteten nach London weitergeschickt wurde, hatte Cam eine Antwort von seinem besten Freund erhalten – alle Deveres und auch die Blackwoods hielten sich wieder in Englands schönen Hauptstadt auf.

Cam war bereit – und nun auch in der Lage – vor der Frau, die er liebte, aufs Knie zu gehen. Allerdings war es bereits Abend, als sie in London ankamen, und der Antrag würde warten müssen. Außerdem plante er, diesmal einen Ring zu haben. Er hatte genügend Gelegenheit gehabt, darüber nachzudenken, und er stellte sich vor, ihr etwas zu präsentieren, das ihrer Schönheit würdig war.

„Ich sehe nicht ein, warum du ihr nicht den Ring meiner Mutter schenkst", sagte Lady Cambrey am nächsten Morgen, als sie auf dem Weg nach Hatton Garden waren, wo die besten Juweliere ihre Dienste anboten.

„Weil Großmutters Ring hässlich ist", sagte Cam. Und das war alles. Er wollte Margarets Gesicht vor Entzückung erstrahlen sehen, nicht vor höflicher Akzeptanz.

Eine Stunde später, nachdem sie durch die mit Goldschmieden und Diamanthändlern gesäumte Straße spaziert waren, fand Cam bei Mayer and Sons genau das, was er gesucht hatte. In dem hellerleuchteten Geschäft, in dem alles so sehr glänzte, dass es beinahe Kopfschmerzen bei ihm auslöste, entschied er sich gegen einen Schlangenring, den Victoria und Albert so beliebt gemacht hatten. Zu banal für seine Margaret.

Dann sah er ihn. Ein kobaltblauer Saphir, der von winzigen Perlen und funkelnden Diamanten umschlossen war. Er war umwerfend. Als sie gingen, erspähte er ein Schlangenarmband mit Saphiraugen und kaufte auch dieses, da er wusste, dass die ihm bekannten Damen dieses Symbol der ewigen Liebe zu schätzen wussten. Wenn alles nach Plan verlief, hätte er noch viele Gelegenheiten, um es Margaret zu schenken.

Zufrieden mit seiner Wahl musste er nur noch die große Frage planen – er war froh, dass er seine Mutter hatte, mit der er seine Ideen diskutieren konnte. Sie hatten beschlossen, nicht zum Portman Square hinüberzueilen und die Liebe seines Lebens zu überraschen. Sie wollten etwas Größeres.

„Denkst du, es wird ihr gefallen, dass mein zweiter Antrag in der Öffentlichkeit stattfindet?"

Lady Cambrey lächelte. „Ich glaube, es existiert keine Frau, der es nicht imponieren würde, wenn ein Mann öffentlich um ihre Hand anhält und sie zum Mittelpunkt des Geschehens macht. Besonders heute Abend, beim Ball der Herzogin von Sutherland. Alle werden dort sein. Einfach alle!"

Seine Mutter schien beinahe so aufgeregt zu sein, wie er sich fühlte. Zum Glück hegte sie keinen Groll gegen Margaret, weil sie ihre erste Verlobung aufgelöst hatte. Er wollte, dass sich die beiden Damen in seinem Leben gut verstanden.

SOBALD DIE SONNE UNTERGING, ließ sich Maggie stundenlang von dem Dienstmädchen herrichten. Dies war nicht irgendeine Veranstaltung. Dies war ein Ball im Stafford House, dem bedeutendsten Stadthaus Londons, direkt neben dem St. James Palace. Selbst Simon und Jenny erlaubten es sich, sich in der Gesellschaft zu zeigen und den kleinen Lionel zu Hause in Anne Blackwoods Obhut zu lassen. Zum ersten Mal würde sie die gegabelte Prunktreppe, die drei Stockwerke hohe Decke und die prächtigen korinthischen Säulen des Foyers sehen, mit mehr Marmor, als sie wahrscheinlich je wieder erblicken würde.

Außerdem könnte die Queen, die eine besondere Freundin der Herzogin von Sutherland war, dem Ball einen Besuch abstatten. Jeder liebte es, Victoria zu sehen, und jeder Ball, den sie besuchte, wurde sofort ein Erfolg und selbstredend hochherrschaftlich.

Maggie trug ein blaues Kleid aus nichts als Seide und Spitze und Saatperlen. Sie dankte Gott dafür, einen wohlhabenden Schwager zu haben, der ihr ein solches Meisterwerk ermöglicht hatte. Weitere Perlen und eine einzelne blaue Feder schmückten ihr Haar, das zu einem geflochtenen, schwungvollen Dutt hochgesteckt war, mit genügend Locken um ihr Gesicht, um sie weicher erscheinen zu lassen.

„Ich geleite zwei erlesene Juwelen", verkündete Simon, als sie das Anwesen der Sutherlands betraten und die große, zweiseitige Treppe ansahen, die die Menschenmenge sowohl links als auch rechts nach oben trieb. „Einen Smaragd und einen Saphir."

Jenny, die in einem satten Grünton gekleidet war, antwortete, indem sie mit ihrem Fächer auf seine Schulter schlug. „Wir sind keine Objekte, die danach streben, von Männern bewundert zu werden."

„Dies mag auf dich zutreffen, liebste Schwester", sagte Maggie. „Du bist eine Gräfin, während ich Gefahr laufe, als alte Jungfer zu enden. Falls es Männer gibt, die mich bewundern und mich ein Juwel nennen möchten, werde ich es erlauben."

DIE QUAL DES LORDS

Gemeinsam mit Jenny entledigte sie sich ihrem Mantel und ihren Straßenschuhen. In ihren Satin-Tanzschuhen war sie bereit, den Abend zu genießen.

Während sie die riesige Treppe zum Ballsaal auf der zweiten Etage emporstieg, fragte sich Maggie, wie sie jemals ihre Freundin in dieser Masse von hunderten Menschen finden sollte. Sie nahm sich ein Glas Champagner von einem vorbeilaufenden Kellner, gab es auf, das Gedränge zu umschiffen und stürzte sich in die Mitte.

Vertraute, freundliche Gesichter, Bekannte und Fremde, vermischten sich. An einem Ende des großen Ballsaals spielten bereits die Musiker, und Maggie wusste, dass es einen freien Bereich zum Tanzen gab, wenn sie ihn nur erreichen könnte. Außerdem gäbe es irgendwo einen erhabenen Platz, auf dem die Herzogin von Sutherland und ihr attraktiver Ehegatte, Herzog George, wie ihn seine Frau nannte, in ihrer ganzen Pracht sitzen würden.

Dort würde auch Queen Victoria sitzen, wenn sie ankam, mit oder ohne Prinz Albert. Niemand wusste, ob sich der Prinzgemahl zeigen würde, doch das tat nichts zur Sache. Die Leute wollten ihre Königin sehen.

Eine Stunde später war Maggie außer Atem, nachdem sie drei Tänze mit Fremden getanzt hatte, und es gab noch immer kein Zeichen von—

„Ada", rief sie, als ihre blonde Freundin einen Moment lang auftauchte und dann wieder zwischen zwei Paaren verschwand.

„Verflixt!", rief Maggie und lief mit einem wenig damenhaften Stampfen hinter ihr her. Während sie sich allerdings durch die Wand aus schick gekleideten Gästen kämpfte und die Menschen vor ihr ansah, seufzte sie. *Wo war Ada hingegangen?*

„Miss Blackwood", hörte sie eine Stimme an ihrem Ellbogen.

Er war es. Trotz all dieser Menschen stand Philip Carruthers neben ihr.

„Was für ein Zufall!", rief sie.

„Wohl kaum." Seine Miene war an diesem Abend etwas weniger hart. Er war wieder einmal tadellos gekleidet.

Ja, bemerkte sie, er war ein recht schneidiger Mann, genau wie Ada es beschrieben hatte.

Er nahm ihre Hand und verneigte sich, wie es ein jeder Gentleman tun würde, doch dann strich er mit seinen Lippen über ihre Fingerknöchel und sie konnte seinen warmen Atem durch den Satin spüren.

Maggie starrte ihn an und zog langsam ihre Hand zurück.

„Wie kann es kein Zufall sein? Ich suche schon lange meine Freundin und vermag es nicht, sie zu finden. Tatsächlich war ich ihr gerade auf den Fersen, als Sie auftauchten."

„Ich hatte nicht im Sinn, Sie den ganzen Abend zu suchen. Ich wartete an der Eingangstür auf Ihre Ankunft und behielt Sie seitdem im Auge."

„Oh." Wie zielführend von ihm. Jenny würde eine solch praktische Methode gutheißen. Sie war wahrlich effektiver als das, was sie geschafft hatte.

„Warum beobachten Sie mich?"

„Abgesehen von der offensichtlichen Tatsache, dass Sie die schönste Dame hier sind?"

„Leere Schmeichelei imponiert mir nicht, Sir." Maggie versuchte, streng zu klingen. Dann schenkte sie ihm ihr einstudiertes Lächeln, mit einer Prise Schüchternheit. „Zweifellos gibt es hier mindestens eine Dame, die mich übertreffen könnte."

Zu ihrer Verblüffung schaffte sie es damit, seine strenge Miene zu vertreiben. Er lachte, und als er das tat, sah er wie ein ganz anderer Mann aus. In diesem Moment erinnerte er sie an John.

John! Gab er sich auch in diesem Moment in Bedfordshire seinen Leiden hin? Würde er sie immer noch für eine furchtbare Nörglerin halten, wenn er sehen könnte, wie sie tanzte und sich unterhielt, mit ... *gute Güte*, dem Bruder des toten Mannes! Sie musste sich konzentrieren, trotz des Champagners, der hellen Lichter und die ansteckende Heiterkeit der Anwesenden.

„Tragen Sie einen Titel? Verzeihen Sie, doch ich weiß nicht, wie ich Sie anreden soll."

Statt ihr seinen Status mitzuteilen, sagte er: „Sie dürfen mich Philip nennen."

„Nun gut, aber Sie dürfen mich nicht Margaret nennen."

„Verstehe. Ich schätze, Sie sind neugierig darauf, warum ich immer wieder auftauche."

Sie musste offen mit ihm sprechen. „Ich weiß, wer Sie sind."

Statt sich überrascht zu geben, nickte er nur, obgleich ihr auffiel, dass sein Kiefer angespannt war.

„Und ja, ich bin neugierig", gestand Maggie. „Was könnten Sie nur von mir wollen?"

Er nahm zwei Gläser von einem Tablett, das an ihnen vorbeigetragen wurde, reichte ihr eines, stieß sein Glas dagegen und trank seinen Champagner in zwei Zügen aus. Dann sah er sie mit einem leichten Stirnrunzeln auf dem Gesicht an.

„Ehrlich?"

Sie nippte an ihrem eigenen Glas, sah ihm direkt in die Augen und erkannte entsetzt, dass sie beinahe schwarz waren. „Natürlich."

„Sie wissen, wer ich bin, was bedeutet, dass sie auch wissen, wer mein Bruder war. Korrekt?"

„Ja."

„Nachdem Robert so achtlos und untypisch für ihn gestorben war, wollte ich alles über den Unfall herausfinden, wenn ich das sagen darf. Es war nicht schwierig, herauszufinden, was dem Grafen von Cambrey geschehen ist. Ich wollte ihm schreiben, ich schätze, um ihm eine Entschuldigung anzubieten, doch mir fehlten die Worte. Außerdem erkannte ich, dass ich es nicht über mich brachte, mich zu entschuldigen, während mein Bruder sein Leben verlor."

„Ich weiß, dass Lord Cambrey untröstlich war, von diesem schrecklichen Verlust für ihre Familie zu erfahren. Ich glaube nicht, dass er eine Entschuldigung erwartet hat. Seine Verletzungen sind immerhin vorübergehend."

Zumindest einige davon waren es. Soweit sie wusste, könnte John selbst in diesem Moment noch Opium nehmen und durch die Droge Bauchschmerzen und noch größeres Übel erleiden.

„Wie dem auch sei", sagte Philip. „Ich dachte darüber nach, ob ich auf Sie zugehen sollte, als ich erkannte, wer Sie sind—"

„Wer bin ich? In Ihren Augen, meine ich?" Denn er konnte nicht von ihrer Liebe zu John oder ihrer kurzen Verlobungszeit wissen.

„Durch Zufall entdeckte ich, dass Ihre und seine Familie durch die Lindsey-Seite eng verbunden sind. Ich sah Sie mit dem Grafen und der Gräfin von Lindsey eintreffen, und ich weiß, dass er Lord Cambreys engster Freund ist. Allerdings verließen Sie London zur Zeit des Unfalls."

„Ganz zufällig", sagte Maggie und dachte an die lange und eilige Kutschfahrt, um Jenny vor der Geburt des

Babys zu erreichen. „Ich verstehe immer noch nicht, was Sie von mir wollen."

„Wie sich herausstellt ...", begann er, dann hielt er inne. Sein Blick verschlang sie von der blauen Feder in ihrer Frisur bis hinunter zum Saum ihres Kleides, dann richtete er sich wieder auf ihr Gesicht und durchbohrte sie mit seinem Blick.

„Wie sich herausstellt, Miss Blackwood, will ich nichts von Ihnen. Zuerst befand ich mich in einem schlechten Zustand. Robert war nicht nur mein Bruder, er war mein Zwilling. Sie haben Geschwister und zweifellos verstehen Sie diese Verbindung. Doch er und ich standen uns noch näher. Sein Tod fühlte sich an, als würde ich einen Arm verlieren, oder wie es andere ausdrücken würden, mein halbes Hirn."

„Ich möchte Ihnen noch einmal mein Beileid aussprechen." Sie würde nicht erwähnen, dass sein Bruder angeblich wie ein Wahnsinniger gefahren war.

Er nickte, doch es war eine abweisende Geste. Zweifellos bedeuteten ihm ihre mitfühlenden Worte nichts und berührten den Schmerz nicht, den er spürte.

„Ich fragte mich eine Zeit lang, ob eine Entschädigung fällig war."

Seine Worte verblüfften sie. „Sie meinen für Lord Cambrey, aufgrund seiner Verletzungen?"

„Nein. Für mich und meine Familie für unseren Verlust. Wie schon gesagt, ich befand mich in einem schlechten Zustand." Er beugte sich näher zu ihr heran und sie konnte ihre eigene Spiegelung in seinen Obsidianaugen sehen. „Ich meinte Rache, Miss Blackwood, für den irrationalen Zorn, den ich auf den Grafen verspürte."

Erschrocken hob sie ihre Augenbrauen. „Oh!"

Dann wurde es ihr klar. „Sie suchten Ihre Rache durch mich?"

„Auge um Auge. In diesem Fall für den Schmerz, jemanden zu verlieren."

„Sie gedachten, mich zu töten?" *War er verrückt?*

Nun hob er seine eigenen Augenbrauen. „Gütiger Gott, nein! Mein unüberlegter Plan war es, Sie zu ruinieren, nachdem ich erfahren hatte, dass Sie und der Graf eine besondere Freundschaft pflegen."

Ist dies, was die Leute annahmen? Dass sie und John eine enge Freundschaft hegten, wie die, die er mit Jane Chatley hatte?

„Wie ungeheuerlich!", rief sie. „Lord Cambrey hat gewiss genug gelitten, das versichere ich Ihnen."

„Ich verstehe. Außerdem hatte ich nicht das Herz dazu", gestand Philip. „Sogar noch weniger, nachdem ich Sie an diesem Abend traf."

Er verstummte und betrachtete ebenfalls die beeindruckende Umgebung.

„Ungeachtet meiner anhaltenden Trauer würde ich lieber mit Ihnen tanzen, als Sie zu ruinieren. Schmeichelei hin oder her, Sie sind wirklich eine wunderschöne Frau, und wir befinden uns auf der Veranstaltung der Saison."

Maggie wurde schwindlig. Er hatte ruchlose Pläne für sie gehegt, diese jedoch gestanden. Nun wollte er nur noch tanzen. Konnte sie ihm glauben?

Würde ein Tanz mit ihm befriedigender sein als alle anderen, die sie seit ihrer Rückkehr nach London erlebt hatte? Der einzige Partner, den sie sich auf oder abseits der Tanzfläche wünschte, war John, und seine Hände waren die einzigen, die sie berühren wollte.

John war allerdings Meilen und Tage weit entfernt, und sie war mit einem Mann hier, der litt.

„Na schön, tanzen wir." Und Maggie erlaubte es dem großen, dunkeläugigen Fremden, sie auf die gebohnerte Tanzfläche zu führen.

KAPITEL SIEBENUNDZWANZIG

Cam hatte eine Stunde lang gesucht, bis er endlich Simon und Jenny fand. Vor und hinter ihm war seine Rückkehr in aller Munde. Als sich die Menschen vor ihm teilten und er endlich den Tisch der Deveres erreichte, fielen seinem Freund beinahe die Augen aus dem Kopf.

Simon kam auf die Füße und Jenny lächelte erfreut.

So wichtig ihm diese beiden Menschen jedoch waren, sie waren nicht die Person, für die er gekommen war.

„Wo ist Margaret?", fragte Cam ohne Umschweife.

„Dir auch einen guten Abend." Simon, der sich von seiner Überraschung erholt hatte, trug ein burschikoses Grinsen im Gesicht und legte einen Arm um seine schöne Frau. Auch Jenny starrte ihn an, als wäre er aus dem Äther aufgetaucht.

Cam seufzte. „Entschuldigung. Guten Abend", gab er an Simon zurück, dann sagte er zu Jenny: „Sie sind eine Vision in Grün, eine wahre Göttin."

„Setz dich", lud ihn Simon ein.

Cam schüttelte den Kopf. „Ich bin schon eine Ewigkeit hier und—"

„Schön, dich zu sehen, alter Junge", ertönte eine Stimme hinter ihm, kurz bevor er den nun so vertrauten, harten Schlag auf seinen Rücken spürte. „Du bist also wieder ganz gesund, ja?"

Er drehte sich um und begrüßte einen weiteren Bekannten, diesmal ein Mitglied des Parlaments.

„Ja, danke, David. Es geht mir viel besser."

Zufrieden ging der Mann davon.

„Und *das* passiert immer wieder. Ich schwöre, ich wurde heute Abend öfter geschlagen als je zuvor in meinem Leben."

„Der Lord der Qualen! Du bist am Leben", rief ein weiterer Beglückwünscher, bevor auch er ihm aufmunternd auf die Schulter schlug und in der Menge verschwand.

„Wie hat er dich genannt?", fragte Simon und seine Augen funkelten vor Vergnügen.

„Vergiss es. Wo ist *sie*?"

Es war Jenny, die sprach. „Soweit wir wissen, tanzt sie. Wir haben sie schon eine Ewigkeit nicht mehr gesehen."

Seufzend betrachtete Cam noch einmal das Gedränge der Menschen. „Vielleicht finde ich sie nie. Was für ein lächerlicher Ort für einen Ball!"

Simon lachte. „Die meisten würden dir widersprechen. Du bist mürrisch für einen Mann, der völlig geheilt zu sein scheint."

Cam zuckte mit den Achseln. „Wenn du Margaret vor mir siehst, sag ihr, dass ich in einer halben Stunde an euren Tisch zurückkehren werde. So werde ich ihr früher oder später begegnen."

„Sie trägt Blau", rief Jenny ihm nach, als er wieder in die Menge eintauchte.

Blau! Natürlich, ihre Lieblingsfarbe, und auch seine, wenn er sie an ihr sah. Allerdings half ihm diese Information kaum, da es dieses Jahr scheinbar eine beliebte Farbe der feinen Gesellschaft war.

Und dann wurde das Gemurmel, das ihn die ganze Nacht über verfolgt hatte, deutlich lauter und er wusste, dass es nicht mehr *sein* Aussehen war, das es auslöste, sondern jemand viel Wichtigeres.

„Die Queen, die Queen", hörte er aus jeder Ecke. Victoria war eingetroffen.

Würde Margaret zu dem Podium gehen, das er auf seiner Jagd nach der Frau, die er liebte, schon zweimal gesehen hatte? Dort hielt die Herzogin von Sutherland selbst in kleinem Rahmen Hof.

Er ließ sich von der Welle vorwärtstreiben und kam so nah wie möglich an das Podium heran, nah genug, um die kleine Königin zu sehen, mit ihrem auf dem Kopf aufgetürmten braunen Haar und ihren runden Wangen, die für diesen Anlass leicht geschminkt waren.

„Gott schütze sie", flüsterte er leise, dann setzte er seine Suche fort.

SO VIEL HATTE MAGGIE seit Monaten nicht mehr gelacht. Trotz Philips Trauer machte er stetig geistreiche Bemerkungen, die, als wäre er ein geschickter Bogenschütze, ihr Ziel perfekt trafen. Ob er über eine ältere Dame mit einer schockierenden Menge Gesichtspuder sprach – *„Sie sollte sich bei der Gipserzunft bewerben"* – oder über einen herausgeputzten Gentleman mit kurviger Figur – *„Er hat das engste Korsett im Stafford*

House heute Abend" – Philip war immer zu einem bissigen Spruch aufgelegt.

Plötzlich schwoll das Gemurmel der Gespräche an, bis sie ihren unterhaltsamen Tanzpartner kaum noch hören konnte. Von seiner erhöhten Position aus überblickte Philip den Raum. Dann beugte er sich zu ihr herunter, bis sein Mund ganz nahe an ihrem Ohr war, und nannte ihr den Grund.

„Die Königin ist eingetroffen."

Maggies Herz raste. „Glauben Sie, es gibt eine Möglichkeit, sie zu sehen? Ich weiß, dass es furchtbar pöbelhaft von mir klingen mag, doch ich erinnere mich nicht daran, sie getroffen zu haben, als ich während meiner ersten Saison debütierte. Ich hatte meine Augen geschlossen. Ich schwöre, ich zitterte so stark, dass ich kaum laufen konnte, und ich glaube, ich besabberte ihre Hand."

Ihre Worte brachten ein leichtes Lächeln auf das sonst so strenges Gesicht ihres Begleiters.

„Wir könnten in ihre Richtung gehen, falls Sie es wünschen."

Zu Maggies Freude sah sie Victoria in ihrer ganzen königlichen Pracht, mit einer glitzernden Tiara und einer königsblauen Schärpe über ihrem taubengrauen Seidenkleid. Es genügte, einen Blick auf Ihre Majestät zu erhaschen, wie sie glücklich neben der hübschen Herzogin auf dem Podium stand.

„Sind Sie zufrieden?", fragte Philip.

Maggie grinste und nahm seinen Arm, als er zur Seite schritt und den Weg für andere frei machte, die eifrig nach vorn drängten, um die Königin zu sehen.

„Das bin ich. Meinen Sie, sie hat mich bemerkt, als ich meinen Knicks machte?"

„Wenn Sie einst ihre Hand besabbert haben, erinnert sie sich höchstwahrscheinlich an Sie. Wahrlich, ich glaube, sie sagte zu der Herzogin: ‚Wir sind erfreut, die junge Miss Blackwood mit dem übermäßig aktiven Speichelfluss zu sehen'."

Maggie brach in Gelächter aus. Dann sah sie einen Ausdruck auf Philips Gesicht, bei dem sich ihre Eingeweide verkrampften.

Sie war nicht bereit, von vorn zu beginnen. Oder? Ihr Herz war noch so ergriffen von John und schmerzte für ihn. Doch Jenny hatte sie daran erinnert, sich nicht mit weniger zufriedenzugeben als mit einem Mann, der ihr ein besonderes Kribbeln bescherte. Und alles begann mit einem Kuss.

Als hätte sie ihre Schwester mit ihren Gedanken beschworen, sah Maggie Simon und Jenny plötzlich nur wenige Meter entfernt. Leider waren sie in der Menge, die sich zwischen sie drängte, nicht zu erreichen.

„Jenny", rief sie aus und wurde belohnt, als sich ihre Schwester umdrehte. Mit einem erfreuten Gesichtsausdruck nahm sie Simons Arm, dann winkte sie und deutete auf Maggie.

„Da ist meine Schwester", sagte sie zu Philip, dessen Arm sie noch immer festhielt. Als sie noch einmal hinschaute, bemerkte sie, dass Jenny ein paar Worte zu sagen schien.

„Was versucht sie nur, mir zu sagen?"

Philip sah in dieselbe Richtung. „Für mich sieht es so aus, als würde sie sagen, dass jemand hier ist."

„Oh", sagte Maggie. „Natürlich, die Queen. Sie müssen sie sehen wollen."

„Darf ich Sie zu Ihrem Tisch zurück geleiten?" Er zögerte und fing ihren Blick. „Oder vielleicht möchten Sie diesem Gedränge für einen Moment entgehen und durch die Galerie spazieren."

Sie überlegte einen Moment lang. Dies war wahrlich *nicht* ihr erster Ball. Ein Spaziergang bedeutete eine bestimmte Sache, soweit sie es erfahren hatte. Zurück in die Sicherheit des Devere-Tischs oder ... ein Spaziergang?

„Es wird meine Schwester und meinen Schwager eine gute halbe Stunde kosten, die Königin zu sehen und zum Tisch zurückzukehren." Sie blinzelte in das Gesicht des Fremden hinauf. „Ja, sehen wir uns die Galerie an."

Sie drehte sich um, winkte ihrer Schwester noch einmal und ließ sich dann von Philip zur nächstgelegenen Tür führen.

Sobald sie auf den dicken roten Läufer trat, der sich endlos entlang des Hauptflurs des Stafford House erstreckte, wusste Maggie, dass sie das Falsche tat.

Dieser Mann trauerte, und sie ebenso, wenn auch aus anderen Gründen. *Was könnte es Gutes zur Folge haben?* Immerhin hatte er seinen Plan gestanden, sie zu ruinieren, wenn sie unvorsichtig wurde. Vielleicht spielte sie in diesem Moment in seinem bösartigen Plan mit.

Sie seufzte, doch sie blieb nicht stehen. Wann hatte das Wissen um den richtigen Weg sie jemals davon abgehalten, den falschen zu gehen? Sollte sie das Kribbeln nicht bei einem anderen Mann finden? Oder sollte sie sich für den Rest ihres Lebens nach John verzehren?

Wie erwartet gingen sie nur bis zu einer gewölbten und schattigen Nische mit Säulen, die wie Wächter auf beiden Seiten standen. Philip blieb stehen und sah sie an.

Er nahm ihre beiden Hände und stieß sie fast mit dem Rücken gegen eine Vase, die auf einem Sockel stand und der einzige Gegenstand in der tief verborgenen Nische war. Als er das tat, spürte sie, wie das Porzellan wackelte und gegen ihren Rücken stieß, bevor es sich wieder aufstellte.

Gute Güte! Jede Vase, die hier ausgestellt war und sich im Besitz des Herzogs und der Herzogin von Sutherland befand, musste mehr wert sein als das gesamte Haus ihrer Familie in Sheffield.

„Passen Sie auf", murmelte sie, als ihre neue Bekanntschaft näherkam.

Seine Handlungen, die sowohl vorhersehbar als auch erwartet waren, lösten bei ihr nicht einmal einen Schauer der Angst aus. Vielmehr machte sie sich Sorgen darüber, wie sie das, was passieren würde, einfach so hinnehmen konnte. Philip würde sie küssen und sie würde nicht mehr als leichte Neugierde empfinden.

„Sie haben gerade geseufzt", sagte er ihr.

„Verzeihen Sie. Fahren Sie fort." Maggie schloss die Augen und neigte den Kopf.

Sie wartete. Nichts. Als sie durch ein gehobenes Augenlid spähte, sah sie seinen überraschten Ausdruck.

„Nun?", forderte sie.

Er ließ ihre Hände los, fuhr sich mit seiner eigenen durch sein Haar, wodurch er es schrecklich zerzauste, und dann hob er die andere, um sie neben ihr an die Wand zu legen.

„Sie machen es einem Herren definitiv schwer."

„Was meinen Sie damit? Ich mache es Ihnen leicht."

„Zu einfach. Sie geben sich so interessiert, als hätte ich vor, Ihre Schuhe zu putzen."

Lächelnd erinnerte sie ihn daran, dass ihre Satin-Schuhe keine Schuhcreme benötigten.

Plötzlich hörten sie Stimmen und Schritte. Eine kleine Gruppe von Gästen hatte den Ballsaal verlassen und gingen durch den Flur.

Wie könnten sie sich verstecken?

Zu ihrer Überraschung lehnte sich Philip näher an sie heran, und ein Arm wand sich um sie herum, um sie an seinen Körper zu drücken und sie vor Blicken abzuschirmen.

Ein paar Passanten, die ihre fröhliche Stimmung und wahrscheinlich zu viel Champagner verrieten, pfiffen. Einer sagte: „Bravo!", und dann waren sie verschwunden.

Philip schaute ihr ins Gesicht, seine Augen weiteten sich vor Sorge.

Entgegen jedem Anstand musste Maggie kichern. Immerhin hatte er damit gedroht, ihren Ruf zu ruinieren. Stattdessen hatte er ihn beschützt.

„Wir werden uns nicht küssen, nicht wahr?", fragte Philip.

„Nein, das werden Sie ganz sicher nicht", ertönte eine vertraute Stimme.

Unmöglich. Das konnte nicht sein!

Maggie schob Philip beiseite und stellte sich John Angsley gegenüber, der seinem donnernden Gesichtsausdruck nach zu urteilen sehr wütend war.

„Tatsächlich", fügte John mit eisiger Stimme hinzu, „werden Sie in einer Minute nicht einmal mehr stehen."

Mit einem Arm versuchte John sie aus dem Weg zu ziehen, während er seine andere zurückzog, um Philip seine Faust ins Gesicht zu schlagen.

„Nicht!", rief Maggie und kämpfte gegen die Stärke des Arms ihres ehemaligen Verlobten an, während sie versuchte, zwischen die beiden zu treten.

WÄHREND MARGARETS HÄNDE FEST um seinen linken Arm geschlungen waren und sich ihre warmen Brüste gegen ihn drückten, als sie sich wehrte, konnte Cam seine Aufmerksamkeit kaum auf den Schurken konzentrieren, der es auf ein Stelldichein zur falschen Zeit abgesehen hatte. Mit *seiner* Frau!

Wer war dieser wagemutige Fremde, der mit leicht gespreizten Beinen und gestreckten Armen dastand und offenbar bereit war, den Schlag einzustecken?

Es war mehr die Haltung und Einstellung des anderen Mannes als Margarets Flehen, die Cam zögern ließen.

„Beabsichtigen Sie, sich zu verteidigen?", forderte er.

„Nein", antwortete der Wüstling. „Werden Sie die Frau verletzen?"

„Was? Natürlich nicht! Wie können Sie es wagen?"

Für diese Bemerkung überkam Cam wieder der Drang, ihn zu schlagen.

„John, du bist hier, in London!", rief Maggie. „Du stehst und läufst!"

Sie klang erfreut, doch das machte es nicht weniger schmerzhaft, sie mit einem anderen Mann zu erwischen.

Besonders, als der Mann lachte. „Ich habe bemerkt, dass Miss Blackwood dazu neigt, das Offensichtliche auszusprechen."

Cam sah rot. Hatte diese selbstgefällige Kröte wirklich genug Zeit mit seiner Margaret verbracht, um sich eine Meinung über ihr Verhalten zu bilden? Seine Hand ballte sich erneut zu einer Faust.

„Eine solche Neigung habe ich nie bemerkt. Möglicherweise sind Sie so überaus langweilig, Sir, dass ihr nichts anderes bleibt, als ihre offensichtliche Belanglosigkeit zu kommentieren."

Margaret hatte es geschafft, gänzlich vor ihn zu treten. Sie stand extrem nahe an ihm, strahlte Wärme aus, ihr spektakuläres Lächeln blieb trotz ihrer Situation erhalten und ihre funkelnden Augen blickten zu ihm auf.

„Wie hast du mich gefunden?" Ihre sanfte Stimme durchdrang seine Wut.

„Ich traf Simon und Jenny in der Nähe des Podiums der Queen, wo ich dich vermutete. Deine Schwester sagte, sie sah dich den Ballsaal mit diesem schafsköpfigen Schurken verlassen sehen."

„Recht unhöflich", sagte der Fremde.

Schließlich wandte Margaret ihre Augen von ihm ab und drehte sich zu dem Mann um, der noch immer zu nah hinter ihr stand.

„Vielleicht ist es besser, wenn Sie uns allein lassen."

Der Blick des Mannes wanderte von ihr zu Cam und dann wieder zurück. „Möchten Sie mich seiner Lordschaft nicht vorstellen?"

Maggie schien zu zögern. Das beunruhigte Cam. *Waren sie ein Paar? Kam er zu spät?*

„Was ist hier los?", knurrte er und hielt seinen Blick auf sie gerichtet. Ihre Antwort könnte sein Glück oder sein Elend bedeuten.

Als er sah, wie sie mit den Zähnen an ihrer Unterlippe knabberte, verspürte Cam einen Anflug von Begierde. Er hatte schon fast vergessen, wie sehr ihn ihre Nähe berührte, aber es war kaum der richtige Zeitpunkt dafür. Was, wenn dieser Mann ihr neuer Geliebter war? Was, wenn Cam ihre Leidenschaft mit all ihren nächtlichen Begegnungen entfacht hatte, nur damit sie nun bei einem anderen Erleichterung suchte?

Schließlich zuckte sie mit den Achseln. „John, dies ist Philip *Carruthers*. Du erinnerst dich vielleicht an seinen Bruder—"

„Sein Bruder starb auf der Oxford Street", beendete Cam ihren Satz, der seine Aufmerksamkeit nun auf den Fremden richtete. Diese unerwartete Wendung erinnerte ihn deutlich an jenen schrecklichen Tag, besonders an den

Moment, als er den panischen Gesichtsausdruck des Fahrers gesehen hatte.

Trotz der monatelangen Qualen, die der Zwilling dieses Mannes, Robert, ihn gekostet hatte, spürte Cam seine Wut sofort verblassen. Doch ... warum belästigte er Margaret?

„Woher kennt ihr euch?" Seine Stimme klang in seinen eigenen Ohren zu laut.

„Das tun wir nicht", sagte Margaret schnell. „Ich traf ihn erst an einem der vergangenen Abende, und dann hat er, nun ..." Sie verstummte und sah wieder über ihre Schulter.

„Ich sprach sie heute Abend an, um ihr zu gestehen, wer ich bin. Überdies gibt es nichts zwischen uns. Ich hörte, dass Ihr schwer verletzt wurdet. Ich möchte mich im Namen meiner Familie entschuldigen."

Cam schluckte die letzten Reste seiner Wut herunter.

„Sie haben Ihren Bruder verloren. Ich bin sicher, es muss schwer sein, mir eine Entschuldigung entgegenzubringen, doch ich versichere Ihnen, dass ich sie annehme. Ihr Verlust tut mir leid. So sinnlos wie er war."

Der Mann versteifte sich.

„In diesem Punkt sind wir uns einig, Lord Cambrey. Vollkommen sinnlos."

Carruthers drehte sich zu Margaret um. „Es war eine Freude, Sie kennenzulernen, Miss Blackwood, und ich danke Ihnen für den Tanz und dafür, dass Sie meine Stimmung in den letzten Stunden ein wenig zu heben vermochten."

Sie nickte.

Dann sprach er Cam an. „Ich bin froh, dass wir uns begegnet sind. Das macht es aus irgendeinem Grund einfacher."

Dann schritt der Mann ohne einen Blick zurückzuwerfen davon.

„Armer Mann", murmelte Margaret und zog Cams Aufmerksamkeit auf sich.

„Hättest du dich wirklich von ihm küssen lassen?"

Sie seufzte. „Ist das wichtig?"

War es das? Ja. Nein. Er wusste es nicht.

„Wie viele Männer hast du geküsst, seit wir uns trennten?"

„Seit dem Tag, an dem du mich eine Nörglerin nanntest, die du nicht heiraten wolltest?"

Hatte er das wirklich? So erinnerte er sich nicht daran, doch er hatte unter dem Einfluss von mehr als nur ein wenig Opium gestanden.

„Verzeih mir. Ich war nicht ich selbst, wie du weißt. Jetzt bin ich es übrigens."

Er wurde mit einem Lächeln belohnt.

„Ich kann es sehen", sagte sie und blickte ihm in die Augen. „Ja, ich kann es in deinen Augen sehen."

Sie hob ihre Hand und fuhr mit ihren Fingern über die dünnen weißen Narben an seiner Schläfe. „Du siehst tatsächlich sehr gesund aus. Und wie geht es deinem Bein?"

Zur Antwort nahm er sie in seine Arme und vollführte mit ihr einen Walzer durch den Flur, wobei er ihr Lachen genoss, während ihre Röcke um seine nun wieder starken und stabilen Beine wirbelten.

Als er ihre Wärme unter seinen Händen spürte, schlug Cams Herz höher. Er hielt inne, beugte sich hinunter und beanspruchte schnell ihre Lippen, doch als er sich wieder aufrichtete und zu ihr hinunterblickte, waren ihre Augen immer noch geschlossen und – *was zum Teufel?* – ein paar Tränen liefen über ihr Gesicht.

„Margaret?", fragte er, unsicher darüber, was sie dachte.

Ihre wunderschönen goldgesprenkelten Augen öffneten sich. Sie wischte sich die Tränen mit ihrem Handrücken weg und starrte zu ihm hinauf.

„Küss mich noch einmal!"

Erleichterung überströmte ihn und er gehorchte. Dieses Mal senkte Cam seinen Mund langsam auf ihren.

Beinahe gleichzeitig wurde ihm klar, dass es nicht genügte, und mit einem Stöhnen drückte er ihren Rücken gegen die Wand, wo sie jeder erblicken konnte. Mit einer Hand auf beiden Seiten ihres Kopfes setzte er den Kuss fort, neigte seinen Kopf und presste seine Zunge gegen ihre Lippen, bis sie ihn mit einem Seufzer empfing. Er beugte seinen hochgewachsenen Körper und konnte nicht anders, als seine Hüften an ihre zu pressen, wobei er genoss, wie sie sich gegen ihn wölbte.

Ein sanfter Laut entwich ihr, der ihn wahnsinnig machte. Die Königin des Britischen Weltreichs war nur einige Meter weit entfernt, die mächtigste Frau der Welt. Und doch war Miss Margaret Blackwood diejenige, die über alles herrschte, was Cam war und jemals sein würde. Mit einem leisen Laut konnte sie ihn in die Knie zwingen.

Als sie sich voneinander lösten und beide tief Luft holten, griff hob sie die Hand und legte sie an sein Gesicht.

„Ja, wahrlich, ich hätte ihn mich küssen lassen", begann sie und ihre Worte schmerzten wie ein Schwerthieb. „Doch nur, weil ich auf der Suche nach unserem Kribbeln war."

„Unser Kribbeln gehört nur uns allein", erinnerte er sie. „Ich habe so etwas noch nie zuvor gespürt."

„Ich weiß. Und nein, ich habe niemanden sonst geküsst, seit du mich in Turvey House zu der deinen gemacht hast." Sie errötete bei ihren eigenen Worten und bescherte ihm die lebhafte Erinnerung daran, wie sie neben ihm gelegen hatte, splitternackt und befriedigt.

Er wollte dasselbe wieder erleben, und das schon bald.

„Du kannst einhundert Männer küssen", sagte er und ihre Augen wurden groß. „Doch du wirst nie jemanden finden, der dich so liebt wie ich."

Nun war es an der Zeit, zu gestehen. „Du hattest recht mit dem Opium. Es tötete mich wahrhaftig, das glaube ich nun. Denn ich kann nicht glauben, dass etwas, das mir solche Qualen für Körper und Geist bescherte, gut für mich sein konnte. Es war das Werk des Teufels, es nicht mehr zu nehmen, doch ich habe es getan. Ich bin froh, dass du nicht da warst, um mich zu sehen."

Margaret nickte, bevor sie sich auf ihre Zehenspitzen stellte und einen Kuss auf seinen Lippen platzierte.

Danach ergriff er ihre Hand, legte sie in seine und führte sie den Korridor entlang. Kurz bevor sie durch die großen Doppeltüren zurück in den Ballsaal traten, hielt sie ihn am Arm fest und stoppte ihn.

„Sind wir wieder ein Paar? Sind wir verlobt?"

„Nein", sagte er entschlossen. „Das sind wir ganz sicher nicht."

KAPITEL ACHTUNDZWANZIG

Maggie fühlte sich, als sei ihr der Boden unter ihren Füßen weggezogen worden. Was konnte John nur meinen? Sie hatten sich so leidenschaftlich wie eh und je geküsst. *Das Kribbeln!* Es war in Hülle und Fülle zu spüren und brachte sie praktisch zum Schmelzen.

Sie versuchte, in dem lauten, hallenden Raum mit ihm zu sprechen, aber es gelang ihr nicht, solange er sie mit sich zog und ihre behandschuhte Hand fest in der seinen hielt.

Er drängte sich durch Paare und Gruppen, bis er schließlich auf dem glänzenden Parkett stehen blieb und sie zu sich heranzog.

„Was tust du da?", zischte sie, beschämt durch die unhöfliche Art, mit der er die anderen Tänzer beiseiteschob.

„Höret alle her", sagte John mit lauter Stimme, wodurch die Menschen um sie herum still wurden und auch die dahinter verstummten, bis sich die Stille wie eine Welle ausgebreitet hatte und der ganze Saal schwieg.

DIE QUAL DES LORDS

Maggie öffnete entsetzt ihren Mund. *Was hatte er vor?*

Die Musiker, vielleicht erschrocken darüber, dass sie nach so vielen Stunden in dem lauten Raum endlich ihr eigenes Spiel hören konnten, schlugen ein paar laute Klänge an und hörten dann auf.

Das einzige Geräusch kam von der Herzogin auf dem Podium, die angeregt mit Queen Victoria sprach. Zumindest vermutete Maggie, dass es die Stimme Ihrer Gnaden war, die sie über das laute Schlagen ihres eigenen Herzens hören konnte.

Und dann erklang zu ihrem Erstaunen die unverwechselbare Stimme der Königin.

„Lord Cambrey! Was fällt Ihnen ein, unsere vergnügliche Gesellschaft zu stören?"

Keuchen hallte durch den Raum und die Tanzpaare wichen zur Seite, bis Maggie sich im direkten Blickfeld der Personen auf dem Podium wiederfand.

Da Königin Victoria in ihre Richtung schaute, machte Maggie einen tiefen Knicks und verharrte mit gesenktem Kopf in dieser Haltung, den Blick auf den Boden gerichtet.

„Eure Majestät", hörte sie John sagen. „Ich entschuldige mich für die Unterbrechung. Auch bei Euch, Euer Gnaden", fügte er an die Herzogin gerichtet hinzu. „Allerdings gab es einst eine Zeit, in der Adelige nicht ohne die Zustimmung der Krone heiraten durften. Da Ihr hier seid, Eure Majestät, und da ich die Frau liebe, die Ihr vor Euch seht, erachtete ich es als den perfekten Zeitpunkt, um sie um ihre Hand zu bitten und um Euren Segen einzuholen."

Nicht in Ohnmacht fallen!, ermahnte sich Maggie. *Das darfst du nicht!*

„Wer ist diese glückliche Frau?", fragte die Königin. „Ist sie diejenige? Das Mädchen in Blau?"

„Dies ist Margaret Blackwood", sagte John laut. „Die mittlere Tochter des verstorbenen Baron Lucien Blackwood und Lady Anne Blackwood."

„Erheben Sie sich, Miss Blackwood", befahl Queen Victoria und Maggie glaubte, ihr würde vor Nervosität schlecht werden und sie würde Schande über sich bringen.

Sie atmete tief durch, hob langsam ihren Blick zu der Königin und richtete sich auf. Mit einunddreißig Jahren hatte Victoria bereits sechs Kinder, doch für Maggie sah sie noch immer wie eine junge Dame aus.

Sie erinnerte sich an Philip Carruthers lächerliche Worte, dass die Königin sich an sie erinnern könnte, weil sie ihren Handschuh besabbert hatte, und der Gedanke entspannte sie.

Einige lange Momente musterte die Königin Maggie in der Stille des Ballsaals. Maggie wusste, dass ihre Schwester dieses Spektakel irgendwo beobachtete.

Guter Gott, immerhin hätten sie ihrer Mutter heute Abend etwas zu berichten.

„Lieben Sie Lord Cambrey?", ertönte die Stimme der Königin unüberhörbar.

Maggie warf John einen Blick zu, der neben ihr stand und ganz und gar nicht nervös aussah. Sein amüsierter Gesichtsausdruck bestärkte sie.

„Ja", begann sie, doch es kam als das leiseste Flüstern heraus. Sie schluckte, hustete leicht und fand dann ihre Stimme.

„Ja, Eure Majestät. Das tue ich."

„Und warum auch nicht?", sagte Victoria, was einige zum Kichern brachte. „Ein feiner Kerl ist er. Wir haben von Ihrem Unfall gehört und sind erleichtert, dass Sie aussehen, als ginge es Ihnen besser."

„Danke, Eure Majestät. Ich bin wieder gesund."

„Dann fragen Sie sie", forderte die Königin. „Wir warten. Und achten Sie darauf, es richtig zu machen."

„Ja, Eure Majestät."

John drehte sich zu ihr um, nahm ihre Hände, und gleichzeitig ging er auf ein Knie.

Diejenigen, die nah genug dran waren, um es zu sehen, keuchten erneut auf.

„Ich werde nicht viele Worte verlieren, um weder Ihre Majestät noch die anderen Gäste Ihrer Gnaden zu stören. Dir zu sagen, wie sehr ich dich verehre, würde mindestens bis zum Morgengrauen dauern. Heute Abend möchte ich nur sagen, dass ich dich liebe."

Mit seinen von ihr so geliebten haselnussbraunen Augen sah er zu ihr auf. „Und dich fragen, ob du mir die Ehre erweisen würdest, mich zu ehelichen und meinen Namen anzunehmen."

„Hört, hört", rief irgendein Herr.

„Schweigt", sagte Queen Victoria. „Lasst die Dame antworten."

Maggie kämpfte gegen ihre Tränen an und gewann. Später hatte sie Zeit, vor Glück zu weinen, wenn sie nicht hässlich und hysterisch vor der Königin und der halben feinen Gesellschaft erscheinen würde.

„Ja, Mylord", war alles, was sie herausbrachte.

„Juchhe!", rief ein weiterer Herr. „Bravo!"

„Wartet", sagte John, als die Gesellschaft begann, zu murmeln und sich zu bewegen.

Er ließ ihre Hände los, stand auf und begann in seinen Taschen zu kramen. Nach einem Moment zog er einen kleinen schwarzen Samtbeutel heraus, der mit einer Satinschnur verschlossen war. Er öffnete sie und drehte sie um, sodass der Inhalt auf seine Handfläche fiel.

Maggie keuchte auf, als sie sah, was er in der Hand hielt.

„Zieh bitte deinen Handschuh aus", bat er sie.

Ohne den Blick von ihm zu nehmen, streifte sie den Handschuh von ihrer linken Hand ab, auch wenn sie sich dabei fühlte, als würde sie sich in der Öffentlichkeit ausziehen.

Er hielt den Ring kurz hoch, um das Licht einzufangen, was ein weiteres Raunen unter den Zuschauern auslöste, dann nahm John wieder ihre Hand und steckte ihr den Ring an den Finger.

Einen Moment lang herrschte Stille.

„*Nun* dürfen Sie jubeln", teilte er der Menge mit, und das taten sie.

„Gut gemacht", meinte Maggie die Königin sagen zu hören, und dann krachte plötzlich Jenny in sie hinein. Sie umarmten sich. Simon schüttelte Johns Hand und sie bahnten sich ihren Weg zum Tisch zurück.

Es dauerte über eine Stunde, da die Menschen ihnen gratulierten und andere Johns triumphales Wiedererscheinen lobten.

„Champagner ist angebracht", verkündete Simon, der einem Bediensteten ein ganzes Tablett abnahm und es auf ihren Tisch stellte.

„Champagner ist immer angebracht", sagte John, „doch ich vermute, heute Abend besonders." Er zwinkerte ihr zu, eine solch kleine Geste, und doch erfüllte es sie mit Freude.

„Es war ein hervorragender Antrag", sagte Jenny und hob ihr Glas. „Sie haben sich stolz gezeigt, und Sie haben meiner wunderbaren Schwester alle Ehre gemacht. Ich bin überglücklich."

Maggie war immer noch benommen von der schnellen Wendung der Ereignisse. Sie hielt den Champagner in der einen Hand und blickte auf den Ring an der anderen.

„Ist er nicht das Schönste, das du je erblickt hast?"

John starrte sie an. „Nicht einmal annähernd, meine Liebste."

NIEMAND HATTE ETWAS DAGEGEN, als der Graf von Cambrey beschloss, eine kleine, intime Hochzeit in der Kapelle in der Nähe seines Anwesens abzuhalten. Denn wie könnte eine Londoner Hochzeit, egal wie groß, die so öffentliche und gefeierte Verlobung übertreffen, an der Hunderte von Menschen teilnahmen, darunter auch Ihre Majestät?

Da die Familie seiner Braut in seinem Haus untergebracht war, hoffte Cam, dass es Margaret nicht unangenehm sein würde, wenn er sie in der Hochzeitsnacht frühzeitig nach oben entführte. Eigentlich war es ihm ziemlich egal, was seine neuen Familienmitglieder dachten. Er hatte lange genug gewartet, um seine Gräfin für sich zu beanspruchen.

Ihre Augen funkelten vor Begeisterung über den Tag.

„Alles war perfekt", sagte sie, als er begann, sie vor dem Kamin zu entkleiden, den er hatte anheizen lassen, um den Raum warm genug zu machen, um sich nackt darin aufzuhalten.

„Ja", stimmte er zu und machte sich an den Perlenknöpfen an ihrem Rücken zu schaffen.

„Die Zeremonie, das Wetter. Meine Schwestern waren wunderschön. Deine Mutter hat mich mit ihrer Rede zu Freudentränen gerührt. Und die Speisen. Was für eine herrliche Mahlzeit."

Während sie immer weiter plapperte, gelang es ihm, sie ihres cremefarbenen, mit blauen Bändern geschnürten Kleides zu entledigen, und er widmete sich ihrem Korsett.

„Oh, danke", sagte sie, als er es löste und zu Boden fallen ließ. „Ich glaube, Tilda hat es für diesen Anlass ein wenig zu eng geschnürt. Ich konnte kaum atmen."

„Du scheinst gut atmen zu können."

„Was?" Dann lachte sie. „Oh, weil ich zu viel rede, liegt es daran?"

„Nein. Ich liebe den Klang deiner Stimme." Er dachte daran, wie er sie eine Nörglerin genannt hatte, einen Quälgeist. *Niemals wieder.* „Deine Stimme klingt wie wunderschöne Musik. Ich möchte keinen Tag vergehen lassen, an dem ich dich nicht sprechen höre."

Sie drehte sich in seinen Armen um und stand nun nur noch in ihrem Unterhemd vor ihr.

„Ich bin sehr froh, hier in deinem Zimmer zu sein."

„In *unserem* Zimmer", erinnerte er sie.

„Ja!"

Als er seine Hände nach ihr ausstreckte, tänzelte sie aus seiner Reichweite heraus und zu seiner Verwunderung warf sie sich in die Mitte des Bettes. Wie ein Kind. Und doch überhaupt nicht wie eines.

Wahrlich, sie war achteinhalb Jahre jünger als er, wie er erfahren hatte, doch sie war erwachsen. Sie war weiser als er, denn sie verstand die Sucht, die ihn so fest im Griff hatte. Wenn sie nicht gewesen wäre …

„Es ist eine höchst komfortable Matratze", verkündete sie, während sie es sich in der Mitte bequem machte. Ihr Unterhemd war verrutscht und entblößte eine ihrer blassen Schultern, und allein dieser Anblick entfachte ein Feuer in ihm. Gott sei Dank wusste er bereits, dass sie ein leidenschaftliches Geschöpf war, sonst wäre diese Nacht ganz anders verlaufen.

Sein Jackett hatte er bereits ausgezogen. Hastig öffnete er seinen Kragen, seine Manschetten und sein Hemd und warf sie alle auf einen Stuhl in der Nähe. Als er sie wieder ansah, war sie still geworden und starrte ihn an, aber ihr Gesichtsausdruck war von Erwartung geprägt, nicht von Angst.

Wahrlich, ihr offenes Haar, das wild über ihre Schultern hing, ihr fast durchsichtiges Kleid und ihre leicht geöffneten Lippen lösten in ihm ein Gefühl der Ehrfurcht aus, das fast so stark war wie seine Leidenschaft.

Lustvoll streckte sie ihm ihre Hände entgegen, und er zog sich schnell aus.

„Ich habe dich schon einmal nackt gesehen, Lord Cambrey, doch noch nie so."

„Du meinst im Stehen?", scherzte er und genoss, wie ihr Blick über seinen Körper wanderte, während er sich vorstellte, es seien ihre Finger.

Sie lächelte. „Du bist wundervoll, mein Gemahl. Ob im Liegen oder im Stehen. Jetzt möchte ich, dass du zu mir in unser Bett kommst."

Er brauchte keine weitere Einladung. Er ging auf sie zu, wobei er sich bewusst war, dass sein Hof seine volle Länge entfaltet hatte, denn dein Hoden fühlte sich fest an. Es würde schwierig sein, ihr erstes Mal lange auszuhalten. Aber wenn er es nicht schaffte, würde er es mit vielen weiteren Malen danach wiedergutmachen.

Er kletterte auf das Bett, nahm ihr Gesicht in seine Hände und küsste sie; ein langer und inniger Kuss, bei dem er zu pochen und schwer zu atmen begann.

„Darf ich dir dein Unterhemd ausziehen?"

Zur Antwort hob sie ihre Arme und ließ es ihn über ihren Kopf ziehen. Als er es hinter sich warf, lachte sie.

„Du hast keine Angst." Sanft nahm er ihre Brüste in seine Hände, umspielte ihre Brustwarzen mit seinen Daumen und sah fasziniert zu, wie sie sich verhärteten.

„Kein bisschen", schwor sie.

Er sah ihr in die Augen, während er sie weiter streichelte. „Es könnte einen Moment lang wehtun", erklärte er ihr.

Achselzuckend ahmte sie seine Bewegungen nach, ihre Finger fuhren über seine Brust und spielten mit seinen Brustwarzen, sodass er ganz wild wurde.

„Ein kurzer Moment körperlichen Unbehagens bedeutet nichts", sagte sie.

Sie hatte recht, und er würde dafür sorgen, dass sie viel mehr Vergnügen als Schmerz spürte.

Zu diesem Zweck ließ er sie auf die Matratze sinken und nahm sich Zeit, ihr Haar zu verteilen, damit es sich nicht unter ihrem Rücken verfangen konnte.

„Wie umsichtig von dir", sagte sie ihm und ergriff seinen erigierten Schaft.

„Und nun gibt es keinen anderen Gedanken mehr in meinem Kopf", sagte er und stöhnte, als sie ihn fester umschloss.

„Soll ich aufhören?" Sie grinste ihn an.

„Um Himmels willen, nein!"

Während sie ihn streichelte, fuhr er mit seinen Fingern über ihre glatte Haut und bewunderte die Frau vor ihm. Er streichelte die Linie ihres Schlüsselbeins, die so elegant war, dann über die Wölbung jeder ihrer Brüste, dann ihren Bauch hinunter und über ihre Hüftknochen, was sie erschaudern ließ.

Die ganze Zeit über schwiegen sie und sahen einander nur an.

Schließlich strich er zwischen ihren weiblichen Falten entlang, wo sie herrlich feucht und eindeutig bereit für ihn war.

Sie erstarrte. „Ich kann mich nicht darauf konzentrieren, was ich tue, wenn du—"

Er streichelte sie wieder.

„Ja, genau das."

Sie sagte nichts weiter, und es machte ihm nichts aus, als sich ihre Hand von seinem Schaft löste, um das Laken zu ergreifen, während ihre andere Hand dasselbe tat.

Vor ihm ausgebreitet, die Augen geschlossen, den Kopf bereits zurückgeworfen, die Beine gespreizt, war Margaret der Inbegriff aller Sinnlichkeit. Und wie durch ein Wunder gehörte sie ihm.

Als er die Spitze seines Schafts an ihrer Öffnung ansetzte, beugte er sich hinunter, um ihre Brüste zu küssen und an einer Brustwarze zu saugen, während er in sie eindrang.

Noch bevor er ihre Barriere durchdringen konnte, hob sie ihre Hüften, um mehr von ihm in sich aufzunehmen und durchbrach sie selbst. „Oh", rief sie aus.

Er erstarrte und spürte, wie sich ein leichter Schweißfilm auf seiner Haut bildete.

„Margaret?"

„Ja?"

„Ich brenne darauf, in dich zu stoßen. Bist du bereit?"

„Ja." Sie schlang ihre Arme um ihn und grub ihre Finger in seinen Rücken.

Er brauchte keine weitere Einladung und versenkte sich langsam in ihr. Dann zog er sich zurück und sie stieß einen Laut der puren Lust aus, den er bis in seine Lenden spürte.

Er könnte jeden Moment zum Höhepunkt kommen, aber als er sie ansah, so verletzlich und völlig vertrauensvoll, beherrschte er sich.

Als er ganz in ihr steckte und spürte, wie sich ihr Körper um seinen anspannte, hielt er inne. Er stützte sich auf einen Ellbogen und griff zwischen sie, drehte seine Hand, bis er den gewünschten Winkel gefunden hatte, und streichelte dann die Knospe ihrer Lust.

Keuchend riss sie die Augen auf. „John", sagte sie verwundert, bevor sie die Augen wieder schloss, als er sie berührte.

Er fuhr mit seinen Streicheleinheiten fort und war entschlossen, ihr erstes Mal für sie beide gleichermaßen lustvoll zu gestalten. Er bewegte seine Hüften kaum und fuhr fort, sie mit seinen Fingern zu streicheln, bevor er mit seinem Daumen leicht über ihren Knoten strich.

Cam spürte ihren Höhepunkt, als er begann. Sie wölbte sich höher und alle ihre Muskeln spannten sich unter ihm und um ihn herum an, sodass er fast ins Delirium fiel.

„*Ohh*", stöhnte sie und der sinnliche Klang trieb ihm den Schweiß auf die Stirn.

Als ihre Befreiung ihren Höhepunkt zu erreichen schien, zog er sich zurück und drang mit all der aufgestauten Leidenschaft in sie ein, die er schon seit einer Ewigkeit für diese Frau empfunden hatte. Sein Körper spannte sich an, entlud sich und er spürte, wie sein Samen in sie eindrang.

Im nächsten Moment wollte Cam am liebsten zusammenbrechen. Stattdessen rollte er sich auf die Seite und nahm seine Frau mit sich.

Viele Minuten lang lagen sie schweigend da.

Endlich regte sie sich, öffnete die Augen und strich seufzend mit den Fingern über die Haare auf seiner Brust.

„Bist du glücklich?", fragte er.

„Sehr. John, ich bin froh, dass wir bis nach der Heirat gewartet haben." Sie streckte sich und stieß ein zufriedenes Summen aus. „Wenn wir getan hätten, was gerade geschehen ist", fügte sie hinzu, „und uns *dann* getrennt hätten … tatsächlich hätte ich dich wahrscheinlich nicht verlassen können."

Er lachte und strich über die glatte Haut ihres Rückens. „In diesem Fall wünschte ich, wir hätten es früher getan."

„Nein", protestierte sie. „Du weißt, dass ich recht habe. Wenn ich nicht gegangen wäre, fürchte ich, du hättest nie mit dem Laudanum aufgehört."

Sie hatte recht. *Verdammt! Warum musste sie immer recht haben?*

Dann lächelte er mit seinem Mund an ihrem Haar und merkte, dass es ihm gar nichts ausmachte.

„Es war richtig von dir, mich zu verlassen. Und es war ebenso richtig, zu mir zurückzukommen."

Sie lachte sanft und der Klang erfüllte ihn mit innerem Frieden, viel mehr, als es das Opium je vermocht hatte.

EPILOG

Früh am nächsten Morgen, bevor alle anderen wach waren, saßen sie auf der Veranda. Maggie wusste, dass dies ein besonderer Ort für sie sein würde, wo sie intime Gespräche führen und sich vielleicht sogar streiten würden, doch sie würden sich hier auch versöhnen, bevor sie nach oben gingen, um es gebührend zu tun. Hier würden sie Schach spielen, Freunde unterhalten und dabei zusehen, wie ihre Kinder durch das Gras rannten. Vielleicht hatte John bereits ein Kind in ihren Unterleib gepflanzt.

„Ich hoffe, du lächelst meinetwegen." Er hielt ihre Hand, während sie Tee tranken.

„Das tue ich." Sie war froh, zu Hause zu sein. Und es fühlte sich tatsächlich wie ihr Zuhause an. Dass er sie mit seinen lieblosen Worten vertrieben hatte, war einer der schlimmsten Momente ihres Lebens gewesen, zusammen mit der Nachricht, dass er verletzt worden war. Zurückzukommen war der schönste gewesen.

„Ich habe es dir einfach gemacht", sagte sie und dachte an den Flur im Stafford House und daran, wie schnell sie eingewilligt hatte.

Grinsend nickte er. „Weil du mich so sehr liebst, wie ich dich."

„Gewiss. Doch wenn du mich nicht für dich gewonnen hättest, was hättest du gesagt? Ich meine, wenn ich mir gewünscht hätte, dass du ein wenig kriechst, weil du ein solcher Schuft bist?"

„Ein Schuft?"

Sie nickte.

„*Hmm*. Ich schätze, ich hätte dir Komplimente über deine Erscheinung gemacht. Ja, ich hätte gesagt: ‚Margaret, du bist ein Diamant von höchstem Wert.'"

Sie verzog angewidert ihren Mund. „Dann bin ich froh, dass du es nicht getan hast. Dieser Satz ist so abgedroschen, dass er fast einer Beleidigung gleicht."

„Wirklich?" Nachdenklich strich er sich über das Kinn, wo seine Bartstoppeln erschienen waren und ihn schrecklich umwerfend und sinnlich aussehen ließen. Vielleicht würde sie später nicht zulassen, dass sein Diener ihn entfernt.

„Dann nehme ich an, ich hätte dir gesagt, wie sehr ich deine Gedanken und deine Fähigkeiten im Schachspiel bewundere?" Er klang, als würde er eine Frage stellen.

Sie kicherte. „Das ist besser, schätze ich. Gut, dass die Königin für deinen großen Auftritt zugegen war."

„Welche Königin?", fragte er.

„Oh, das ist gut." Sie liebte es, wie er sie neckte.

„Ich sah keine Frau außer dir."

„Noch besser, Mylord."

„Wenn ich dich nicht mit meinem überraschenden Erscheinen und der Wiederkehr meines umwerfend guten Aussehens hätte gewinnen können", sagte er grinsend, doch dann wurde er ernst, „dann hätte ich möglicherweise gestanden, wie schrecklich es war, nachdem du gingst."

„Verzeih mir", sagte sie. „Es hätte mich umgebracht, dich so leiden zu sehen."

„Ich war mir nicht bewusst, dass man sich zur selben Zeit nach dem Leben und dem Tod sehnen kann, doch das tat ich. Jedes Mal, wenn ich zu der Schublade griff, in der ich die Flasche aufbewahrt hatte, stieß ich auf Eleanors Zeichnung von dir. Ich legte sie dorthin, um mich daran zu erinnern, warum ich solche Qualen durchstehen musste."

Sie legte ihre Hand über ihren Mund und schüttelte ihren Kopf.

„Es funktionierte, weißt du. Ich muss daran denken, deiner Schwester zu danken." Er nahm einen Schluck seines Tees und blickte in die Ferne. Seine nächsten Worte waren so leise, dass sie sie beinahe überhörte. „Manchmal sehne ich mich noch immer danach."

Wie ein Blitzschlag durchzuckte sie die Angst. Bevor sie etwas sagen konnte, drehte sich Cam zu ihr und hielt ihren Blick mit seinem.

„Keine Sorge. Ich sage es dir, weil ich dich nie wieder belügen werde. Und ich werde dieser Sehnsucht auch nie wieder nachgeben."

Sie glaubte ihm von ganzem Herzen. Immerhin war er der furchtloseste Mann, den sie kannte.

Er beugte sich vor und küsste sie. Zuerst ihre Lippen, die herrlich kribbelten, dann wanderten seine warmen Küsse ihren Hals hinunter, sodass sie sich ihm entgegenstreckte.

„Mm."

„Ich liebe diesen Klang", gestand er. „Ich beabsichtige, den Rest meines gesamten Lebens der Auslöser dafür zu sein."

„Gut!" Sie vergrub ihre Finger in seinem dichten Haar, neigte seinen Kopf und küsste ihn zurück. Ihr Glück sprudelte beinahe in ihr über.

„Wir haben genug gesessen, findest du nicht, Mylord? Tun wir so, als befänden wir uns auf einem besonders langweiligen Ball und gehen spazieren."

Sie wackelte mit ihren Augenbrauen und er lachte heiser, was sie erschaudern ließ.

„Vielleicht zum Fluss", schlug sie vor und blickte zum Haus mit seinen vielen Fenstern, „weg von neugierigen Blicken."

Er war praktisch bereits auf den Füßen, bevor sie ihren Satz beendet hatte.

„Zum Angelplatz", verkündete er. „Dort werde ich dir Unterricht erteilen."

„Ich muss mir von dir nicht beibringen lassen, wie man angelt." Sie strich sich die Locken über die Schulter und ging schneller, während sie an all die andere Dinge dachte, die sie am Wasser tun könnten.

Als er sie einholte, ergriff John ihre Hand und passte seine Schritte an ihre kürzeren an.

Maggie konnte sich nicht vorstellen, jemals glücklicher sein zu können. Dann streichelte ihr Mann die weiche Haut an ihrem Handgelenk und sie erschauerte.

„Mir fällt sicher noch eine andere Lektion ein", versprach er. „Denn ich bin ein großzügiger Lehrer und ich habe eine willige Schülerin. Was würdest du gerne lernen?"

Sie blieb stehen, stellte sich auf die Zehenspitzen und flüsterte ihm ins Ohr. Sie war entzückt, als sich seine Augen weiteten und eine leichte Röte auf seinem schönen Gesicht erschien.

Mit einem Lächeln löste sie sich von ihm und rannte mit einem Lachen auf den Lippen und einem von Liebe erfüllten Herzen in Richtung des Great Ouse. Als sie seine festen, gleichmäßigen Schritte hinter sich hörte – die ihres Grafen, der jetzt gesund und stark war –, war das für sie das schönste Geräusch der Welt.

ÜBER DIE AUTORIN

Die *USA Today* Bestsellerautorin Sydney Jane Baily schreibt historische Liebesromane, die im viktorianischen England, im Amerika des späten 19. Jahrhunderts, im Mittelalter, in der georgianischen Ära und in der Regency-Zeit spielen. Sie glaubt an Geschichten mit Happy End, fesselnden Charakteren und viel Liebe zum historischen Detail.

Geboren und aufgewachsen ist sie in Kalifornien, doch dann bereiste sie die Welt und sammelte eine Menge glücklicher Erinnerungen bei ihrer Verwandtschaft in Großbritannien, aß Fish and Chips, trank Shandies und naschte Maltesers und Cadbury-Riegel. Derzeit lebt Sydney in New England, mit ihrer Familie, die aus Menschen, Hunden und Katzen besteht.

Auf ihrer Website SydneyJaneBaily.com können Sie mehr über ihre Bücher erfahren, ihren Blog lesen, sich für ihren Newsletter anmelden (und ein kostenloses Buch erhalten) und Kontakt zu ihr aufnehmen. Sie liebt es, von ihren Lesern und Leserinnen zu hören.